ハヤカワ・ミステリ

CLAUDIA GRAY

『高慢と偏見』殺人事件

THE MURDER OF MR. WICKHAM

クローディア・グレイ

不二淑子訳

TOKYO HAYAKAWA BOOKS

A HAYAKAWA POCKET MYSTERY BOOK

THE MURDER OF MR. WICKHAM
by
CLAUDIA GRAY

Translated by
YOSHIKO FUJI
First published 2025 in Japan by
HAYAKAWA PUBLISHING, INC.
This book is published in Japan by
arrangement with
VINTAGE ANCHOR PUBLISHING,
an imprint of THE KNOPF DOUBLEDAY GROUP,
a division of PENGUIN RANDOM HOUSE LLC
through THE ENGLISH AGENCY (JAPAN) LTD.

装幀／水戸部 功

心から称賛し熱烈に愛する、
ポール・クリスティアンに

著者まえがき

『『高慢と偏見』殺人事件』の舞台は、摂政時代（一八一一年～一八二〇年）のまさに末期、一八二〇年に設定されている。ジェイン・オースティンの著作は、数年のうちに立て続けに出版されたが、最初の三作品については、執筆後何年も経ってからようやく出版に至った。このため、彼女の執筆期間が摂政時代——礼儀作法やファッションが変化した時代——のほぼ全体と重なるという事実がわかりにくくなっている。各作品の舞台の設定が先にくるのか後にくるのかは、作中の手がかりから類推するしかない。ただし、唯一『説得』だけは、舞台が一八一四年から一八一五年だと特定できる。

わたしは日付が特定されていないことを逆手に取り、『説得』以外の各作品について、主要な出来事が起こった時期を次のように決めた。

『高慢と偏見』　一七九七年—一七九八年
『ノーサンガー・アビー』　一八〇〇年
『エマ』一八〇三年—一八〇四年
『マンスフィールド・パーク』　一八一六年
『分別と多感』一八一八年—一八一九年

この設定には、少しばかりズルも混じっている——『エマ』の時期はおそらくこれよりも遅く、『分別と多感』はこれよりも早いという明確な手がかりがあるのだ——が、それほど大きなものではない。（上記六作品の主要登場人物の初出時には、本作中における推定年齢を付記した）

また、わたしのお気に入りのオースティン映像化作品のひとつである、一九九五年の映画『いつか晴れた日に』（『分別と多感』原作映画の邦題）から、原作にはどういうわけか出てこない重要なディテールを引用した――ブランドン大佐の名前だ。『『高慢と偏見』殺人事件』では、この映画と同様に、大佐はクリストファーと呼ばれ、同様にわかりやすくするため、彼の被後見人はベスと呼ばれている。

わたしはいくつかの箇所で、ロマの人々／旅人たちを指す語として〝ジプシー〟を使った。これは摂政時代のイングランドで使用されていたことばであり、おそらく登場人物たちが知っていた唯一の用語と思われる。このわずかな短い単語が過度に人を傷つけるものではなく、本書の内容が有害な固定観念を反映しないことを願っている。

『高慢と偏見』殺人事件

登場人物

『**エマ**』**より**

ジョージ・ナイトリー……資産家。54，5歳。ドンウェルアビーの主人
エマ・ナイトリー……ジョージの妻。38歳
ジョン・ナイトリー……弁護士。ジョージの弟
イザベラ・ナイトリー……エマの姉。ジョンの妻
フランク・チャーチル……ハイベリー村の治安判事
グレース・チャーチル……フランクの娘

『**高慢と偏見**』**より**

フィッツウィリアム・ダーシー……資産家。49歳。ナイトリー氏とは学生時代の友人
エリザベス・ダーシー……フィッツウィリアムの妻。42歳
ジョナサン・ダーシー……フィッツウィリアムとエリザベスの息子。20歳。オックスフォードの学生
ジョージ・ウィッカム……投資の斡旋人。49歳。先代ダーシー氏の財産管理人の息子
リディア・ウィッカム……エリザベスの妹。ジョージの妻
スザンナ・ウィッカム……ジョージとリディアの娘

『マンスフィールド・パーク』より

エドマンド・バートラム……牧師。28歳。ナイトリー氏の親戚

ファニー・バートラム……エドマンドの妻。22歳

ウィリアム・プライス……ファニーの兄。海軍士官

『分別と多感』より

クリストファー・ブランドン大佐……陸軍大佐。38歳。エマの遠縁

マリアン・ブランドン……クリストファーの妻。19歳

ジョン・ウィロビー……マリアンが17～18歳のときに出会った青年

イライザ……クリストファーの昔の恋人。故人

『説得』より

フレデリック・ウェントワース……海軍大佐。37歳。エマの実家、ハートフィールドの賃借人

アン・ウェントワース……フレデリックの妻。33歳

『ノーサンガー・アビー』より

ヘンリー・ティルニー……聖職者。44～45歳

キャサリン・ティルニー……ヘンリーの妻。37歳。小説家。エマとバースで出会い親しくなった

ジュリエット・ティルニー……ヘンリーとキャサリンの娘。17歳

プロローグ

一八二〇年六月

ドンウェルアビーのナイトリー夫妻の結婚は、ふたりをよく知る人にとっては驚きだったが、よく知らない人にとっては少しも驚くべきことではなかった。

「でも、あのふたりはいつも反《そ》りが合わなかったのに」その当時、新婦の姉、イザベラ――気配りのできる穏やかな口調の人物――は、手紙で結婚の知らせを知るやいなや、腑に落ちないとでもいうように言ったものだった。

「それを言うなら、いつも喧嘩ばかりしていた、だろう」と、イザベラの夫はぶっきらぼうに返答した。彼は新婦の義兄になっただけでなく、新郎の弟でもあったので、長いあいだふたりの口論を観察してきた。しかも、いささか憤慨しながら。

ふたりはどちらも正しかった――部分的には。エマ・ウッドハウスとジョージ・ナイトリーは、いろんなことで言い争っていた。紳士がパーティで踊る必要があるかどうか、パーティに馬ではなく馬車に乗って到着するほうが礼儀正しいかどうか、そして何より、周囲の人々の結婚に至る見込みについて。エマは希望的観測によってしばしば判断を誤ったが、最終的には、もっともありえそうもない縁を結ぶことをためらわなかった――彼女自身の縁を。

一方、ハイベリー村の一般の人々は、それほど驚いたわけではなかった。ナイトリー氏はこの教区で一番裕福で立派な独身男性であり、エマ・ウッドハウスは一番裕福で魅力的な独身女性だった。そんな男女が恋に落ちることはよくあるらしい。その法則が、ほかの土地と同様にハイベリーでも立証されたからといって、どうして衝撃を受けたりするだろう？

誰もが同意するのは——もし問われれば——ナイトリー夫妻の結婚生活が幸福なことだろう。夫妻はもう十六年間、夫婦として暮らしてきた。エマ・ナイトリー［三十八歳］は夫とのあいだにすばらしい子どもをふたり——結婚二周年にヘンリエッタという娘を、その五年後にオリヴァーという息子を——授かった。いまでは一家はドンウェルアビーに居を定め、家庭円満を絵に描いたようだった……ただし、本日をのぞいて。

「なぜ一家の主《あるじ》が自分の屋敷に客人を招いてはならないんだ？」エマの夫、ジョージ・ナイトリー［五十四、五歳］は食器棚のまえで自分の皿に朝食を盛りながら言った。「ダーシーとぼくはオックスフォードですばらしい友人同士だったたし、彼は相当な資産家でもある。そんなダーシーと細君が、なぜドンウェルで歓迎されないなんてことになる？」

「まあ！　そんなことちっとも言っていませんわ」エマは不機嫌そうに答えた。「ダーシーご夫妻をこの家で歓迎するつもりがないということではないんです。ほかのお客さまがいらっしゃる時期に、あなたがご夫妻を招いたことに文句を言っているんです！」

「ドンウェルでは、全員に寝床と屋根を提供することすらできないのか？　客人で満室になったら破産するほど、ぼくたちは困窮しているのか？」

エマは夫を非難がましい眼で見た——ずっと昔に、当の夫の顔を見て学んだ眼つきで。「わたしが言いたいのは、一度にそんなにたくさんのお客さまをお迎えしたら、きちんとしたおもてなしが難しくなるってことですわ」

ナイトリーはため息をついた。「それなら、きみのほうこそ、招くべきじゃなかったんじゃないのか。遠縁の男とか――」

「でも、ブランドンは最近結婚したばかりで、とっても魅力的な若いお嫁さんをもらったんですって。ぜひともそのお嫁さんに会っておくべきでしょう？」

「あるいは、きみがバースで親しくなった、あの突飛な女性小説家の娘とか――」

「キャサリン・ティルニーも彼女が書いた本も、ちっとも突飛なんかじゃありません。完璧に立派な女性で、聖職者の奥さまなのよ。でも娘さんのジュリエットは、グロスターシャーでは新しい方と知り合う機会に恵まれないんですって――若い娘さんは、もっと広い世界でいろんな方と知り合うべきだもの」

「あるいは、われわれの賃借人とか。賃借人を自宅に滞在させるなんて誰が思いつく？」

これには確かな根拠があるとエマにはわかっていた。

「ハートフィールドの惨状を聞いたら誰だって、わたしたちには、修繕が終わるまで借り主のご夫婦にまともな居場所を提供する義務があると言うはずですわ！」

（エマの亡き老父は、晩年、屋敷に手を加えることを、たとえ安全のために必要な修繕であっても、一切拒んでいたのだった。）

これについては、ナイトリーは少し考えてから言った。「その件については、きみの言い分もわかる。大きな修繕は一ヵ所だけだし――」

「吹き抜けの階段が崩れたんですよ」エマは胸のまえで腕を組んで強調した。わざわざ強調するほどの主張でもなかったが。

ゆっくりとナイトリーはうなずいた。「この夏はただでさえ暑くて、これ以上の不快さは耐えられるものではないからね。賃借人夫妻はもう充分いろいろ耐えているだろう。それにウェントワース大佐も夫人も、どちらも感じがいいし知的だ。あの夫妻とさらにお近づきになれるのは楽しみだよ」

こういう瞬間に、エマが機を逃すことはなかった。

「それに、ご親戚を招待したのはどなただったかしら?」

「たしかにいつでも来てくれとは言ったが。まさかバートラムが奥方を連れて、いま会いにくるとは予想もしなかったんだよ」

いくつか得点を獲得したエマは、先へ進むのがもっとも賢明だと考えた。彼女はいつまでも困難を嘆いたりする人ではなく、挑戦を楽しむ人だった。「わたしたちは最善を尽くさなくてはなりませんわ。少人数のお客さま向けのおもてなしではなく、ちゃんとしたハウスパーティを開きましょう。それがぴったりですもの」

「たとえ〝ぴったり〟ではないとしても」ナイトリーは言った。「ハウスパーティならできるだろうし、最善を尽くすしかないね」

＊

エマとナイトリーの結婚が一部の人々にとって驚きだったとすれば、エリザベス・ベネットとフィッツウィリアム・ダーシーの婚約発表は、あらゆる人々の度肝を抜いた。

当時、エリザベスの地元では、ダーシーは高慢で不愉快な男であり、おのれの富と領地に心酔するあまり、社交の場でめったに口を利こうとすらしない人物として知られていた。同様に、ダーシーの周囲でも、エリザベス・ベネットは有力な血縁もなく、たいした持参金もない田舎娘にすぎず、良い結婚を望むべくもないことはよく知られていた。

もしジョージ・ウィッカム氏がいなければ、エリザベスとダーシーが互いの本質を——自分自身の本質でさえも——知ることはおそらくなかっただろう。ふたりが二十二年の幸せな結婚生活を送ることもきっとなかっただろう。

〝正確には〟エリザベス・ダーシー［四十二歳］は思った。〝二十一年の幸せな結婚生活ね〟この一年はそこには含まれていなかった。

彼女は寝台に腰かけ、メイドが広げていったドレスを見つめた。黄色のドレス、エリザベスの好きな色だ。だからこそ、このドレスが選ばれたにちがいない。その色合いは、黒、灰色、薄紫色から、もう少し明るい色に移行させようという試みだった。

〝もう八カ月になるのよ〟彼女は自分に言い聞かせた。〝喪に服すのも、そろそろ終わりにしないと〟

心のなかでそうつぶやいて、立ちあがる。しかしながら、メイドを呼ぶ間《ま》もなく、フィッツウィリアム・ダーシー［四十九歳］がはいってきた。

彼の見た目は以前とほとんど変わらなかった。男性の装いは、喪に服しているときも喪が明けたあとも、それほどちがいがない。エリザベスの夫の場合、ほぼ同じだった。ときおり、夫が昨年の冬の悲劇にまったく影響を受けていないように思えることすらあった。

一方、エリザベスは、かつての陽気で活発な人間から、自分自身の影に変身してしまったように感じていた。受け身で、実体がなく、暗いものに。

エリザベスとダーシーが、もはや互いに話すことがほとんどなくなってしまったのも無理はない。

「まだ支度はできていないんだな」ダーシーが言った。ほかの多くの夫が発していたら、これは辛辣《しんらつ》なことばだっただろう。が、ダーシーの口から出た場合、たんに事実を述べたにすぎず、非難の意は含まれていない。

「もし出発を明日にしたほうがよければ――」

「だめ、だめ」エリザベスは言い張った。「あちらにはもう手紙が届いているはずよ。遅れて到着したら失礼になるわ」承諾しなければよかったと彼女は思った――自宅から何週間も離れて、知らない人だらけのハウスパーティに参加するだなんて！　そのときは実に望ましい気分転換に思えたのだ。自分自身の殻を抜けだして、一度も訪れたことのない州を見て、新しい人々と知り合いになる機会になるだろう、と。（エリザベスは、新しい知人とは一般的にふたつのカテゴリーに分かれると感じていた——知る価値のある人々と、つねに愉しみを与えてくれる人々に。）いざそのときが来てみれば、旅支度をするだけで億劫《おっくう》に感じられた。実際に訪問したら、どれほどひどい気分になるのだろう？

ダーシーの視線がドレスに注がれていた。エリザベスだけでなく、夫もまたその色に込められた意味を理解していた。ダーシーは彼女の眼を見ないまま、つぶやいた。「昔からずっと、黄色いドレスを着たあなたを美しいと思っている」

ふたりの結婚生活を覆う冬の雪のような厳しい冷たさの下で、夫はまだ彼女の愛したダーシーだった。エリザベスは微笑んだ。かつて毎日笑っていた彼女にとって、いまの笑みはぎこちなく感じられたが、喜ばしいものだった。「じゃあ、あなたのために着てあげるわ」

夫が返した眼差しに浮かぶやさしさは、エリザベスを希望のようなもので満たした。ダーシーがまた口を開いて何か言おうとしたとき、彼女ははやる思いで身を乗りだした——が、聞こえてきたのは、ドアを叩く音、それから蝶番《ちょうつがい》が軋《きし》む音だった。

「母上？」長男のジョナサンがはいってきた。「ああ、すみません。お邪魔するつもりはなかったのです」

「邪魔なんかしていないわ」エリザベスはやさしく言った。「あなたが邪魔になることなんてないのよ」

正直なところ、彼女は夫の態度が急変したことをすでに残念に感じていた——打ち解けたものから形式ばったものに、親密なものからよそよそしいものに。ダーシーは一歩さがった。まるで他人を部屋に入れるとでもいうように。ジョナサンは父親からそんな反応を引きだしたのだ。

あるいは、ダーシーが息子からそんな反応を引きだしたのだろうか？

一度ならず、エリザベスは不思議に思ったものだった。どうして自分は、この堅物の夫のほうが……堅苦しくなく──おおらかで、ざっくばらんな人柄に──見えてしまうような息子を産むことができたのだろう、と。昔から彼女は、自分の活発さが夫を穏やかにし、機嫌を上向かせているとわかっていた。ふたりの性質は、子どもたちのなかで混ざり合い、同じ効果を生むものと無邪気に信じていた。実際には、下の息子たち──マシューとジェームズ──は、ときどき彼女の陽気さをすべて（ジェームズの場合は二倍かもしれない）受け継いでいるように見えた。

ところがジョナサンは──もちろん、彼は賢くて礼儀正しく、孝行息子であり寛大な兄であり、家族の自慢の種である。ペムバリーにある細密な肖像画が真実を示しているなら、ジョナサンは父親の若い頃に瓜ふたつで、つまり非常にハンサムな若者だ。出会ったばかりの頃、エリザベスがものすごく嫌っていたフィッツウィリアム・ダーシーの堅苦しさ──も、同時に受け継いでいる。ただし、ジョナサンの場合、その特徴が公的な人格の大部分を占めており、父親という手本から学ぶことがないのではないかとエリザベスは恐れていた。

〝あなただってお母さまにもお父さまにもほとんど性格が似ていないじゃない〞エリザベスはたまに自分に言い聞かせた。〝それなのに、どうして長男の振る舞いに驚きつづけているの？〞

ときおりエリザベスは、何かが──あるいは誰かが──最終的にジョナサンを変えてくれないだろうかと願っていた。かつてエリザベスが彼の父親を変えたように。しかしそれから、とても正直で嘘偽りなく、ありのままの自分でいる息子のことを思い、彼の性格を変える必要があるかもしれないという考えが嫌になった。むしろ世間のほうを息子のために変えてやれたらいいのに。そうすれば世間は彼女の知るジョナサンを見てくれるだろうに。

しかし、世間はそう簡単には変わらなかった。

ジョナサンは言った。「従者がぼくのトランクを馬車に運び込みたいと言っています。そのまえに、父上と母上に、ほんとうにぼくが一緒に行くべきとお考えかどうか、お聞きしておいたほうがいいと思ったのです」

「もちろんあなたも一緒に行くべきよ」エリザベスは息子を急き立てた。旅をすること、新しい人々に会うこと――きっとそれは息子にもっとゆったりした態度を身につけさせ、他者への理解を深める助けになるにちがいない。ペムバリーでの暮らしは、それ以外の世界が同じように壮大なわけではないという事実について、ある種の健忘症を引き起こしかねないところがある。「あなたと一緒に旅をするのをずっと愉しみにしていたのよ」

ジョナサンはわずかに頭をさげた。「ペムバリーが心配なのです。ニワトコの花が醸造用に届けられるので、家族の誰かが、台帳をつけるためにここに残るべきではないかと――」

「アボット氏がしっかり管理してくれている」ダーシーは少し厳しい口調で言った。「その件は、この数年、彼の管理を信頼してきた。もしおまえがアボット氏を監督するために残れば、それは不信の表れであり、したがって、最大の侮辱だと彼は受け止めるだろう」

「ぼ――ぼくは考えが至りませんでした」ジョナサンは言った。エリザベスは息子の頰が悔しさで赤らんだことに気づいた。「アボット氏を中傷するつもりはなかったのです」

ダーシーは音を立てた。立場の低い人が立てた音なら、ため息に聞こえただろう。「もちろんわかっている。だが、おまえのことばで思いだしたよ。出発前にもう一度、アボット氏と話しておこう。おまえも一緒に来なさい。彼がどれほど私たちに尽くしてくれているか、もっとよく知っておくべきだろう」

ジョナサンは目立った動きはしなかったが、エリザベスには息子に影が差したのがわかった。長男は正しいことをしようと懸命に努力し、父親と社会に設定された期待に応えようとしていた……が、頭はいいのに、いつもどこか理解が足りないところがあるようだった。

父親と息子は部屋から出ていった。エリザベスがダーシーと分かち合った一瞬の親密さも、父子と一緒に去っていった。

*

「大丈夫かい？」エドマンド・バートラム〔二十八歳〕は、この三時間で三度目の質問をした。「暑さが厳しいね。もし疲れているようなら、近くの宿に立ち寄ろう」

彼の妻、ファニー・バートラム〔二十二歳〕は首を横に振った。彼女は自分のせいでほかの人に面倒をかけるのが好きではなかった。「いいえ、ちっとも。わたしはまったく問題ありません」

「転んで頭がぱっくり割れたとしても、きみはそう言うだろうね」

ファニーは夫のためになんとか明るく振る舞った。

「それだと、わたしには感覚がないことになりませんか？」

「そう言われるとぐうの音《ね》も出ないな。一本取られたよ」エドマンドは端正な笑みを小さく浮かべた。

彼女は馬車の窓の外を見つめつづけた。ファニーは森や野原、木や花といった自然界に、つねに最大の安らぎを見いだしてきた。いつもなら見慣れない葉を観察することに、強すぎるほどの好奇心を抱いただろうが、今日は夢中になれなかった。恐怖がその爪で彼女を捕らえ、離そうとしなかった。

ファニーは昔からずっと恐れを抱いてきた。幼い頃、混沌とした生家から裕福な親戚、トーマス・バートラム准男爵夫妻のもとに引き取られた。伯母夫妻の立派な屋敷と礼儀作法はファニーを怯えさせ、生来の物静かさは完全な沈黙に変えられた。そんな彼女にほんとうに親切にしてくれたのはただひとり、従兄のエドマンドだけだった。

ふたりがおとなに成長するにつれ、ファニーの彼に対する深い感謝は愛に熟した。エドマンドの彼女に対する関心と称賛はちがった。そうはならずに、彼は活発な新しい隣人、メアリー・クロフォードという女性の魅力に囚われた。ファニーがどれほど嫉妬し悔しがっても、メアリーが聡明で、機知に富み、音楽の才に恵まれ、ときにファニー自身を深く思いやってくれる事実を隠せるわけではなかった。しかし、メアリーの才気あふれる輝きの裏側に、しかるべき道徳心が備わっていないことは、ファニーには明らかだった。

エドマンドにはそれが見えていなかった。彼は何カ月もメアリーの欠点に気づかぬまま、無視すべきでないものに目をつむっていて、ファニーの気持ちはさらに落ち込んだ。メアリーが本性を現したのは、エドマンドとメアリーが婚約寸前まで進んでから――実際に彼の口に求婚のことばがのぼってから――のことだった。そしてそのあと……

ファニーが完全に理解できなかったのは、〝そのあと〟のことだった。その年のうちに、エドマンドはメアリー・クロフォードへの心酔から立ち直り、ファニーに求婚するまでになった。ファニーはしあわせの涙を浮かべて彼を受け入れた。しかし彼女は、喜びの絶頂期でさえ、エドマンドがメアリーにしたように自分に求愛したことは一度もないことに気づいていた。彼の顔にはついぞ浮かんだことがなかったのだ――まぎれもなく恋をしていると世間に知らしめずにはいられない、喜びと傷つきやすさが入り混じったあの表情が。ふたりの日常生活にはほとんど変化がなかった。ある日、ファニーは彼の従妹だったが、次の日には、彼の妻になり、かつてマンスフィールドパークで一緒に暮らしていたように、牧師館で彼と一緒に暮らしはじめたのだった。

(彼女が口に出せず、考えることすらほとんどできなかった最大のちがいは、ふたりが夜に同じ寝台で寝たことだ。そこで起こったことは……悦びであり、ファニーはそれを否定できなかった。が、それはいまでも彼女にとって謎のままだった。暗闇に属するもの。なんらかの理由で、神が夫と妻のあいだに定めたもの。ファニーはその理由を理解しようとはしなかった。)

たしかに、それ以上を望むことはまちがっている。エドマンドは彼女の夫であり、彼女が口にすることを自分に許さなかった望みを叶えてくれた。ふたりの暮らしは質素だが快適だった。神はまだふたりに子どもを授けておらず、結婚して四年も経つとそれは気がかりだったが、それでもファニーは、いつかは祈りが叶えられると穏やかに確信しながら、教会で膝をついていた。エドマンドに愛されていることは疑わなかった。

しかし、ファニーがエドマンドを愛するように、彼が自分を愛しているとは思わなかった。

いま、ファニーを苦しめている問題と向き合うには、それほど深く、それほど強い愛がまさに必要なのだ。

エドマンドがまた話しかけてきた。「きみはずいぶん静かだね」

頭を垂れて、ファニーはうなずいた。「そういう性格なんです」ときおり、もっと暗い気分のときには考えることもあった――エドマンドはメアリー・クロフォードとの機転の利いた会話を恋しく思うことがあるのだろうか、と。メアリーの話は、ときに思いやりに欠けていたり不道徳だったりもしたが、どんなときも興味深かった。

「そのとおりだけど、それが真実のすべてではないよ、ファニー」エドマンドがやさしく叱った。「ここ数週間、何かが重くきみにのしかかっているようだね？」

「いいえ、ちっとも」

「妻は夫に対して誠実でなければならない」エドマンドの声は聖職者の説教じみた調子になっていた――彼の職業を考えれば、驚くことではない。「夫婦の神聖な絆は、それ以下であってはならない」

信心深いファニーは、ふだんは夫の説教を愉しんでいた。しかし今日、彼女の眼には涙が浮かんだ。「ほんとうに元気です。わたしを疑わないでください」

「ぼくは誰よりもきみを信頼している」エドマンドは朗らかに言った。「いいだろう、ファニー。いまのところは、もう尋ねるのはやめておくよ」

いまのところは。そのことばは、まるで一語ずつ鞭打つように、ファニーの心を打ちつけた――あるいは、兄ウィリアムから届いた悩ましい手紙の一通に書かれた生々しい描写を読んで、鞭打ちの痛みを想像したときのように。エドマンドはまた尋ねてくるだろう。彼に知らせなければならないが、知らせるわけにはいかない。どうすれば夫と兄の両方に誠実でいられるのだろう？

ウィリアムの最新の手紙は、エドマンドの足下に押し込まれた彼女の旅行鞄のなかにあり、痛ましいほどその存在を主張していた――まるで馬車に同乗し、ファニーを見つめ、彼女の一語一句を裁こうとする第三者のように。

*

「ええ、そのほうがいいわ」マリアン・ブランドン［十九歳］は、開けたばかりの馬車の窓から新鮮な空気をありがたく吸い込みながら言った。「夏の旅ってうんざりするもの。道が埃《ほこり》っぽくなくて運がよかったわ」

彼女の夫、ブランドン大佐［三十八歳］は、妻の世話をしようとするときによく見せる、深刻で心配そうな表情を浮かべていた。「陽射しを不快には思わないということだろうか？」

マリアンがブランドンの言わんとすることを理解するのに、少し時間がかかった。「わたしはほかの人みたいに、夏に日焼けした人をあざ笑うようなみっともないことはしないわ。上品とは言えないんだろうけれど、新鮮な空気と自然を愛する気持ちの表れだし、わたしにとって、新鮮な空気や自然はとても心地のいいものなんだもの。そんなわたしが、どうして日焼けを心配しなければならないの？」マリアンはそこではっとした。ふたりはまだ新婚夫婦なのだ。「でも、あなたは日焼けしすぎた女性のこと、すごくお嫌いなのかしら？」

「私もあなたと同じように感じている。おのずと湧き出る感情は、抑圧されるべきではない」クリストファー・ブランドンは同意した。夫の声には温かみがこもっているのだろうか？　マリアンにその判別がつけばいいのだが。「私のために自分を抑えないでほしい」

マリアンにはそんなつもりは毛頭なかった。彼女はただ、夫が物事をどう感じているのか知りたいだけだった、たとえば……たとえば、世の中のどんなことでも。ただし、マリアン自身のことはのぞいて。

結婚して五カ月、夫は心を閉ざしたままだった。壁を巡《めぐ》らせて。マリアンから遠く離れて。これは彼女のあらゆる結婚観に反していたし、ましてや深い愛にも反していた。夜には寝台でともに過ごす男性が、どうして彼女に心を開いて、遠慮なく話すことができないのか？　かつてのマリアンなら、そんなことはありえないと思い込んでいたはずだ。

とはいえ、マリアンの愛についての信念は、そのあまりに多くが、ありうるかぎり最悪の形で打ち砕かれてきた。

ほんの二年足らずまえ、マリアンはウィロビーという青年に出会った。ハンサムで、颯爽《さっそう》として、詩や芸術に情熱的で——まるで物語の主人公のように、マリアンのあらゆる理想を体現しているような人だった。ところがその後、ウィロビーが若い女性をもてあそび、妊娠させていたことが判明した。しかもその相手は、ブランドン大佐が後見人として面倒を見ていた女性だった。ウィロビーはそのことで叔母から相続権を奪われ、結局、五万ポンドという多額の財産を持つ別の花嫁のために、マリアンとの理想の愛を捨てたのだった。

マリアンの心は打ち砕かれた。さらに悪いことに、おのれの傷心に溺れるあまり、体を衰弱させた。その後、高熱を出したときには、病と闘う力は残されていなかった。マリアンの病状は悪化した。それどころか、あまりに重篤《じゅうとく》で、死にかけたほどだった。

姉のエリナーはいつも、さまざまな出来事から学ぶようにとマリアンを諭していた。マリアンはその闘病から、ふたつの貴重なことを学んだ。ひとつは、自分のためにも家族のためにも、感情を抑制しなければならないこと。それから、ブランドン大佐は、年が離れていて物静かな人だけれど、完全に信頼できる人だとみずから証明したこと。

信頼は愛に変化しないのか？　マリアンとしては変化するよう願うしかなかった。

エリナーはついにマリアンに影響を及ぼすようになった。つまり、マリアンがブランドンの求婚を受け入れる決断をしたのは、現実的な要因が働いたからだった。ブランドン大佐は立派な地位があり、人柄も良かった。友人から尊敬され、マリアンの家族からも慕われていた。そんな夫がいれば、つねに敬意を払って親切に扱われるだろう。心から安心できることの価値は、あまりに過小評価されているとマリアンは思った。

それでも彼女はずっと昔から誓いを立てていた――たんに富を得るためだけに自分を売るような結婚は絶対にしない、と。その誓いどおり、マリアンがブランドンの求婚を受け入れたのは、妻が夫に対して抱くべき感情を彼に感じはじめてからのことだった。

マリアンはもはや、ブランドンの年齢（三十七歳、彼女よりも丸十八歳も年上）にも、彼の堅実で寡黙な性格（彼女の性格とは全然ちがう）にも、なんのためらいも抱いていなかった。しかし、最初に恋に落ちたのはブランドン自身にというより、彼の自分に対する愛ゆえだったことは、マリアンはまだ意識していた。あれほど心のこもった、無欲な献身の対象となること。あれほどやさしく守られ、見返りをほとんど期待されないこと。そんな愛に、誰が引き寄せられずにいられるだろう？　それがブランドンの愛であり――その熱情は、深く埋もれていたとしても、灰のなかで赤々と輝く熾《おき》のように本物だった――まさにこれこそが、マリアンをブランドンの妻になるように促したものだった。

より深い理解と親密さが、いずれ目覚めるだろうと彼女は感じていた。実際、ブランドンに対する彼女の愛情は、日に日に増していた。

ところが、結婚して五カ月が経っても、ブランドンはまだ彼女に心を閉ざしていた。

子どもの頃、鍵のかかったドアがあれば、マリアンはいつも体当たりしたものだった。鍵のかかった心は、ずっと難しいと思い知らされていた。

＊

〝節約〟ということばは、つましさと倹約という称賛に値する資質を示唆《しさ》している。とはいえ、それはまた、いかに罪はなくとも称賛されることはけっしてない、境遇の転落をも示唆している。ウェントワース大佐夫妻が陥ったのはそういう窮地だった。

夫妻の二万五千ポンドの財産が、ほぼ一夜にして消えてしまったのである。

アン・ウェントワース［三十三歳］のほうが、その損失を深刻に受け止めたと想像する向きもあっただろう。ウォルター・エリオット准男爵の次女として、アンは若い頃から豪奢《ごうしゃ》な暮らしに慣れていた。しかしながら、彼女は華美なものを好むわけではなく、子ども時代を過ごした優美な内装のケリンチ邸よりも、船乗りたちの質素な家でのほうがしあわせを感じていた。海軍の男性と結婚してからは、夫とともに海上で数年を過ごしたが、窮乏を感じたことはなかった。それに船長の居室は、豪華だと思う人はいないにせよ、若い夫婦にとって快適で心地良いものだった。

状況の変化に強く失望したのは、フレデリック・ウェントワース大佐［三十七歳］のほうだった。彼の富は受け継いだものではなく、国家に対する勇敢な貢献を通して得られたものだった。それを得たことは彼の最大の誇りであり、それを失ったことは最大の恥辱《ちじょく》となった。

その恥辱が不当に与えられたものだけに、痛みはいっそう強かった。本来であれば、その恥辱は別の人間――慚愧《ざんき》の念をまるで感じないらしい人物――が負うべきものだった。

そんなわけで、仮住まいの階段が崩れたことは、アンにとっては小さな不便だったが、ウェントワースにとっては侮辱だった。

「安全でない家を――目と鼻の先で崩れかねない家を――人に貸すとは！」ウェントワースは、ひとりしかいない下男が馬車に荷物を積み込むあいだ、腹を立てていた。「けしからん。良識のある人間なら、そんな状態の家を貸したりするものか」

アンは答えた。「良識のある人なら、知らなかったと考えるほうが説明がつくことを、悪意のせいにはしないんじゃないかしら」

ウェントワースは意気消沈してうなだれた。「そ《ア》うだな《イ》、この屋敷には二年間誰も住んでいなかったという話だった。ナイトリー氏は知らなかったんだろう。だけど、階段が崩れたとき、あなたが階段にいたらどうなっていたかと思ったら――」

「いなかったわ」アンはきっぱりと言いながら、夫の腕にやさしく手を添えた。夫はまたアンを失望させたり、傷つけたりするのではないかと考えるだけで耐えられないのだと、彼女にはわかっていた。

咎《とが》を負うべきは別の人間だったのだが……

「あなたが助かったこと、神に感謝するよ、アン」ウェントワースは、多くの感情をにじませた低い声で言った。「あなたなしでは、どうやって耐えればいいのかわからない」

「わからなくていいのよ」彼女は約束した。「運命が許すかぎり、わたしはあなたのそばにいるから」

そのことばは、アンが思うほど慰めにはならなかった。ときに運命がいかに残酷なものなのか、ふたりともよく知っていたのだ。

*

「あなたに新しい服を買ってあげられたらよかったのに」キャサリン・ティルニー〔三十七歳〕は、娘の外《がい》套《とう》のリボンを結びながら言った。「でも、とっても素敵に見えるわよ」

「ありがとう、お母さま」ジュリエット・ティルニーは答えた。

十七歳になったばかりのジュリエット・ティルニーは、この一年でぐっと見た目に気を遣うようになった。幼い頃は、どちらかというとおてんばで、男の子の遊びに夢中になったり木登りが好きだったりした。父親のヘンリー・ティルニー〔四十四、五歳〕は、それを見て舌打ちすることもあったが、母親のほうは、自分も若い頃はまったく同じだったといつも話していた。では、そんな母親は、娘ざかりの頃に、綿モスリンの生地やダンス——そして、ハンサムな若い聖職者——に興味を持ったりはしなかったのだろうか？

実のところ、ジュリエットはまだ男の子の遊びが好きだったし、もしドレスでも許されるなら、木登りも続けていただろう。母親とは——これに関しては多くのおとなたちとも——ちがって、キャサリンはどうして自分が、モスリン、ダンス、そして白熱するボウルズの試合（芝生の上でボウルを転がして標的を倒す、イギリス発祥のスポーツ）を好きになれないのかわからなかった。おそらく、ジュリエットがもう少しおとなになれば、その答は——ほかの皆にとって自明であるように——おのずと明らかになるのだろう。

この訪問に行かされるのは、世間で多くの経験を積むためだけでなく、いずれ有望な青年を紹介してくれそうな知人を作るためでもあることを、ジュリエットは重々理解していた。少なくとも、母親が一度ならず読みあげたナイトリー夫人からの手紙によれば、ジュリエットはとても興味深い人々と出会うことになりそうだった。海軍の艦長——ゾクゾクするような響きだ。西インド諸島で任務についていた陸軍大佐は、広い世界のことをたくさん教えてくれそうだ。教区牧師というのはさほど興味を掻き立てられない。つまるところ、ジュリエットは聖職者の娘だったので。しかし、その分はダーシー氏の存在が補塡《ほてん》した。ダーシー氏の所有するペムバリーは壮大な領地で、その名声はグロスターシャーにまで広まっていた。

そしてもちろん、彼らの奥方たちも。ジュリエットは彼女たちに会うのも愉しみだった。興味深い男性は興味深い女性と結婚する傾向がある。そうでない場合には——ジュリエットは学んでいた——その男性は経歴ほど興味深い人物ではないことを示唆している。

「サリー」ティルニー夫人は考え込むように言った。「そのあたりには生け垣があるのかどうか教えてちょうだいね」

風景についての質問が意味することはひとつしかない。「お母さま、サリーを小説の舞台にするつもりなの？」ジュリエットは尋ねた。

「かもしれないわ」ティルニー夫人は、ある土地について書くまえに、まずはその場所を事細《ことこま》かに想像するのが常だった。

ジュリエットは笑った。彼女は母親の無限の想像力に敬服しており、ほんの小さな火花からアイデアが燃えあがるさまを目《ま》の当たりにするたび、何度でも驚嘆せずにはいられなかった。「じゃあ、わたしは調査員ってこと？　お母さまの次の大冒険を構築するための？」

ティルニー夫人は娘の頬に手を添えた。「次の冒険は、あなたのものであってほしいわ」

＊

ついに流刑となったナポレオン・ボナパルトは、それまでの五年間セントヘレナ島に封じ込められていた。英国中、さらには欧州全土も、ナポレオンのエルバ島脱出を忘れていなかったが、今回はあのような復活劇はなさそうだった。かつての偉大なるナポレオンは年を取り、健康状態は悪化しつづけていると報告された。かくして、多くの国々に深い傷痕を残した戦争は終了した。

もちろん、ほかの戦争は起こりうるだろう。すぐにでも起こるかもしれない。しかし、それはかつてと同様、既知の支配者一族間の戦争であり、古くから定められた領土をめぐる抗争になるだろう。もう二度と、ボナパルトの軍事行動のような衝撃的な紛争が起こることはないはずだ。

英国海軍は、国家の栄光と世界の勝利を証明した。

海上のブリタニアには誰も挑むことはできない――それは疑いの余地なく実証された。欧州では、英国陸軍の勝利が称えられた。しかしながら、戦争で名をあげることのなかった部隊があった。義勇隊である。ナポレオンはイングランド侵攻の兵力を動員できなかった。あるいは、少なくとも侵攻の機会は得られなかった。ナポレオンの侵攻から国を守るべく、義勇隊に参加した何千人もの若者たちは、軍服を着て、訓練を受け、称賛され、それ以外はほとんど不便を感じずに過ごした。そんな若者のなかには、侵攻されなかったことをただ感謝する者もいた。一方、戦争の恐ろしさをあまり意識せず、名誉に強く飢えていた者たちは、平和をとても残念に思った。

もっとも残念がったのは、強欲な者たちだ。戦時中は、財産を築きたい一般庶民が、平時なら手の届かないような褒美を得られることもあった。

しかし、意志あらば、財産はどんなときでも築くことができる。ジョージ・ウィッカム［四十九歳］はそのことを学んでいた。

ウィッカムはチョッキを撫でつけ、片手で髪を掻きあげた。いまでは髪に白いものが交じり、チョッキの胴回りが少しきつくなってはいたが、それでもまだ堂々たる風采《ふうさい》の男だった。そのことは、いまだ女性たちから投げかけられる興味津々な視線から、彼にもわかっていた……たとえいまではその女性たちの年齢があがり、視線を向けられる回数が減っていたとしても。もし再婚するなら、以前よりも有利な条件で結婚できるだろう。とはいえウィッカムは、もはや金のために結婚する必要はない。ついに彼は富の味を知り、もう二度と富なしに生きるつもりはなかった。

実のところ、最新の投機的事業は、ウィッカムにさらに数百ポンドをもたらすかもしれなかった――サリーのナイトリー夫妻とやらが、ほんとうに家族を愛しているのであれば。

1

〝ここはノーサンガーとはちがう〟ジュリエットは思った。馬車が、これから数週間過ごすことになる大きな屋敷に近づくにつれ、興奮が高まってきた。〝ドンウェルは本物の修道院《アビー》よ！〟

崩れかけた塔やゴシック様式の庇《ひさし》はなかったが、ドンウェルアビーは、ジュリエットの伯父の屋敷よりもその古さを誇っていた。馬車を曳《ひ》く馬が速足で駆け、正面玄関が近づくにつれ、ジュリエットの大きく見開かれた眼は、ステンドグラスの窓、いかつく古めかしい木々、近くにある礼拝堂、そして見方によってはガーゴイルに見えなくもない露出した岩を捉えた。

彼女は深く息を吸い、心を落ち着けた。熱中したり空想したりするのは後回しだ。まずは好印象を与えなければならない——従順で、物静かで、礼儀正しく、たしなみがあると思われるように。ジュリエットは自分が実際にそれに当てはまるのかどうかわからなかったが、そう見える必要があった。そうでなければ、誰も自分のことを知りたいとは思ってくれないだろう。家庭教師はしょっちゅうそう説明していた。説明してくれなかったのは、人を惹きつけるために自分を偽ってなんになるのかという点だった。いったん親しくなれば、猫をかぶっていたことに気づかれるだろう。そんなことをしたら元も子もないようにジュリエットには思われた。

もしそのことを両親に尋ねたら、父親はばかなことを言うんじゃないとジュリエットをたしなめることだろう。母親はいつもの心得顔で、暗にこう伝えるはずだ——〝世の中はばかばかしいところなのよ、おチビちゃん。あなたにできることをしなさいな〟。

ジュリエットはこの訪問をできるかぎり満喫するつもりだった。彼女は初めての本物の冒険をずっと待ち望んでいたのだ。

新しい知人ほど、顔ぶれが固定された地域の社交界を活気づけるものはない。新参者の家族はあれこれと調べられる定めにある。その男性は性格や人柄、財産を評価され、晩餐会や舞踏会に誘われ、既婚者なら配偶者を――いれば子どもたちも――紹介させられ、独身なら良縁を勧められることになる。新参者は、聞いたことのある人々には効果が失われた悲しい身の上話に、新鮮な共感を示しながら耳を傾けてくれる。陳腐になった冗談に、もう一度笑ってくれる。さらに、その男性自身の身の上話をしてくれるかもしれない。

とはいえ、新参者になるほうは、必ずしも愉しいことではない。一度に大勢の人々に紹介され、最初は名前や境遇を正確に覚えるのに四苦八苦する。つねに観察され――そのことに気づかないわけにはいかない。注目されてうまくやれる人もいるが、当惑する人もいる。

もっとも当惑するのはどういう場面か？ 参加者のほぼ全員が互いにとって新参者である集まりだ。誰もが品定めの対象となり、誰ひとり完全にくつろぐことができない。最初の数台の馬車が到着するやいなや、ドンウェルのハウスパーティはそんな状態になった。とはいえ、模範的な女主人であるエマ・ナイトリーは、最初の人脈形成をスムーズに促した。

「おふたりとも、とっても詩がお好きなんですってね」エマは言った。「それに小説も。わたし自身は読書家ではないんですけれど――読みたい本のリストばかりたまってしまって」

マリアンは鼻で笑いそうになるのをこらえた。義兄になったエドワードを愛するようになってから、立派な魂の持ち主であっても、詩に対する感受性を備えているとはかぎらないと学んでいたからだ。しかしながら集《つど》った人々のあいだを縫って歩くエマを見ながら、マリアンはこう言わずにはいられなかった。「当世でもっとも偉大な小説や詩の題名を見て、興味を惹かれるものがひとつも見つからないなんて、わたしには理解できませんわ」

「わたしもそう思います」ジュリエットは同意した。少し熱を込めすぎたかもしれない。「わたしなんて、半日ずっと本を読んでいることもあるくらいです。母はわたしを叱らなくてはと口では言いますが、そんな母も、わたしの年頃には同じように本ばかり読んでいたらしくて――ほんとうのことを言えば、母はいまでもそうなんです」ジュリエットはブランドン夫人を好きになりたかったし、彼女に好かれたかった。ふたりは集まった女性たちのなかで一番年齢が近く、二歳しか離れていなかった。（ナイトリー夫人にはジュリエットと年の近い娘がいたが、ナイトリー家の子どもたちは家族の友人とブライトンを訪問中だった。）そんなわけでジュリエットは、この集まりでブランドン夫人に特別な友人になってほしかった。ブランドン夫人はとても美しくて上品だが、ジュリエットが軽蔑するような堅苦しく形式ばった感じはしなかった。彼女のなかには、ジュリエットの知り合いにはめったに見られない、炎が宿っていた。

ブランドン夫人の眼に好奇心がきらめいた。「あなたのお母さまご自身も作家だとうかがったわ。そして、もし内表紙に〝ある婦人によって〟と書かれているなら、お母さまの本の何冊かはわたしのお気に入りよ」

そのとおりだと勢い込んで言えたら、どんなによかっただろう。しかし礼儀作法では、女性は自分が著者であることも、自分の母親が著者であることも、認めることは許されなかった。ジュリエットには不必要かつ不愉快な決まりごとに思えたが、両親はそれに従うよう彼女をしつけていた。「まあ、わたしからはなんとも申しあげられなくて」

それでも、ジュリエットは誇らしい気持ちで頬が染まったことを感じ、ブランドン夫人もきっとそれに気づいたにちがいないと思った。

ブランドン夫人の笑みが深まった。「ともかく、あなたのお母さまは詩的でセンスあるものがお好きなんでしょうね。そうでなければ、娘さんにジュリエットと名づけたりするかしら？　とても素敵なお名前ね」

「ありがとうございます」ジュリエットという変わった名前は、ときおり不愉快な批評を受けることもあった。聖書的でなく伝統的でもないため、怪しまれることもあった。それにキャピュレット嬢（『ロミオとジュリエット』のヒロイン、ジュリエットのこと）は、若い女性の理想像とは考えられていなかった。しかし、ブランドン夫人の賛辞は心からのように聞こえたので、ジュリエットは続けた。「わたしの妹はテオドシア（ギリシア語起源の名前。「神の贈り物」の意）、末の弟はアルビオン（「白い国」を意味するイングランドの雅称）というんです」

「なんてすばらしいの」ブランドン夫人の顔が喜びでぱっと輝き、ジュリエットはふたりがもう友人になったとわかった。

客間の反対側では、初対面の人々の紹介が続けられていた。「ブランドン大佐、あなたは何年か陸軍にいらしたのよね？」ブランドンがうなずくと、エマの笑顔がやわらいだ。「まあ！　それならぜひ、わが家を借りてくださっている、ウェントワース海軍大佐とお話ししてくださいな」

ブランドンとウェントワースは、民間人には解釈できない視線を交わして、軍隊に所属したことのない人々にありがちな誤解を互いに確認し合った。一般人はよく荒唐無稽な思い込みをしていた——陸軍に服務するのも海軍に服務するのも、一方の勤務地が陸上で、もう一方が海上であることをのぞけば、まったく同じであるというような。

　実際には、ちがいはたくさんあった。たとえば、海軍上層部の階級はおもに功績によって決められた。一方、陸軍将校は能力よりも富によって選ばれた。つまり、多くの陸軍将校は海軍軍人を、その地位をすこぶる鼻にかける成りあがりと見くだしているということだった。それはまた、多くの海軍軍人が陸軍将校を……まあ、もっとも丁寧なことばで言えば、〝でくのぼう〟と決めてかかっているということでもあった。

　ブランドンもウェントワースも、そんな決めつけはしなかった。ブランドンは人の性格を見抜く鋭敏な判断力を持っていた。ウェントワースは、第一印象による判断力は必ずしも正しいわけではなかったが、相手の眼に良識を見ればそれとわかった。

「次はいつ海に出る予定ですか？」ブランドンは尋ねた。

　海軍軍人に尋ねるにはごく普通の質問だったので、ウェントワースの口元が引き結ばれたのも、その声にわずかな尖《とが》りがあったのも、ブランドンには予想外だった。ウェントワースは答えた。「当分は家族と自宅で過ごしたかったのですが、現在の状況では許されそうにありません」

　もし若き日のウェントワースがイングランドから離れたくないと望んでいたら、彼の運命が好転することはなかったはずだ。どんな状況がウェントワースを悩ませているのか。海軍将校のなかには、戦争で勝ち取った船荷を失った者がいることを、ブランドンは知っていた。船荷の奪い合いもあったし、公正な標的とみなされていた船が、のちに航行権を持つ船舶だと判明することもあった。その手の問題は何年もまえに解決したものとブランドンは思っていた――が、海軍軍人にしかわからない事情があるのだろう。

「いまのところは、もっと満足のいく形で問題を解決できればと願っています」ウェントワースのことばは、希望にあふれた男のようには聞こえなかったが、一語一語に断固たる決意が込められていた。「もし失敗したら……相応の値打ちのある次のインド諸島行きの船に乗らねばならず、妻と子どもは一年以上ふたりだけで過ごさなくてはなりません」

ブランドンは自分の新妻、マリアンをちらりと見た。彼女は年若いティルニー嬢と愉しそうに話しており、その笑顔は暖炉の炎よりも暖かく思えた。ブランドンは心から愛する人と別れなければならない残酷さを知っていた。

「私はインド諸島で数年服務しました」ブランドンは言った。深く同情してはいても、礼儀正しく助言することしかできなかった。ただの助言でも、何もないよりはマシだろう。「もし貴殿がまだインド諸島に行かれたことがなければ、どんな質問でも喜んでお答えしますよ」

ウェントワースはゆがんだ笑みを浮かべた。「実は、いくつかお尋ねしたいことがあります」

「ご主人からうかがったんだけれど、あなたは海軍にお兄さまがいらっしゃるそうね？」女主人からじっと見つめられて、年若いファニー・バートラムはとっさにうつむいた。「ウェントワース夫人のご主人も海軍なのよ。しかも、艦長なの！」

ファニーは思わず顔をあげた。兄のウィリアムにつながることとならなんでも、たとえほんのわずかなことでも、彼女の注意を全面的に惹きつける――とくにいまは。しかし、まさかアン・ウェントワースの顔に心のこもった同情が即座に浮かぶとは、夢にも思っていなかった。

「お兄さまはどちらの海にいらっしゃるの？」アンはそっと尋ねた。「最近、連絡はありましたか？」

「ええ、ありました」ファニーは慌てて答えた。「ウィリアムはとても律儀《りちぎ》に手紙をくれるのです。ティベリウス号に乗っている大尉で、セントヘレナ近海を警備しています」

アンの微笑みは彼女の瞳のように穏やかだった。

「あのコルシカ島人（ナポレオン一世のこと）が息をしているかぎり、あの近海には船が必要ですものね——でも、お兄さまは海軍士官として可能なかぎり安全だと信じています」

ウィリアムはどんな戦いにも劣らぬ大きな危険に直面していた。少なくとも戦いなら、それを生き延びれば、また安全になれるのだが……

ファニーの眼に涙が浮かび、アンはファニーの手を握った。「具合が悪いのね。葡萄酒を持ってきましょうか」

気遣うのではなく、気遣われることは、ファニーの性質に反していた。葡萄酒もそれほど嗜《たしな》むわけではなかったが、それでアン・ウェントワースの洞察力の鋭そうな視線をいっとき逸《そ》らすことができるのなら——


「ええ、お願いします。なんてご親切なのでしょう」

アンの表情には、ファニーが申し出を受けたほんとうの理由を察していると思わせる何かがあった。アンはさらりと言った。「あたりまえのことよ。零分ちょうどになったら、葡萄酒を持って戻ってくるわね」マントルピースの上の優美な金色の置時計によれば、零分ちょうどには、まだゆうに五分はあった。葡萄酒を取りにいくのに必要な時間よりもずっと長い。慈悲深いことに、アンはファニーにひとりになれる貴重な時間を与えてくれているようだった。

理解されることは、なんと心地良いものなのだろう！

ファニーは初対面の人にはいつも内気だった。しかしながら、アン・ウェントワースは誠実で思いやりのある人のように思えた。このハウスパーティ——大勢の見知らぬ人々の集まりであり、したがってファニーにとっては恐ろしいもの——のなかに、友人になれるかもしれない人がひとりいたことに、彼女は感謝した。

それでも、すべてを打ち明けられる相手となると、ファニーには誰ひとりいなかった。

全般的に見て、このパーティに参加した女性たちは、労せずして会話することができていた。個人的な趣味が一致しないときには、家族が話題となった。エマ・ナイトリーは、わが子たちの遊びや空想の話に新たな笑いの種を見つけて披露した。アン・ウェントワースが、ひとり娘——ペイシェンスという名の少女で、現在はアパークロスの親戚と過ごしている——について話すとき、その声はさらに柔らかくなった。ファニー・バートラムはそんな子どもたちの話を熱心に聞いており、ジュリエットは、もしかしてファニーは身ごもっているのかしらと思った。この一年で流行りのドレスのウエストラインは徐々にさがっていたが、それでも妊娠中の女性には数ヵ月の謎めいた期間が残されていた。

マリアン・ブランドンがいなければ、ジュリエットは既婚女性の悩みを中心とした会話から取り残されたように感じていたことだろう。独身女性も結婚したばかりの新妻も、子どもを持つことや、まだ生まれていない子どもを生活の中心に据えることは期待されていない。ジュリエットとマリアンは礼儀正しく耳を傾け、ほかの女性たちとも丁重に会話をしたが、ふたりだけでドレスについて話すこともできた。(マリアンは結婚式のためにに衣装をあつらえたばかりだった。また、ジュリエットの父親が——ふたりが出会ったどんな女性よりも——モスリンに一家言《いっかげん》あると聞いて、とてもおもしろがった。) 紅茶を飲みながら、誰もが微笑んでいた。そう、女性たちにとって、このハウスパーティは上々の滑り出しだった。

男性陣はそれほど幸先が良くはなかった。誰ひとりとしてほかの誰かを嫌っているわけではなかったが、会話の話題に事欠いていた。

「このあたりは、すばらしい狩場でしょうね、ナイトリーさん」ブランドンが言った。紳士ならばほとんど誰もが、そのとおりだと同意するか、ほかにもっといい狩場があると説明したことだろう。

ところが、ナイトリーは首を横に振った。「それがですね、大佐《カーネル》。私は狩猟を趣味にしたことは一度もないんですよ。勢子《せこ》（狩猟の場で獲物を駆り立てる人）や犬の費用を節約できるし、まあ、それでも一匹飼ってはいるんですが」彼は暖炉のまえでうたた寝している小さな白黒の雑種犬を見て、やさしく笑みを浮かべた。「ピエールは長々と昼寝をしたり、愉快なときに尻尾を振ったりして、食い扶持《ぶち》を稼いでいるんですよ」

それを聞いて、やさしさを重んじるブランドン大佐は小さな笑みを浮かべたが、さして感傷的でないエドマンド・バートラムとウェントワース大佐は、困惑の表情を浮かべただけだった。

ほかの話題も、同様に刺激に欠けるものだった。バートラムは自分の説教について敬虔《けいけん》に語り、ほかの面々は理屈としては感服したものの、福音主義的な熱意をひねり出すことはできなかった。ウェントワースは、誰ひとり熱心な釣り好きがいないことに失望した。会話は途切れ、沈黙は気まずさを覚えるほど長く続いた。

ハウスパーティは一カ月ほど続くことになっていた。ナイトリーは心のなかで、そのあいだに客人たちが何か話題を見つけてくれますようにと願った。

それから、ナイトリーの眼はエマに留まった。彼女はアン・ウェントワースとさも愉しそうに笑っていた。彼の妻はどんなことだろうと、たやすくこなす方法を見つけだす。たいていそうだった。エマの魅力に抗《あらが》える人はほとんどいない。ナイトリーはそのことを重々承知していた。なぜなら、抗おうとした経験があるからだ。その結果、彼は哀れな敗北の笑みを浮かべ、エマは結婚指輪をはめることになったのだった。

正餐《ディナー》（当時は一日二食で、ディナーは午後三～四時頃に取られることが多かった）の席ではもう少し話題が増えるだろうとナイトリーは思った。それがせいぜい白いスープへの賛辞でしかなかったとしても。しかしながら、食事の少しまえに、もっと歓迎すべき形で救済がもたらされた。屋敷の外の車道から馬車の車輪の音が聞こえた瞬間、ナイトリーは顔を輝かせた。

その直後、執事が客間にはいってきて告げた。「ペムバリーのダーシー夫妻と、ジョナサン・ダーシーさまがご到着されました」

ナイトリーがオックスフォード時代以降にダーシーと会ったのは三度だけで、この十年は一度も会っていなかった。ダーシーのこめかみに白いものが細く交じり、目尻にわずかな小皺があることに気づいたとき、ナイトリーは一瞬、驚いた。〝あたりまえだろう〟心のなかでつぶやいた。〝それについては、おまえは二倍の驚きを与えてるぞ〟（ナイトリーはときどき、若い頃に普及していた髪粉《かみこ》かつらを懐かしく思うことがある。その粉は当時の年配者たちの白髪や抜け毛をエレガントかつ完全に隠していた。）

加齢による変化も、ナイトリーの顔からおなじみの笑顔を消し去ることはできなかったようだ。「ダーシー！　やあ、きみ。無事に着いてよかった」

「天候が変わりつつあるようだな」ダーシーは窓のひとつにちらりと眼をやった。黒い雲に覆われかけた空が見えている。とはいえ、彼もまた、笑みを浮かべていた。「会えてうれしいよ、ナイトリー。もちろん、私の妻のことは覚えているだろう」

ナイトリーはエリザベス・ダーシーのことをよく覚えていた。ふたりが結婚した直後に、一度だけ会ったことがある。当初、彼はダーシーが家柄や財産を気にせずに結婚したことに驚いた――きわめて分別のある男にしては無分別な結婚相手だった。しかしながら、ダーシー夫人と初めて短い会話を交わしたあと、ナイトリーは完全に理解した。そう、たしかに彼女は美しかったが、美しさは彼女の魅力のなかでは末尾に位置していた。彼女の快活さは、ダーシーの陰気さと完璧にバランスが取れており、その強い個性は、豊かな機知と同様に明るく輝いていた。

エリザベスの顔はこれだけの年月を経ても美しいままだったが、きらめくような生気が色褪せたように見えた。礼儀正しい挨拶の奥にはなんの感情も込められていなかった。まるで彼女の心はまったく別のところにあり、ただ形だけですませているようにナイトリーには思えた。エリザベスは夫と眼を合わせることがなかった。ダーシーと妻のあいだに何か問題でもあったのだろうか？

〝いや、おそらく旅の疲れだろう、無理もないことだ〟ナイトリーは自分をたしなめた。〝おまえさん、エマと同じくらい想像を膨らませているぞ〟

そしていま、彼は旧友の息子と会う喜びを味わっていた。「きみも一緒に来てくれてとてもうれしいよ、若きダーシー君」

ジョナサンは体をこわばらせて直立姿勢を取った。ものすごくカチコチに。従僕でも、もっと楽な姿勢を取るだろう。「恐れ多くも奥さまからご招待いただいたからには、サー、お断りするわけにはまいりません」

ダーシー一家を招待する顚末《てんまつ》は、ナイトリーには知らされていなかった。彼の視線は即座に、若きティルニー嬢に注がれた。黒髪で可憐な彼女は、部屋にはいってくる人からもっともよく見える位置に置かれた椅子に座っていた。ナイトリーの眼が妻の眼を捕らえると、妻はほんの少しうなずいてみせた——本心を知られることを恐れもせずに。

〝また縁結びをするつもりか〟ナイトリーは思った。

〝おいおい、エマ！〟

「もちろん、もっと多くの若い方たちと知り合ってもらいたかったんだけれど」ナイトリー夫人は、ジュリエットの耳元でつぶやいた。パーティの参加者たちがいよいよ正餐に向かう準備を始めたときのことだった。

「でも、ジョナサン・ダーシーは最高の青年だという噂よ。勉強熱心で、広大な領地の相続人だし――かなりハンサムじゃなくて？」

「ええ、かなり」ジュリエットがそう言うと、ナイトリー夫人から満面の笑みが返ってきた。まるでジュリエットが何かおもしろいことでも言ったかのように。

実際に、ジョナサン・ダーシーがハンサムだというのは、芝生が緑だというのとほとんど変わらないくらい顕著なことだった。背が高く、髪はジュリエットと同様に黒く、物腰は貴族のよう。そんな彼をハンサムじゃないと思う人なんているのだろうか？

ジュリエットは、そんな高貴な相手との結婚を望んでいるのかどうか、自分でもわからなかった。彼女にはわずかな持参金しかなかったし、そのことを謝罪しながら一生を終えたくはない。それでも、礼儀作法として、ジョナサンが正餐のために自分をエスコートしなければならないと気づいたとき、ジュリエットは期待に胸を躍らせた。きっと頬までピンクに染まっていたにちがいない。

食堂に向かう来客たちの流れの最後尾に加わり、ふたりは位置についた。ジョナサンがジュリエットの隣に立ち――なんて背が高いのだろう！――腕を曲げ、彼女が手を添えられるようにした。彼の前腕は、洗練された上着の生地越しにでも、筋肉質で引き締まっているのがわかった。それまでの人生で出会った男性たちには、そんな感触に気づいたことはなかった。

「フェンシングをなさるんですか、ダーシーさん？」ジュリエットは思い切って尋ねた。

ジョナサンは明らかに驚いた様子で、ジュリエットのほうに半分顔を向けた。「なんでしょうか？」

「わたしはただ――」ジュリエットは、鍛えあげられた腕に興味があると認めることは絶対にできないとわかっていた。「若い紳士のあいだでは、一般的な趣味ですから……」

ジョナサンの美しく鋭い顔立ちは、大理石から彫り出されたかのようだった。「正餐の会話は、正餐の最中にするものではないのですか？」

ジュリエットはさっと顔の向きを変えて前方をまっすぐ見つめた。先ほどピンクに染まった頬が、憤りの赤みを隠してくれることを願った。なんて堅物なのか！ しかも、礼儀知らずの堅物だ。堅物というのは、少なくとも礼儀作法には注意を払うものではないのか？ それが彼らの唯一の長所なのに。

〝この人は、自分のことをほかの客人よりも上だと思ってるんだわ〟ジュリエットは思った。〝少なくとも、わたしよりは上だと〟

よくわかった。ナイトリー夫人が何を意図していたにせよ、ジュリエットは夫を見つけるためにドンウェルアビーに来たわけではない。世の中のことをもっと学ぶために来たのだ。これまでのところ、若い男性はとてもハンサムであると同時に、非常に無礼にもなりうるということを学んだ。

ジョナサンは誤った思い込みをしていた。

彼にはしょっちゅうそういうことがあった。ときどき、家族以外の人々はまったく別の種族ではないかと思えることもあった――大プリニウス（古代ローマの将軍・博物学者。大百科全書『博物誌』37巻を編み、古代科学知識を集大成した）が『博物誌』に描いた、足がうしろ向きに生えた滑稽な人間のように。母親と父親、弟たちとなら――ペムバリーの使用人たちとでさえ――それほど会話に苦労はしないのに、ほかの人間との会話がこんなにも難しいのはなぜなのだろう？

幼い頃は、顔なじみの愛する人々だけに囲まれて過ごした。そのなかには、彼を溺愛する年配の使用人たちや、近くの町、ラムトンの少数の人々も含まれていた。人と会話をするには、まず誰かに紹介してもらう必要があるが、子ども時代の家庭という温かな聖域では、紹介が必要な見知らぬ人はほとんどいなかった。いずれその聖域を離れ、学校に行かなければならないことに、ジョナサンは漠然とした不安を感じていたが、父親はそうした不安を抱くのはごく普通のことだとジョナサンを安心させた。父親によれば、学校の仲間は兄弟と変わらぬほど親しくなれるということだった。

　ところが、実際には、学校は苦痛の種となった。見慣れない顔、新しいスラング、不明確な上下関係――そのすべてが彼を当惑させ、不安にさせるために存在するかのようだった。それを察したほかの生徒たちは、ジョナサンには際限なく責め苦を与えてもかまわないと考えた。彼はできるかぎり頭を低くし、教師――ジョナサンがどう関わればいいのか理解できる唯一の人物――に認めてもらえるように勉学に励んだ。

　両親は、翌年には状況がよくなるはずだと言った。そして、大学ではもっとよくなるだろう、と。実際にオックスフォードでは多少はよくなった。最悪だったいじめが、大学では幼稚と考えられるようになったのが大きかった。しかし、ジョナサンは相も変わらず見知らぬ人々とどう話せばいいのかわからないままだった。

　だからこそ、ルールが重要だった。社交界にはルールがある。規則は確実で堅固で不変のものだ。ジョナサンが独学で身につけたダンスのステップと同じように。そう、他人はジョナサンのことを……堅苦しいと、あるいは冷たいと思うかもしれない――もし彼がその境界からはみ出した会話を頑なに拒否したら。でも、ばかげているとは思われない。他人は彼を誤っていると言うことはできない。ルールに従っているかぎり、ジョナサンは安全なのだ。

　彼はティルニー嬢――かなり美しい若い女性――と

良い形で知り合うべく、ルールに頼った。そのルールは、彼女がジョナサンの腕を取る瞬間をやりすごす手助けにもなった。彼は知らない人に触れられるのが好きではなかったが、少なくとも、これは予想されていたことであり、接触に備えて心の準備をすることができた。ところが、ふたりが接触したとたん、ティルニー嬢はルールを逸脱し、ジョナサンを狼狽《ろうばい》させたのだった。彼は慣習的な時機と表現手段という安全地帯に、ふたりをそっと戻そうとした。ところが、ティルニー嬢の頬の赤みから判断するに、ジョナサンは彼女を怒らせたようだった。誰かを怒らせてしまう恐怖よりも悪いことはただひとつ、すでに誰かを怒らせてしまったという自覚である。こんな状態で、いったいどうやって食事が終わるまで乗り切ればいいのだろう?

一回の食事だけではない。ジョナサンは自分に釘を刺した。一カ月だ。しかも見知らぬ人々に囲まれながら。ここに来るまえは、同じ年頃の若者ではなく、両親と同年代の人々と過ごすほうがやりやすいかもしれないと思っていた。昔からおとなと関わるほうが気楽にできたからだ。しかし、これまでのところ、彼はいつもどおり惨《みじ》めに感じていた。これから始まる長い時間——緊張を強《し》いられるおしゃべり、じわじわと迫る恐怖、胃の締めつけのせいで消化できない美味しい食べ物——を、憂鬱な気持ちで迎えることになった。

会話とは両隣りの席の人となされるものである。全員に向けられた少数の発言をのぞき、テーブルを挟んで行なわれることはない。そんなわけで、ジョナサンは非常におしゃべりな人たちのあいだに坐りたいと願った。経験上、おしゃべりな人が相手なら、うなずいたり、たまに同意のことばをつぶやいたりするだけですむと気づいていた。不思議なことに、両親に向かって、ジョナサンのことをこの上なく好意的に評してくれるのは、そんなおしゃべりな人々だった。両親はその賛辞をジョナサンに伝えて、今後もそれと同じことを——彼が何をしたにせよ——するようにしなさいと暗に勧めた。ジョナサンは、その賛辞の矛盾について両親に説明していなかった。というのも、まず彼自身その点を理解していなかったからだ。往々にして人間とは、人に話を聞いてもらうことほどには、人の話を聞くことを好まないようである。

残念ながら、ジョナサンはこの日の夕食では、穏やかに話すウェントワース夫人と取り澄まして無口なバートラム夫人のあいだに坐ることになった。長く気まずい食事の時間になりそうだった。

ところが、最初に蓋つきの鉢入りスープがテーブルに並べられるやいなや、執事があたふたした様子で姿を現した。「ナイトリーさま——紳士がおひとり、お会いしたいといらしておりまして、サー」

ナイトリーが眉根を寄せたのも無理はない。「ずいぶんとめずらしいことだな、グリーン」

「おっしゃるとおりです、サー」執事はこのまま話を進めるよりは炎に包まれたほうがましとでもいうような顔をしていたが、背後をちらちらと見るそぶりから、執事には選択の余地がほとんどないらしいとわかった。「そう申しあげましたが、どうしてもとおっしゃるのです」

「いかにも、そのとおり」男性の声がして、暗闇から謎めいた人影が食堂の敷居まで進み出た。「どうしてもとお願いしましてね」その人物は執事が戻ってくるのを待ちもせず、強引にはいり込んでいた。ただならぬ無礼な行為だ。ジョナサンはちらりと父親を見た。父親もまた、ジョナサンに負けないくらい無礼を嫌っている。

ところが、父親の顔には侮蔑も不愉快さも浮かんでいなかった。父親は……激怒していた。一方、母親の顔は真っ青になっていて、ジョナサンは母親が気を失ってしまうのではないかと思った。

その男性ははっきり見えるほどまえに出てきた。ジョナサンの父親と同じくらいの年齢で、華やかな――華やかさを通り越して、けばけばしいほどの――衣服に身を包んでいた。顔には陰気な笑みをかすかに浮かべている。ジョナサンは隣りの席のアン・ウェントワースがテーブル越しに夫の注意を惹こうとしていることに気づいた。彼女の夫、ウェントワース大佐は、彼自身の憤怒の熱でかっとなっているように見えた。

気のせいだろうか。ジョナサンは思った。どうもこの男性は……どことなく見覚えがあるような？

男性が笑みを深めた。「おやおや。このテーブルは知人に事欠かないようだ。またお会いすることになるとは、なんたる幸運でしょうか」

何人かが驚いてあたりを見まわしたが、ジョナサンの父親は軽く頭をさげ、純氷のような口調で言った。

「ごきげんよう、ウィッカムさん」

2

フィッツウィリアム・ダーシーはこれまで三回、ジョージ・ウィッカムという唾棄《だき》すべき存在を永久に追い払えると信じた。三回とも、彼は誤っていた。八カ月前の別離は決定的と思われたが、そうはならなかった。運命とは悪意に満ちうるものである。

「おや」ウィッカムがぶらぶらとテーブルに近づきながら言った。「ぼくは少々出遅れたようですね。都会では、遅めの時間の正餐が流行っているものですから」

ナイトリーが青ざめ引きつった顔で、立ちあがった。まるでダーシーと同じくらいウィッカムを嫌悪しているように見えた。「どんな時間だろうと、貴殿が招かれることはありませんよ」

ウィッカムの笑みが広がった。対決の真っ最中だというのに、どういうわけか、さらにくつろいだ態度を見せている。「法律上ぼくの所有物であるものを受け取るために招待を待っていたら──そう、ナイトリーさん、ずいぶんと長く待たされることになるでしょうね」

ナイトリーの唇が引き結ばれた。エマの顔は抑えきれない怒りで赤らんでいる。テーブルで動揺しているのはナイトリー夫妻だけではなかった。ウェントワースの表情は暗く、彼の妻は緊張していた。まるでいつでも椅子から飛びだして夫を制止できるよう身構えているかのように。もっとも動揺していたのは、ダーシーの最愛の妻エリザベスで、座席で氷のように固まっていた。彼女の指はディナーナイフの柄にしっかりと巻きつけられている。ジョナサンは叔父のウィッカムに不信感を抱きつつも、明らかに母親が心配でたまらないようだった。

ブランドン夫妻、バートラム夫妻、若きティルニー嬢については、一般的な礼儀作法を大きく逸脱した突然の訪問客に、それぞれ深く困惑しているようだった。つまり、彼らは誰ひとり、ジョージ・ウィッカムと会ったことがないのだ。ダーシーは、彼らの恵まれた境遇を羨《うらや》んだ。

大きな雷鳴が空中で、屋敷のなかで、大地にまで轟《とどろ》いた。次の瞬間、雨粒が窓や地面を叩きはじめ、窓枠ががたがたと音を立てるほど打ちつけた。

ダーシーは声に出して悪態をつきそうになった。先ほど外から聞こえた蹄《ひづめ》の音から判断するに、ウィッカムは馬車ではなく馬に乗ってやってきたのだろうし、どれほど忌まわしい客であっても、このような天候では外に放りだすわけにもいかないだろう。とりわけ、サリーのこの丘陵地帯では、激しい雷雨のなかで馬に乗ろうとすれば、馬の健康や神経を損なうだけでなく、馬上の者の命まで危険にさらすことになる。

ウィッカムは片眉をあげた。彼もまた、ほかの人々と同様、屋敷の主人を縛りつける礼儀作法に気づいていた。「どうやらぼくは、しばらく逗留することになりそうですね」

＊

「残念ながら、テーブルにお席はご用意できませんの、ウィッカムさん」ナイトリー夫人は、行儀の悪い子どものように、突然、椅子をうしろに押しやって立ちあがった。子どもの頃のジョナサンが、もう少し控えめに立ちあがったとしても、きっと叱られていただろう。ナイトリー夫人は続けた。「お部屋にご案内させていただきますわ。使用人があとから食事をお持ちします」それから、食堂を出ていった。少しして、ウィッカムはテーブルに向かって頭を傾げ——あてこするように、おざなりな礼をしてから——夫人のあとを追った。

ナイトリー夫人は正しいことをしたのだろうか？こうした状況では通常のルールを適用することはできない。両親がひどく打ちひしがれていなければ、ジョナサンはあとで尋ねてみようと考えたことだろう。しかし、それはできそうになかった。この件は、ジョナサンが自分で解釈するしかなさそうだ。

沈黙が続いた——ひと言も発せられず、息の詰まるような重い沈黙が。ついに、ナイトリーが咳払いをした。「親愛なる客人のみなさん、申し訳ありません。先ほど到着した紳士は……当家の友人ではありません。しかし、われわれのあいだには、解決しなければならない問題があります」

「とんでもなく横柄《おうへい》に見えましたわ」ブランドン夫人が驚くほど率直に言った。「なんて不愉快な方なのかしら」

別の状況であれば、ジョナサンはそんな発言を無礼だと思ったかもしれないが、今夜は、人々は自由に自分の考えを――しかも、テーブルの全員に向かって――話しているようだった。無理もないことなのだろうが、ジョナサンの考えでは、危険な前例となった。

「ジョージ・ウィッカムはたしかに不愉快です」ナイトリーは同意した。「しかし、そうでないふりをすることに長《た》けているのです」

ブランドンが夕食の席で初めて口を開いた。「ジョージ・ウィッカム氏――とおっしゃいましたか？」

ナイトリーはうなずいた。「元陸軍士官で、現在は投資の斡旋《あっせん》人を気取っています。はっ！ 彼だけが得をして、ほかの人間は損をする投資ですよ」

「たしかに、ぼくたちもだ」ウェントワースは虚ろな声で言った。

ジョナサンはウェントワース夫人がたじろぐのを見た。

しかし、彼女はすみやかに立ち直り、ジョナサンの父親のほうを見ると、とても礼儀正しく尋ねた。「どのようにウィッカム氏とお知り合いになられたのですか、サー？」

「ダービーシャーでともに育ったのです」父親は答えた。ブランドンのフォークがディナー皿に当たって音を立てた。ジョナサンは不思議に思った――〝こんなときにどうして食べつづけられるのだろう？〟。「あの男は亡き父の財産管理人の息子でした。おとなになってからは、ずっと別々の道を歩んでいましたが」

ジョナサンが驚いたことに、次に口を開いたのは母親だった。「それからウィッカム氏は、わたしの妹のリディアと結婚しました」

そしてリディアとジョージ・ウィッカムには、娘がひとりいた。

その瞬間、ジョナサンの脳裏にスザンナの姿が浮かんだ。その姿はあまりに鮮明で、まるでジョナサンの隣りに坐って、カールした黒髪に縁取られたまんまるい顔で、かつてのようにクスクス笑っているかのような気がした。ジョナサンにとって、スザンナは従妹というより妹に近かった。彼の両親にとって、スザンナは姪というより娘に近かった。ジョナサンは自分や弟たちが心から愛されていることを知っていた。同時に、母親と父親が長年女の子を望んでいたのに恵まれなかったことも知っていた。

それから、八年前に、スザンナ――叔母と叔父が遅くに授かった唯一の子ども――が生まれた。叔母のリディアも叔父のジョージも、日々の退屈な子育てにはあまり興味を持たなかった。スザンナが乳母から乳離れしたとたん、ペムバリーに長期間預けられることが増えた。実際、スザンナは短い生涯のうち、両親と過ごした時間よりも、ジョナサンの屋敷で過ごした時間のほうがずっと長かった。スザンナの滞在は誰にとってもうまくいった。ジョナサンの母親と父親は姪を溺愛した。ジョナサンと弟たちは、従妹がちょっとへんてこなことをしても、苛立ったりせず、おもしろいと思えるほどすでに成長していた。叔母のリディアと叔父のジョージは、娘がいなくて寂しがっているという証拠は示さなかった。そしてスザンナ自身、自宅に帰るたびに痛ましいほど泣きじゃくり、ペムバリーに戻るときには、いつも小さな足で必死に駆け戻ってきた。

そんなスザンナが、ペムバリーの玄関に駆け込むことはもう二度とない。

＊

〝なんて横柄なの〟エマは心のなかで憤慨した。〝うちの屋敷にずうずうしく乗り込んでくるなんて、しかも正餐の真っ最中に！　この高慢ちきで情け容赦のない男にとりわけ困らされてる人たちを、元気づけようと思ってハウスパーティを開いたのに、よりにもよって、その最初の晩にだなんて——〟

「ぼくはドンウェルアビーに招かれたことは一度もないんですが、ナイトリー夫人」ウィッカムは言った。そのことばからは慇懃無礼《いんぎんぶれい》さが油のようにポタポタと滴《したた》っていた。「この手の館のなかでは最高の、古くてすばらしい建物のようですね」

「修道院《アビー》ではないほうがよかったですわ」そう言って、エマは急いで階段を駆けあがった。ウィッカムは小走りで追いついてくる。つまずいて転んで、頭をぱっくり割るかもしれない。そうなったら、どんなに幸運だろう！「もし愛する主人がお城を相続していたら、きっと地下牢があったでしょうに」

どうやらウィッカムは、それに返事を寄越すほど自信満々というわけではないらしかった。

ふたりは最初の階段の一番上にたどり着いた。多くの修道院と同様にドンウェルにも、建物の中心に、天井の高さが三階まである吹き抜けの間《ま》があった。使用人用の裏階段をのぞけば、この階段だけが屋敷内を昇り降りする唯一の通路である。階上の部屋も階下の部屋も、入り口は大理石のアーチで縁取られ、部屋の中央に太い柱がまるで木が生えているかのように立っているにもかかわらず、くつろげる雰囲気に整えられていた——が、エマがどれほど温かみや快適さをほどこしても、どの部屋もこの洞穴のような空間から、数歩しか離れていなかった。広大な吹き抜けの通路が音を捕らえ、反響させ、妙な隅や隙間に投げかけると、その音がどこから来たのかわからなくなってしまう——それはエマにとって、数少ないこの屋敷の好きになれない部分のひとつだった。

エマはウィッカム氏の存在を感じさせて、これ以上客人を動揺させないように、声を落としてほとんどささやくように言った。「使用人がすぐに部屋の準備をします。お荷物はありますか？　着替えの衣類は？」

ウィッカムが馬に乗って到着したことを考えると、その可能性は低かったが、礼儀として尋ねなければならなかった。

「鞍袋《くらぶくろ》に小型鞄があるだけです。使用人にすぐに部屋まで運んでもらえますよね。残りの荷物はロンドンでぼくを待っていますよ、マアム」

エマはやすやすと罠《わな》にかかり、すぐに反応してしまった。「何十人もの事務弁護士と同じように、でしょうか」

ウィッカムは背筋を伸ばし、平然とした笑みを浮かべた。いっそう腹立たしい笑みを。「彼らは無駄な請願をするかもしれませんね。同じ数の別の事務弁護士たちが説明してきたように、法律はしっかりとぼくの味方をしてくれてますから」

「法律」エマの軽蔑はその表情に凝縮されていた。「道徳的責任から逃れるための、ごまかしのことばですわね。あなたは最初からご存じだったのでしょう。その投資があなたを信頼した方々を困窮させるものでしかないということを」

ウィッカム氏はわずかに頭をさげた。「これ以上、あなたを煩わせるのは心苦しいのですが、ナイトリー夫人。しかし、この事業の不確実な性質は、投資者全員に完全に明らかにされていました――あなたの義理の弟さんを含めて。弟さんはリスクがあることをご存じでした。その上で、リスクを取ることを選んだのです。すべてのリスクが報酬をもたらすわけではありません」

何より癪《しゃく》にさわったのは、ウィッカムが……完全にまちがっているわけではないという事実だった。ジョンはなぜ自分の資産をそんな投資につぎ込んだのか？ たしかにジョンは次男だけれど、母親から遺産を受け継いでおり、イザベラと子どもたちを快適かつ優雅に養うことは十二分に可能だった。それ以上の富を目指す理由はなかった。

とはいえ、ジョンは昔から、ほかの人が知らないことを知ることに喜びを見いだしていた。もしかしたら――エマは思った――それこそがほんとうの誘惑だったのかもしれない。周囲の人々よりも自分のほうが賢いことを証明したいという欲求こそが。

ところが、結果は破産である。現在はイザベラの持参金だけで貧困を免れていた。一、二年のうちに、ロンドンの屋敷を手放さざるを得なくなるかもしれない。そのときはハートフィールドに移ることになるだろう。ウェントワース夫妻の借用期間は一年だけだから。しかし、いまのジョンとイザベラには、エマの実家を維持する余裕すらないのかもしれない。

そんなことを頭のなかで考えながら、礼儀正しく振る舞いつづけるのは難しかった。できるだけ早くこの案内を終わらせるのが最善だ。「階段を昇って、右側のふたつ目のお部屋です」エマは言った。ウィッカムを三階の部屋に入れておけば、ほかの客人から遠ざけておける。それが全員のためになるだろう。「夜が明けたら、どうぞドンウェルをご出発ください」

「あなたは実に寛大な方ですね、マアム」ウィッカムの声ににじむ嘲《あざけ》りは、エマを挑発し、理性を失わせかけた――ああ、この男を手すりから突き落として、転落させられたら――

エマは我に返った。ウィッカムにはなんの返事もせず、急いで階段を降り、客人のもとに向かった。

＊

どんな正餐会にも何かしら災難は降りかかるものだ。肉汁がこぼれたり、席の並びが気まずかったりする。手練《てだ》れの女主人と、気心の知れた客人がいれば、そうした些細《ささい》な不手際は丸く収められ、気持ちよく食事を進めることができる。

突然のウィッカム氏の来訪を丸く収める方法は存在しなかった。

最初の憤りの熱が冷めたあとは、ぎこちない会話が中途半端に交わされるうちに食事が終了した。なんの愉しみもなかった。しかしながら、マリアン・ブランドンは食後の女性同士の会話のほうがずっと興味深くなるのではないかと予想していた。

女性たちが客間に移ると、若いジュリエット・ティルニーがマリアンのそばの席に坐った。そこでマリアンは身を乗りだし、ジュリエットの耳元でつぶやいた。「なんて恐ろしいのかしら。女主人もほかのお客さまもお気の毒に」

「ウィッカム氏は、かなり邪悪な人のようですね」ジュリエットは声を低めて答えた。「どうしてあんな性格の人に、立派な方々が大勢騙《だま》されたのかしら？」

ジョン・ウィロビーの顔が、マリアンの頭のなかで、幻灯機に映しだされた儚《はかな》い影のようにちらちらと揺らめいた。「あらゆる邪悪さが、すぐに本性を見せるわけではないの。最初は魅力的な仮面をかぶっていることもある。そしてその仮面は、あなたの想像以上に説得力を伴うこともあるのよ」

ジュリエットは眼を逸らした。まるで礼儀正しい社交界では承認されるはずのないものから顔を背《そむ》けるかのように。マリアンの口調には、彼女が意図した以上のものが露わにされていたにちがいない。マリアンはもうウィロビーを愛してはいなかった。彼女の心は夫のものだ。しかし、ウィロビーにつけられた傷のなかには、いまでもときどき血を流すものもあった。

男性たちが葉巻を吸うために隣りの部屋に向かいはじめたとき、マリアンは夫の姿を探した。ブランドンは声の届きそうにないところにいて、ナイトリー氏の引率で客間から出ていくときには、あの少々堅苦しいバートラム氏に何か話しかけられていた。そんな様子を見ていて、マリアンは夫が心穏やかではないことに気づいた。悩んだような表情に、暗い眼差し。ブランドンは――怒っている？　悲しんでいる？　マリアンは、いまはまだ夫の本心を読み取ることができなかった。もしかしたら、ずっと読み取れないままなのかもしれない。

「ウィッカム氏が何をしたのか、もっと知りたくなりますね」ジュリエットがさらに声をひそめて言った。そのことばを発したとたん、頬を赤らめる。「そんな噂話は、ふさわしい話題じゃないですけれど。主催のご夫妻を不安にさせてしまうでしょうし」

「もちろん、詮索はできないけれど――知りたいと思わないのは無理だわ」マリアンは認めた。「ほかに知る方法があればいいのに！　まちがいなく、殿方たちは、葉巻を吸ってブランデーを飲みながらその話をしていますわ。殿方には直接質問する特権があるんですもの。わたしたちは礼儀作法でがんじがらめなのに」

ジュリエットの視線が好奇心で鋭くなった。「ほんとうにそうなのかしら？」

それから、バートラム夫人がふたりの近くに腰をおろした。彼女はふたりの会話を邪魔するそぶりは見せなかったが、耳にせずにはいられないだろうし――マリアンの予想では、その内容を善いこととは考えないだろう。

紅茶を飲み、ケーキを食べながら、礼儀正しい小声の会話に戻るしかない。ため息をつきながら、マリアンはバートラム夫人に質問する心の準備をした――ノーザンプトンシャーの天気について。またしても。

＊

「クソ《ゴッド》ひどい商売だ」屋敷の主人のナイトリー氏に葉巻に火をつけてもらっているとき、フレデリック・ウェントワースが悪態をついた。「なぜあの男が直々に返済を要求してくるんだ？」

あの人は悪態をついていた。それどころか、神の名をみだりに口にした！　ジョナサン・ダーシーの頬が紅潮する。しかし、部屋にいたほかの男性たちは誰も驚いたそぶりを見せず、バートラム氏の顔に非難の色がちらりと浮かんだだけだった。どうしてそんなことがありうるのだろう？

頭のなかでその謎についてあれこれ考えているうちに、ジョナサンはその説明がつきそうな、ある社会的ルールを思いだした。ウェントワースは海軍軍人である。船乗りは海上でも陸上でも、粗野なことば遣いで有名だ。その他の点では高貴な職業なので、口の悪さは矯正不可能な要素として容赦されている。ダービーシャーでは、海軍軍人に会う機会があまりなかった。今後は――ジョナサンは決意した――そう簡単にショックを受けたりしないでおこう。

いつのまにか、ジョナサンの父親が話しはじめていた。「ウィッカム氏は、自分が世間から不当な扱いを受けていると思い込んでいるのですよ」父親は続けた。「正確にいつ、どのような形で不当な扱いを受けたのかを特定するのは、客観的な観察者であっても難しいでしょうが。そんな不当な扱いを正すために、あの男は永遠の復讐を企てている。社会全体に対して、そしてとりわけ、誰であれあの男のまわりにいる不運な人々に対して」

バートラム氏は、その夜の展開に、そして同宿の人々が見ず知らずの人物に示した反感に、困惑していたにちがいない。が、考え込むように葉巻をふかしながら、礼儀正しく振る舞いつづけていた。「投資計画、とおっしゃいましたか？」

「ぼくはそれに戦争で得た賞金を信託したんです」ウェントワースが答えた。彼の表情は暗かった。怒りを抑えていたが、隠し切れてはいなかった。

賞金か。ジョナサンはじっくり考えた。海軍軍人にとって、窮乏生活と紳士階級に近い生活の分かれ目となるものだ。客人紹介のとき、ウェントワース夫人は、ウォルター・エリオット准男爵という人物の娘（つまり、高貴な生まれ）だと説明されていた。ウェントワース大佐が身分の高い女性と結婚できたのは、おそらくその賞金のおかげなのだろう。ところが、大佐は妻に優雅な暮らし――まちがいなく慣れ親しんでいた生活――を与えるのではなく、妻を困窮させてしまったのだ。

ちがう――そうさせたのは、ジョージ・ウィッカムだ。ジョナサンの脳裏に、これまで叔父について抱いていたあらゆる暗い考えがよぎった。しかも、そんな考えは山ほどあった。

「私の弟のジョンも、ウィッカムに財産を巻きあげられたひとりなのです」ナイトリーが言った。「約束された利益は莫大なもので、保証もされていました。イギリス王国の上流階級の多くがウィッカムの計画を推薦したようです――伯爵までもその数に数えられていたとか」

「どちらの伯爵ですか？」ジョナサンは尋ねた。叔母のジョージアナは、ドーチェスター伯爵のハロルド・ベラミー――親戚の若者からは、たんにハリー叔父さんと呼ばれている――と結婚していた。しかし訊いた直後に、ばかな質問をしたとジョナサンは思った。もし叔父がそんなトラブルに巻き込まれていたら、すでに家族の耳に届いていたにちがいないのに。

ナイトリーはただ肩をすくめた。「名前は思いだせなくてね。事件の一部始終を初めて知ったとき、友人が持っていたデブレット社の『貴族名鑑』でその伯爵の名前を調べたんだが、正直なところ、その詳細はさほど重要とも思えなかった。ウィッカムが妥当な警告をしなかったせいで苦境に立たされた、私の弟や大勢の人々の運命に比べてしまうとね」

気まずい沈黙が流れたが、バートラムがそれを破った。「あなたがご自分で『貴族名鑑』をお持ちでないとうかがって、最初は驚きました。上流のご家庭にはたいていあるものですから」聖職者にすぎないとはいえ、バートラムはその場にいる人々のなかでもっとも高貴な生まれで、准男爵の息子である。ジョナサンの両親は、息子が序列のルールを理解できるようにと、事前にその事実を伝えていた。「しかし、そうしたことに強い関心を寄せすぎると取り込まれてしまいかねませんね。多くの場合、虚栄心にすぎませんし」

「私は昔からよく言っているのです」ナイトリーが言った。「誕生、死亡、結婚の報を聞いて心動かされるほど近い親類なら、まちがいなく私に手紙で知らせてくれるはずだとね」

それからジョナサンの父親が尋ねた。「弟さんは、ウィッカムに投資した方々のリストをお持ちなのかい？」

ナイトリーは肩をすくめた。「わからないな。私の書類のなかにあるのかもしれない。弟が投資に惹かれた理由は、その結果に比べれば、重要だとは思えなくてね」

ほかの面々から少し離れて立っていたブランドン大佐が、ようやく口を開いた。「ウィッカム氏は、昔からたちの悪い人物だったようですね」

「生まれたときからだったのかもしれません」ジョナサンの父親が言った。「私がそう認識したのは大学にはいったあとでしたが」ジョナサンには父親の声が緊張しているように聞こえた。とはいえ、父親は昔からウィッカムについて話すときはいつでも――ウィッカムが叔母のリディアの夫だったときでさえ――緊張をはらんだ声で話していたのだが。

ナイトリーがウェントワースを鋭く見つめていることに、ジョナサンは気づいた。なぜなのか？　ウェントワース自身も、ジョナサンと同時にそれに気づいたようだった。ウェントワースは葉巻を――折れ曲がるほど強く――握りしめていた。葉巻の先端が次第に灰になり、ウェントワースの靴のそばに落ちて、絨毯《じゅうたん》を黒く焦がした。

＊

〝不道徳な人と付き合うと〟ファニー・バートラムは思った。〝こういうことになるのね〟客間の隅の椅子にきちんと腰かけながら、ファニーはエリザベス・ダーシーが皆に語りかける声に耳を傾けていた。彼女の話ぶりはあまりに奔放だったが、その内容は啓発的だった。

「人は家族を選べないと言うでしょう?」エリザベスは笑顔を作ろうとしながら陽気に言ったが、騙される人はいなかった。指先でしきりにハンカチーフの刺繍をいじっており、内心の動揺を仄《ほの》めかしている。「結婚で家族になった場合であってもです。それでも、みなさんと同じように、わたしも姉妹には良き伴侶を選んでもらいたいと願っていたんです。みんなそうしてくれました、リディア以外は」

「妹さんは……?」エマ・ナイトリーが恐る恐る切りだした。

「三年前に亡くなりました」

エリザベスがとても冷静にそう言ったことに、ファニーはショックを受けた。ファニーは従姉たちとほとんど姉妹のように育てられていた。ジュリアのことはあまり好きではないし、マライアのことは心底嫌っていたけれど、それでも従姉たちが亡くなれば、ファニーは悲しみに暮れることだろう。暮れないだろうか?ふと、ファニーの心に疑念が湧いた。いや、妹たちを喪《うしな》えばエドマンドはきっと悲しむはずだし、愛する夫がつらい思いをしていたら、自分も同じ気持ちになるはずだと思いなおし、ファニーは慰めを見いだした。

エリザベスは続けた。「少なくともそれは、ウィッカム氏のせいではありません。でもあの人は、士官としてだけでなく、夫としても立派な働きはしていなかったんです」

家族のことをそんなふうに言うなんて——たとえ姻戚であっても、たとえウィッカム氏のように評判のよくない人であっても！　ファニーは頬が赤らむのを抑え切れなかった。エリザベス・ダーシーを不道徳な女性だと思っているわけではない。ことばとは裏腹に、彼女の振る舞いには良識と品性があった。だからといって、この発言はとても容認できない。おそらくダービーシャーでは礼儀作法がまったくちがうのだろう。結局のところ、礼儀作法は道徳と同じではないし——

ファニーははっとした。道徳とは、それまで想像していたほど単純なものではないことに、彼女は気づかされつつあった。

男性たちは葉巻を吸いながら別室に長居しており、最終的に、女性たちは紳士の付き添いなしで階上の自室に戻らざるを得なくなった。ファニーはエドマンドがいなくても気にならなかった。一時間ひとりきりで考えたり、祈ったり……そう、それはとてもファニーらしいことだった。これまでのハウスパーティのほかの場面よりもずっと。彼女は素敵な晩についてお決まりの礼をつぶやくと、メイドに手伝わせましょうというエマ・ナイトリーの親切な申し出を断り、自室に向かった。

部屋にはすでに先客がいた。

「あら！　ごめんなさい——」ファニーは言いかけた。最初は他人の部屋にうっかりはいり込んでしまったと思ったのだ。しかし、室内にはファニーの持ち運びできる文机《ふづくえ》——と、そのなかにしまってある手紙——があり、さらにそれを膝の上に置いて坐っている男性がいた。

「おや」ジョージ・ウィッカムが言った。彼はブーツを履いた片足を窓台に乗せ、椅子にもたれていた。「思いがけないお客さまだ。光栄ですよ」

この男性は、ファニーが自分を探していたと本気で思っているのか？　ファニーは勇気を振り絞った。

「ここはわたしたちの部屋だと思います、サー」

ウィッカムは眉根を寄せ、それから指を鳴らした。

「ああ、なるほど。ナイトリー夫人は、すでに昇った階段のことではなく、さらにもうひとつ階段を昇るようにおっしゃったんですね。勝手にお邪魔したことをお許しください」

彼の笑みは礼儀正しさにあふれていた。いや、礼儀作法と道徳は同じではないのだ。

ウィッカムが立ちあがると、ファニーは駆けだして文机を抱えあげ、小さな引き出しのなかの手紙に触れられた形跡がないことを確認して感謝した。彼女は安堵のため息を洩らしたが、もし視線をあげて、立ち去るウィッカムの顔を見ていたなら、とてもそんな気持ちにはなれなかったことだろう。

〝愚かな娘だ〟ウィッカムはドアを閉じながら考えた。

〝あんなにもあっさりと秘密を洩らすとはね〟

3

ドンウェルアビーの主人夫妻や招待客の切なる願いにもかかわらず、雨はひと晩中やまなかった。それどころか、雨脚はさらに強まり、激しく降りそそいで、道という道を通行不能なぬかるみへと変えた。道の状態は、郵便物を受け取るため、早朝にハイベリー村へ向かった使用人が確認してきた。そのときでさえ、先に進むのが難しい状況だったと使用人は証言した。(馬は厩舎《きゅうしゃ》で冷たい水でゴシゴシと擦《こす》られ、その使用人はブランデーで慰労された。)ウィッカム氏は、もし帰りたいと望んでいたとしても――そんなそぶりはまったく見せなかったが――帰ることはできなかっただろう。ほかの客人たちも、ウィッカムと同宿するくらいなら出立したかったかもしれないが、同様に屋敷に閉じ込められていた。

その知らせは朝食中に広まった。食事はビュッフェ形式で、パン、肉、ケーキが出された。各家族が食堂にやってきては去り、順番にその情報について話し合った。

「少なくともドンウェルアビーには、ウィッカムを追いやれる三階があるわ」エマ・ナイトリーは息をひそめて夫につぶやいた。

ウェントワース大佐（エマが思っていたよりもすぐそばに立っていた）は考えた。〃ここの階段がハイベリーの階段みたいに崩れて、二度とぼくたちのそばに来られなくなればいいのに――いや、それよりも、階段がウィッカムの頭の上に落ちればいい！〃

少し遅れて、エドマンド・バートラムが礼儀正しく如才ない会話を試みた。「どうやら招かれざる客人は、しばらくともに過ごすことになるようですね。みなで善処しましょう」

エリザベス・ダーシーは珈琲《コーヒー》を飲んだ。「思うんですけど、ウィッカム氏の善い処ってなんなのかしら？」

その問いには皮肉が含まれている可能性があり、それゆえ不適切なので、エドマンドはその話は進めないことにした。

ジュリエット・ティルニーは遅めの時間に降りてきた。ウィッカム氏と鉢合わせしたくなかったこともあるが、それ以上に若いほうのダーシー氏を避けたかったからだ。物事はそううまくはいかないもので、彼女が朝食室にはいるのとほぼ同時に、ジョナサンもはいってきた。彼の高い頬骨にかすかな赤みが差していることから判断するに、彼もまたこの遭遇に不快感を覚えているようだ。

〃この人が無礼だってことよりも――たしかに無礼だけど！――この人がわたしのために招かれた、または、わたしがこの人のために招かれたってことを、この屋敷にいるみんなに知られていることが嫌なのよ。この人がどれほどわたしをどうでもいいと思っているのか、みんなに見られることになるなんて。わたしだって、この人のことなんかどうでもいいんだけど、そんなことは関係ないのよ――彼は裕福で、わたしはそうじゃないから。どうせみんな、わたしがこの人の気を惹こうとしてたって、決めてかかるんだわ〟ジュリエットの心は屈辱で燃えたぎった。〝でも、このハウスパーティは一カ月続くことになってる。一カ月あれば、ほかの人たちだって、きっとわたしの真意に気づいてくれるわ。ジョナサン・ダーシーがどんなに癪にさわる礼儀知らずかってことも、わからないはずはないもの――〟

「おはようございます、ミス・ティルニー」ジョナサンが自分の皿に料理をよそいながら言った。彼の口調は……気さくとは言えなかったが、冷たくもなかった。

無礼を覚悟していたジュリエットは、挨拶を返すのに窮した。「……おはようございます、ダーシーさん。よく眠れましたか?」

とたんに、ジョナサンがしどろもどろになった。

「そ、それを訊かれるとは――その、ええ、ありがとう」

〝この人、いままで会話ってものをしたことがないわけ?〟ジュリエットの軽蔑は驚きに変わった。ジョナサンの両親は、有名なペムバリーで、息子を屋根裏部屋にでも閉じ込めていたのだろうか? ゴシック小説に出てきそうな話だが、そうでもないのに、世間話の基本的な作法を覚えずにいられるものだろうか? もしかしたら、彼はキリスト教的なやさしさと忍耐が必要な、ぼんくらなのかもしれない。振る舞いからはそうは見えなかったが、ジュリエットは決めつけないことにした。

おそらく、ゆっくり辛抱強く話してあげるのが最善なのだろう。「朝食を、愉しんで、くださいね」彼女ははっきり発音して言った。それからテーブルの一番奥の席に向かった。ジョナサンが、少なくとも、あとを追ってこない程度の社交的洞察力を備えていることを願いながら。

＊

ジョナサンにとって、今回のわずかな慰めは、自分が何をまちがえたのか理解できたことだった。ジュリエット・ティルニーはとてもわかりやすく話しかけてきた。まるで今朝がほかの朝と同じであるかのように。明らかに、彼女はそう考えていた。一方、ジョナサンはほかの人が知らないことを知っている。

彼の家族とウィッカム家のあいだには、つねに距離が置かれてきた。亡き叔母のリディアは、ジョナサンの父親が不在のときだけ、ペムバリーを訪れることを許されていた。ウィッカム自身がペムバリーの敷居をまたぐことはなかった。ジョナサンと彼の両親が、ウィッカム家に招かれることもなかった。もし招かれたとしても、即座に拒否しただろう。

幼い頃のことではあるが、ジョナサンはウィッカム家と何度か一緒に過ごしたことがあった。彼の祖父母や叔母のキティを訪ねたときに。一度、伯母のジェインとその夫のチャールズと一緒のときもあった。（叔母のメアリーの家は、ペムバリーと同様、ウィッカム家に対して固く閉ざされていた。とはいえ、とくに問題にはならなかった。叔母のリディアは〝メアリーの家みたいにものすごく退屈そうな場所には〟行きたくないと頻繁かつ声高に明言していたからだ。）ジョナサンは物心ついたばかりの最古の記憶から、ウィッカム家の存在を取りのぞくことができなかった。長い年月が経ち、関係が損なわれたにもかかわらず——年老いた叔父の顔にすぐに気づけなかったにもかかわらず

――リディアとジョージ・ウィッカムはジョナサンの家族であり、ジョナサンと結びつけられ、同時に隔てられてもいた。ジョナサンや弟たちは、父方の叔母のジョージアナのまえでは、ウィッカム夫妻の結婚について触れることすら許されていなかった。そのつながりは、ジョナサンには完全に理解できていない、荒々しく危険なエネルギーをはらんでいた。

叔母のリディアは三年前、ジョナサンが十七歳のときに、天然痘にかかった。病気を報告する最初の手紙が彼の母親のもとに届くまえに、天然痘は叔母の命を奪った。母親は泣き、ジョナサンはその理由を尋ねた。母親は息子を尊重していたので、嘘はつかなかった。「わたしが泣いているのは、あなたの叔母さんがなった女性のためではないの」母親は言った。「あなたの叔母さんがなっていたかもしれない女性のためなのよ」

ジョナサンは理解できたと思えるまで、そのことばについてじっくり考えた。叔母のリディアはこれといった学識はなかったが、それでも頭の回転は速かった。気分にむらがあり、ものすごく機嫌の悪いときもあったが、同時にほんの些細な瞬間にさえ愉しみを見いだすこともできた。もっと賢明な結婚をしていれば、叔母の長所はいずれ短所に優《まさ》るようになっていたかもしれない。

家族によっては、実の妹であるリディアの死によって、婿《むこ》のウィッカムとダーシー家の関係は終わっていたことだろう。だが、そうはならなかった。それどころか、その関係はさらにもつれ、感情的な緊張をはらみ、ついには害を及ぼすまでになった。

ジュリエット・ティルニーは、詮索しようとしたわけではない。たんに礼儀正しい質問をしただけだ。彼女には想像もできなかったはずだ――ジョナサンが夜半までまんじりともせずに過ごし、壁を隔てた両親の部屋から聞こえてくる怒りのつぶやきに、必死で耳を傾けないようにしていたことなど。両親のどちらか、または両方が、あらゆる礼儀作法（ジョナサンの知るあらゆる行動規範）を無視する瀬戸際にいて、部屋から飛び出て、真夜中にウィッカムと対決しにいくのではないかという考えが、ジョナサンの頭を幾度かよぎったことなど。この悲嘆に暮れた一年で、両親の一方が、ウィッカムについて辛辣なことばを口にするのを何度聞いたことだろう？　そのたびにジョナサンは、その邪悪な男がまた眼のまえに現れたら、両親はどうするのだろうと考えたものだった。

ジョナサンは食べかけの朝食を見おろした。ほんの数口しか食べていなかった。胃がムカムカとし、父親がウィッカム氏と対決するときが迫っていると考えるたびに、ことばにならない執拗な恐怖が心に生じて、ほかのことは何も考えられなかった。

〝父上と話そう〟彼は心のなかでつぶやいた。父親は普通の人よりもはっきりしたものの言い方をするので、ジョナサンには理解しやすかった。（母親も分別のある話し方をするが、そのユーモアは息子に伝わらないことがあった。）もし父親が、心配しなくていい、ウィッカムと話しても不愉快になるだけで、それ以上悪くなるはずもないと言ってくれたなら――それなら、ジョナサンは心配するのをやめられるだろう。

それなら、きれいな女の子となんとか会話もできるかもしれない。

ジョナサンは朝食室を出て、図書室がありそうな方向に進んだ。父親はこの時間帯には図書室にいる可能性が一番高そうだと思ったからだ。乗馬も釣りもできず、訪問客も来ないようなこんな雨の日には、手紙を書いたり、新聞を読んだりしているかもしれない。ドンウェルの間取りは、ジョナサンが訪れたことのあるほかの修道院《アビー》と似ており、迷いもせず廊下を進んだ――

――が、ナイトリー氏の書斎のまえに差しかかったとき、足を止めた。なかには客人がふたりいた。入り口から、そのふたりが真剣な会話をしているのが見てとれた。ジョナサンの父親とウィッカム氏だった。

「……際限がない」父親が話している。「厚かましいにもほどがある。客人に嫌がらせをするために、ここまでやってくるとは――」

「正当な権利を有するものを得るために、だ」ウィッカムが答えた。

ジョナサンは盗み聞きしたい衝動に屈して、姿を見られないよう壁際に身を隠した。社交界のルールに反することはわかっていたが、ときとして、そういう衝動には抗えないものだ。

「ぼくの新たな富が、きみを動揺させているようだね。おそらくきみは、ペムバリーと一万ポンドの年収が、自分を他人よりも優れた存在にしていると信じてきたんだろう。ぼくが一万ポンドを手にしたいま、きみはたいして特別な存在ではないことが暴かれた。むしろ……平凡な人間だとね」

父親は侮辱されたというより、失望しているようにに聞こえた。「あいにく私は、きみのように他人から高い評価を得たいという渇望に苦しめられたことはないのでね。きみはずっと評判を求めてきたが、そもそも評判にふさわしい振る舞いをしていれば、きみとて、さほど苦しめられずにすんだのではないかね」

もしウィッカムがその諫言《かんげん》を理解したとしても、その気配は見せなかった。「この件はきみには関係のないことだ、ダーシー。ぼくたちが同じ時期に同じ屋敷に来たのは、偶然にすぎないんだから」

「私は一度傍観して、すべきでないことをきみがするのを許してしまった」父親は言った。父親の声にはいまや怒りがこもっていた。「そのせいでスザンナは命を落とした。もう二度と、私はきみが他人を傷つけるのを見過ごしはしない」

「好きなだけ過去に浸っていればいいさ」ウィッカムは言った。「ぼくは未来に目を向ける。ぼくの未来は明るいんだ。二度とぼくの邪魔をしようとは思わないでくれ」

「いま言ったことは本気だ」父親は冷静な低い声で言った。「私はもう二度と、きみに誰かを傷つけさせるつもりはない」

ウィッカムは何も言わず、ナイトリー氏の書斎の入り口に向かって歩きだし——あやうくジョナサンとぶつかりそうになった。ウィッカムからお見通しだといわんばかりの笑みを向けられて、ジョナサンの羞恥《しゅうち》はいっそう深まった。盗み聞きの現場を見つかるのは恐ろしいことだが、盗み聞きをする人間は自分と同じ穴の狢《むじな》だと考える人物に見つかるのは、さらに恐ろしい。

ジョナサンが父親のところに行けなかったのはそのためだった。父親に失望されるのは、ウィッカムにあざ笑うような視線を向けられたことよりも、さらに耐えがたいだろう。〝盗み聞きをしてわかったのは、ぼくがどちらに心をかき乱されるかということだけだ〟ジョナサンは気づいた。〝そして自分を辱《はずかし》めたせいで、父上と話す機会を失ってしまった〟これ以上、父親の悩みを増やしたくないので、ジョナサンは静かに立ち去るしかなかった。自分の悩みは解消できないままに。

＊

ナイトリー夫人がドンウェルアビーの壮麗な図書室を愛用していないなら、マリアン・ブランドンは女主人に代わって愛用するつもりだった。ハウスパーティが続くうちに、いずれくつろげるようになるかもしれないが、この気まずい数日は読書で乗り切るつもりだ。マリアンは書棚のまえに立ち、慎重に本を選んだ。クーパー（イギリスのロマン派の先駆的詩人）の詩はほとんど暗記していたが、再読だからといって、喜びが減じるわけではない。

そんなふうにマリアンが考えていると、ウィッカム氏が図書室にはいってきた。

その場にいたほかの人々――ナイトリー氏とバートラム夫人――は自制心があり、顔をあげなかった。自制心のないマリアンは、不運にもウィッカム氏と眼が合い、そのせいで彼を自分のそばに招き寄せてしまった。

「おはようございます、ブランドン夫人」彼は恭《うやうや》しく言った。「読書には少々早い時間ではないですか？」

「読書に早すぎる時間はないと思いますわ。選んだ本に価値があるなら」マリアンは手にしたクーパーの詩集を握りしめた。彼が奪い取ろうとするのではないかと妙な心配をして。

「なるほど、あなたは実に洗練された心をお持ちなんですね、マアム」ウィッカムがとても魅力的な笑みを浮かべるので、一瞬、ほかの人々は彼を誤解しているのではないかとマリアンは思った。「ほかのご婦人方は、残念ながら、もっと軽薄な愉しみで気をまぎらわすことを、ご自身に許しているようですが」

〝軽薄な愉しみ以外、わたしたちに許されることなんてほとんどないのよ〟マリアンはそう言いたかったが、自分を抑えた。「午前中（当時は午前十時ごろの朝食と午後三～四時ごろの正餐のあいだの時間を指した）には本をお読みにならないなら、サー、なぜこの時間に図書室にいらしたんです？」

「ぼくもどこかにはいなければならないんですよ、ほら、場所によっては歓迎されないようですし」くつろいだ軽い口調だからといって、主人夫妻やほかの客人には、ウィッカムを歓迎しない相応の理由があるらしいという事実が霞《かす》むわけではなかった。

「まだ早い時間ですけれど、何か興味を惹くものが見つかるかもしれませんよ」マリアンはそう提案した。ウィッカムにほかのことをさせて、早く話を切りあげようとして。「いくらでも選べるほど、ここには本がたくさんありますもの！　実際、これほどたくさんあるのに、ナイトリー夫人が読書家ではないのが不思議なくらいです」

　ウィッカムはマリアンのことばに注意を払っていないようだった。「あなたのご主人ですが、ブランドン夫人――彼はいまどちらに？」

「この時間には、ほかの紳士の方々とご一緒していると思いますけれど」マリアンはクーパーの詩集を胸に抱いた。「なぜお尋ねになるんです？」

「ご主人にある種の……距離というか、ぼくと知り合いになりたくないという気持ちを感じたように思いまして」ウィッカムは言った。

　ウィッカム氏のように評された人物と、誰が知り合いになりたがるだろうか？　マリアンはそれを口に出さないだけの礼儀をわきまえていた。「きっと誤解ですわ、サー。主人はあなたに敵意を抱くほど、あなたのことを存じあげませんもの」

「そのようですが」ウィッカムは言った。「それでも不思議でしてね。それにあなたのような若く美しい新妻をひとりきりにしておくなんて、ご主人はなんと不注意なことか」

　マリアンは自分が言い寄られているとわかるくらいには分別があった。だから無言でその場を離れ、椅子に坐って、詩集を開いた。そんな自制心のある彼女を、姉のエリナーはどれほど誇りに思うことだろう！

　それでも、マリアンのなかでは、訊きたくてたまらない質問のあれこれが、炭火のように熱く燃えていた。

＊

　悪天候のせいで、ジョージ・ウィッカムと一緒に屋敷に閉じ込められた客人たちの多くは、その日を快適に過ごすという希望を断念していた。しかし、アン・ウェントワースはこの状況を最大限に活かそうと決意していた。ウィッカムは、刺繍を中断させることも、ピアノを弾いているときに邪魔することも、小説のページから飛びかかってくることもできない。そうした単純で道徳的な趣味で時間を埋めるように努めれば、この屋敷に不快な男性がいることさえ忘れられるかもしれない。

やがてもうひとつの、さらにすばらしい気晴らしがもたらされた。雨のなか郵便物を取りにいったドンウェルアビーの使用人が、ナイトリー夫妻宛だけでなく、アン宛の手紙も持ち帰ってきたのだ。アンは数人の友人にしか滞在先を教えていなかった。そのなかの誰からであっても、アンは喜んで便りを受け取っただろう。とはいえ、外側に書かれた名前を見たときに、これほどアンの笑顔を輝かせられる友人はほかにいなかった――アンの学校時代の旧友で、いまでは親友のひとり、スミス夫人である。

通常、手紙は全員のまえで読みあげられるものだが、このハウスパーティの客人たちはまだ互いによく知り合っていないため、私的な手紙は全員の関心事とはみなされない。手紙をつかむと、アンは客間の静かな一角に向かった。雲は陽射しを完全に消し去っていたが、気の利くナイトリー夫人は蠟燭《ろうそく》をふんだんに灯すよう取り計らっていた。

親愛なるミセス・ウェントワース

あなたはこれをサリーで読んでいるのね！　とても美しい田園風景が広がっていると聞いたわ。ナイトリー夫妻のご領地には、あなたが大好きなことを――散歩したり、考えごとをしたり、探検したり――する場所がたくさんあるんでしょうね。

アンは窓をちらりと見た。田園風景は豪雨の向こうに灰色がかった輪郭が見えるだけだった。

実を言うと、わたしも近いうちに旅に出ようと考えているの。看護婦のルックさんが、しばらくバースを離れてもいいと言ってくれてね。彼女もわたしと同じで、ずっとコーンウォールを見てみたいと思っていたんですって。体調はだいぶ良くなっているから、旅に出ても病状が大きく悪化することはないと思うの——それどころか、コーンウォールの海辺で束《つか》の間《ま》の休息を取れば、なんだって治ってしまうでしょう！

　スミス夫人のこういうところに、アンは感嘆させられるのだった。どんな状況でも変わらない不屈の明るさ。ほかの人ならば、杖や介助者の腕に頼らなければ出かけられない窮状を、嘆き悲しんでいたかもしれない。ところがスミス夫人は、自分にできないことをくよくよ悩むのではなく、自分にできることを素直に喜ぶことができる。寝室から出られないときでさえ、友人たちの訪問を受けたり、聡明で快活な看護婦と噂話をしたりして、人生に愉しみを見いだしていた。今回も、スミス夫人は旅に出るリスクに眼を向け、どうすればそれを解決できるかをまず考えている。〝ほかの人たちも〟アンは思った。〝そんな裡《うち》に秘めた強さと希望を持てればいいのに〟

　アンの眼がさっと動き、ダーシーと立ち話をしている夫のほうに向けられた。夫はほんの一年前、去年のいまごろよりも、ずっと老けて見えた。

　あなたのご親戚のダルリンプル子爵未亡人のご逝去にお悔やみ申しあげます。お知らせしておくと、バースにいらっしゃるあなたのお父さまとお姉さまにも、直接お悔やみをお伝えしたわ。おふたりは予想以上に喜んでわたしを受け入れてくださったのよ——きっと、亡き子爵未亡人との深い結びつきを理解する人がいることは、おふたりにとって喜ばしいことなんでしょうね。

　アンは笑いをこらえるために下唇を噛んだ。彼女の誇り高き父親とさらに誇り高き姉は、どんな〝スミス夫人〟であれ、仲間とみなすには高貴さが足りないと考えていた。しかしながら、観客としてなら誰でもよかったのだろう――ほとんど面識もないのに、父親と姉の考えでは、エリオット家の栄誉に華を添える爵位を持つ女性の死を嘆き悲しむショーを見せる相手としてならば。

スミス夫人はもちろん、こうしたことをすべて理解しており、如才なく直接的な表現を避けながら、本意を明確に伝えていた。

あなたとウェントワース大佐は、次の季節もサリーにとどまるおつもりですか？　目下のところ、ロンドンに近いことがあなた方にとって重要なことは承知しています。ハートフィールドは素敵なお屋敷のようですし、

アンはこれを読んで、まだスミス夫人に階段が崩壊した話を手紙で伝えていなかったことを思いだした。

それにハイベリー村で、すでにたくさんのご友人ができたみたいね。ミス・ベイツはなかなかおもしろい方のようだわ！　牧師の奥さまのエルトン夫人もおそらく同じでしょうけれど、ややニュアンスがちがうのかもしれないわね。

エルトン夫人のことを如才なく伝えようというアンの必死の努力は、どうやら失敗していたようだ。

わたしはあなたがこの世界で愉しみを見いだせないのは嫌でたまらないの、大事な友よ、だから新しい州にとどまることが喜ばしいことなら、ぜひともそうすべきです。でもね、わたしには、あなたがあまりうれしくない理由でその選択をしているように思えています。

次のことばで、あなたの気分を害してしまったらごめんなさい。たしかに、わたしは礼儀をわきまえた会話の境界を踏み越えています。ですが、少しでもお役に立ちたいと心から願ってのことだと、わかっていただけると信じています。それに、経済的苦境に陥っている方に、同じ状況に置かれた経験のある者ほど、うまくことばをかけられる人がいるでしょうか？　わたしが困窮し、病気になり、希望を失っていたとき、あなたはわたしと新たにお友だちになってくれました。あなたと親愛なるウェントワース大佐はわたしの心配事を親身になって考えてくれ、そして大佐の尽力のおかげで、ついにわたしの財産は取り戻されました。そんなわたしが、どうしてお返しに力になりたいと思わずにいられましょうか？　わたしは、あのウィッカム氏のような卑劣な人物に対して何かをするには無力ですが、あなたを助ける力がないわけではありません、もしあなたがわたしの助けを受け入れてさえくださるなら。微力ながらあなた方を手助けできることは、わたしの喜びであると同時に特権でもあります。そうすることだけが、わたしの栄誉となることを、どうぞ知っておいてください。それだけで、わたしがあなたとご主人に感じている多大な恩義をいくらかでも減らすことができるかもしれません。とはいえ、何事にもわたしの感謝の気持ちまで減らすことはできませんけれども。いますぐお返事をいただく必要はありませんが、お願いですから、どうか真剣に、過度なプライドは持たずに考えてみてください。良き友人同士にそのようなものは必要ありませんから。

ずっとあなたの友――ミセス・ロナルド・スミス

アンはフレデリックに中身を見られないよう、注意深く手紙を折りたたんだ。どれだけ謙虚な気持ちで申し出られたとしても、夫は施しを受け取ることはできない。それどころか、かつて自分たちが困窮から救いだした身分の低い未亡人が、今度は自分たちに援助を申し出ているという逆転した状況に苛立つことだろう。(実のところ、アン自身もいくらかショックを受けていたのだが。)

〝過度なプライドは持たずに〟——いまのフレデリックの精神状態では、そのことばに食ってかかるだろう。彼はいまでも、アンが〝エリオット家のプライド〟の小さなかけらを持っていると信じ込んでいる。アンはちっとも夫を理解させせられずにいた——彼の魂を破壊しているプライドとは、彼自身のプライドでしかないということを。

＊

マリアン・ブランドンは嵐が大好きだった。

木々のあいだを吹き抜ける激しい風に不機嫌な空、雷鳴を伴う稲妻のきらめく閃光——は嵐ではないが、それはそれとして、太陽の光と同じくらい美しくはないだろうか？

頭上の灰色の暗がりにもかかわらず、ほかの人々は雨があがるようにと無駄に祈っていた。そのまま雷雨に変わるよう願ったほうが合理的だとマリアンは思った。しかしながら、天候はどちらの願いにも気づかず、だらだらと霧雨を降らせつづけた。霧がさほど濃くないときには、ドンウェルアビーの敷地を見渡す眺めは、それなりに絵になる景色だったので、自分は満足しているとマリアンは思っていた……少なくとも、その点では。

その代わり、彼女の不安はひとえに夫に向けられていた。ブランドン大佐はふだんよりもさらに口数が減っていた。結婚してまだ日が浅かったが、マリアンは正確にいつ夫が〝物静か〟から〝無口〟に変わったのか気づけるくらいには、妻の勘を身につけていた。

今回はウィッカム氏が関係していた。彼が到着したときではない――あのとき、ブランドンは反応を示したように見えたが、激怒していたほかの面々のようにではなかった。ほんとうの変化は、ブランドンがウィッカムのフルネームを確認したときに起こった。ウィッカム自身がそれに気づいていたことが、マリアンの好奇心をさらに掻き立てた。

姉のエリナーなら、まちがいなく、首を突っ込むなと言うことだろう。マリアンは成長するにつれ、姉の意見に大きな敬意を払うようになったが、とはいえ、エリナーもときどき誤ることがあるという事実に変わりはない。

まわりに人がいるときに、深い話をするのは無理だったが、正午に夫婦で部屋に戻った際、マリアンはチャンスをつかんだ。夫が午後のお茶会にふさわしい長上着に着替えているとき、彼女はベッドの端に腰をおろして切りだした。「ウィッカム氏がここにいて、あなた、悩んでいるんでしょう?」

ブランドンは外套に片腕を通したままで動きを止めた。「あなたが気にする必要はない」

「あなたを悩ませるものは、なんだって気になるわ」マリアンはハンカチーフを何枚か折りたたみながら言い張った。

そのとき彼がマリアンに向けた視線は、それほど遠くはなかった――その瞬間、彼女の愛がブランドンにとってどれほど大切なのかが明かされた。しかしながら、彼の視線はすぐにまた遠ざかった。「それについて話し合う必要はない」

「でも、わたしが話し合いたいの。わたしはあらゆる種類の隠蔽が大嫌いなのよ」マリアンはかなりムッとして言った。「夫と妻のあいだには、秘密はあってはならないものだわ」

ブランドン大佐は静かに答えた。「私の観察によれば、それは結婚の正確なありようではない」

マリアンはかろうじて怒りを抑えた。「で、それがわたしに望むすべてなの？　へらへら笑ってモスリンや刺繍の話をすることと、朝食と正餐のときにあなたに挨拶することとだけ？」

「いや、そうではない」ブランドンは実感を込めた口調で言った。「だが、あなたには聞くに堪《た》えないこともある」

「あなたの意見では、わたしには聞くに堪えないこともあるんでしょうね」彼女は言った。「でもだからって、わたしがもう知っている内容が変わるわけじゃないわ。あなたは過去にウィッカム氏となんらかの面識を持った。あの人はそうじゃないふりをして、どうしてそんな考えが出てくるのかさっぱりわからないとうそぶいてる。あなたもそうじゃないふりをしてるけど、あまり優れた俳優じゃないわね」

ブランドンはいっとき黙ってから答えた。「それなら、あなたはこの件について充分知っている。それ以上は知らないことに感謝するんだ」

「わたしは絶対に、知らないことに感謝したりしないわ」マリアンは主張した。それだけは言わなければならなかった。その一方で、そんな言い方をしても望んだ効果は得られないことも承知していた。夫の性質の最良な部分に——彼のなかの何か、ふたりのあいだの何かに——訴えて、なんであれウィッカム氏から生じた不協和音を乗り越えなければならない。「いまわたしと話したくないのなら、それでいいわ。でも、わたしが保護を求めていないところで、わたしを守ろうとしないでほしい。あなたはわたしの夫よ。もし何かが……何かが夫に害を加えていたり、夫の精神を悩ませていたりしたら、夫の話を聞くことは、この世のほかの誰にもできない、妻の特権よ。夫の痛みをともに背負い、そうすることで夫の苦しみを癒《いや》すことは。それも否定するつもり？」マリアンは立ちあがり、午後の集いのために自分も準備を始めると、最後につけ加えた。「わたしにはその勇気があると信じて。そして、それ以上のこともできると信じて」

髪を整えているとき、化粧台の鏡にブランドンの顔が映った。その表情は彼がマリアンのことばにどれほど深く心を動かされたかを物語っていた。とはいえ、ようやく真実を明かそうと思うほど、夫の心を動かせたのだろうか？

＊

ファニー・バートラムは、ほとんどの人よりも退屈せずにその日を過ごした。ワーズワースの詩集を読むには蠟燭の光で充分だとわかったし、その詩集はどんな朝だろうと夢中にさせてくれた。エドマンドはロンドンの新聞に没頭したり、親戚のナイトリーと新しい議会について議論したりしていた。ファニーは熱心に話し込んでいるふたりをあとに残して、お茶の時間まで少し休憩するため、自分の部屋に向かった。今朝のように静かな朝でも、ほとんどよく知らない人ばかりと過ごしていると、彼女は疲れてしまうのだった。（この屋敷でファニーが信頼する唯一の知人、穏やかなウェントワース夫人は、無理からぬことだが、手紙を読み耽《ふけ》っていた。）

最初の階段の一番上までたどり着き、自室まであと数歩というところで、三階から降りてくる別の人物が目にはいった——もちろん、ウィッカム氏だ。使用人以外、三階に寝泊まりしている人はほかにいない。ファニーは礼儀正しくうなずき、階下の部屋のどこかで彼と出くわさずにすんだことを喜んだ。そういう場所では会話をせざるを得なかっただろう。

残念なことに、ウィッカム氏は足を止め、あの媚びるようなにやけた笑顔をファニーに向けた。「おや、バートラム夫人。思いがけずお会いできるとは光栄です」

「ウィッカムさん」彼女は会話を終了し、打ち切る口調で言った。

しかしながら、彼は引きさがらなかった。「散歩にお付き合い願えませんか？ 展示室にこの修道院《アビー》が新築された当時のタペストリーが飾られているそうなんです」

「わたし――」ファニーの信念は固かったが、物腰はそうではなかった。「申し訳ありません、サー、かなり疲れているんです」

「一日中坐っていてですか？ なおさら散歩はためになるでしょう」

ほかの人との散歩なら気分がすっきりしたことだろうが。「ご容赦いただけませんか、ウィッカムさん。ほんとうにとても疲れているんです」

「そういうわけにはいきません」ウィッカムの声に奇妙な調子が混じった。「お願いです、バートラム夫人。この機会を利用して、海軍軍人の兄上のことをもっと話してくだされば、最終的にはあなたも喜ぶことになると思いますよ」

誰が彼にウィリアムのことを話したのか？ ファニーには想像もつかなかったが、誰かが朝食のときにウィッカムに捕まって、できるかぎりの雑談をしたのだろう。それを責める気にはなれなかった。しかしながら、ウィッカムの関心は妙に鋭かった。あまりに核心を突いていて、ファニーの恐怖心を煽り、戦慄《おのの》かせた。

〝いいえ。誰かがこの人にあのことを話すなんてありえない。この世で誰も知らないんだもの、わたし以外には。

それにウィリアムの――ウィリアムの友人――をのぞいて誰も――〟

ファニーはなけなしの勇気を振り絞った。もしこの評判の悪い男性が自分と話をすると決めているのなら、階下で、ほかの人たちの近くでしたほうがいい。「承知しましたわ、ウィッカムさん。展示室に参りましょう」

ドンウェルアビーの展示室は、普通の展示室よりも豪華な内装が施されていた。ナイトリー家はこの領地を三百年近く所有しており、修道院《アビー》の元々の財宝を保存するだけでなく、この屋敷の美術品に、大理石やブロンズの胸像のすばらしいコレクション――シェイクスピアからネルソン卿まで――と数多くの油絵を加えて、さらに充実させていた。油絵が描かれた時代は、ナイトリー家とエドマンド家が分かれるまえの時代まで遡《さかのぼ》る。かつらをつけた十七世紀の紳士は、夫のエドマンドによく似ており、その血統は否定できなかった。ファニーは誇らしげに微笑み、近いうちに夫と一緒に、もっと愉しく、ここを見てまわろうと決心した。

ウィッカムは一見礼儀正しい沈黙を守って彼女のそばを歩いていたが、展示室の一番奥に差しかかると、そこで足を止めた。つまり、ファニーも足を止めなければならなかった。おそらく彼女を狼狽させるためだろうが、彼は神話をテーマにした大きな絵の真向かいで立ち止まっていた。古代の人々にはほとんど衣服を身につけないという望ましくない習慣があった。ファニーは展示室のある部屋の影が赤らんだ頬を隠してくれますようにと願った。

「話によると」ウィッカムが口を開いた。「ドンウェルアビーには立派な武器庫もあり、中世以降の武器を備えているそうですね」

ファニーは正直に答えた。「そういうことには、ほとんど興味がありませんの」

「それはまた妙なことですね。兄上のご職業を考えれば、あなたが軍事のことに関心を持たれないとは。兄上のお名前は、ウィリアム・プライスとおっしゃいましたか？」

彼女はうなずいた。「あなたも海軍にお知り合いがいらっしゃるのですか、サー？」

その質問には答えずに、ウィッカムは続けた。「ウィリアムは、あなたにとってさぞかし大事な存在なんでしょうね」

「す、すべからく兄弟というものは、姉妹にとって大事な存在であってほしいと思いますわ」

エドマンドのふたりの妹を始めとして、例外がファニーの頭に浮かんだが、家族のプライベートな話を赤の他人に話すものではない。ましてや、相手が道徳心の低そうな人物ともなればなおさらだ。

次のことばを口にしたときほど、ウィッカムの笑顔が温かく心からのものに見えたことはなかった。「あなたの兄上は、まるで全幅の信頼を寄せているのは世界中であなただけであるかのように、手紙を書いていますね」

〝どうしてウィッカムがそれを知っているの？〟その疑問が完全に頭に浮かぶまえに、ファニーは答を知った――彼が証拠を眼のまえに差しだしたからだ、ほんの一瞬だけ。

前夜のことがファニーの脳裏にあふれた。ウィッカムが誤ってファニーの部屋にいたこと、彼女の文机に触れていたこと、そして文机の引き出しには、ウィリアムの手紙が無防備に入れられていたこと。〝でも、この人が出ていったあとも、あの手紙は引き出しにはいっていたわ！〟ファニーはちゃんと確認したのだ。ウィッカム氏――まったく知らない人物――が、自分の持ち物を漁っていたと本気で考えていたというより、用心深い警戒心からそうしただけだったが。

ウィッカムはまた戻ってきたにちがいない。彼は結局、ファニーの文机を調べたのだ。彼女はウィリアムの手紙を数多く保管していたが、ドンウェルまで持ってきたのは一通だけだった。その手紙には、兄の生死を左右する力があった。

つまり、ウィッカム氏もいま、その力を持っている。

「お願い」ファニーは言った。彼女の声は震えていた。「お願いですから、それを返してください」

「ああ、バートラム夫人。怖がることはありませんよ」ウィッカムは心から慰めているように見えた。とても誠実に。まるで害を与えるのではなく、害からファニーを守っているかのように。「この手紙はちゃんとお返しするつもりですよ――しかるべき報酬が支払われたあとにですが、もちろん」

ファニーは頭を横に振った。「わたしたちは裕福ではありません。エドマンドは牧師ですし、教区は小さくて――」

「ご主人は、マンスフィールドパークのトーマス・バートラム准男爵の次男ですよね？ 名門一族として非常に有名ですし、その富もまた同様です。もしご主人が、たとえば……五百ポンドをご所望すれば、まちがいなく用意されることでしょう」

五百ポンド。ファニーとエドマンドは、一年に五百ポンドあまりで生計を立てている。どうすればそんな大金を手に入れられるだろう？ たしかに、もしエドマンドが頼めば、サー・トーマスは同意するだろう――しかし、その理由も知りたがるだろう。そもそもエドマンドは、なぜお金が必要なのかをファニーに問いただすことなく、そんな依頼はしないはずだ。「わけもなく用意されることはありません」

「もちろん、何かひねり出せばいいのです」ウィッカムはドアに向かってまた歩きだしながら言った。「女性の創意工夫の才能にはずっと驚かされていますよ」

「わたしは嘘をついたりしません！」ファニーは大きな声で言った。これほど激しく動揺していなければ、彼女がほぼ見ず知らずの他人にそんな声を出すことなどありえなかっただろう。

「嘘をつくと考えないほうがいいですよ」ウィッカムは答えた。「より重要な目的のための手段と考えなさい」

そう言って、彼はファニーから遠ざかり、展示室を出ていった。ファニーはその場に立ちつくし、震えながら、兄の命を救うにはどうすればいいのか――あるいは救うことができるのかどうか――考えていた。

4

「この無茶苦茶な状況を、これ以上長引かせるわけにはいかない」ナイトリーは言った。「ウィッカムが正義に従わないなら、道理を説くまでだ」

エマは希望が小さく掻き立てられるのを感じた。その日初めて訪れた希望だった。いまのところ、天気が変わって、日没までに道が通れるようになることはなさそうだった。したがってドンウェルアビーは、少なくとももうひと晩は、ジョージ・ウィッカムをもてなしつづけることになる。追加のひと晩を快適に過ごすことはできなくても、有益に使うことはできるかもしれない。「どういう意味です？」

ナイトリーは書斎の入り口をちらりと見た。ドアはしっかり閉ざされている。ナイトリー夫妻はふたりきりだった。寝室をのぞけば、この屋敷のほかの場所ではありえないことだ。「ジョンがウィッカムに負っている相当な負債が、ぼくたち全員を脅《おびや》かしている」

その言い回しはかなり芝居がかっていて、まったくナイトリーらしくないようにエマには思えた。弟夫婦が深刻な経済的苦境に陥っているのを見るのは、夫妻にとってつらいことではあったが、エマは脅かされてはいなかった。ただ非常に腹が立っているだけで。

束の間のそんな考えは、ナイトリーが続けたことばにかき消された。「残念ながら、ある点では、ウィッカム氏は正しい。彼の〝投資計画〟は法律的に正当なようだ。あの男は多くの人々に、手持ちの金だけでなく、借入資金を投資するよう持ちかけた。したがって最初の投資資金だけでなく、数百ポンド、場合によっては数千ポンドの負債も獲得したことになる。それは大きな特典——利益を二倍にも三倍にもするチャンス

——として提示され、そのチャンスに弟を含む大勢が賭けた。そして、これはすべて極悪非道のやり口だが、どれも法律には反していない。それゆえ、裁判所による救済は期待できない」

エマはずっと、ナイトリーがなんらかの方法でこの問題を解決するだろうと思っていたが、虫のよすぎる考えだったようだ。彼女は最終的な〝ノー〟を聞くのが大得意というわけではない。「ということは、ウィッカムはすでに道理を十二分に理解しているようですわね」

「あの男は、紳士が自分を裁判にかけることはないと信じている。訴訟が無意味なのと、自分の個人的問題が大衆にさらされることは、当然不愉快だからだ」ナイトリーはため息をついた。「しかし、もしジョンとイザベラが不愉快さをものともせず訴訟を起こすつもりがあるなら、無意味かどうかは気にする必要はないだろう」

エマは眉根を寄せた。「どうして？ もし絶対勝てないなら、訴訟を起こすのはばかげていますわ。無駄な費用がかかるだけなのに……」その答が頭のなかで形になるにつれて、エマの声は途切れた。「費用はウィッカム氏にもかかることになりますわね」

「賢明なエマよ！ ジョンは自分が法廷弁護士だから、時間は別としても、費用をかけずに訴訟を起こせる。まともな弁護士は自分の訴訟を起こしたりしないというが、この場合、ジョンは勝つ必要はない。裁判を終わらせさえしなければいいのだ」ナイトリーは机を叩いて強調しながら言った。「ひと月訴訟が長引くごとに、より多くの資金がジョージ・ウィッカムから流出することになる。裁判官はウィッカムが係争中の資金に手をつけることを禁じる可能性すらある。こうした事例が裁判所で何年も延々と争われることは、ないことではない」

「じゃあ、あなたはウィッカムにそう持ちかけるおつもりなのね」エマは言った。彼女の想像力はすでに先を走っていた。「ジョンとイザベラが――気の毒なウエントワース夫妻も――資金を取り戻せなければ、ウィッカムも資金を手にすることはできないと伝えるんですね」

「そのとおり」ナイトリーはため息をついた。「残念ながら、実際の投資額よりも少ない額を請求せざるを得ないだろう。ウィッカム氏が裁判を避ける動機がなければ、そして彼の利益がまったくなければ、腹いせのためだけに訴訟に挑もうとするかもしれない。だが、一部を取り戻すだけでも、ウィッカムの計略の餌食になった人々にとっては、大きな利益となるだろう」

「あなたなら、きっと手立てを見つけてくださると思っていましたわ！」エマは拍手してから、夫の頬にすばやく口づけをした。「でも――まずはジョンに手紙を書いて、そういう訴訟に同意するかを確認したほうがいいのではないかしら？」

「ぼくはそうは思わない。それがもっとも適切なんだろうが、ぼくたちはここで稀な機会を与えられている。ウィッカムがぼくたちの領地にいて、出発できずにいるんだ。あの男は支払いを受け取りにきた。おそらく金が必要なんだろう。あの男と駆け引きをするならいましかない」いっとき考えてから、ナイトリーはつけ加えた。「しかし、ウェントワース大佐とはすぐに話してみよう。大佐の同意はきっと得られるだろうし、ひとりよりふたりのほうが、説得力が増すかもしれない」

エマが感じた安堵の波はとても大きく、すでにこの問題は解決されたかのように思えた。「そうなるように祈りますわ」

＊

お茶のあと、来客たちはぞろぞろと新しい気晴らしに向かった。エマはカジノゲームを企画した。ナイトリーは数人の男性を葡萄酒貯蔵室に案内し、その夜に飲むための年代物を何本か選んだ。ダーシーはそれに同行した。エリザベスはドンウェルアビーの壮麗さと古めかしさに大きな感銘を受けていたので、屋敷内を散歩することにした。ペムバリーはまぎれもなく優雅で堂々としていたが、十七世紀に建てられたばかりである。ドンウェルの中心となる建造物は、四百年前には建てられていたはずだ。この屋敷にはどんな驚異が隠されているのだろう？

ひとりで散策するのは初めてだったが、期待を裏切られることはなかった。一階は、使用人が使う部屋をのぞき、どの部屋でも入室できることになっており、エリザベスは自由に各部屋を見てまわった。展示室を探索するのを愉しみにしていたが、好奇心が最初に満たされたのは、角を曲がった先に修道院《アビー》の小さな武器庫を見つけたときだった。本物の甲冑《かっちゅう》一式が暖炉のそばに置かれていて、その胴鎧《どうよろい》には、遙か昔に鎚矛《つちほこ》（中世の棍棒状の武器）で打ちつけられた跡が残っていた。鎚矛は近くの鉤《かぎ》に、やや不安定に吊るされている。まさにこの鎚矛によって、この胴鎧に傷がつけられたのだろうか。

〝ナイトリー氏の先祖のどなたかが、こんなふうに亡くなったということなのかしら？〟彼女は思いを巡らせた。〝それとも、その方が誰かをやっつけたのかしら？〟さまざまな兜《かぶと》、盾、旗が棚に置かれ、壁に掛けられていた。エリザベスはその部屋に収められた歴史の虜《とりこ》になった。そのまま何時間だろうと、そこでひとりで過ごすことができただろう。

あるいは、そう考えていた――誰かが入り口に現れるまでは。

「どうやら、ぼくたちの娯楽の選択は似ているようですね」ウィッカムが言った。

エリザベスはいっとき眼を閉じて、力を奮い起こし、それから彼のほうを向いた。「わたしたちの考えが似ている？　そんなふうに考えたことはありませんでしたわ。選択肢が限られているところでは、偶然が起こると言ったほうが正確かもしれません」

「ずいぶんとぼくと距離を置きたがるんですね」ウィッカムがブラブラと近づいてきた。「ずっとそうだったわけではないけれど」

ウィッカムが最後にエリザベスに大胆にもそのことを指摘してから、長い年月が経っていた――かつてふたりに付き合いがあったことを。彼女が知り合いのどの紳士よりも彼に敬服していたことを。ほんのいっときのことだったが。「誰しも、過去に大きく悔やんだ出来事があるものですわ」彼女は言った。「なかにはとびきり悔やんだ出来事も。わたしはむしろ、それをおもしろがるほうが好きです、できるときには」

ウィッカムの笑顔がこわばり、にこやかな表情が仮面にすぎないことを仄めかした。「ぼくはほとんど悔やむことはありません」

エリザベスはそんなふうに軽くふざけた調子で続けるべきだとわかっていた。しかしながら、スザンナのことを思うと、機転が利かなくなった。「ということは、自分はなんの害も及ぼしたことがないと信じているんですか？」

「害を及ぼそうと思って及ぼしたことはありません」

彼のことばは矢のようにエリザベスの心に突き刺さった。その痛みは非常に鋭く、非常に現実味を帯びており、もし下を向いて自分の胸が血で赤く染まっていたとしても、彼女は驚かなかっただろう。いくらジョージ・ウィッカムでも、ここまで無感情になれるものなのか？

彼はエリザベスの想像よりもずっと悪い人間だった。彼はスザンナのことなどまったく考えていなかった。それどころか、こう続けたのである。「あなたは鼻高々にダーシーの味方をして、ぼくを拒絶しました。一度はあんなにぼくに信念と信頼を与えてくれたのに、もっと裕福な男から注目されるやいなや、それを全部投げ捨てたんです」

エリザベスは呆然とウィッカムを見つめた。あれから二十年以上経ったというのに、ウィッカムはまだ、エリザベスが彼のことばよりもダーシーのことばを信じたことに憤慨しているのだ――事実によって、ダーシーの誠実さとウィッカムの誠実さの欠如が十二分に証明されたあとでさえ。あれからずっとウィッカムは傷つけられたプライドを抱えつづけてきた。その一方で、ダーシーから事実を暴露されるずっとまえから、ウィッカムがエリザベスに言い寄るのをやめていたこと、ウィッカムがいなくてもエリザベスが悲しんでいなかったことは、都合よく忘れている。自分の世界を自分の不満で埋めつくすウィッカムという人間の器《うつわ》の小ささは、ほとんど哀れですらある。

エリザベスが感じたかもしれない哀れみがなんであれ、彼の次のことばで消し去られた。「ぼくはあなた方の結婚話を破談にするつもりでした。もっともぼくの得られた慰めは、その縁談が相応の代償を払わされたことくらいでしたが」

「つまり――」エリザベスの声が途切れた。まるで頭のなかで形になりつつある真実を話すことを拒んでいるかのように。「つまり、リディアとの駆け落ちは、あの子と関係がなかったってことなの？　ただのわたしへの腹いせだったってこと？」

「ずいぶんとご自分を高く買っているんですね」ウィッカムは言った。「忘れていやしませんか、マダム、ぼくとダーシー氏の付き合いは、あなたとよりはるかに長いんです。あの男に対する憤りのほうがずっと大きかったんですよ」

打ちのめされ、エリザベスはもうウィッカムと眼を合わせることができなかった。壁を――金属の指が拳《こぶし》のように丸まったままの、中世の籠手《こて》を――見つめながら、たったいま聞いたことばを理解しようともがいていた。
駆け落ちの第一報を聞いたときから、エリザベスは不思議に思っていた。リディアのほうは愚かで強情でほぼどんなことでもやりかねなかったが、ウィッカムの動機はつかみどころがなかった。なぜリディアと？　それまで、ふたりのあいだに特別な愛情があるとは誰も気づいていなかった。リディアには妻となるのにふさわしい持参金がなかったが、影響力のある友人がいないわけではなく、愛人にするには危険だった。だからエリザベスは、これは両者の軽率な無責任さの証拠であり、それ以上でもそれ以下でもないと判断したのだった。

ついに真実が明らかにされた。ウィッカムは冷徹な計算でリディアを誘惑し、もう少しで破滅させるところだった。そうなれば、エリザベスも破滅するだろうと目論んで。もし彼がリディアと結婚させられていなければ、家族の評判はがた落ちとなり、ほかの姉妹の結婚のチャンスは断たれていただろう――エリザベスだけでなく、メアリーもキティも、大切な姉ジェインでさえも。愛するビングリーと引き裂かれたジェインの姿が脳裏に浮かび、エリザベスの体から呼吸が奪われた。すべてはダーシーを傷つけるためであり――成功していたら、実際にダーシーを深く傷つけていたことだろう。

最悪なのは、ウィッカムの計画があと一歩で成功しかけていたことだった。もしダーシーがあのとき――エリザベスがリディアの窮状を打ち明けようと思うほど無防備な瞬間に――エリザベスとばったり出会っていなければ、ふたりは永遠に別れることになっていたはずだ。

「なんて卑劣なの！」彼女はようやく言った。「残酷で、不実で、救いがたい。ずっとあなたを軽蔑してきたけど、あなたはその軽蔑にすら値しない人だったのね。そんな最低な人なんて、いるはずがないと思ってたわ」

「お忘れですか、マダム、ぼくはすでに犯した罪の罰を正式に受けています。リディアとの長年にわたる結婚生活を、ほかになんと呼べばいいんです？」彼の笑みから残酷さが薄れた。まるでそのジョークでエリザベスと笑い合うことを本気で期待しているかのように。実際、妻としてのリディアは、夫としてのウィッカムと大差なかったことをエリザベスは知っている。

しかし、それには理由があったし、その多くはリディアの落ち度ではなかった。リディアは周囲を失望させたが、周囲もまたリディアを失望させたのではなかったか——とりわけウィッカムが？

エリザベスの沈黙は、ウィッカムに逃げだすチャンスを与えた。彼はそのチャンスを窺《うかが》っていたにちがいない。彼は言った。「これ以上、ぼくはここにいないほうがいいでしょう」

ウィッカムの足音が武器庫の外の廊下に響いた。エリザベスは彼が立ち去る音を、悔しさ半分、安堵半分の気持ちで聞いていた。彼が出ていったのは、いまさら礼儀を思いだしたからなのか、それともエリザベスがどれほど鎚矛の近くに立っているかに気づいたからなのか、彼女にはわからなかった。

＊

雷がドンウェルアビーで激しく鳴り響き、燭台のいくつかを揺らした。（大きな音がしたのは、武器庫の鎚矛が落下したせいと判明した。ダーシー夫人は驚いたが、怪我もせず逃げられたようだ。）ようやくちゃんとした嵐がやってきたので、マリアンはそれを愉しむことにした。修道院《アビー》の小さな温室に坐って、ガラスを伝う激しい雨を眺めた。植物の葉に燃え移らないように、蠟燭は灯されていなかったが、時折、稲妻が彼女の視界を照らしだした。

マリアンはガラス越しの空を見あげて、そのすばらしさに夢中になっていたが、ある声が彼女の夢想を遮《さえぎ》った。「ここに来れば、あなたがいるのではないかと思った」

彼女が振り返ると、ブランドンが影から現れた。

「その予想は正しかったわね。わたし、雷雨の魅力には逆らえないの」

「私もだ」彼はそう言って、彼女を驚かせた。「制御されない自然には美しさがある」

「まさにわたしもそう感じてるの」ウィロビーが言いそうなことだとマリアンは思ったが、そんな連想をしたことに罪悪感を覚えた。

ブランドンは温室の金属製のベンチに坐っていたマリアンの横に腰をおろした。彼女はふたりのあいだにある、ことばにならない重みを感じた。ずっしりとして、息の詰まるような――

そしてついに、ブランドンが口を開いた。

「あなたは、私とウィッカム氏との関わりの経緯を知りたいようだ」ブランドンは言った。「何もない。あの男にとって、私は完全に見知らぬ他人だ。しかしながら、私たちには共通の知人がいて、彼女の運命はあの男によって永遠に破滅させられた」

マリアンにとっては、夫が打ち明けてくれたという事実だけでも、内容そのものとほとんど同じくらいに衝撃的だった。「それって――」彼女はためらった。「あなたがエリナーに話して、それをわたしにも伝えていいって言ってくれた、あの――あの――」

「イライザだ」

昔の恋人の名を口にするとき、ブランドンの声がざらついた。マリアンのなかで嫉妬と心配がせめぎ合ったが、心配のほうが勝《まさ》った。彼女は夫の手に手を重ねた。「ウィッカムが知っていたのは、イライザだったの?」

「ウィッカムは彼女を破滅させた」ブランドンは額を

こすった。ほんの一瞬とはいえ、その仕草には長年の疲労が現れていた。「イライザは望まない結婚を強いられ、相手の人でなし（ブランドンの実兄のこと）からひどい仕打ちを受けたが——それでも社会的な信用は保たれていた。社交界に居場所があった。すべてを失ったわけではなかった。その後、知り合った男からその立場を捨てるように説得された。死の床で、彼女は打ち明けたのだ。最初は婚姻を無効にすることを望んでいたが、それは無理そうなので、駆け落ち結婚をして解決するつもりだったのだ、と。ところが、夫から離婚され、上流社会から完全に追放された。その直後、そそのかした男が既婚者であり、彼女に話したすべてのことばが嘘だったと知った。すべてのことば——その男の名前、ジョージ・ウィッカムをのぞいて」

「同一人物ではない可能性もあるわ」マリアンは思い切って言ってみた。「実際、ものすごくめずらしい名前ではないもの」

　ブランドンは首を横に振った。「いや。あの男だ。相手が既婚者だとわかったとき、イライザは男の妻の名前も知った。リディアだった。それから、男がダービーシャーで育ったことも知っていた。彼女の知る数少ない手がかりには、その男の結婚は非常に有力な一族とつながっていたが、その一族は男のことをほとんど容認していなかったというのもある。その一族というのは、きっとペムバリーのダーシー家のことだろう。そしてウィッカムも、同じく陸軍にいた」

　それは説得力のある根拠ではあるが、絶対的な証拠ではない。マリアンは反論しようかと思ったが、ウィッカムの恥知らずなご都合主義や、彼がどれほど嬉々として他人を困らせていたかを思いだした。ウィッカムはまさしく、自分の愉しみのために友人のいない女性を破滅させるような男だった。

　言い換えれば、ウィロビーにあまりにもよく似た男。

　そう、ウィッカムとその男が同一人物であることは疑いようがない。

ブランドンは続けた。「男はイライザを見捨て、ひとりになった彼女は肺結核を患い、死ぬことになった。彼女の死後、私は何年もその男を探しつづけた――イライザの転落と不名誉で果たした役割を責めるためではなく、娘がいることを知らせるためだった。その男が、ほかでもない娘のベスのために、適切な感情のかけらを呼び起こせるかどうかを確かめるために。男の陸軍でのキャリアは、長いが一貫性がなかった。男の経歴を連隊から連隊へと遡るうちに、私はそのことを知った。彼はたしかに所属はしていたが、借金やスキャンダル、あるいはその両方のせいで、異動を余儀なくされることの繰り返しだったのだ。やがて、その痕跡は途切れ途切れになり、それ以上先へはたどれなくなった。私はその謎を追うのを諦めた――あるいはそう思っていたが、昨年ベスが出産して」ブランドンはそこでことばを切った。「あなたの姉上――から聞いているだろうが――」

「エリナーとわたしのあいだに隠し事はないの、そういう事柄については」マリアンは以前からずっとこの件について夫と話し合いたいと思っていたが、恐ろしすぎて言いだせなかったのだ。ようやくそのときが訪れた。「ベスの窮状は聞いてるわ。いつかわたしたちを会わせてほしいと思ってる」

ブランドンの眼がマリアンを見つめた。ついに、とマリアンは思った。ふたりのあいだにもう壁はなく、鍵もなくなった――

雷が鳴った。ブランドンは体をうしろに引いた。

「もはやこの件にこだわって、あなたの思考を汚す必要はない」

マリアンの心は砕けた。波が岸に当たって砕け散るように。もう何も言うべきことはなかった、どうでもいいことば以外は。そう考えるだけで疲れが押し寄せた。ブランドンは立ちあがり、マリアンは引き止めようとはしなかった。

彼が温室の入り口にたどり着いたとき、しかしながら、彼女の頭にある疑問が浮かんだ。「あの人と話をするつもりなの？」

ブランドンは一瞬、足を止めた——が、マリアンが得た答は沈黙だけで、夫はまた歩きだし、温室から出ていった。

＊

実際の損失よりも少ない額しか取り戻せないと思うと、ウェントワース大佐は腹が立った。とはいえ、まったく取り戻せないと思うと、もっと腹が立った。だから彼は、ナイトリーの計画に即座に同意した。

大佐がそのことをアンに話すと、彼女は心から同意したが、自分も話し合いに加えるべきだと主張した。

彼は妻を思いとどまらせようとして言った。「この手の話、金だとか訴訟だとかは、女性が聞くにはふさわしくないよ」

「でも、たったいま、あなたがその手の話をしているのを聞いているじゃない」抜け目のない小さな笑みがアンの唇に浮かんだ。「つまりあなたは、わたしが知っているということを、ナイトリー氏とウィッカム氏に知られるのは不適切だと考えているのね」

彼女はときに物事を先読みする癖がある。「いずれにしても、不愉快な話し合いになるだろうし、あなたにそんな思いはさせたくないんだよ」

「不愉快さを拒否するくらいなら、直面するほうがいいわ」アンは言った。「わたしがあなたの力になれないなんて思わないで。あなたを守ることだってできるわ、もしそんな事態になったら——そんなことにはならないとわかっているけれど」

彼女の心映えの美しさに感動するあまり、ウェントワースは一時間以上経ってようやく、妻が話し合いに同席したい理由は、ほかにもあったのかもしれないと思い至った。つまり、彼の短気な性格に眼を光らせたかったのだ、と。彼は妻の警戒心が正しいことを認めざるを得なかった。その上、そのことに気づいたときには、ウェントワース夫妻はすでにナイトリー氏の書斎にいて、ウィッカム氏は入り口に立っていた。

「お招きにあずかるとは、驚きましたよ、サー」ウィッカムがナイトリーに言った。ウェントワース大佐のことはちらりと一瞥《いちべつ》したにすぎず、軽んじている印象を与えた。「ドンウェルアビーでの冷ややかな歓迎から察するに、あなたはぼくとの同席は気が進まないのだと思っていました。ところが、いまはぜひ話をしたいとおっしゃる」

ナイトリーはそう簡単に挑発される人間ではなかった。「あなたは負債を回収したい。私たちは家族の零落を避けたい」そのことばがウェントワースに突き刺さった――もし負債を負っているのが弟ではなくナイトリー自身だったなら、こんなに単刀直入に〝零落〟とは言わなかったはずだ――が、そこは耐えなければならない。「私たち双方の望みを実現する方法があるのではないか、と思いましてね」

「無理ですよ」ウィッカムは言った。「あなたは本来支払われるべき額のわずか一部を支払って、訴訟の話が出たとたんに逃げだすつもりでしょう」

ウェントワースは体を固くした。ナイトリーとウェントワースが何を持ちかけようとしているのか、ウィッカムはどうやって知ることができたのか？

なぜなら、以前、誰かが同じことを申し出たことがあるからだ。ウィッカムの計略によって破産させられた哀れな誰かが、罠から逃れようとして失敗したことがあるのだ。

アンは部屋の片隅に立ち、黙って見守っていた。その穏やかな表情には、彼女が感じているにちがいない侮蔑の色はまったくにじみ出ていなかった。

だが、アンが軽蔑するようになったのは、ウィッカムだけなのか？

〝おまえはどれだけ鼻高々だったか〟ウェントワースの心の奥底で、あの声が罵《ののし》った。必死に耳を塞《ふさ》いでいたが、けっして黙らせることのできなかった声。〝アンの家族は、おまえには何もないから求婚を断れと説得した。おまえは彼らがまちがっていると証明できたと思っていた。財産を二倍にするだけでは充分ではなかった――いや、三倍にすることを望んで借金を背負い、一生かかっても使い切れないほどの金を作ろうとした。ところがおまえは、まさに彼らが警告したとおりの生活にアンを閉じ込めた。困窮し、不安定で、世間から見て身を落とした生活に。

そしておまえがアンに与えた害はそれだけじゃない――おまえのせいで彼女が被った損失はそれだけじゃない――〟

臆することなく、ナイトリーは話を進めた。「私が提示する額は、弟がこの件を法廷で追及すると選択した場合に、きみが回収する額よりも多い」

「法廷弁護士の弟さんですか。法律家なら、弁護士に相談する必要がないから、訴訟を起こしても費用がからないと思っているんですね」ウィッカムは葉巻の箱に近づき、まるで自分のものであるかのように蓋を開けた。「しかし、弁護士にとって、時間は金と同じものです。ジョン・ナイトリー氏はぼくとの訴訟に無駄に費やす時間――日数、月数、年数――を、通常の依頼人のために費やせなくなる。あなたは弟さんを二度も破産させるおつもりですか？　ぼくを困らせるためにということなんでしょう。ですが、ぼくは自分を困らせる気にはならないので、あなたの和解案はお断りします」ウィッカムは選んだ葉巻を指先で回転させた。まるで誰かが火をつけてくれるのを待つかのように。

その傲慢な仕草を見て、ウェントワースの自制心の箍《たが》がはずれた。彼はまえに出て、ウィッカムにほんの数インチまで迫り、四インチ（約十センチ）の身長差を充分に活かして見おろした。「貴様はおれたち全員より偉いとでも思ってるんだろう？　管財人の息子が——」

「なるほど、ダーシー氏がぼくの生い立ちを話したようですね」ウィッカムは言った。「それを否定したことはありませんよ」だが、そのことばは意図したほどにスラスラと出てこなかったのはまちがいない。ウィッカムの顔は船から逃げだそうとする船底のネズミのようだった。

「根性の曲がった嘘つきの詐欺師め、図々しくもまるで紳士のように威張り散らしやがって——」

「あなたが、サー？」ウィッカムは顎をあげたが、明らかにウェントワースの大きさと怒りに怖気づいたままだった。「紳士ですって？　海軍では、士官が紳士であることは普通ではないと聞きましたが」

「ああ、おまえもぼくも身分の低い生まれだ」ウェントワースは言った。「ぼくたちのちがいは、どう行動してきたかにある」

「ぼくは賢く行動してきた、といえるでしょう。一方、あなたは——」

ウェントワースはウィッカムを小突き、その勢いでウィッカムはよろけた。「おまえはペテン師で臆病者だ」ウェントワースは言った。「いずれその報いを受けるときがくる」

ウェントワースはさらに言い募っていたことだろう——ウィッカム氏の欠点について言いたいことはいくらでもあった——もしアンが彼の横に駆け寄ってこなければ。「大切なあなた」彼女は低くやさしい声でつぶやいた。「そのような振る舞いで自分を汚さないで。その人にそんな価値はないわ」

つねに賢明な、彼のアン。つねに穏やかで正しい。

しかし、ウィッカムが立ち去り、その姿を見送る妻の眼をちらりと見たとき、ウェントワースが夢にも思わなかったものが一瞬、よぎっていた——純粋な憎悪の色が。

＊

叔父の間《ま》の悪い訪問のせいで、ナイトリー家のハウスパーティの行事が乱れていた。ジョナサン・ダーシーはこの混乱が長引かないでほしいと願った。彼の意見では、雨のせいだけでも、事態はすでに充分不安定になっている。一刻も早く秩序ある行動や習慣が取り戻され、ジョナサンが対処しやすい形にパーティが落ち着いてほしかった。

ところが、午後になると、ハウスパーティは落ち着くどころか、ますます無秩序になった。ひとつかふたつの大きなグループに分かれて、どこかの部屋に集まるのではなく、主催者と招待客がコソコソとふたりずつで会っていたり、ひとりでふらふらと歩きまわったりしていた。正餐が流れを正す機会になるだろうとジョナサンは考えていた。

しかし、正餐にも懸案が待ち受けていた。ウィッカムはテーブルに着席するのかしないのか？　着席するなら、神経がすり減らされるし、テーブルの人数が奇数になって、もちろん礼儀作法に反することになる。一方、着席しないなら、客人を排除することになり、たとえ招かれざる客であっても、非常に無礼となる。

正餐のために集まったとき、ナイトリー夫妻が非常に無礼な行為を避け、ウィッカムの着席を選んだことにジョナサンは気づいた。ウィッカムはのんきに列の最後尾に立ち、そう案内されたわけではないが、最後に入室することを受け入れていた。ほかの人々はこれをどう考えているのだろう？　不躾《ぶしつけ》な視線にならないように注意しながら、ジョナサンはひとりひとり観察した。

母親：いつになく無口で、青白い顔をしている。父親：いつになく頬を紅潮させ、落ち着きがない。

ナイトリー氏：眉間《みけん》に皺を寄せているが、いつもとあまり変わらない。ナイトリー夫人：笑顔がない。ジョナサンが見かけたときはいつも、ナイトリー夫人は笑みを浮かべていたことに気づいた。

ウェントワース大佐：隠し切れない怒りで睨みつけている。ウェントワース夫人：そんな夫が早まったことをしないか心配するように、夫を見あげている。

バートラム氏：大きな動揺は見られない。どちらかといえば、やや独りよがりな感じ。バートラム夫人：これまでにも増してうろたえ、怯えている。ジョナサンは彼女が慣れない人々のなかで不安を感じていることに気づいており、おおいに共感していた。

ブランドン大佐：ウィッカムを見ていないが、あえてそうしている。皮肉なことに、彼の関心は無関心によって明らかにされている。ブランドン夫人：堂々とウィッカムを咎《とが》めるような眼つきで見つめ、それを誰かに見られはしないかとは気にしていない。

ジョナサンの横に立っている、ジュリエット・ティルニー：順番にほかの人々を観察している。まさにジョナサンがしているように。

ジョナサンに見られていると気づくと、彼女は少し驚いた様子で頭をさげた。しかし、ふたりの眼が合ったとき、彼女の眼には羞恥（彼女の無作法に対して）も非難（彼の無作法に対して）も浮かんでいなかった。ジョナサンは他人の眼を見ることが難しいと感じることがよくあったが、このときはそうではなかった。ふたりの目配せはまるで……秘密を共有しているかのようだった。

ほかの誰かが、ジョナサンが考えていることを知っている。ほかの誰かが、この集まりに疎外感を覚え、内側からではなく、外側からしか判断できないと感じている。誰かが自分と同じように感じている。これはジョナサンがほとんど経験したことのない感覚だった。まるで彼のなかできつく縛られていた何かが、ついにほどけたかのようだった——たくさんではなく、ほんの少しだが、充分なほどに。

ジョナサンは前夜よりも優雅に腕を差しだし、彼女は前夜よりも喜んでその腕を取ったように思えた。

最初、正餐はまずまず普通に進んだ。ウィッカムの椅子は、ジョナサンの母親とナイトリー氏のあいだに、ぎこちなく置かれていた。良き主催者であれば当然のこととはいえ、ナイトリー氏は苦悩したはずだ。母親ならウィッカムの元義理の姉として、この男に耐えられるだろうと思われたにちがいない。が、ジョナサンには、母親がどこでもいいからウィッカムのいないところに行きたいと猛烈に願っていることがわかった。

ウィッカムは会話を愉しんでいるように見えた。誰も彼と話したがらなかったにもかかわらず——むしろ、だからこそかもしれない。満面の笑みを浮かべて、彼は言った。「ウェントワース夫人、ぼくの記憶が正しければ、あなたはご主人と一緒に一度ならず船に乗られたことがあるそうですね」

「ええ、あります」ウェントワース夫人の声は、ガラスのように滑《なめ》らかで平坦だったが、透明度ははるかに低かった。「ですから、主催のご夫妻のすばらしい食事には二倍感謝していますわ。わたしたちが航海中に食べなければならない夕食のなかには、みなさんが想像もつかないようなものもありますから。わたしはタコを食べたこともあります」

「タコですか？」ジュリエット・ティルニーは忍び笑いを洩らし、同時に嫌悪の表情を浮かべた。テーブルの大方の反応と同じだった。

しかしながら、ウィッカムは最初の質問に話を戻した。「それなら、陸上にいられてさぞお喜びでしょう——今後もずっと、でしょうね？」

ウェントワース大佐がぴしゃりと言った。「アイ、そのとおりだ、正義がなされれば。妻は二度と海の上で苦労する必要はない」ウェントワース夫人は明らかに狼狽して、夫をちらりと見た。〝正義〟ということばに反応したのだろうとジョナサンは考えた。ウィッカムの詐欺に間接的に言及したにちがいない——そして叔父の眼のきらめきから判断するに、叔父はウェントワース夫妻にその件を思いださせたことを愉しんでいる。ジョナサンはやり場のない怒りがこみあげるのを感じた。害を与え続けるだけでなく、それを喜ぶ男と親戚だとは、なんと恥ずべきことだろう。

　その後は、少なくとも、ウィッカムは黙って食べた。誰もが黙って食べた。バートラム氏とジュリエット・ティルニーをのぞいて。バートラム氏は若い女性の適切な立ち居振る舞いについて、当世はあまりに頻繁に礼儀作法違反が目につくことについて考えがあった。ジュリエットが彼の意見に同意するなら、彼女を承認するつもりのようだった。

　ジュリエットはそう簡単にはなびかず、バートラム氏を驚かせた。「いまの流行が、昔よりもそれほど衝撃的だとは思えません」彼女は言った。「驚くべきものがあるとしたら、きっとその新しさであって、慎み深さの欠如ではありませんわ」ジョナサンは幼い頃にどれほど襟ぐりの深い服が流行っていたかを思いだし、心のなかで同意した。

　バートラム氏は同意しなかった。「かつてわれわれは古典時代（古代ギリシア、古代ローマが栄えた時代のこと）に審美的な理想を求めました。その理想は女性の装いだけでなく、建築や学問においても失われつつあります。道徳心の欠如がその結果をもたらしたことを、疑う人はいないのではないですか？」

　ジョナサンはジュリエットを助けたいと思い、できるかもしれないと考えた。「ぼくは古典を学んでいますが、キリスト教的道徳心は、古代人の関心事のなかで最優先ではなかったようです」

その晩、初めての本物の笑みが食堂のテーブルを囲む人々の顔に揺らめき、ブランドン夫人は笑いをこらえてさえいた。自分はほんとうに機知に富んだことを言えたのだろうか？　ジョナサンは満ち足りた気持ちになった――とりわけ、ジュリエットの頰が喜びでピンクに染まったのを見たときには。

しかしながら、母親はジョナサンに警告の眼差しを送った。それは彼の愛読書、エドワード・ギボンの『ローマ帝国衰亡史』については話すべきではないし、話してはならないという警告だった。ジョナサンはこの大作の最初の三巻をおそらく百回は読んでいて、長い文章をそらんじて引用することができ、それをあまりに頻繁に行なったので、ついに両親ははっきり言い聞かせなければならなかった――残念ながら、ほとんどの人はジョナサンほどその話題に関心を持たないということを。ジョナサンは自制するのに苦労したが、少なくとも今夜は、気の利いた冗談を言うことができたのだからと自分を慰めた。

しかしながら、バートラム氏はそう簡単におもしろがりはしなかった。「ぼくは古典的な美徳について話しているのですよ、ダーシー君。それについて書いたのは、当時の最高の思想家たちで、彼らはじつに――」

「偽善者だった？」ウィッカム氏が言った。食堂の明るい気分の儚《はかな》い泡がはじけた。笑顔は消え去った。「当時も今日《こんにち》と同じように、偽善者は多かったんじゃないですか。きっとハウスパーティを開けるくらいの数は――あるいは少なくとも良きテーブルを囲めるくらいの数は」

ウィッカム氏のことばは、トラファルガー岬に放たれた砲弾のように衝撃を与えた。あとはもう誰が最初に反撃するかだけの問題だった。

ウェントワース大佐が口火を切った。「偽善？　おまえが、信頼できる投資顧問だと自称していた人間が

——人のことを偽善だと非難するつもりか？」

「この人は、他人はすべて偽善者だと思い込んでいるんですわ」ジョナサンの母親が言った。「ほかの人の本質も、自分と同じように堕落してると信じていますから。ウィッカムさんには、誰かの行動がその人の意図と一致する可能性もあることが理解できないんですの。この人自身に、そういうことがめったにありませんから」

それを聞いて、ウィッカムは席を立ち、ナプキンを投げ捨てた。「この正餐会は、ぼくを懲らしめる機会でしかないようですね。それゆえ、これで失礼します。しかし、ぼくを軽蔑する方々も、心の底では、ぼくがあなた方に勝ったことをわかっている。耐えることを学んだらどうです？」

ウィッカムはいかにも誇らしげにそう宣言し、食堂を出ていった。ジョナサンはテーブルを囲む人々の暗い表情を観察して思った——ウィッカムが破ったのは礼儀作法だけだったのだろうか。彼はもっと根本的な何かを破壊したのではないか。それがなければ、誰もほんとうの意味で無事ではいられない何かを。

5

悪天候は、あらゆる希望と合理的な予測にさえ反して、夜が更けるにつれてさらに悪化した。雨粒が窓を強く叩きつけた。稲妻が庭の木々や植え込みを照らし、不気味な形にねじ曲げた。ドンウェルアビーの招待客の誰もが、翌日もまたウィッカム氏と同席して耐えがたい一日を過ごすことになるという結論に至らざるを得なかった。ウィッカム氏と関わりのないジュリエット・ティルニーでさえ、また明日も彼の存在によって気まずく不愉快な一日になると思うと、うめき声が洩れた。

ジョナサンも、今夜はまた休めない夜になるだろうと感じていた。社交の場の状況は、誰にとっても不愉快だったが、彼にとってはほぼ絶望的だった。ジョナサンはもっと単純に対処できそうなもの、自分が解決できそうな状況を望んでいた。雷が轟いたとき、愛馬のエボニーのことを思いだした。その牝馬《ひんば》は嵐を嫌っていた。エボニーのところに行って慰めることができれば、この屋敷から出られるし、何か善いことをしている気分になれるだろう。

ほんの子どもの頃から、彼は同年代の子どもたちよりも――たいていのおとなたちよりもずっと――動物と一緒にいるほうが安らぎを感じられた。ジョナサンの一番親しい仲間は、父親の狩猟犬や納屋にいた猫、そして一家の馬だった。両親はこの関心を青年にふさわしいものだと、おおいに奨励してきた。（たとえば、ピアノに夢中になることとはちがって。）ジョナサンの愛馬エボニーは、やさしい気質で知的な眼をした黒い牝馬だ。ペムバリーからドンウェルアビーまで家族の馬車を曳いてきた馬の一頭で、現在はナイトリー家の厩舎に預けられている。

ジョナサンは馬のことをよくわかっていて、馬が何を好み、何を好まないかを感じ取ることができた。エボニーは暴風雨を好まなかった。

遠くで雷が延々とゴロゴロ鳴り響くなか、慣れない厩舎内で、荒々しい眼つきで足を踏み鳴らしているエボニーを思い描いた。事細かに想像することが重要に思えたのは、そうすれば両親の部屋から洩れ聞こえる口論から、気を紛らわすことができたからなのだろう。昨夜の口論を聞くのも充分つらかったが、少なくとも母親と父親の怒りは共通の感情であり、共通の敵であるウィッカム氏に向けられていた。今夜は、ジョナサンの察せられるかぎり、両親の激しい怒りは互いに向けられていた。

両親は昔からとてもしあわせに暮らしてきた。ジョナサンは、ほかの子どもと同様に、両親の強い絆に安らぎを感じてきた。そう、彼らは互いに愛し合っていた。だが、成長するにつれて、ジョナサンは自分の両親が夫婦としてはかなりめずらしい共通点があることにも気づいていた——ふたりは似ているのだ。

ふたりのあいだにあった温かさとやさしさはすべて、スザンナの死とともに消えてしまったようだった。

両親の部屋のドアが閉まる音がした——乱暴にバタンと閉められたわけではないが、それに近い音だった。ジョナサンは、両親のどちらが部屋から飛び出ていったのだろうかと思った。(母親がやりそうなことに思えたが、あらゆることが混乱し通常と真逆になっていたから、どんなことがあってもおかしくなかった。)元気づけようとするべきか、何も知らないふりを続けるべきか——どちらを選べばいいのか知りたいと彼は願った。何よりも、自分の部屋がどこか別の場所に——隣りからひと言も洩れ聞こえてこないような場所に——あればいいのにと願った。

がどれほど愉しいものになったか、わからないからね」

彼女はたじろいだ。それは驚くことではなかった。彼の妻はネズミのように臆病で、感受性が強く、怖がりだった。女性としては、たしかにそれらは美徳であるが、エドマンドはときどき妻があと少しだけ逞《たくま》しければと願うことがあった。

「ファニー？」彼は尋ねた。「大丈夫かい？」

「エドマンド、わ、わたし――」ファニーは寝台の柱にしがみついた。まるで強風のなかで吹き飛ばされまいとするかのように。「お金がいるんです」

なんと奇妙なことか。妻の望むものは控えめで、家計のやりくりは非の打ちどころがなかった。とはいえ、優雅な淑女たちが集うハウスパーティに出席すれば、若い女性が自分も美しい衣装がほしいと望むのは自然なことだとエドマンドは考えた。一般的な傾向としては、そうした嫉妬は嘆かわしいものである。しかしな

*

「ハウスパーティというのは、過剰に浮《うわ》ついたものだね」エドマンド・バートラムは寝間着のナイトシャツに袖を通しながら、そう結論づけた。「たしかに、友人や家族が長い夏の時期に会える唯一の方法かもしれない。でも、もっと少人数で親密な集まりのほうが、真の友情と親善を育むことができたんじゃないかな」

バートラム夫妻が起きているにはかなり遅い時間だったのに、ファニーは就寝の準備もせず、ベッドの端に坐っていた。ぼんやりと彼女は言った。「ここの状況は……理想的ではありません」

「ここの例だけで、ハウスパーティを判断するべきではないと言いたいんだね」エドマンドは言った。「きみの言いたいことはわかるよ、ファニー。もしウィッカム氏が顔を出そうと考えなければ、ぼくたちの訪問

がら、ファニーがそんなことを言いだすのは非常にめずらしく、エドマンドはそれを魅力的だと感じたし、安心感さえ覚えた。彼女の心はちょっとしたことで暗くなった。ようやく浮ついたものに関心を持った妻を見るのは悪くなかった。

「ふむ」彼は言った。「ぼくたちが結婚してからというもの、きみはほとんど何も欲しがることがなかった。いまささやかなぜいたくを望んだところで断る気にはなれないよ。何が欲しいんだい？　素敵なドレスを新調するための布地と装飾品に数ギニーかな？」実際、ファニーには必要なものだった。婦人の衣装については門外漢のエドマンドでさえ、妻のドレスの何枚かは裾がすり切れていることに気づいていた。

彼はファニーがいつものように、すばやく大げさな感謝を伝えるだろうと思っていた。ところが、妻は眼に涙をあふれさせ、首を横に振った。

「ちがうのかい？　ドレスではないんだね？」ばかなことを言ってしまった。ファニーにも欠点はなくはないが、虚栄心はそこに含まれない。「じゃあ、家のための何かだろうか？」

「なんでもない」彼女はすすり泣きながら言った。「なんでもないの、だからいま言ったことは忘れてください」

「ファニー、ほんとうに大丈夫かい？」エドマンドは手の甲を妻の額に当てた。彼女の頰は紅潮していた。気分にむらがあり、体調の安定しない妻にはめずらしいことではなかったが、心配に思えた。「休んだほうがいい。今日はきみにとって大変な一日だった」

妻はうなずき、ベッドに横たわった。彼は妻をまるで小さな子どものように寝かしつけた。月明かりが彼女の髪をさらに淡い金色にきらめかせて、強く心をそそられたが、エドマンドはそんな思いを脇に追いやった。ファニーは夫婦の契りにふさわしい状態ではない。彼女はやさしく不安定で、かよわい人で、結婚して四年が経っても、彼は初夜のときのように慎重に妻を扱っていた。

お金が欲しいという彼女のことばは、一時の気まぐれで、ほかに意味はなかったにちがいない。

それでも、エドマンドはどこか引っかかりを覚えた。

＊

ジョナサンは眠れないまま寝台に横たわり、両親の部屋に戻る足音が聞こえるのを願っていた――ふたりの諍《いさか》いが忘れられ、許され、終わった証拠である足音が。足音は一度ならず聞こえたが、希望が膨らんだとたんに音が消え、希望は打ち砕かれた。今夜は多くの人が起きて動きまわっているようだった。きっと嵐のせいで眠れないのだろう。

そう思ったとたん、新たな音が聞こえた――というより、音が聞こえなくなった。雨粒がもう窓を叩いていなかった。嵐がついに止《や》んだのだ。

窓辺に行って外を確認した。風はまだ木の枝を激しく揺らし、地平線は稲妻で輝きつづけている。嵐の終わりではなく、小休止だ。ジョナサンはこの機会を利用することにした。手早くブーツを引っ張りあげて履き、外套を羽織って、ナイトシャツと部屋着のガウンをほぼ完全に隠した。誰かに見られるかもしれないからというより、それが目的に適《かな》っていたからだ。

両親や自分自身は慰められなくても、少なくともエボニーを慰めることはできる。

ジョナサンは急いで階下《した》に降りた。展示室から小さな物音が聞こえ、顔をそちらに向けた――母親か父親がそこに逃げ込んだのだろうか？――が、なかをちらりとのぞいたときには、誰もいなかった。音が聞こえたと思ったのが気のせいだったか、あるいは誰であれ、なかにいる人物が姿を見られたくなかったのか。この時間ではそれも無理はない。

最初に考えたのは、武器庫を通り抜け、使用人用の出入り口――ジョナサンは初めてこの屋敷にはいったときにそのドアに気づいていた――に向かうという案だった。誰かが眼を覚まして姿を見られたら、不適切だと思われるだろうか？　いま起きているのがジョナサンだけではないのは確実だ。危ない橋は渡らないほうがいい。

そこで正面玄関を出て、ぬかるんだ道を急いで厩舎に向かった。厩舎にはランタンが灯されており、ジョナサンは不注意だと思ったが、なかにはいってみると厩番《うまやばん》の少年がひとり、見張りについていた。

「あっ」ジョナサンはばつの悪い思いをして言った。「こんなときに来てしまって、その――」

「ここにあなたさまの馬がいるんですか？」少年は訛りの強いことばで言った。たぶんウェールズ語だろう。「こいつら、雷を嫌いますでしょう？　そばについててやろうかと思ったんですよ。あなたさまも似たようなことをお考えになったんでしょう」

ジョナサンはただうなずいた。少なくとも、厩番の少年の眼には、ジョナサンが奇妙なことをしていると は映っていなかった。運が良ければ、誰の耳にもはいらないだろう。ここにいるのだから、エボニーを慰めても差し支えはなさそうだ。エボニーは不安で眼を見開いている。ジョナサンは小さく舌打ちして、愛馬のそばに行った。

エボニーの滑らかな鼻づらに手を置いたとたん、また雨が屋根をパラパラと叩きはじめた。厩番の少年はクスクス笑った。「こうなっちゃ当分、足止めを食らっちまいそうですね？」

「そうみたいだな」ジョナサンは同意した。諍いの絶えない屋敷から解放され、ほっとしているところもあった。彼は雨の強さを見定めようと、小さな厩舎の窓から外をのぞいた。どんよりと暗い夜にそんなことは不可能だった――が、屋敷の窓に、蠟燭を掲げた寝間着のナイトドレス姿の女性の輪郭がちらりと見えた。暗かったにもかかわらず、ジョナサンはアン・ウェントワース夫人にちがいないと思った。ウェントワース夫妻の部屋は、てっきり修道院《アビー》の反対側にあると思っていた。いまウェントワース夫人がいるのは、二階の廊下の突き当たりだろうか？

そんなことは考えるべきではない。ジョナサンは、ウェントワース夫人の寝間着姿を見たくないだけでなく、本人が見られたくないであろう姿も見たくはなかった。忘れてしまうのが一番だ。

*

マリアン・ブランドンは眠りが深くはなかった。鮮明な夢をしょっちゅう見るし、ほんの小さな物音でも眼を覚ました。つい一、二年前には、それが繊細な感受性の証《あかし》のように思えて誇りに感じていたものだが、次第にその不都合な面に気づくようになった。とりわけ自分と同じくらい眠りの浅い人と同じ寝台で寝ているいまは。

たとえば今夜は、ブランドンは数分前のごく些細な何かで眼を覚ましたにちがいなかった。それが寝台にいないことのもっとも自然な説明だった。

彼女は仰向けになり、片側を向き、それから反対側を向いた。不安で落ち着かない気持ちで。四柱式寝台のパネルの隙間から、稲妻が明滅するのが見えた。

〝あの人はすぐに帰ってくるわ〟マリアンは思った。〝横になって眼を閉じなさい。寝ているふりをするのよ〟

彼女は自分にちゃんと眠るよう言い聞かせることはしなかった。それは不可能に思えた。

〝ああ、あなた、いま何をしてるの？　どこへ行ってしまったの？〟

降りて、寝台の下の磁器製おまるに手を伸ばした。ところが、手前に引っ張ったときに、うっかり寝台の脚にぶつけてしまった。ガチャンと砕ける音がして、彼女の心は沈み込んだ。

おまるを手に取って調べてみた。やはり、壊れている。割れた破片が側面からはずれ、親指ほどの穴が開き、目的に適さない形状になっていた。

招待してくれた夫妻の所有物を壊しただけでも充分悪い。しかも、壊したのがおまるだなんて！　使用人には気づかれるだろうし、そのこと自体も充分悪いが、そのあとナイトリー夫妻に被害が伝えられることだろう。そう考えるとさらにぞっとした。

最悪なのは、ジュリエットが真夜中におまるを必要としていて、実際ものすごく必要としているのに、おまるがないということだった。

呼び鈴を鳴らして使用人を呼ぶこともできた。担当のメイドのハンナは、気立てがよくて有能な人物だっ

＊

ジュリエットは物音で眼を覚ました。

正確にはなんの音だったのかはわからなかった。その音は夢──絹と蠟燭のくぐもったイメージ──のなかに侵入し、ジュリエットが完全に眼を開けるまえには、すでに消えていた。眼を覚ましたのは、ドアをノックされたからか（可能性は低い）、雷鳴のせいか（もっとも合理的な推測）──なんとも言えなかった。肘をついて、その音を思いだそうとしたが、思いだしたところでちがいはないのでやめておいた。

ジュリエットにはより差し迫った懸念があった。生理的欲求に応えなければならないのだ。

古めかしい屋敷には不便な点がひとつあった。壮麗だけれども、そういった問題の利便性が考慮されていないことである。ジュリエットはふらふらと寝台から

た。この状況では、どう考えてもハンナを呼ぶことがもっとも適切である。とはいえ、そうすると、ジュリエットは口にしたくないことを話さなければならない。あるいは、黙って手渡すこともできたが、それはある意味でさらに悪かった。なぜなら、このごく日常的な品に触れているところを見られることになるからだ——社交界がその存在を認めることを禁じているこの品に。たしかに、そんな禁忌《きんき》はばかげている。ジュリエットは以前からそう思っていた。しかし、そんな理性的な考えは、この瞬間にはほとんど通用しない。というのもその場合、使用人はどこかへ行き、また別のものを持って戻ってきて、それをジュリエットに渡さなければならないからだ。それがさっそく使われることを確信しながら。使用人の頭にどんなイメージが浮かぶことか!

まちがいなく、毎朝おまるを空《から》にするときとはちがうイメージが浮かぶにちがいない。そんなことは考えることすら耐えられない。

ほかに代用できるものを探すか、外の厠《かわや》に行くしかない。最初に眼が覚めたとき、雨はもう止んだような気がしたが、いまはしっかり降っている。それでも、濡れることとの厄介さと、花瓶か水差しを代用品として選ぶという凄まじい恐怖——これもまた使用人たちに見つかるだろうし、彼らはジュリエットの行動を知るだけでなく、さらに悪いことに彼女を無礼者だと考えるだろう——を比較したとき、明らかに選択肢は厠しかなかった。

夜に廊下をうろついているのを見られた場合に備えて、少しでも慎みを保っておいたほうがいい。寝間着のシュミーズドレスだけでは不充分だ。ジュリエットは青い毛布を取り、肩に巻きつけて、ショール代わりにした。部屋の燭台に、持ち運びに便利な取っ手がついていて助かった。ただし、炎を消さないように、外に出るときは屋敷のなかに置いておかなければならないだろう。

ジュリエットは自室のドアを、なるべく軋ませないようにゆっくり開けると、急いで歩きはじめた。ジュリエットの部屋は廊下の突き当たりにある。つまり、バートラム夫妻の部屋とウェントワース夫妻の部屋のまえを通りすぎなければならなかった。両方ともドアの下から光が洩れている――まちがいなく暖炉の炎の光なのだろうが、どちらの部屋もこの時間とは思えないほど明るいようにジュリエットには思えた。嵐のせいで多くの人が起きているにちがいない。誰かに自分の足音を聞かれているかもしれないと思うと、彼女は尻込みした。

〝知られることはないわ〟絨毯の敷かれていない冷たい木の階段を裸足《はだし》で踏みしめて降りながら、彼女は自分を安心させようとした。〝修道院《アビー》はすごく古くてすごく大きくて、廊下も階段もあちこちにたくさんあるもの――たとえ何か聞こえたとしても、それがどこから聞こえたのかまではほとんどわからないはずよ〟

ジュリエットは階段の下までたどり着くと足を止めた。たったいま感謝したばかりの修道院《アビー》の迷宮のような造りが、同時に困難をもたらしていると気づく。暗闇のなかで、どちらに行けばいいのか、わからなくなってしまったのだ。

建物の横にある出入り口が一番厠に近かった。その入り口は武器庫に通じていたのか、それとも温室だったか？　ジュリエットは下唇を噛んで思いだそうとした。この二日間、こんなに雨が降っていなければ！　それなら、ずっとおまるを使う必要もなく、厠への行き方はすでに覚えていただろうに。結局、温室を探すことにした。温室には外に通じるドアがある。外に出さえすればなんとかなる。この時点では、彼女は屋敷の一番近くにある植物に水をやるつもりだった。誰にも気づかれることはないだろう。

展示室の入り口を見つけたとき、彼女は勇気づけられた。温室はその奥にある。あと少しだ。

　ところが、展示室に駆け込んだとたん、ふいに自分はひとりではないという明白な感覚に襲われた。

　ジュリエットはためらいながら、蠟燭をより高く掲げた。揺らめく光が、壁を覆う多数の油絵、柱状の台座に立つブロンズや大理石の胸像の数々を照らし出した。いくつもの眼、顔、横顔――それらすべてが彼女を取り囲んでいる。ほかの誰かが部屋にいるような気がしたのも無理はない。

　あるいは、そう自分に言い聞かせた。ほかに誰かがいるという強烈な感覚は拭い去れないまま。

　とはいえ、これ以上、生理的欲求を拒むわけにはいかない。展示室のなかほどに出入り口を見つけると、近くの小さなテーブルの上に燭台を慎重に置き、覚悟を決めて、外に飛びだした。

　〝ああ、みじめだわ〟どろりとした冷たいぬかるみのなかをパシャパシャと音を立てて歩きながら、ジュリエットは思った。少なくともここからなら厠の位置もわかるし、厠なら雨に濡れずに用を足すことができる。最後に窓の外を見たときから、雨はさらに強くなったのだろうか？　叩きつけるような雨が、薄いシュミーズドレスを脚にはりつかせた。土砂降りの雨と暗闇のせいで、目的地はほとんど見えなかった。展示室のなかで何かが奇妙に揺らめいてギョッとしたが、たんに夜の闇を背景に青白く映った自分自身の姿にちがいないと気づいた。

　少なくとも、ナイトリー家の屋外施設は本館のすぐそばにあり、手入れも行き届いていた。ジュリエットは用をすませたあと、ひと呼吸ついて心を落ち着けてから、急いで、また外に出た。〝二階にあがって。足を洗って。新しいシフトドレスに着替えるのよ。明日使用人がこのナイトドレスを洗濯するとき、あなたのことをどう思うかは考えないようにすること。そしてもう二度とおまるを壊さないこと！〟

彼女は飛びだしてきたときよりも速く、ドンウェルアビーに駆け戻った。一刻も早く用事を終わらせて、居心地のいい安全な自分の部屋のなかに戻りたくて。温室を駆け抜けているとき、すぐ近くで光の筋が天から大地に落ちた。稲妻と雷が同時に起こり、眩《まぶ》しい光が展示室に射し込んだ。柱状の台座の上の胸像が一瞬、床に尖った影を落とした。

光が消えたあとも、ひとつだけ影が残っていた。周囲の闇よりもさらに暗い影が。

燭台を手に取り、もっとよく見ようと忍び足で近づいた。それがなんなのか悟ったとき、彼女の眼は大きく見開かれた。

〝誰が叫んでるの？〟ジュリエットは思い、それから気づいた。〝ああ、わたしなのね〟

＊

悲鳴が聞こえたのは、ジョナサンがちょうど坐り心地のいい干し草の俵《たわら》に腰をおろしたときのことだった。あまりに大きな声だったので、馬たちが耳を立てた。彼と厩番の少年は不安げに視線を交わした。悲鳴はドンウェルアビーのなかから聞こえてきた。

「ぼくが行ってくるよ」ジョナサンは言った。おそらく屋敷にいる女性の誰かが驚いたか、最悪の場合、怪我を負ったのだろう。危険がありそうなら、使用人に押しつけるより、リスクを受け入れるほうが適切だ。

彼はランタンを持ち、雨のなかを急いで走った。ぬかるみがブーツの下で飛び散り、びしょ濡れの外套の下のナイトシャツとガウンの裾にしみ込んだ。少々驚いただけだろうと思っていたが、悲鳴はまだ止まず、延々と続いている。ジョナサンはさらに足を速めた。

「あの？」彼は呼びかけながら、屋敷に駆け込んだ。この時点で、階上《うえ》から足音やぶつくさと不平を言う声が聞こえてきた。少なくとも何人かは、悲鳴で叩き起こされたのだろう。悲鳴は展示室の方角から聞こえてくるようだった。「どうかしましたか？」

悲鳴が途切れた。誰かが叫んだ。「助けて！　ああ、助けて！」

ジョナサンは展示室に飛び込んだ。部屋の一番奥に、ジュリエット・ティルニーが立っていた。ずぶ濡れで、激しく身を震わせているせいで、手にした燭台のなかで蠟燭がカタカタと揺れていた。

彼女の足元に、ウィッカム氏が横たわっていた。顔から血を流し、ぼんやりと上を見つめている。彼は明らかに死んでいた。

6

ほかの人と同じように、ジュリエットは死という現実から隔てられることなく生きてきた。祖母の死に際には立ち会ったし、肺結核末期の若い友人の看護を手伝ったこともある。富める者も貧しい者も、男性も女性も、たいていの者は物心つくまでに死と向き合う経験をするものだ。

しかしながら、殺人となると、話はまったくちがう。手足から力が抜け、めまいで倒れてしまいそうになった。それから、以前母親から言われたことを思いだした。

〝好きなだけ乱心しなさい、でも気を失ってはだめよ〟

そのことばのおかげで、ジュリエットはかろうじて立ちつづけていた。

ジョナサン・ダーシーがそばに駆け寄ってきた。彼の髪はジュリエットの髪と同じくらい雨に濡れていて、彼のブーツは彼女の足よりも泥にまみれていた。「何があったのですか?」

「わかりません」彼女は言った。声が震えてしまい、なんとか抑えようとした。「ここで見つけたら、こんなふうに」

ウィッカム氏は哀れな姿になっていた。頭の左側は血まみれで、床にまで広がり血だまりができている。鼻の形はひどく歪んでいた。血は頬と顎のひどい傷口からも流れていた。両眼は開いたままで、焦点が合っていなかった。彼の顔に浮かんだ表情は——もし、まだ表情と呼べるのだとしたら——驚きの表情だった。おそらく創造主に会うことになるとは思ってもいなかったのだろう。

〝もし思っていたら〟ジュリエットはぼんやり考えた。〝もっと礼儀正しく振る舞っていたはずだわ〟

階段を踏みしめる足音が、ほかの人々の到来を告げた。最初に執事が姿を見せ、すぐあとからナイトリー氏、そしてダーシー氏が続いた。アン・ウェントワースも、驚くべき速さで現れた。誰もがさまざまな状態の部屋着姿だった。クラヴァット（男性が首元に巻くスカーフ状の布）をはずしただけのナイトリー氏から、上等なローブを着たダーシー夫人、そしてシュミーズドレスのまま階段の上にとどまっているブランドン夫人まで。ほとんどの人は部屋着のガウンを羽織るか、肩に毛布をかけていた。ジュリエットは遅まきながら、ずぶ濡れの薄い毛布では、もはやたいして寝間着を隠せていないことに気づいたが、誰も彼女のことは見ていなかった。

「なんてことだ」ナイトリー氏がウィッカムのそばに近づきながらささやいた。彼の声は単調で、感情がなかった。おそらくショックのせいだろう。「死んでいる」

「たしかですか？」バートラム氏が尋ねた。牧師である彼は直立姿勢で、ほかの面々ほどには動揺した様子を見せていなかった。その背後で震える彼の妻は、ウィッカム自身のように青ざめていた。まるで死んでいるかのように。

「まずまちがいなく、死んでいます」ジュリエットは言った。「わたしが見つけてから、一度も息をしていないし、まばたきもしてません」

彼女が話すと、男性たちが全員見つめた。無神経だと思われたのだろうか？　たぶん実際に無神経だったのだろう。〝ママの小説の読みすぎかしら？〟

ジュリエットの横で、ジョナサン・ダーシーが片膝をつき、ウィッカムの喉に二本の指をあてた。数秒後、彼は首を振った。「ミス・ティルニーの言うとおりです。ウィッカムさんは亡くなりました」

エリザベス・ダーシーが息を呑んだとも笑ったともとれるような音を立てた――が、こんな光景を見て笑える人などいるはずがない。自分の思いすごしだったのだろうとジュリエットは思った。

「転んで頭を打ったのではないかしら？」ナイトリー夫人が、理性というより希望を込めて言った。

「いや、それはありえません」ウェントワース大佐が進み出て、死体を見つめた。彼はまったく動じた様子がなかった。「砲撃を受けたあと、甲板でこういう状態になった者たちを見たことがある。これは一撃を食らった結果です」

「そう思います」ブランドン大佐が言った。暗い影のなかに立っていたので、ジュリエットは最初、彼の姿が見えなかった。大佐はどこから来たのだろう？

「ただ転んだだけでは、このような傷を負うことはありえない」

全員が視線を交わした。ウィッカム氏の邪悪な振舞いや過去の所業を考えれば、殺したいほど彼を憎んだ人がいてもおかしくはない。それでも、殺人が発覚する恐怖と無縁でいられる人はいなかった。

＊

ジョナサンはジュリエット・ティルニーが震えていることに気づいた。自分の外套を差しだすべきだろうか？　そんなことをしたら馴れ馴れしすぎるだろうか？　それに彼の外套は濡れていて、用をなすかどうか疑わしかった。

ナイトリー氏のことばで、この内輪の議論は打ち切られた。「近くに誰か潜んでいないか、確かめる必要がある。グリーン、急いで私の猟銃を持ってきてくれ」執事は急いで出ていった。「ダーシー君、きみもこの天候に適した服装をしている。よければ敷地内の捜索に参加してくれないか。エドマンド、屋敷のドアと窓がしっかり閉まっているかどうか確認してもらえるかい。それから、メイド長に各部屋に蠟燭を灯すように伝えてほしい。不審者が影に隠れられないようにするんだ」

ジョナサンは、そうした警戒が屋敷中の平静を保つために必要なことは理解していた。とはいえ、敷地の捜索や鍵の点検には、あまり緊急性を感じなかった。ウィッカム氏を殺した犯人がまだ屋敷内にいるはずだということは、ジョナサンには明白に思えた。

彼は両親のほうを見た。どちらか一方でも、ジョナサンが危険そうな任務を引き受けることに異を唱えてくれないかと期待して。母親はほかの人々と一緒にすでに展示室を出たようだった。父親はまだ残っていたが、無言だった。その表情は厳しく、打ちひしがれているようにさえ見えた。〝父上も同じことに気づいたにちがいない。犯人は侵入者ではないということに〟ジョナサンは心のなかでつぶやいた。

ジョナサンはそれ以外の説明を受け入れる気にはと

てもなれなかった。

そんなわけで、ほとんど恐怖を感じないまま、ジョナサンはナイトリー氏を追って夜の闇に出た。パラパラと降る雨と頻繁に遠くで轟く雷のあいまに、足音や荒い息遣いのような些細な音を聞き取るのは不可能だった。また、月のない夜にはほとんど何も見えなかった。それでもジョナサンは最善を尽くして周囲に注意を向けた。何も見つからないだろうとは思っていたが、思い込みで眼を曇らせるわけにはいかなかった。ほんの少しでも外部殺人犯の可能性があるなら、充分な警戒が必要だ。

入念に捜索したにもかかわらず、ジョナサンもナイトリー氏も、植え込みの枝が折れているなど、屋外に不審者がいるような形跡は見つけられなかった。厩舎に近づいたとき、ナイトリー氏はいっとき顔を輝かせた。「ほう」ナイトリー氏は言った。「ブーツの跡が、ぬかるみにくっきりと――」

「残念ですが、ぼくのものです」ジョナサンは深い足跡を指差して言った。足跡のなかにはすでに泥水がたまっている。「ミス・ティルニーの悲鳴を聞いて、厩舎から屋敷に走ったのです」

「ということは」ナイトリー氏は大きなため息をついた。「われわれにできることは、ほとんどないようだ。夜が明けたら、道の状況がどうであろうと、村の治安判事を呼ばなければならない」

ジョナサンは眉根を寄せた。「あまり気が進まないようですね。なぜですか？ 治安判事の立ち合いはかならず必要です」

「ああ、そうだとも、そうだとも、ダーシー君。だが、なぜここ、のでなければならないのだろう？」

「サー？ それはどういう……」

ナイトリーは明らかに残念そうに頭を振った。「きみにもよくわかるはずだよ、一度あの男――フランク・チャーチル治安判事に会ってみれば」

そんな彼が、二十三歳で突然姿を現したとき、最良の意味で村の人々に衝撃を与えた。ユーモア、魅力、そして生への熱意を持つフランクは、村人の輪に加わることを歓迎された。いままで一度も来なかったのに、なぜそのときになって現れたのか？　実はそのタイミングでの帰郷は、親孝行のためではなく（父親への愛情は本物だったが）、秘密の婚約の結果だった。フランクは亡き伯母が望んだように、ロンドン社交界の上流階級から花嫁を選ぶのではなく、ハイベリーで細々と暮らす貧しい独身女性――ベイツ嬢――の姪、ジェイン・フェアファクスと結婚したのだった。一生分の驚きを味わったと、村の誰もが思ったかもしれないが、さらなる驚きが控えていた。

ふたりの結婚はしあわせなものだった。チャーチル夫妻は、フランクが相続した広大な領地よりも、ハイベリーで過ごすことのほうが多かった。エマとジェインは真の深い友情を築きつつあった。陽光だけが注がれた。

＊

エマ・ウッドハウスとジョージ・ナイトリーの結婚は、ハイベリー村にとって最大の驚きではなかった。そう、長い年月で村の人々に最大の驚きを与えた人物は、フランク・チャーチルだった。

幼い頃に母親を亡くしたあと、フランク少年は裕福で高慢な伯母に引き取られ、愛情深い父親と引き離された。その父親――ウェストン氏――の息子への愛が途切れることはなく、フランクが成長して独立を宣言し、ひとりで自宅に戻ってくる日を、辛抱強く待ちつづけた。ハイベリーの人々は、やきもきしながら待ちつづけた。しかしながら、道理のわかる年齢をとっくに過ぎても、フランク・チャーチルが村にやってくることはなく、それゆえ、その人物像は謎めいたままだった。

れていた夫妻に、やがて娘が生まれた。小さな赤ん坊はこの世に生を享《う》け、母親はこの世を去った。フランクは一時間のうちに父親となり、寡夫《かふ》となったのだった。ハイベリーの誰もが、悲しみに暮れる彼を支えようと努力したが、大方の予想では、フランクはじきに亡き妻がとても愛していたこの村を去り、ロンドンか、少なくとも自分の領地を選ぶだろうと思われていた。

大方の予想は覆《くつがえ》された。フランクが周囲の人々に与えた最大の驚きは、彼がくだした静かなる決断だった――ハイベリーに残ること。妻の思い出を忘れずにいること。娘のグレースを田舎で育てること。そして悲しみに暮れ、貧しさにあえぐ妻の年老いた伯母たちを支えること。

(実際、伯母のベイツ嬢はジェインのあらゆる点をことごとく崇拝していたので、友人たちは彼女がこの喪失を乗り越えられるのかと心配した。しかし、ジェインの死によって傷ついた心は、ジェインの娘によって癒され、数カ月もしないうちに、ベイツ嬢はこのすばらしい子どもについて、ペラペラとしゃべるようになり、グレースを見て微笑まずにはいられないようになったのである。)

フランク・チャーチルの無私の精神は、ハイベリー中の称賛を集めた。ナイトリーだけは、いささか無責任だという評価を変えていなかったが、そんな彼でさえ、フランクのベイツ嬢に対する善行とグレースに対する父親としての献身には、おおいに敬意を払っていた。この世間の評価により、フランク・チャーチルはこの教区の裁判権を持つ治安判事――数ある職務に加えて、殺人事件の捜査も担当する人物――に選ばれたのである。

＊

ドンウェルアビーに逗留する人々にとって、長く眠れぬ夜となった。

　ファニー・バートラムは慰めようもないほど、泣き崩れた。エドマンドは妻の涙には慣れていた。妻は限度を超えて困惑したり憂鬱になったりすると、たちまち涙を流した。繊細な性質を考えれば、妻が何部屋と離れていない場所で起こった殺人事件に打ちのめされていても、さほど衝撃を覚えるわけではない。

　とはいえ、妻の泣き方には、どこか彼を戸惑わせるものがあった。抑えきれず、つらそうに泣きじゃくる声は低くしわがれており、ふだんの静かな涙とはまるでちがっていた。エドマンドはそんな妻を一度も見たことがなく、殺人と同じくらい動揺を覚えた。

「ファニー」彼は妻の肩に腕をまわしながら、声をかけた。「ねえきみ。実に恐ろしいことだが、きみ自身は恐れなくても大丈夫だよ」

「恐れていないわ」彼女の声はこみあげる感情でくぐもっていた。「もう恐れるものは何もないの、わたし自身の邪悪さのほかには」

　妻はいつも、お茶の準備が間に合わなかったとか、暑いときに馬に乗っただとか、取るに足らない罪で自分を邪悪だと力説していた。そんな妻を見て、エドマンドはたいてい微笑んでいた。

　その夜、微笑むことはなかった。

　フレデリック・ウェントワースは部屋のなかを行ったり来たりし、アンは寝台の足元の旅行鞄の上に坐っていた。こんな興奮状態で横になっても意味がなく、眠ろうとするだけ無駄だった。アンはその夜、一瞬たりとも休めていなかったし、このあとも休めそうになかった。

「アスプ号で死んだ男みたいだった。その男は帆桁《ほげた》（帆を張るために帆柱上部に渡した横木）を制御できなくなって――勢いよく回転して、そいつに激突したんだが――甲板に落ちるまえにはもう死んでいたんだよ」フレデリックは興奮を募らせながら言った。「どうしてあんな悪党が、王に仕える立派な若い海軍士官とまったく同じ死に方をするんだ？　倒れた姿勢まで同じだった。まったく同じ姿勢だったんだ。気味が悪いよ、ほんとに」

夫はめったに戦争のことを話さなかったし、それは彼にとっていいことではないとアンは考えていたけれど、この瞬間にどんなことばを返せるだろう？　アンは口に出さないことばで喉が詰まりそうな気がした。いまのところ、沈黙を唯一の答にするしかなかった。

ブランドン夫妻は、この屋敷の逗留客で唯一、寝台に戻っていた。そのほうが、たったいま起こったことについて話すよりも、たやすかったのだ。めったにないことだが、マリアンはすごく抑圧を感じているのに、その抑圧にまるで反抗する気になれなかった。代わりに、夫の隣りで身じろぎもせず、背中合わせに横たわって、それぞれ別の壁を見つめていた。夫が眠れていないことが、マリアンには明らかであるように、彼女が眠れていないことも、夫には明らかにちがいない。それでも、どちらも夜明けまで相手に知らせることはないと、マリアンにはわかっていた。

彼女は口が利けなかった。ブランドンに話してほしいと切に願っていたけれど、夫が何を言うのかを心底恐れてもいた。

頭のなかでは、同じことばが繰り返されていた。何度も何度も。〝この人は寝台にいなかった。この人はここにいなかった〟

礼儀作法は、女主人がさまざまな難しい状況に対処する際の手引きとなる。しかしながら、敷地内で殺人が発生した場合については、エマの知る作法はなかった。とはいえ、できるかぎりの範囲で、あらゆることが丸く収められなければならない。最善を尽くすしかなかった。

生まれつき気力にあふれたエマは、じきじきに各部屋の蠟燭の炎や暖炉の火を確認してまわった。侵入者に襲われないように、従僕がひとり付き添ったが、エマは恐れていいなかった。屋敷内に殺人を犯した侵入者は潜んでいない。それは絶対まちがいないと確信があった。それでも、招待客と使用人を安心させなければならない——展示室に死体が横たわっている状況で可能なかぎり。

執事は死体をもっと目立たない場所に移そうと申し出たが、エマは断った。巡査たちに捜査の邪魔をしたと言わせるわけにはいかなかった。それに、どこに移せるというのだ？　洗濯室？　食器洗い場？　そんなことをしたら、エマは二度とリネンや鍋に好感を抱けなくなるだろう。

ナイトリーが泥だらけで落ち込んで戻ってきたとき、エマは夫の従者をさがらせ、みずから夫の着替えを手伝った。夫はほぼ無言のまま服を脱ぎ、着替え終わると、ようやく口を開いた。「これはまずいことになるよ、エマ」

「そうかしら？」夫が寄越した批判的な眼つきは、もう長年エマに向けられたことのないものだった。「もちろん、ものすごく恐ろしいことだし、噂にもなるでしょうけれど、ジョンとイザベラは——もう無事ですわ」

「かくて、ぼくたちはウィッカム氏の死によって利益を得た」ナイトリーは言った。「そして、それを知るのは、ぼくたちだけではないということだよ」

ダーシーは寝台の近くの小さな机について、手紙を書いていた。エリザベスがそばで見ていたら、まっすぐ行をそろえて書こうとしている夫をからかったかもしれないが、いまは彼女も同じように自分の手紙を書くのに忙しかった。

部屋に戻ってくる途中、エリザベスは愕然《がくぜん》とする滞在客たちと歩調を合わせながら、いくつかの重要な事実に気づいていた。まず、彼女の家族とウィッカムとのつながりは、ほかのどの滞在客よりも深いこと。次に、ダーシー家にとって、そしてその親戚にとって、この事件の影響は圧倒的に大きく──同様に、かけられる嫌疑も大きいだろうということ。それゆえ、一刻も早く、家族や親しい友人に事件を知らせることが極めて重要であること。醜聞はもはや避けられないが、身内や友人がたしかな事実を告げることができれば、多少は醜聞を抑制し、制御できるかもしれない。

ダーシーは管財人──ウィッカムの遠い親戚──に宛てて手紙を書いているのだろうとエリザベスは思った。管財人は金遣いの荒い遠い親戚の死を悼むよりは、雇用主を支えることを選びそうな人だから、ラムトンとその周辺での出来事について、筋の通った説明をしてくれると思われた。エリザベスが最初に知らせたいと思った家族は──自分でもやや驚いたことに──メアリーだった。もちろん、全員が知らされなければならず、それぞれがウィッカムの死を通じて、リディアとスザンナの両方の記憶に耐えることになるのだったが……

ドアを叩く音に、ふたりともぎょっとした。「はいりたまえ」ダーシーが言った。ドアが開くと、蠟燭の灯りのなかに夫妻の息子が立っていた。敷地内の捜索でぐっしょりと濡れている。「ジョナサン、平気か？」

「ほんとうに痛ましいわ」エリザベスはつけ加えた。ジョナサンの気持ちを落ち着かせる必要はあるだろうか？　きっとほとんどの人が、もうそんな年齢は過ぎていると言うだろうが、彼女の息子は、普通の若者とはちがっていた──ほかの若者が悩むところで楽観的になるかと思えば、ごくあたりまえの状況で苦悩したりする。叔父が殺されたというぞっとする出来事に、息子がどんな反応を示すのか、エリザベスにはほとんど予想できなかった。

ジョナサンは足を止めてから言った。「敷地内に侵入者はいませんでしたし、誰かが外から屋敷に近づいた形跡もありませんでした」

そのときようやく、エリザベスは自分たちが、まずそれを尋ねるべきだったことに気づいた。しかし、彼女は恐怖を感じておらず、そんなふりをするのは彼女にふさわしくなかった。

最初の衝撃から立ち直ったあと、ジュリエット・ティルニーは自分がものすごく嘆かわしい反応をしていることに気づいた。

父親なら絶対にそう言うだろう。母親はもう少し理解を示してくれるかもしれないが。というのも、あのような陰惨な殺人が起こった直後の現場を見たのは恐ろしいことだったが、その出来事そのもの——ドンウェルでの殺人——には……興味をそそられたからだ。

〝ああ、わたしは邪悪な人間にちがいないわ〟ジュリエットはそう考えたが、自責してみたところでなんの痛みも感じなかった。ウィッカム氏の死を嘆くにも喜ぶにも、彼のことを知らなすぎた。したがって、ジュリエットに突きつけられたのは、殺人が行なわれたという事実、さらにこの屋敷の誰かが——蠟燭の灯りで一緒に食事をしたお上品で礼儀正しい人々のうちの誰かが——殺人を行なったが、それが誰なのかは誰にもわからないという事実だけだった。

もはやとても眠るなんてことはできないように思えた——真実を見つけるまでは。でもどうやって？

おそらく明朝には、治安判事がすみやかに犯人を見つけるのだろう……

そのとき、何かがジュリエットの注意を惹いた。最初はそれがなんなのかわからなかった。それから、何かがあることではなく、何かがないことに気づいたのだとわかった——ようやく、長々と降り続いた雨がついに止んだということに。

＊

こういう場合、礼儀正しい若い女性の務めは、両親に手紙を書くことである。ジュリエットは、礼儀作法で求められる多くの条件を一から十までつねに満たしているわけではないかもしれないが、これだけは怠るつもりはなかった。殺人の翌朝、眼を覚ますとすぐに、彼女はその務めに取りかかった——が、いざ本題にはいろうとしたら、なんと書けばいいのかわからなくなり、インク壺にペンを入れたまま、しばらく動きを止めていた。

もしドンウェルアビーで殺人が起こったところだと明かせば、父親はグロスターシャーからサリーまでの早馬の最短時間でこの屋敷に駆けつけて、ジュリエットを連れ帰ることだろう。しかし、ジュリエットは家に帰りたくはなかった。殺人犯と同じ屋敷にいるのは恐ろしいことだが、それが誰なのかを知らずに帰ることなど考えられないではないか！　とはいえ、両親が同じように考えるとは思えない。

かといって、ウィッカム氏の訃報を省いて家に手紙を書くこともできなかった。省略したことは、遅かれ早かれ——おそらく早かれのほうで——まちがいなく両親に知られることとなる。そうなったら、ジュリエットは深刻な事態に陥るだろう。(言うべきことを言わないのは——母親の意見では——嘘をつくのと同じくらい悪いことだと、ジュリエットは幼い頃から教え込まれていた。)

いったいどうすべきなのか？

数分考えてから、ジュリエットは手紙を書きはじめた。殺人事件について、知りうるかぎりの事実を詳細に記した。便箋《びんせん》を折りたたみ、蠟で封をした。それから表に宛名を記入した——が、ものすごく下手な字で書いた。ペンを震わせ、インクをにじませて、ほとんど読めないくらいに。この手紙がティルニー家に届くまでには何日も、もしかしたら何週間もかかるだろう。父親のティルニー氏はまちがいなくジュリエットのお粗末な筆跡を殺人のショックのせいだと考えるだろうから、何も知られる恐れはない。

一方、母親のティルニー夫人はもっと疑《うたぐ》り深い性分である。持ち前の洞察力で、娘が何をしたのかを看破《かんぱ》してしまうかもしれない。もしそうであれば、ジュリエットはいずれ自分が弄《ろう》した策略のツケを払わなければならなくなるだろう。

しかしジュリエットは、借金をする人の多くがそうであるように、請求書が届くまでは、それ以上考えないことにした。呼び鈴を鳴らし、ハンナに手紙を渡して投函を頼むと、それで娘の務めを果たしたと考えたのである。

ジュリエットの意見では、フランク・チャーチル氏［四十歳］は治安判事にはまったく見えなかった。ナイトリー家の使用人に呼びだされたチャーチル氏は、青ざめた人々が黙々と食べる朝食の時間が終わりかけた頃に到着した。彼の打ちとけた表情とおおらかな態度は、ドンウェルアビーの憔悴《しょうすい》した人々とは対照的だった。

「ぞっとしますね、これは」チャーチル氏は玄関広間にはいると、ナイトリー夫人のほうを見て言った。「親愛なるエマ、あなたにとってどれほど恐ろしいことか」

「わたしたち全員にとってですわ。一番はウィッカム氏にとってでしょうけれど」ナイトリー夫人はそこでことばを切った。

ジュリエットは思った——いまのはしゃれを飛ばしたのか？　こんなときに冗談を言って受け入れられる

ものなのだろうか？　それを聞いてぞっとすべきところだと感じたが、実際にはぞっとしなかった。自分はなんと不道徳な人間なのだろう！

「現場はそのままにしてあります」ナイトリー氏が言った。チャーチルと巡査二名を展示室まで案内するために食堂を出ようとしたとき、テーブルをちらりと振り返ってつけ加えた。「みなさん、どうぞ何事もなかったように続けてください」

ほかに何をするというのか？　どれほど誰の眼にも明らかであっても、この出来事は礼儀正しい会話ではほとんど話題にされなかった。死体が近くの部屋で横たわっているあいだも、社交界は全員がテーブルについて朝食をとることを要求するのだ。

ジュリエットは朝食のパンとジャムを見おろし、またしても〝社交界が要求する〟ことに不満を覚えた。

そしてこれまでと同じように、そんな要求には耳を貸さないことに決めた。

堅苦しい会話はテーブルにいたほかの人々（疲労で青ざめたウェントワース大佐と、比較的冷静なエドマンド・バートラム）に任せて、たしなみを保ちながらできるかぎり手早く食事を終えた。席を立ったとき、ジュリエットは階段に向かうふりをしながら歩いた——が、それからさっと向きを変え、展示室に近づく廊下を進んだ。盗み聞きはまちがいなく若い女性としてあるまじき行為である。ただし、盗み聞きとはみなされないこともあるはずだと、心のなかで言い訳をした。もし意図せず耳にはいってしまう状況にいるのならば……

「ぞっとしますな」チャーチル氏が言った。彼の愉しい気分は、死体を見たことでいささか薄らいだようだとジュリエットは思った。「何か重いもので頭を殴られて死んだにちがいありません。遺体が発見されたとき、死後どれくらい経っていましたか？」

「はっきりとはわからないが、長くは経っていなかったと思います」ナイトリー氏は答えた。「ゆうべ、執事が葡萄酒の貯蔵室を点検するために展示室を通りました。真夜中頃だそうです。生きている人間もそうでない人間も、ほかには誰もいなかったと言っています。一時すぎに、ミス・ティルニーが驚いて悲鳴をあげて、私たちを起こしました。だから、犯行はそのあいだの時間に行なわれたはずです」

「ジプシーの犯行という可能性はあると思いますか？」チャーチル氏はその見込みを好んでいるようだった。「このあたりの旅人が大きな揉め事を起こしたことはありませんが、得てしてこういう犯罪は――」

「昨夜、この屋敷に侵入した者はいませんでした」ナイトリー氏はきわめて厳粛に語った。「ダーシー氏のご子息と私とで、死体が発見された直後に徹底的に捜索をしましたし、今朝、私はもう一度捜索しています。足跡はわれわれふたりのものしかなかった」

「では、使用人の誰かでしょう」チャーチル氏は言った。「使用人全員を尋問する必要がありますね」

使用人？　ジュリエットは仰天して顔をしかめた。なぜ使用人がドンウェルアビーの客人を殺したいと思うのか？

それから気づいた――当然の流れだ。社交界はこういう犯罪の責任を追及するとき、まずは下層階級に眼を向けるものなのだ。

ナイトリー氏はジュリエットの考え方に近いようだった。「伝えておかなければなりませんが、招待客の多くはウィッカム氏と面識がありました――そして、われわれは誰ひとり、彼に対して好意を抱く理由がありませんでした」

一瞬の間《ま》があった。ようやくチャーチル氏が口を開いたとき、ジュリエットは彼の表情を見られればいいのにと思った。「では、この事件が解決するまで、客人のみなさんにはこの屋敷にとどまっていただくようお願いせねばなりません。おわかりのように、あくまで形式的なことではありますが」
「ええ」ナイトリー氏は冷ややかに言った。「あくまで形式的に」
〝わたしは殺人犯と同じ屋敷にいるんだわ〟ジュリエットは思った。〝そして殺人犯もわたしも、この屋敷を出ることは許されない〟

＊

ジョナサンは階下《した》に朝食を食べにいくかどうか長々と迷っていた。空腹ではあったが、あとで使用人に頼んで、ロールパンをひとつかチーズを少々持ってきてもらうことはいつでもできた。一方、朝食を食べにいけば、礼儀正しい会話に必要以上に時間を取られる可能性がある。やはり食堂には行かずに、捜査を再開するのが最善だろう。

彼は階段を降り、朝食の食堂から聞こえてくるざわめきやカチャカチャと鳴る食器の音を無視して、展示室のほうへ向かった。しかしながら、展示室の出入り口から見えたのは、死体を運びだしている巡査たちだけだった。彼らにとってはぞっとする作業にちがいないが、この距離からだと、毛布に包まれた重いものとぎこちなく格闘する姿が見えるだけだった。

ほとんど初めて馬の背に乗り、しがみつきながら、叔父のことばに注意深く耳を傾けている。それまでにないほど、そして二度とないほどに。「怖がってはだめだ。馬にそれが伝わるぞ。勇気を見せてみろ。そうすれば馬はおまえのものになる。ぼくを見ていろ、坊や」それからウィッカムは自分の馬にまたがると、自信たっぷりに馬を走らせ、幼いジョナサンを羨望で満たした——

巡査たちの腕のなかのずっしりとした硬そうな包み

は、かつて陽光に向かって誇らしげに馬を走らせていたあの男性だった。

ジョナサンは体を震わせた。殺人のあった部屋からわかることは限られている。医者ならば死体からもっと多くのことがわかるかもしれない。ジョナサン自身はナイトリー氏と治安判事から情報を得るしかないだろう。

遠くからぼそぼそ聞こえる声から、そのふたりが展示室のまわりの部屋を調べているらしいことがわかった。合理的な判断である。犯人は犯行の前後に、少なくともそのどこかの部屋を通らなければならなかったはずだから。ジョナサンはその声を追って廊下を進んだ。その声に集中しすぎるあまり、眼のまえに立っている人物に気がつかず、あやうくぶつかりかけた。

「あっ！」彼は寸前で足を止めた。「ミス・ティルニー。申し訳ありません」

「いいえ、いいえ、わたしのほうこそ謝らないと」彼女はジョナサンのまえを通り過ぎるかと思いきや、はたと動きを止め、それから眼のまえの部屋を見まわした。まるで何かを、あるいは誰かを探しているとでもいうように。「わたし、ええっと、探しているところで、その――その――」

「ナイトリーさん！」その声はフランク・チャーチル治安判事の声にちがいない。「なんとまあ、これを見てくれますか？」

それは、ほんの一室隔てたところで、私的で重要な会話がなされつつあることが議論の余地なく明らかになった瞬間だった。礼儀作法が、そばにいる当事者以外の人間に立ち聞きできない位置までさがることを要求した瞬間でもあった。

ジョナサンは動かなかった。

ティルニー嬢も動かなかった。

ふたりは一拍長く見つめ合った。それまでの人生でほんの数回しかなかったことだが、ジョナサンは他人が自分とまったく同じことを考えていることを知った。

ジュリエット・ティルニーはジョナサンと同じように殺人事件に興味を抱いている。それは、どちらも絶対に口に出して認めてはならない類《たぐい》のことだった。口に出す必要はない。そこに立っているだけで充分だ。

ティルニー嬢はジョナサンと同じ瞬間に覚悟を決めたようだった。ふたりは一緒に一番近いドアに寄りかかり、どんな会話がなされるのかと耳を澄ました。

7

フランク・チャーチルはほとんどいつも大声で話すようだった。思慮深さの点では褒められたものではないが、そのおかげで武器庫のドア越しにでもかなり盗み聞きしやすいことにジュリエットは気づいた。

「これを見てください」治安判事はナイトリー氏に言った。ジュリエットの知るかぎり、治安判事以外に武器庫にいるのは、ナイトリー氏だけのはずである。「ここから持ち去られ、床に放置されている。凄まじい破壊力を持つと思われる凶器です。女性が持ちあげるには重すぎる。このことから多くのことがわかりますね」

「ええ、そうですね」そう言いながらも、ナイトリーは確信が持てないようだった。「しかし、お伝えしておかねばなるまいが、これはしょっちゅう壁の取り付け器具から落ちているんですよ。修理しなければならないと思っていたところでしてね」

なんについて話しているのだろうか？ジュリエットは好奇心でうずうずした。何か知っているかと思ってジョナサン・ダーシーをちらりと見あげたが、彼はドアの向こうの会話に集中しつづけていた。

「ならば、使用人たちは知っているわけですね」チャーチルは言った。「鎚矛がここにあることを、場ちがいだとは誰にも思われないことも――」

「武器庫まで戻しておきながら、なぜ元の場所に掛けておかなかったのでしょう？」ナイトリーが反論した。「殺人に使ったのなら、凶器は元の場所に戻すか、完全に隠すはずではないですか？」

この反論は、ジュリエットには筋が通っているように思えたが、フランク・チャーチルはそう簡単に出来立ての仮説を諦めようとはしなかった。「おそらく掛けようとしたが、落ちてしまったんでしょう。この部屋で何か騒ぎがあったにちがいありませんよ、ナイトリーさん」

「それは認めます」その口調から、ナイトリーが不本意ながら認めたことは明らかだった。なぜためらう必要があるのだろうか？

その疑問をゆっくり考える時間はなかった。チャーチルが大声で巡査たちを呼んだからだ。「クーパー！スポールディング！こっちに来て、これを見てくれ」

ジョナサンが真横にいなければ、うしろめたい気持ちで慌てて逃げだしたことを、ジュリエットは恥じ入っていたことだろう。

一番近くて逃げ込むのに最適な部屋は、撞球室《どうきゅう》だった。この時間帯に玉突きをする男性はおらず、誰にも使用されていなかった。ジョナサンがドアを閉めると、ジュリエットは安堵のため息をついた。

それから、自分が若い男性と密室でふたりきりでいることに気づいた。どんな女性にとっても、とりわけ未婚の女性にとっては、破滅を招きかねない状況である。しかし彼女は、ジョナサン・ダーシー氏が紳士であること、さらにはふたりとも誰にも見られずにここから出られることを確信していた。正当化の根拠としては完璧ではないかもしれない。そんな言い訳を誰かに聞かせることになりませんようにと願った。

「どう思いますか？」ジュリエットは切りだした。

「わたしはチャーチル氏の説は少しも信じられません」

最初、ジョナサンは彼女の率直さに面食らったようだった。しかし彼の好奇心は、彼女の好奇心と同じように、すぐに礼儀作法という壁を乗り越えた。「同感です。あれほど性急に使用人を疑おうとしたことは気がかりです。ドンウェルの雇い人のなかに、ウィッカム氏に危害を加える理由がありそうな人はいません。一方、招待客のほぼ全員にそうした理由があります。チャーチル氏の下層階級に対する不信感は一般的なものですが、ぼくは正当な理由がないと考えていますし、今回の事件ではなおさらありません」

「わたしもそう思います」互いにここまで認めたのだから、さらにつけ加えても問題はないだろうとジュリエットは考えた。「捜査がチャーチル氏に委ねられるなら、正義がくだされる保証はないように思えるのです。それどころか、貧しい使用人が他人の罪で絞首刑にされてしまいます」

彼女は絞首台に引きずられるハンナの姿を思い浮かべた。それだけで体が震えた。だめだ、もっとも自分の身を守りづらい人々に、怠惰に罪をなすりつけることを許すわけにはいかない。

「治安判事はナイトリー家との友情のために、招待客の誰かを告発するのをためらうでしょう」ジョナサンは頭を振った。「しかし真実は、礼儀作法に縛られずに見極められなければなりません。ぼく自身は、昔かららあまり得意ではありませんでした――その、礼儀作法でしっかりと自分を縛ることが。だからぼくは、少なくともその務めを引き受けるには、適しています」

彼はきまりが悪いと感じているようにすら見えた。ジュリエットにはその理由がわからなかった――そう、彼は不器用ではあるかもしれないけれど、不愉快というわけではないのに。それから彼女は、自分が彼のことばを不愉快に感じ、実際、彼をぼんくらではないかとさえ疑っていたことを思いだした。自分の無知な思い込みに、今度は彼女のほうがきまり悪さを覚えた。ジョナサン・ダーシーは明らかに知性があり、強い正義感を持っている。こうした特質は、彼がどんな人物なのかを正しく判断するのに欠かせない要素で、正餐前に気の利いた世間話ができるかどうかよりもずっと重要なことだった。ジュリエットはもう二度と、誰かに対して性急に批判的な判断をくだしたりしないと心に決めた。

とはいえ、いくら反省したからといって、ジョナサン・ダーシーがほかの多くの男性と同じように、逆に彼女についてある思い込みをしている可能性を見落とすことはなかった。この殺人事件を解決するには、そんな思い込みをしている場合ではない。

「わたしも手伝います」ジュリエットは言った。ジョナサンは片眉をあげたが、彼女はひるむつもりはなかった。「あなたひとりでは無理です」

「いったいなぜ無理なのですか？」

「男性だけでなく、女性にも話を聞かなければならないことをわかっていますか？　わたしならドンウェルアビーの女性たちに、あなたには絶対にできない質問ができます」

この点に議論の余地はなかったが、ジョナサン・ダーシーはまだ半信半疑だった。「こういうぞっとするような事件を捜査するのは、あなたにはショックが大きすぎるはずです」

「死体を発見するよりも大きなショックは受けません」ジュリエットは指摘した。「わたしはそのショックをすでに乗り切っているんですよ」

たいていの紳士なら、この事実（実際、それは事実だったが）を無視して、彼女を退けたことだろう。しかし、ジョナサンはちがった。ただ、ゆっくりとうなずいた。「たしかにそのとおりです、ミス・ティルニー。では、一緒に始めましょうか」

＊

治安判事の訪問が終わりに近づくにつれ、ナイトリーは疲労がさらに増していることに気づいた。フランク・チャーチルが関わることでは、めずらしい反応というわけではない。とはいえ、前夜のあの眠れぬ数時間を経験したあと、もうこれ以上、自分の気力を奪うものはないはずだと思い込んでいた。それはまちがっていた。

あるいはおそらく、巡査たちが毛布に包まれた重いものを護送馬車に載せるところを遠くから見て、さらにぐったりしたのかもしれない。〝考えてもみろ〟彼は思いを巡らせた。〝昨日はあの包みの中身はまだ人間で、歩いて、話して、息をして――あざけって、あざむいて――〟

「ナイトリーさん？」チャーチル氏は両手で帽子を持っている。「ほんとうに大丈夫ですか？」

死体を見つめて、どれくらい立ちつくしていたのか？　ナイトリーは気を取り直した。「ご容赦ください。このことを考えるのは難しいし、かといって、ほかのことを考えるのも難しいのです」

チャーチルはようやく、真っ先にすべきだったといえる質問をした。「亡きウィッカム氏と、どんなご関係だったのですか？」

「私の弟が、彼に巨額の負債を負っていました」ナイトリーは答えた。

「そう耳にしていました」フランク・チャーチルは言った。噂話によって、投資計画とその破綻のニュースが、実際にハイベリーに届いていたことが確認された。

「しかし、それでなぜウィッカム氏があなたの屋敷に来ることになったのですか？」

ナイトリーはためらった——が、偶然にも、エマがちょうど外に出てきて、ふたりの背後を通りかかった。返事をしたのは彼女だった。「まあ、ジョンはきっと株を買い足す資金を借りたときに、ウィッカムに一族の富の話をしたにちがいありませんわ。ウィッカムは一シリングでも回収できそうな相手なら、誰彼かまわず脅そうとするタイプのようですもの」エマはため息をついた。「ジョンはわたしの義兄弟《きょうだい》（義兄でもあり義弟でもある）ですし、心から愛しています。でもこれは——こんな悲しい状況にわたしたちを結びつけたことは——最大の過《あやま》ちを、いっそう悪化させてしまいました」

いまのところ、それはすべてほんとうのことであり、フランク・チャーチルは納得したようだった。だから、ナイトリーはそれ以上は何も言わなかった。

チャーチル氏は続けた。「遺体の確認をすませたら、もちろん、またあとで戻ってきます。招待客のみなさまは、われわれが真相を突き止めるまで、全員ハイベリーにとどまっていただかなければなりません。ドンウェルアビーの使用人と同様に、客人の使用人にも尋問を行ないます。すべての紳士が、あなたのように慎重に屋敷の雇い人を選ぶとはかぎらないことが判明しても、まったく驚くことではありませんよ、ナイトリーさん」

これほど軽率に使用人の有罪を明言するのは、ただの俗物根性なのか？　それとも、たんに逆のことは社交界のルールに反するから言えないだけなのか？　疲弊しきったナイトリーは、どちらでもかまわないと思っている自分に気づいた。

フランク・チャーチルが馬にまたがって走り去るとすぐ、ナイトリーは屋敷に戻るために踵《きびす》を返した。ともかく、彼にはまだ主人役としての責任があり、この集まりは引き続きハウスパーティでありつづける。愉しみという虚構は維持されなければならない。

＊

撞球室で、ティルニー嬢は壁際に並べられた椅子のひとつに腰をおろした。ジョナサンもよく知るように、会話とは坐ってするのが礼儀に適《かな》っている。たとえ新しい試みの最中でも、たしかにあらゆる礼儀作法を無視していいというわけではない。

しかしながらジョナサンは、昂《たかぶ》った感情や真剣な思考の最中には、じっと坐っていることが難しいと感じることが多かった。まるで動いていることが思考を助けるかのように。両親からはその見苦しい癖を抑えるように言われ、彼も従おうとしていた——が、いまはそんな抑制には従えそうになかった。彼はティルニー嬢から無礼者とみなされませんようにと願いながら、室内を歩きまわっていた。「あなたにはウィッカム氏の死を願う動機はないように、ぼくには思えます」彼は話しはじめた。「あなたは二日前までウィッカム氏に会ったことはなく、あなたの知る限り、ウィッカム氏はあなたのご家族となんのつながりもないのですよね？」ティルニー嬢はうなずいた。「それなら動機はありません。それに、もしあなたが犯人なら、あのような形で警告を発したとは考えにくい」

「そのとおりです。あなたの無実も明らかですね、ダーシーさん」

「はい、厩番の少年が、殺人の時刻にぼくが一緒にいたことを裏づけてくれます」

「それもありますけど」彼女は言った。「わたしが一番納得できるのは、あなたのいまの行動です。もしあなたが犯人なら、使用人についてのチャーチル氏の説を支持するでしょうし、それが誤りだと証明しようとしたりしないはずです。だから、わたしたちふたりは容疑が晴れたといえます。ほかの方はどうかしら？」

「ウェントワース大佐のウィッカム氏に対する嫌悪は、誰の眼にも明らかでした」ジョナサンは答えた。「それからウェントワース夫人は――」女性が夜中に寝室の外でしていたことを告げるのは無作法なことだろうか？　まちがいなくそうだ。しかし、礼儀作法と捜査の正解が食いちがい、かつ事件との関連性が非常に高ければ、もちろん真実の道を選ばなければならない。「実は、二階の窓に夫人の姿を見かけました。まちがいなく、ウェントワース夫妻の部屋の窓ではありませんでした。しかも、殺人と非常に近い時刻だったはずです」

「それは、むしろ無実の証明になります」ティルニー嬢は断言した。「あなたの情報によると、ウェントワース夫人はその瞬間には、一階の展示室にはいなかったことになる……でも、夫人は歩きまわっていたんですよね、それもあんな妙な時間に！」

ジョナサンは部屋のなかを行ったり来たりしつづけながら、ほかにわかっていることを慎重に検討した。

「ウィッカム氏とバートラム夫妻には、なんのつながりもないようです」彼は言った。「ウィッカム氏もバートラム夫妻も、たしかにそんなことは仄めかしていませんでした。もちろんウィッカム氏はナイトリー家の親戚ですが、遠縁にすぎません。それが聖職者を殺人に駆り立てたとは考えにくいです」

「そうなんでしょうけれど」ティルニー嬢はゆっくりと言った。「ただ、バートラム夫人の振る舞いはどこか変でした」

「ぼくたちは全員を調べなければなりません。推測は、証拠がなければなんの意味もありません」

彼はこう言うにとどめた。

*

相当な広さにもかかわらず、ドンウェルアビーの大部分は、暖かく快適で当世風な屋敷のように感じられた。陽射しがはいらない部屋や、読書や会話のための快適な腰掛けがひとつも置かれていない部屋は稀だった。

そんな稀な部屋を、ブランドン大佐はひとつ見つけていた。

おそらくカトリックの修道院だった時代には、祈りの小部屋だったのだろう。いずれにせよ、そこは狭くて灰色で、風通しが悪く、厩舎に面する小さな窓がひとつあるだけの部屋で、二階の来客用寝室から遠くな

内気で繊細なバートラム夫人は、この世でもっとも殺人を犯しそうにない人に見えたが、ティルニー嬢の意見を頭ごなしに否定して、無礼になる理由はないと思い、ジョナサンは話を先へ進めた。「それから、ブランドン夫妻ですが。大佐はウィッカム氏を知っていると認めたことはありませんが、ナイトリー氏にわざわざウィッカム氏の洗礼名を尋ねていました。まるで、ひょっとしたら、本人には見覚えがなくても、その名前には聞き覚えがあったかのように」

ティルニー嬢は懐疑的な様子だったが、言った。「じゃあ、招待客のなかで除外できる方は、ほかにいないということですね？」

ジョナサンは自分の両親は潔白であると主張したかった。ふたりはペムバリーのダーシー夫妻なのだし、それ以上に……両親がそんな罪を犯すはずなどない。とはいえ、ジュリエット・ティルニーがそれを信じるだろうか？

い場所にあった。前夜、ブランドンはこの部屋を見つけて――予想もしていなかった理由で、見つけたことを喜んだ。いまではさらに感謝している。この小部屋は、ひとりでいられて、誰にも見つからない時間を与えてくれるからだ。マリアンでさえ、ここにいればブランドンを見つけることはできない。

彼は妻の存在と不在の両方を切望していた。魂の大きな重荷をおろして分かち合うことと、ふたりのあいだに永遠に続くかもしれない沈黙を裡《うち》に秘めることの両方を。

とはいえ、〝永遠〟とは、目下のところブランドンが容易に考えられることばではなかった。ふたりの結婚生活は危機に瀕しており――人生そのものが危機に瀕しており――数日先を考えることすら難しいのだ。

過去を振り返ること――そのほうがたやすいが、まだ痛みを伴った。

〝私は彼女と結婚すべきではなかった〟大佐は思った。生気にあふれた若い娘だったマリアンを初めて見たとき、どれほど亡き恋人、イライザに似ていて、それでいて完全に毅然として彼女自身であったかを思いだしながら。〝ウィロビーは失われてしまったが、まちがいなく、いずれ彼女は別の男と愛を見つけたことだろう。私よりも若く、颯爽として、彼女の情熱を共有できる誰かと。それなのに、私は愚かな望みを捨てようとはしなかった。その望みが、私たちをここに導いた〟

治安判事はいましがた屋敷を出たが、すぐに戻って捜査を続けるはずだ。ブランドンはどの真実を明かすべきなのか？

＊

ジュリエットは奇妙に感じた――部屋のなかでジョナサン・ダーシーとふたりきりでいるのをちっとも奇

妙に感じないことを。これが、兄弟以外のほかの若い男性だったら、彼女は慎み深さで委縮したにちがいない。（または、少なくとも、萎縮することを求められたにちがいない。）しかし、彼はほかの人といるときとなんら変わらない態度で、ジュリエットと一緒にいた。男性から、しかもほぼ同い年の男性から、これほど真剣に扱ってもらえるのは、彼女にとって新しい状況だった。

彼の思考はさらに核心に迫りつつあった。「ぼくたちはもっと秩序立てた方法で捜査に取り組まなければなりません」ダーシー氏はまた歩きはじめた。彼の独特の癖だったが、ジュリエットは気にならなかった。彼の振る舞いは自然で、気取りがない。「この混乱した状況に、秩序を与えなければならない」

ジュリエットならそういう言い方はしなかっただろうが、同意した。「概略のようなものを書いてみましょうか。正餐後に見てもらえますか？」

彼は眉根を寄せた。「どこでですか？」

ジュリエットの頭には、すでにもっとも疑われない場所が浮かんでいた。「ほかの人たちの眼につくところで」

＊

ミスター・ジョージ・ウィッカムの死亡に関するドンウェルアビー滞在者についての考察

ミスター・ジョージ・ナイトリー――弟がウィッカム氏に非常に多額の負債があり、ウィッカム氏はそれをまもなく回収しようとしていた

ミセス・エマ・ナイトリー――同上、なお夫人の姉はナイトリー氏の弟と結婚しているので、法律上も血縁上も関係がある

クリストファー・ブランドン大佐――既知の動機はな

いが、まだ判明していない理由によりウィッカム氏に好奇心を示した
ミセス・マリアン・ブランドン――既知の動機はないが、ウィッカム氏に対する夫の好奇心に説明がつくまでは、完全に排除することはできない
ミスター・エドマンド・バートラム――既知の動機はない
ミセス・ファニー・バートラム――既知の動機はないが、事件前と事件以降の妙な行動から、完全に排除することはできない
フレデリック・ウェントワース大佐――ウィッカム氏に負債があり、そのことに深い怒りを覚えていた
ミセス・アン・ウェントワース――ウェントワース大佐の負債により、彼女の運勢は傾いた
ミスター・フィッツウィリアム・ダーシー――ウィッカム氏の義兄、ウィッカム氏は家族の不和の原因だった
ミセス・エリザベス・ダーシー――ウィッカム氏の義姉

ジュリエットはそこでペンを止めた。ウィッカムが到着した夜に、ダーシー夫人がウィッカムについて話した口ぶりから、ダーシー氏以上に、ダーシー夫人のほうがウィッカムに苦しめられていたのではないかという印象を受けていた。しかし、ジョナサン・ダーシーなら、まちがいなくより確かなことを知っているだろうし、推測しても仕方がない。

彼女は客間に坐っていた。そこには正餐後に招待客たちが集まっていた。予想どおり、雰囲気は沈んでおり、険しくすらあった。こんなときには音楽も遊戯も提供されない。その代わり、人々は本や新聞を手に坐っていたが、ページをめくる頻度は少なく、視線は集中を欠いていた。ジュリエットは〝両親に手紙を書く〟ために書き物机を占領していた。（彼女はそんな

にすぐに両親に手紙を書くつもりはなかったが、この部屋にいる人たちがそれを知る必要はない。）いま、書きあげたものをじっくり眺めながら、どうやってこれを新たに見つけた協力者に渡すのが最善だろうかと考えていた。

たんに手渡すのは問題外だ――最悪の種類の注意を惹くことになる。これ以上、内密に交流するのは、それなりのリスクを伴う。婚約していないかぎり、まともな若い女性が未婚の男性に手紙を書くことはない。ほんの三日前に出会ったばかりの年若きダーシー氏に対して、大胆にもそんなことをするとは！　その場にいる誰もがショックを受けるだろう。

むしろジュリエット自身がショックを受けるべきなのかもしれない。もっとも正しい行動は、この手紙を破棄し、ジョナサン・ダーシーとのあいだで、あの会話はなかったことにすることだ。たしかにふたりの現在の試みを、適切と言い表すことはできない。

ジュリエットはまた手紙に眼を落とした。インクが滲《にじ》んだからと、くしゃくしゃにして、それ以上考えないようにするのは簡単なことだ。若きダーシー氏はひとりで捜査を続けることができる。

でも、ジュリエットは手紙を捨てなかった。

彼女にとって、真実の探求に参加することは、道理に適ったこととしか思えなかった。ウィッカム氏に対して中立的な立場なのは、若きダーシー氏を含めても、ドンウェルアビーの招待客のなかではジュリエットひとりだけのようだ。治安判事は、犯人について非論理的な自説に気を取られている。使用人は、誰もこの問題を解決する手段を講じることはできない。その役目を負うのはジュリエットしかいないのだ。

〝どちらがより不適切なのですか？〟彼女は頭のなかの両親に向かって主張した。〝殺人の真相を追求することと、殺人犯を野放しにすることでは？〟

ジョナサン・ダーシーは客間のなかを歩いていた。

なんの変哲もない行動だったが、ジュリエットの注意を惹いた。もし彼がこちらに来るとしたら……

彼女はすばやく、一番下に書き足した。〝午前零時に武器庫で〟

ジュリエットは最後の一行に息を吹きかけ、インクをちゃんと乾かすと、投函するときのように便箋を折った。折りおわった瞬間に、若きダーシー氏が書き物机のまえを通りかかった。彼女はその手紙を端に押しやり――彼の指が巧みにそれを受け取った。ダーシー氏が机の角を通りすぎるまえに、手紙は彼のポケットのなかに消えていた。

〝独身男性に手紙を書いてしまったわ〟ジュリエットは思った。〝なんて淑女らしくないことを。

風紀にとって、なんて不幸なことなのかしら、淑女らしくないことがこんなにも……刺激的だなんて〟

8

ジョナサンならば、待ち合わせを午前零時よりずっと早い時間に設定していただろう。ナイトリー家は裕福なので、たくさんの蠟燭を灯し、夜にも活動できるよう取り計らっていたが、ドンウェルアビーの招待客たちは、その晩はその機会を利用していなかった。誰もトランプをする気分にはなれず、本に集中することもできなかった。そんなわけで、夜の十時には全員が自室に戻っており、長い待ち時間ができた。

ジョナサンが武器庫のまえに着いたとき、開いたドアから蠟燭の淡い光がちらちらと見えた。なかに足を踏み入れると、細い蠟燭を片手に持ち、ナイトドレスに厚手の部屋着を羽織ったジュリエット・ティルニーに出迎えられた。まだ寝間着に着替えていなかったジョナサンは顔を赤らめた。

〃ドレスを脱ぐには、メイドの手を借りないわけにはいかないのだろう〃彼は自分に言い聞かせた。〃ミス・ティルニーは、寝間着でこの捜査を行なうしかないんだ。

ぼくも寝間着で来るべきだろうか、今後は？　礼儀として、彼女だけがこのような苦境に立たなくてもすむように？〃

「いらっしゃい」ティルニー嬢が言った。「わたしは数分前に降りてきたところです。使用人が全員寝静まったのを確認してから」

使用人！　ジョナサンは自分の活動時間と使用人の活動時間のちがいを考慮していなかった。午前零時はたしかに最善だったのだ。彼はただ尋ねた。「何か見つけましたか？」

「鎚矛を調べていたんです」

「巡査たちは証拠品として持っていかなかったのですか？」

彼女は首を横に振った。「凶器ではないかと疑われはしたけれど、確証までは持てていませんでした。わたしたちにとっては幸運でしたね。武器庫にある鎚矛はひとつだけだから、これがチャーチル氏とナイトリー氏が話していたものにちがいありません」彼女は蠟燭でそれを示した。揺らめく光が鎚矛の表面を照らした。中世の遺物とはいえ、鎚矛のトゲは残忍な鋭さを保っている。ティルニー嬢は言った。「チャーチル氏はこんな武器を振り回せるほど強い女性はいないと信じていたけれど、それはまちがいです」

ジョナサンは眉根を寄せた。「重さは二十ポンド（約九kg）近くあるはずですよ」

「一歳の子どもでも、それくらいはあります。女性はしょっちゅう子どもを抱きあげてるでしょう？」ティルニー嬢は実際に鎚矛を手に取ってみせた。明らかに重そうだったが、完璧に扱うことができた。彼女はそれを元の不安定な置き場所に戻すと、つけ加えた。

「それに農場で働く女性たちは牛乳の桶を運んだり、大鎌を振るったり、いろんなことをしています。そういうことは上流階級の女性にはできないとされているけれど。見てのとおり、できないわけじゃありません」

彼は女性が犯人の可能性を考えていなかった。「ですが、女性がそんな残忍な武器に手を出すでしょうか？」

ティルニー嬢は部屋着のガウンの両端をぎゅっと引き寄せた。「そこが、あまり確信の持てないところなんです。すごく怖がっているか、すごく激怒しているかでないと考えにくいわ」

しかしながら、ジョナサンはこの線の捜査は役に立ちそうにないことに気づきはじめていた。「これが凶器だったはずはありませんね。このトゲの鋭さなら――」

「もっとずっとひどい傷をウィッカム氏に与えていたはず。あなたの言うとおりだと思います。この点でも、チャーチル氏の説はまちがっている」

したがって、凶器はまだ特定されていないということだ。犯人はそれを持ち去ったのだろうか？ジョナサンは言った。「もう一度、展示室を捜索してみましょう。巡査たちはチャーチル氏の指示で動いていたから、凶器はすでに見つかったと思い込んで、根気よく捜すべきところを、あまり必死に捜さなかったかもしれません」

「展示室には、そういうものを隠せる場所は、ほとんどなさそうですけれど」ティルニー嬢はそう言ったが、うなずいた。「それでも、そこから始めるべきですね」

展示室には、使用人が床についた血を落とすために使った石鹼のにおいが強烈に漂っていた。それ以外は、蠟燭の芯が切られていなかったり、胸像のいくつかに埃がついていたりと、一日放置された形跡があることにジョナサンは気づいた。メイドたちがこの展示室にはいりたくないと思ったことも、ここに招待客が来ることはないだろうと考えたことも、どちらも責められなかった。ほんの数時間前、叔父の死体がここに横たわっていたことを思うと、ジョナサンの気持ちは揺さぶられた。

ティルニー嬢は展示室のなかを裸足で歩きまわって隅々まで調べていたが、ジョナサンはここには武器を隠せないことを認めざるを得なかった。壁際には数脚の椅子が並んでいるだけで、どの椅子にも布地は張られておらず、クッションがむき出しで置かれていた。椅子のなかや下には何も隠すことはできなかった。展示物のほとんどは絵画だが、柱状の台座に据えられた彫像もいくつかあった。そこにも隠し場所はなかった。カーテンを揺らしてみても、ほとんど意味がなかった。それは巡査たちがすでにやったはずだからだ。

ティルニー嬢がふいに立ち止まり、小さな悲鳴を押し殺した。ジョナサンは急いで駆け寄った。「どうしたのですか？」

「何かを踏んでしまっただけです」彼女は悲鳴をあげたことを恥じているようだった。腰をかがめて、壁際の床から何かを拾いあげながら言った。「かなり小さいものだけど、つま先をかすったんです」

彼女が蠟燭の光にかざしたとき、ジョナサンにはそれがなんなのかわかった。「封蠟の一部ですね。割れています」ふたりは封蠟の印を調べるために体を近づけた。無記名の飾り模様の可能性もあった——が、そうではなかった。

「〝E〟の文字に見えますね、半分に割れているけれど」ティルニー嬢が言った。「きっとナイトリー夫人のものでしょう。夫人の洗礼名はエマだもの」

ジョナサンは頭を振った。「あなたの親指に……」

彼が見たものが何かわかると、ティルニー嬢の眼が見開かれた。彼女の親指に、乾いた血の断片のようなものがついている。

「昨夜以前に誤って落とされたものなら、この屋敷の使用人はどんなものでも見つけて片付けていたでしょう」ジョナサンは言った。「それにナイトリー夫人がここで手紙を書くとは思えません。この封蠟の一部、そして血――もし血だとして――が付着していたことを考えると、この封蠟は、犯人か被害者のどちらかが残したものである可能性が非常に高いようにぼくには思えます」

「封印された手紙に、殺人の理由が書かれていたのかもしれないわ！」彼女は下唇を噛みながら、懸命に考えていた。思いがけず魅力的な表情だった。「考えてみましょう。まず、エマ・ナイトリー。バートラム氏の洗礼名はエドマンドでしたよね？」

「そうです」ジョナサンは細かいことをよく覚えていた。「それから、ウェントワース夫人の旧姓はエリオットだったと思います。家族の誰かからの手紙なら、この封蠟印が使われているかもしれません」

「ほかには誰かいるかしら？」

もちろんいる。が、ジョナサンはそれを打ち明けるのは気が進まなかった。「ぼくの母は」彼はようやく言った。「エリザベスです」

ふたりの眼が合った。「まあ」ティルニー嬢は言った。「なるほど。それなら、あなたはお母さまの封蠟がどんなものか知っているのでは――」

「こんなのばかげています」ジョナサンは彼女から顔を背けた。「母上は人殺しなんかじゃありません。そんなことをするはずがない」

彼はジュリエットの手紙の容疑者リストに両親の名前を見ていたが、形式的に含まれているだけだと思っていた。どうやらちがったようだ。

ティルニー嬢は顎をあげて、彼の視線の先に立った。

「誰ひとり、捜査の対象から除外すべきではないと話し合いましたよね」

「ぼくは、両親の無実を、一点の疑いもなく証明したかっただけです。有罪であるはずがありません」これは真実でなければならない。ジョナサンは両親がどれほどウィッカムを嫌っていたかを——ティルニー嬢よりもずっとよく——知っていたし、両親が言い争っていたことも知っていたし、両親の寝室から誰かが飛びだしていったことも知っていたが、そんなことは問題ではない。問題であるはずがない。ジョナサンは自分の論法が不自然であることに気づいていたが、自分の結論が真実だとも感じていた。

「いずれにしても」彼女は腹立たしいほど自信を持って言った。「あなたが全力を尽くして捜査をしなければ、おふたりの無実を証明することはできないんですよ。ご両親がここにいる誰よりもウィッカム氏と長い付き合いがあったことは否定できないし、激しく対立した関係だったようだもの。ご両親が疑われるのは自然なことで、質問をしないわけにはいきません。あなたがそれを受け入れなければ、真相はわからずじまいになるんですよ」

ジョナサンは感情的に困難な状況に置かれると、しばしば平静を失った。ほかの男性のように、カッとするわけではない。沈黙と孤独を求めずにはいられなくなるのだ。ひとりになると、ひたすら坐ったまま前後に体を揺らしつづける。思考が再び道理を取り戻すまで。そうなるまで、彼は口を利くことができなかった。

だから彼は踵を返し、ジュリエット・ティルニーから離れて歩きだした。背後の蠟燭の光が暗くなり、わが身を隠してくれる居心地のいい闇に再び包まれるまで。

ジュリエットはジョナサン・ダーシーが捜査を投げだしたことに怒りを感じるべきなのか、この捜査が彼にもたらした苦悩に同情するべきなのか、よくわからなかった。彼女の心にはその両方を受け入れる余地があるようだった。

どちらにせよ、その行動によって、彼はジュリエットの捜査に不要となった。いまや捜査は彼女だけのものとなったらしい。ふたりのものではなく。ひとりで取り組むのだ。

最初、ジョナサンの脱退は、ジュリエットの決意を強めただけだった。もし若きダーシー氏が自分の家族は高貴で強力だから質問されるべきではないと考えているのだとしたら、まあ、そのときは……

まあ、そのときは事実上、上品な方々は全員彼に味方するだろう。

〝ドンウェルの使用人にとって幸運なことに〟ジュリエットは決意した。〝どうやらわたしはそれほどお上品じゃないみたいだけれど〟

翌朝戻ってきたフランク・チャーチルは、上機嫌だった——無作法というわけではないが、ドンウェルアビーの陰鬱な雰囲気にはそぐわなかった。

「さあ、さあ、さあ」彼は手を打ち鳴らしながら、玄関広間には大きすぎる声で言った。「この仕事を片付けてしまおうじゃありませんか、ええ？　ウェントワース大佐ご夫妻、おふたりから始めようと考えておりました。私たちは以前から面識もありますし。そのほうが気まずさも薄れるのではありませんか？」

誰も同意した様子はなかった。とりわけ、ウェントワース夫人は真っ青になり、近くの手すりをつかんだ——同じくらい近くにあった夫の腕ではなく。とはいえ、誰も反対もしなかった。

ウェントワース夫人の苦悩は好機をもたらした。ジュリエットは思い切って言った。「もしよろしければ——ウェントワース夫人が証言するあいだ、わたしが付き添いましょうか」

「もちろんですとも」チャーチル氏は言った。「そうですね、ご婦人はこのような悩ましいときには支えを必要とするものです」

ウェントワース夫人はジュリエットを見て、おずおずと感謝の笑みを浮かべた。その笑みはジュリエットの良心に罪悪感の破片を突き刺した。こんな策略を弄するとは――ジュリエットの品位に関わりはしないのか？

そうでもしないと――ジュリエットは自分に言い聞かせた――罪のない使用人が絞首台に送られかねない。ひとつの命を救うためなら、ひとつの小さな嘘をつく価値はある。

チャーチル氏の事情聴取は、ナイトリー氏の書斎で行なわれた。屋敷内でもっとも私的な場所であるため、こうした作業には最適だった。アン・ウェントワースは刺繡の施された椅子のひとつに腰かけ、ジュリエットは彼女のそばについた。チャーチル氏は治安判事の地位にふさわしく、ナイトリーの机のまえに坐った。ほかにも椅子は残っていたが、ウェントワース大佐は室内を歩きまわっていた――ゆっくりとだが、隠そうとしても動揺はにじみ出ていた。

〝殺人の疑いをかけられれば、どんな人でも動揺するものだわ〟ジュリエットは心のなかでつぶやいた。もしジュリエット自身が容疑者のひとりだったら、気を失ってそのまま死んでしまうかもしれない。とはいえ、ウェントワース大佐が見せた際立った心の動揺は、ジュリエットの印象に強く残った。

「実のところ、おうかがいする質問はひとつだけでして」チャーチル氏は言った。いまも笑みを浮かべている。「無作法をお許しください。あの夜、寝床についてから、ミス・ティルニーの悲鳴を聞くまでに、どちらか寝室を出られましたか？」

沈黙が続いた――ジュリエットの肌の下で、興奮がゾクゾクと走りだすほど長く。

ついにウェントワースが認めた。「ぼくは出ました。正確な時間は言えませんが、ミス・ティルニーが叫ぶ少しまえです。おそらく十五分前、十五分弱といったところかな」

チャーチル氏の笑みは消えていた。「それはどういった目的で？」

「落ち着かなかっただけです」ウェントワース氏は歩きつづけながら言った。まさに彼は落ち着きのない人だった。「誰かに、とくに妻に迷惑をかけたくなかった。だから廊下を歩いてました。誰にも聞かれていないと思います。できるかぎり静かにするよう気をつけてましたから」

「それで、異常なものが聞こえませんでしたか？」チャーチル氏は尋ねた。「妙な物音とか、そういうものは？　廊下で誰かを見かけたりは？」いまのところ、チャーチル氏はウェントワース夫妻を容疑者候補ではなく目撃者と考えているようだった。

ウェントワースが返事をするまでに数秒、間《ま》があった。「そうですね、足音はいくつか聞こえました。ただ、ぼくはずっと二階にいたので。階下《した》には誰がいてもおかしくなかったし――実際、誰かがいたにちがいありません。ミス・ティルニーが悲鳴をあげるまで、そのことはほとんど考えもしませんでした」

〝大佐は殺人犯の足音を聞いたのかもしれないわ〟ジュリエットは思った。〝それとも、ウィッカム氏の最後の足音を聞いたのか――または、たんにわたしの足音だったのかもしれない、厠に向かって走っているときの〟

あるいは、嘘をついて、みんなの注意を別のことに逸らそうとしているのかも〟

それからチャーチル氏はアン・ウェントワースのほうを見た。ふたりの眼が合うと、彼女はぴくっとわずかに身じろぎした。ジュリエットはウェントワース夫人がつかめるように手を差しだした。「あなたはいかがです、ウェントワース夫人？」チャーチル氏は尋ねた。「その十五分間に何をしましたか？　あなたご自身は寝室を出られましたか？」

アンはしばらく動きを止めてから、首を横に振った。「もちろん出ていません。階上《うえ》で物音がしましたが、調べるほどのことではないと思いましたし」

「〝階上《うえ》で〟とおっしゃいましたか？」チャーチル氏は眉根を寄せた。「きっと階下《した》のことでしょう」

「いいえ、階上《うえ》の、三階のことですわ」アンは断言した。「きっと使用人だったにちがいありませんし、おそらく、その音は階下《した》の展示室で起こった陰惨な出来事とは関係がなかったのでしょう。とにかく、わたしはベッドにいて、眠ろうとしていました」

しかし、ジョナサン・ダーシーは窓の奥にウェントワース夫人の姿を見ていた。ジュリエットは彼がほんとうのことを言ったと信じている。

つまり、ウェントワース夫人は嘘をついているということだ。

＊

ジョナサンは書斎のそばの廊下で、ほかの人が出てくるのを待っていた。彼は捜査中のチャーチル氏の書記のような役割を果たすことを申し出るつもりだった——無実を証明できる唯一の男性として、そういう仕事を引き受けるのに適した立場にいたからだ。それに、そうすればすべての事情聴取に立ち会うこともできる。

しかし、ジョナサンの予想よりも早くに始められたため、最初の機会を逸してしまった。残念なことに——

それから書斎のドアが開き、ウェントワース夫妻がどちらも青白い顔で現れた。そのあとからチャーチル氏が出てきて、満足そうににおいを嗅いだ。「珈琲のにおいに抗《あらが》える者がいるでしょうか？」

朝食室のドア脇に立っていたエマ・ナイトリーが、こちらへ返事をした。「抗う必要はありませんわ！　どうぞ、フランク、一杯召し上がれ」

どうやらチャーチル氏は、珈琲が用意されているのに、公的な治安判事の仕事を続ける理由はないと考えたらしく、そのまま朝食室に向かった。ちょうどそのとき、ジュリエット・ティルニーが書斎から出てきた。どうにかして、彼女は最初の事情聴取に立ち会うことになったらしい。ジョナサンは彼女の賢明さに笑みを洩らしかけ、こらえなければならなかった。

ティルニー嬢のほうは、笑みを抑えるのに苦労した様子はなかった。「ダーシーさん」彼女は冷たく言った。「あなたはもう、この事件に関心がないのだと思っていましたわ」

「それは誤解です」ジョナサンは答えた。「ぼくは、そういうつもりでは――」

彼はそこでことばを切り、廊下をちらりと見まわした。ウェントワース夫妻は階上《うえ》にあがっていた。近くには誰もいなかった。

「どういうつもりではなかったんですか？」ティルニー嬢が言った。「あれ以上、ご両親について話すつもりはなかった？」

「両親も、考慮に入れなければなりません。それはわかっているのです。ただ……そのことを考えるのは難しくて」自分のことをどう説明すればいいのか？　ジョナサンは奇妙な衝動を隠したり抑えたりする方法をいくつも教わってきた。しかし、ティルニー嬢には、ほんとうのことを話したいと思っている自分に気づいた。「ぼくは――悩んでいるとき、または打ちのめされているときには、どうしても動きまわらずにはいられないのです。しばらくそうしていないと、まるでまともに考えられないような感じになります。理由はわかりませんが、昔からずっとそうだったのです、ぼくは」

彼女は顔をしかめた。非難というより、訝《いぶか》しげな表情が浮かんでいる。「それは歩きまわるということですか？　ウェントワース大佐がよくしているように？」

ジョナサンはうなずいた。「一番いいのは、あの——その——」彼は頰が赤らむのを感じた。「坐って前後に揺れることなのです。揺り椅子に坐っているみたいに。どんな椅子でもいいのですが」

生まれてこのかた、その癖は両親にとって狼狽《ろうばい》の種だった。他人にとっては軽蔑の理由だった。学校で浴びせられた侮辱のことばは、いまでもジョナサンの耳に焼きついている。ティルニー嬢は困惑するか、ジョナサンを笑うかのどちらかだろう。彼のささやかな望みは前者であることだった。

ところが、彼女は言った。「そのために、わざわざ部屋を出ていく必要はありません。わたしなら気にしなかったのに」

ジョナサンは彼女が聞きまちがえたのだろうかと思った。あるいは、聞きまちがえたのは彼のほうだったのか？「気にしなかった？」

「変わった癖ではありますよ、もちろん」ティルニー嬢は言った。「でも、母がよく言っていたのは、たいていの人は知り合ってみると、実はとても変わっているものなんですって。唯一のちがいは、変わったところをどれくらいうまく隠せているかだけです。あなたの癖は害がなさそうだもの」

「ぼくはそこそこうまく隠せています」ジョナサンは言った。この話題について、いまはこれ以上——たぶんもう二度と——話したくはなかった。ジュリエットが受け入れてくれたことは歓迎するものの、異例である。また、それを信用できるかどうかもわからない。そうは言っても、彼女はジョナサンが揺れる姿を見たわけではない。もし彼女のまえで思い切ってやってみたとして、ジュリエットの反応が彼女の予想どおり、約束どおりとはかぎらない。

それでも……ジュリエットがジョナサンを愚かだと思わなかったことを考えると、彼は励まされた。少なくとも彼女は、その癖を見てもかまわないと思ってくれたのだ。

声を落として、彼は続けた。「ウェントワース夫妻について、話してくれますか？」

「まずは朝食にしましょう」ティルニー嬢は言った。「そうすれば、わたしたちの行動が奇妙だと気づかれることもないし、わたしたちがお腹を空かせることもない。空腹で考えていると、いつも不機嫌になるんです。食後に、ぜんぶお話しするわ」

＊

たとえジュリエットとジョナサンが朝食に現れなくても、ドンウェルアビーのほかの招待客は気づかなかったかもしれない。朝の食事は全員が揃って取るものではないため、そのときどきで誰がいて、誰がいないかはほとんど問題にはならない。

たとえば、ブランドン大佐夫妻が朝食の場にいないことも、とくに誰も気に留めなかった。

夫妻の部屋では、ブランドン大佐が長上着を過剰なほど手入れしていた。まるでこれから国王に謁見《えっけん》するかのように。すでにきちんと服を着ていたマリアンは、ベッドの端に坐って泣いていた。

「だめよ」彼女はその朝十回目の懇願をした。「そんなことしないと約束して」

ブランドンは妻を見た。彼女の表情に浮かんだ痛みが、彼の魂のなかで反響した。たとえマリアンがウィロビーを愛したようにはブランドンを愛していなくても——愛せなくても——彼女はブランドン自身のことを、彼が自覚している以上に心から気にかけていた。

マリアンがあまりにも痛々しく彼の身を案じるので、妻の気持ちを傷つけたくなくて、一瞬、行くのはやめようかと考えた。

しかし、やらなければならないという使命感は、妻に対する深い同情心よりも強かった。「やらなければならない、マリアン。名誉を保つにはそれ以外の道はない」

＊

朝食後、チャーチル氏が次に事情聴取を行なうことになった招待客は、ジョナサンが狼狽したことに、彼の両親だった。彼の動揺はふたつの同等の原因から生じていた。一、両親が犯罪に関与していると想定したときに自然に沸き起こる不快感。二、中立的な立会人としてチャーチル氏に手伝いを申し出ることができなくなるという事実。しかしながら、母親は意図せず後者を解決した。家族全員で質問に答えられるように、ジョナサンにも一緒に書斎にはいるよう身振りで伝えたのだ。

前者を解決することは誰にもできなかった——真犯人が判明するまでは。ジョナサンは自分とジュリエットが、すみやかに事件を解決することを強く願った。

とはいえ、さしあたっては、ジョナサンはナイトリー氏の書斎——葉巻のけむりと古い本と革のにおいのする立派な部屋——で、椅子に坐らざるを得なかった。父親は母親の横に坐り、ジョナサンは両親の少しうしろの端の席についた。その位置からだと、母親の肩に慰めるように添えられた父親の手が見えた。

「おふたりは亡きウィッカム氏と、一番長くお付き合いがあったそうですね」チャーチル氏が言った。

両親が経緯を改めて語っているあいだ、ジョナサンはそわそわするのを抑えることができた——かろうじて。その話は何度も聞いたことがあるわけではなかったし、ひとつのまとまった話として聞いたことはほぼ一度もなかった。そう、叔父のジョージの過去は断片的に、耳打ちされてきたのである。あるときは父親から余談としてひそひそと、あるときは叔母のリディアから辛辣な反論として、叔母のジョージアナからは頬を赤らめて。

事情聴取でもっともつらかったのは、両親の話が、ジョナサンが一度も聞かされたことのない部分（なぜなら彼もそれを体験していたから）――従妹のスザンナの悲しい過去――に差しかかったときのことだった。

「わたしたちは昔から娘が欲しかったんです、その、三人の息子を授かりましたが、その点では恵まれませんでした」母親が説明した。（ジョナサンは祖母の主張――息子が生まれなかったのは、エリザベスが生まれたときに男の気質を全部持って出てきたせいだ――をぼんやりと思いだした。その主張はジョナサンの知る自然の摂理とも宗教の教えとも辻褄が合わなかったが、そういう不条理な物言いは母方の祖母、ベネット夫人にはめずらしいことではなかった。）「その一方で、わたしの妹とウィッカム氏には長年子どもがなく、それで満足していたようです。妹夫妻の無責任さを考えると、わたしは慈悲だと思っていました。ついにリディアが女の赤ちゃんを出産したとき、妹もウィッカム氏も、自由が制限されることを喜んでいませんでした。最初は、リディアがスザンナを口実にしてわたしたちを訪ねてきました。やがて、わたしが口実にするようになりました。数週間の予定のスザンナの滞在が、何カ月にも引き延ばされました。わたしはほどなく、まるで自分の娘のように姪を愛するようになりました」

ジョナサンは眉根を寄せた。母親は〝わたしたちは〟ではなく、〝わたしは〟と言った。しかし、家族全員が、スザンナを愛していたのではないのか？

いっとき、スザンナのことが非常に鮮明に思いだされた。ジョナサンたちと一緒にいるスザンナ。窓辺の椅子に腰かけ、床から数インチのところで足をブラブラさせているスザンナ。彼女は口元をゆがめたひょうきんな笑みを小さく浮かべたものだった。それは父親譲りでも母親のリディア譲りでもなく、スザンナ自身の笑みだった。ジョナサンはあれに似た笑みを見たことがなかったし、これからも二度と見ることはないだろう。

深い悲しみが喉を締めつけたが、そのことを考えないようにした。この事情聴取では両親を支える必要がある。すでに充分苦悩を抱えている両親に、ジョナサンの心配までさせるわけにはいかなかった。

チャーチル氏はめずらしく厳粛な顔つきをしていた。「しかし、そのお子さんは――もうあなた方とは一緒にいない」

「もうこの世にはいません」父親が表情を変えずに言った。ジョナサンの父親はひょっとしたら石でできているのだろうか。「ウィッカム氏のもとにいるときに、熱を出して亡くなりました」

この話にはまだ続きがあったが、誰もそれを口に出さなかった。ジョナサンはその必要はないと感じていた。フランク・チャーチルのような陽気な男でさえ、両親の怒りと苦しみの深さを理解しないはずはなかった。それはまちがいなく、殺人に充分な理由だった。

それに加えて――これ以上考えつづけたら、ジョナサンは罪悪感で押しつぶされそうだった。

チャーチルはただこう尋ねた。「では、事件の夜、おふたりともずっと寝室にいらっしゃいましたか？」

「ええ」母親が答えた「いました」

「当然ながら」父親は直接的な表現を避けつつ、その嘘を支持した。

母親は父親を守るために嘘をついたのか？　それとも逆なのか？

もしチャーチルから、両親の供述に矛盾する事実を何か知っているかと尋ねられたら、ジョナサンは嘘をつくことができただろうか？　彼にとって虚言は難しいことだった。

しかし、フランク・チャーチルが尋ねることはなかった。

＊

ダーシー一家が書斎から出てくる音を聞いて、ジュリエットは急いで廊下に向かった。ジョナサンを捕まえて話を聞きたくてたまらなかった。それとも、彼はこうした面談のあとには、ひとりになりたいのだろうか？　そわそわ動きまわるにしろ、なんであれ、いつものことをするほうがいいのだろうか？　ジュリエットは、彼に時間を与えるほうが礼儀正しいのかどうかを考えた。風変わりさを許容してしまえば、それはすぐに風変わりではなく、普通のことになる。

ところがジュリエットが決めかねているうちに、驚いたことに、大きな音を立ててブランドン夫妻が吹き抜けの階段から現れた。ブランドン夫人は血の気の失せた顔をして、眼は泣いたばかりのように真っ赤になっている。ブランドン大佐はかろうじてマシな顔つきをしていたが、決意のこもった声で呼びかけた。「チャーチルさん？」

フランク・チャーチルが書斎の入り口に現れた。

「ブランドン大佐ですね？　あなた方ご夫妻にはあとからお話をうかがう予定でして――」

「できるだけ早く話をしたいのです」ブランドンは答えた。「これ以上、私と亡きウィッカム氏とのつながりを隠しておくつもりはありません」

9

ブランドン夫人の動揺ぶりを見て、フランク・チャーチルは彼女から事情を聞くのは得策ではないと考えたようだ。そのつながりというのは、結局のところ、ブランドン大佐とウィッカムのあいだのことであるし、うら若きブランドン夫人はいまにも気を失って倒れそうな様子だったからだろう。ジュリエットは友人の苦悩に心から同情した。しかし、その思いやりあふれる気持ちは、ブランドン夫人からほとばしることばに礼儀正しくない関心を抱いたことで汚れてしまった。

「もうずっと昔のことなの」マリアン・ブランドンは鼻を啜《すす》るあいまに言った。リネンのハンカチーフが、握られた拳のなかで濡れた塊《かたまり》になっていた。「主人はウィッカム氏を見つけて、彼には子どもが——それから、いまは孫も——いることを知らせたかっただけなのよ。そんなに寛大な精神の持ち主がほかにいるかしら？　あんな邪悪な行為を思いついたはずはないわ、絶対に——主人はいい人すぎるもの」

「大丈夫、あなたが救ってあげられます」ジュリエットは思い切って言った。「ご主人はゆうべ部屋を出なかったと証言すればいいんですもの、そうでしょう？」

長すぎる間《ま》があった。ジュリエットは新たな事実を入手したと悟った。ブランドン大佐は殺人が起こるまえの時間に部屋を出ていたのだ。マリアンはほかに何を知っているのだろう？

さらなる質問をひねり出す機会はなかった。マリアンの動揺が激しさを増すばかりだったからだ。「わたしたちはまだ結婚したばかりなのに——こんなに早く引き裂かれてしまうの？　運命はそんなに残酷ではないはずよ、きっと、きっと——」

マリアンは泣き崩れた。ジュリエットはマリアンの肩に腕をまわし、彼女が慰められるよう心から願った。とはいえ、ジュリエットの頭のなかはマリアンの告白に触発された憶測で、父親が飼育する蜂の巣のようにざわめいていた。

〝ブランドン大佐は亡くなった恋人をいまも尊重しているんだわ〟ジュリエットは考えた。〝そして事件の夜に、部屋を出ていた。だけど、そんなにも時間が経っているのに、いまさら殺して仇《あだ》を返そうとするものかしら？〟マリアンによれば、ブランドンは昔ですらウィッカムに対して殺意をはらんだ怒りを抱いたことはなかったという……が、マリアンに報告できるのは、夫が話した内容だけだ。語られなかった想いは誰にも知りようがない。

悲嘆に暮れるマリアンの気を紛らわそうとして、ジュリエットは尋ねた。「その方のお名前はなんていうんですか？　大佐が最初に愛した女性の」

マリアンは泣きじゃくるのをぐっとこらえた。「イライザと呼ばれてたわ」

ジュリエットは展示室で見つけた、割れた封蠟を思いだした。〝E〟と刻印された封蠟を。

あれが差出人の頭文字ではなく、形見だったとしたら？　ウィッカム氏が聞き入れなかった警告の手紙に使われた封蠟だったとしたら？

＊

ブランドン大佐の新事実の告白があまりに突然だったため、ジョナサンはフランク・チャーチルに書記を務めたいと伝える機会を逸した。慰めとなったのは、ジュリエット・ティルニーがブランドン夫人を巧みに脇へ連れていったことだった——まちがいなく、震える夫人を傷つけずに話を引きだすつもりだろう。

ジョナサンは午前中の残りの時間を何かで埋めなければならなかった。殺人のあった夜以降、空はずっと晴れていたが、地面はまだ悲惨な状態だった。したがって、釣りはできない。釣りはジョナサンにとってはっとできる娯楽だった。自分が釣ったものを家族で食べるとき、釣りとは、その土地で生きるという単純な行為となる。しかしたいていの紳士は、たんに能力を誇示するために、狩猟と同列の扱いで釣りをした。ジョナサンには、理由もなくほかの生き物を殺すことができなかった。実際、理由なく生き物を殺《あや》めたいと望む気持ちは、理由がふんだんにあるウィッカム氏の殺害以上に、不可解だった。

近くのハイベリー村にも、まだ簡単に出かけられる状況ではなかった。いまの道は馬にはきついし、馬車ではなおさらだ。村は楽に歩いていける距離にあったが、いま散歩をしたら、気分転換になるどころか、泥だらけになりにいくようなものである。そんなわけで、招待客一行は引き続き、各自好きなように愉しむことになっていた。

ジョナサンはドンウェルアビーの館内をぶらぶらと歩きながら、どこで過ごそうかと考えた。図書室にはウェントワース夫妻がいた——大佐は細長い部屋の一方の端に、夫人はもう一方の端に。〝同じ部屋にいるのに、なぜふたりは互いを避けようとしているのだろう？〟ジョナサンは考えを巡らせた。

音楽室では、母親がピアノのまえに坐って、ぼんやり曲を弾いていた。ジョナサンがはいっていけば、母親は話をしたがるだろう。どんな話になるのか、彼には想像もつかなかった——事情聴取でチャーチル氏に何を話さなかったのかを知っていることを考えれば。母親は聡明で洞察力のある人だ。あの夜、ジョナサンが両親の話を盗み聞きしたこと、ふたりが嘘をついたと知っていることを、察知されてしまうのではないか？

その一方で、両親は、ジョナサンがその頃すでに厩舎でエボニーと一緒にいたと思っているのかもしれない。思っていないのかもしれない。変数があまりに多すぎて、ひどく心をかき乱された。ジョナサンはとても考えていられなかった。

屋敷のまわりの小径《こみち》を散歩すれば、気晴らしになるかもしれない。あの小径なら、悲惨なほどぬかるんではいないだろう。そこで、ジョナサンが外に出ようと展示室のドアに向かいかけたとき、バートラム夫人が彼を追い越して外に飛びだしていった。ほとんど走っている。上流階級の女性はそんな姿を見られたりはしないものだが。しかも、ジョナサンのことも眼にはいっていないようだった。そのまま見ていると、バートラム夫人は湿った芝生を駆け抜けて、小さな離れ――ナイトリー夫妻が古い礼拝堂だと説明していた建物――に向かった。

〝ここでは奇妙な癖を恐れなくてもいいんだ〟ジョナサンは思った。〝変わった行動をしているのはぼくだけではないのだから〟

＊

エドマンド・バートラムは妻を探して、ドンウェルアビー中を無駄に歩きまわったあと、もちろん、妻は慰めを求めに礼拝堂に行ったはずだと気づいた。ファニーの信仰心は、太陽よりもたえまなく光を放っている。その光の強さは敬虔なエドマンドでさえ、ときに恥じ入ってしまうほどだった。聖職者たるもの、救世主への愛が妻に引けを取ってはならないが、その妻がファニーだとしたら、誰がそうならずにいられるだろう？

その礼拝堂が建てられたのは、カトリック修道院の時代に遡るため、精巧に彫刻された石壁からステンドグラスの窓まで、ふんだんに装飾がほどこされていた。

エドマンドは自分の祖先が、この礼拝堂を再び真の信仰のために奉献したと信じて疑わなかったので、その美しさを純粋に愉しむことができた。ファニーもまた、黄金時代（エリザベス一世の治世のこと）の礼拝堂が大好きだった。ここで祈れば、きっと気持ちが落ち着いたことだろう。

　ところが、ファニーはひざまずきながら、身を震わせ、頬に涙を流していた。

　エドマンドの存在に気づくと、彼女ははっと驚いた。

「ああ、エドマンド――ひとりきりで祈りたいのなら、わたし――」

「ぼくは神を見いだす《シーク》ためではなく、きみを探し《シーク》にきたんだ」エドマンドは機知に富む人ではなかったが、たまに気の利いたことを言おうとすることもあった。「きみがここで起きた恐ろしい犯罪に、心を揺さぶられるのも無理はない。きみは繊細で、この世の苦い真実のまえにはかよわい人だ。それを考慮してもなお、この二日間、きみは……崩壊寸前だった」

　ファニーはまた新たにわっと泣き出した。エドマンドは妻のそばに行き、手を取った。

「話してごらん」彼は言った。「この事件できみをそこまで悲しませるものがなんであれ、ぼくはそれを知りたい。そうすればきみをうまく助けられるかもしれない」

「人が亡くなっただけでは足りないの？」ファニーはささやいた。「殺人という大罪が犯されただけでは足りないの？」

　彼女は泣き崩れた。エドマンドには、妻の肩に腕をまわすくらいしかできることはなかった。彼はいずれ真実を知ることになるだろうが、いま話してくれと詰め寄っても、妻はさらに打ちのめされるだけだろう。

　ファニーは殺人の前夜とほぼ同じくらい動揺していたけれども――お金が欲しいという、あの奇妙な頼みごとをした夜と同じくらい――

　エドマンドは妻を胸に抱きよせ、彼女の慰めを祈った。

＊

使用人たちは苦労してハイベリーに出向き、必要な品を受け取り、招待客の多くの手紙を投函した。彼らが屋敷に戻ってきたとき、ジュリエットが驚いたことに、彼女宛に手紙が一通届けられた。

「こちらでございます」ハンナがジュリエットの部屋の小さなテーブルの上に折り畳まれた手紙を置きながら言った。「いくばくかの慰めとなりますように」

母親の筆跡を見たとき、ジュリエットの心は躍った。

「きっとそうなると思うわ。でも、このひどいぬかるみのなか、あなたが使いに出されたわけではないわよね、ハンナ？」

「ええ、お嬢さま。まだ水たまりを愉しいと思うような年頃の少年がひとり、使いに出されました」それからハンナの頬がピンク色に染まった。こうした状況で、使用人がこれほど具体的な返答をすることはめったにない。

だから、ジュリエットはきちんとつけ加えた。「わたしは兄弟がいるから、男の子がぬかるみを好きなことは知っているの。その人が、お使いを面倒だと思わなくてよかったわ」

「そのとおりです、お嬢さま」ハンナは見るからにほっとした様子でお辞儀をすると、ジュリエットが手紙を読めるように退出した。

もちろん、両親はドンウェルアビーの恐ろしい事件のことはまだ――たとえジュリエットが正しく宛名を書いていたとしても――知るはずもなかったが、母親のことばを読めるだけでも、ジュリエットは慰められた。犯人を見つけたいという熱意はほんものだったが、少し慰められたいとも感じていた。それをジョナサン・ダーシーに話すつもりはなかったけれども。

ジュリエットは手紙を読んだ。

最愛の娘へ

いまごろ、あなたはまったく新しい知人に囲まれているのね――お父さまとも、わたしともほとんど関わりのない方々に。どうか、くれぐれもナイトリー夫人によろしくお伝えくださいね。あなたは聡明で有能な女性だから、わたしが初めて自宅を離れた長旅で経験したように、圧倒されてしまうことはなさそうね。

ジュリエットは両親の交際期間の話を何度も聞いていたが、すべてを知るに充分な年齢に達したとみなされたのは、つい最近のことだった。祖父のティルニー将軍が祖母を殺したのではないか――母親がかつてそう考えていたことを知ったら、ジュリエットは憤慨するか、傷つくことさえあるかもしれないと両親は予想していたようだ。実のところ、ジュリエットは昔から祖父が怖かったので、両親の秘話を打ち明けられたときには、実際よりも驚いたふりをしなければならなかった。

次の段落で、自宅の情報を知った。テオドシアやアルビオンの近況、お年寄りの隣人の訃報、叔母のエリナーがもうすぐスコットランド――月とも思えるほど遠い場所――に旅に出ること。しかし最後に、キャサリン・ティルニーはまるでこれを書いたときに予知していたかのような、適切な助言を娘に記していた。

新しいお友だちを作るときには、その人が自分についてどんなふうに話したかではなく、どんなふうに振る舞ったかに、より多くの注意を払いなさい。真実はことばでは語られず、行動で語られるものよ。何より、あなたにはぜひとも、この訪問を人間の本質を研究する機会にしてほしいの。人間の本質を見極める力は、日々の暮らしで役立つ小説家の道具であり――ごくありふれた状況であっても、隠された深層を解釈する助けとなるものだから。

現在の状況はかなり異常だとジュリエットは考えている。しかし、母親の指摘はそれでも的を射ていた。それはまさに、ジュリエットとジョナサンがしていることだった——彼らはただ殺人犯を突き止めようとしているだけでなく、誰もが世間に見せている礼儀正しい外見の下に潜むものを見極める方法を学んでもいるのだ。

＊

その後、ティルニー嬢から——隙を見て撞球室で——その話を聞いたとき、ジョナサンが最初に感じたのは落胆だった。「ぼくはあまり得意ではないのです。人の心を見抜くことが。なんというか、人は本気で思っていることしか話さないものだと、つい考えてしまうのです。母に言わせると、そんなことをする人はほとんどいないそうだけれど、ぼくには理由がわからなくて」

「すべてを率直に話すことはできません」ティルニー嬢は言った。「そんなことをしたら、ほかの人たちに対してあらゆる無礼を働くことになるもの」

ジョナサンは眉根を寄せた。「でも、ぼくたちが無礼と呼ぶ多くのことは、それを口にすることが誤りだとされているから無礼になる。つまり、それを話すことができないから、話すことができないのです。それは循環論法にすぎませんし、そもそもぼくは、話してはならないとされることのほとんどに、道徳的な根拠を見いだせたことがないのです」両親は彼に礼儀作法を教え込んだが、改善できたのは理解よりも振る舞いのほうだった。

「おっしゃることはごもっともですけど、サー、この捜査にとっては重要ではありません。わたしたちは努力を続けるしかないの。この訓練を通じて、人の隠された動機を理解するコツを学べるかもしれないでしょう?」ティルニー嬢はため息をついた。「これでふたりとも、ブランドン大佐の過去の話と、大佐とウィッカム氏との関わりを知りました。わたしはブランドン夫人がためらった様子から、事件が起こるまえの時間帯に、大佐が実は部屋を出ていたことは確実だと思っています。このことは、諸問題にかなりちがった観点を与えることになると思いませんか?」

ジョナサンは同意した。「ぼくの見るかぎり、大佐は控えめに礼節を保って話をしていましたが、それでも、そんなにも昔の出来事について明らかに苦悩していました」

「または、そんなにも昔ではない出来事に苦悩していたか」

「それでも……ぼくは大佐が犯人だとは思いません」

ジョナサンは言った。「動機は明らかですが、もし有罪なら、なぜ告白したのでしょう? ここにいる人は誰ひとり、奥方をのぞいて、まったくそのことを知らなかったし、したがって大佐は疑われずにすんだはずなのに。彼の行動は真っ正直なものだとぼくには感じられます」

明らかにティルニー嬢は、ジョナサンほど人を信じやすくはないようだ。「疑われたくないときに、正直者だと見せかけるよりもいい方法があるかしら?」

「大佐がやったと本気で信じているのですか?」

「何を信じていいのか、わたしにはまだわかりません」

ジョナサンはブランドン大佐の無罪を信じていたけれど、その信念が確定されるまで、大佐が有罪である可能性を考慮しつづけることはたやすいと感じた。どんなことでもたやすく感じられるだろう——殺人事件の夜の行動について、両親がついた嘘を思いだすよりは……あるいは、その嘘が何を意味するのかを考えるよりは。

＊

ダーシーは、息子がうら若きティルニー嬢と一緒にドンウェルアビーの廊下を歩いているところを観察し、ふたりの仲の進展に興味を抱いた。ジョナサンはダーシーが独身時代に経験したのと同じ困難に直面していた。すなわち、当人にはほとんど好意を感じていないのに、ダーシー家の富のこととなると際限なく夢中になる女性たちが殺到していたのだ。悲しいかな、ジョナサンには不誠実さを見極める素質がなかったが、そのぶん不器用さが、洞察力と同じくらいしっかりと彼を守っていた。舞踏会の冒頭でジョナサンに群がっていた欲深い娘たちは、たいてい苛立ちか当惑の表情を浮かべて立ち去った。一方、ジョナサンとティルニー嬢の関係はほんもののようだった。ダーシーの眼には、ティルニー嬢は財産目当てに結婚したがる女性のようには見えなかった。彼女は気を惹こうとすることも、媚びた笑みを浮かべることもしなかった。とはいえ、なんというときに関係を築いているのか！　ダーシーはふたりの共通の関心が、不気味なものに向かわないことを祈った。若者とは、初めての恋愛では実に思慮がなく、実に強情になりうるものだ。ジョージアナはそれを疑いようもなく証明した。ダーシーはジョナサンが彼の叔母に似ていないことを心から願った。

ただし、この問題について、息子に問いただすのは時期尚早である。ティルニー嬢についての判断は差し控えておこう……いまのところは。

当面の保留を決断すると、しかしながら、ダーシーは取り残されてしまった——ウィッカム氏の運命にまつわる思考とともに。その思考は、眼を背けていたいのに、女狐《めぎつね》を追う猟犬のように断固として彼を追いかけてきた。

ダーシーは音楽室から聞こえるピアノの音に向かって歩いた。その曲はエリザベスのお気に入りの一曲で、妻独特のスタイルで弾かれていた。どんなときも、彼は妻の演奏を聴くのが好きだった。

かつて妻はダーシーに演奏を聴かせることを愛していた。エリザベスが鍵盤から顔をあげると、彼女の妖艶な瞳は彼の眼を見つめたものだ――その瞬間がダーシーを魅了しなかったことは一度もなかった、二十二年間の結婚生活で一度も。

もはや、妻が鍵盤から顔をあげることはない。スザンナが死んでからは。ダーシーの足音は聞こえないふりをしていた。

音楽室の入り口で、ダーシーはためらった。彼は妻と一緒にいたかった。しかし同時に、妻が自分と一緒にいたがっていることを感じたかった。いま妻のところに行っても、彼女はまた聞こえないふりをするだけだろう。それに耐えられるとは思えなかった。

ダーシーはその場を離れた。背後で次第に遠ざかる、妻の奏でる曲に耳を傾けながら。

＊

ナイトリー夫妻はいつもどおりに正餐を出し、それ以降、できるかぎり普通にハウスパーティを続けることに決めた。「望むほど愉しい気分にはなれないかもしれませんが」エマはある程度控えめな表現で言った。「ハウスパーティはまだ続いていますし、これからも続きますわ。美味しい食事と愉しい会話で、精一杯自分たちを慰めましょう」

〝ハウスパーティは続けなければならない〟ジュリエットはそう思ったが口には出さなかった。この状況から逃れられないという現実は、ナイトリー夫人のやり方が賢明だという証明にしかならない。もしここから出られないのなら、最善を尽くしたほうがいい。

それに——とジュリエットは考えた——普通の生活を再開すれば、まわりの人々の行動を、より正確に判断できるようになるだろう。日常との対比を参考にしなければ、真の異常さを垣間見ることはできない。

正餐は、まだ通常の習慣に完全に沿ったものではなかった。誰もが適切な服装で降りてきたが、以前と同じように団欒《だんらん》できるかは、人によってさまざまだった。アン・ウェントワースは礼儀正しい世間話をし、エマ・ナイトリーは実に機知に富んだことばでそれを受け流した。ナイトリー氏もまた、最初の夜に比べても、いくらか活気がない程度だった。これは彼らの無実を示す兆候なのか？　それとも、あの殺人が、彼らにとって、それほど悩ましいものではなかったという証拠なのか？

明らかに平静を失っているのは、ファニー・バートラムとウェントワース大佐とマリアン・ブランドンの三人だった。ブランドン夫人はその日の午前中にジュリエットが慰めたときよりも、ほんの少しだけ悲嘆の色が薄れたように見えたが、頬は流したばかりの涙で赤みが差しており、眼はちらちらと夫を見つめつづけていた。まるで長いあいだ夫から眼を逸らす勇気がないとでもいうように。一方、ウェントワース大佐は、明らかに腸《はらわた》が煮えくり返っている様子だった。彼の怒りを晴らすには殺人では足りなかったのか？　とはいえ、そんなふたりでさえ、バートラム夫人よりはましな態度を保っていた。バートラム夫人は激しく震えるあまり、フォークがカタカタと食器に当たり、そのせいで葡萄酒がグラスからこぼれるほどだった。彼女の肌は幽霊のように青白いままだった。ジュリエットはナイトリー夫妻に医者を呼ぶように頼むべきかどうか悩んだ。バートラム夫人の苦しみは、どう見ても肉体的なものではなかったが、少なくとも医者ならば、気の毒な女性が眠れるように何か処方してくれるかもしれない。

〝この人が犯人のはずはないわ〟ジュリエットは思った。〝バートラム夫人は臆病すぎてガチョウにやじることすらできないはずよ。でもそれならなぜ、この事件にこんなに影響を受けているのかしら？ ご主人は動機もなさそうだし、普通に振る舞っているように見える――じゃあ、なぜ彼女だけが激しく動揺しているの？

バートラム夫人は殺人犯のようには見えない……それはドンウェルアビーにいるほかの人も同じだけれど。でも、少なくとも、このなかのひとりは有罪なのよね〟

「ようやく地面が乾きはじめました」ナイトリー氏が言った。「好天が続けば、明日か明後日には道が通れるようになると聞いています。そうなったら、ぜひともハイベリーに行きましょう。ハイベリーは小さな村で、特別な娯楽はありませんが、きっとみなさん、多少の変化を愉しむ準備はできていらっしゃるでしょう」

誰もが明るい顔になった――バートラム夫人をのぞいて。彼女は眼に涙を浮かべて自分の皿をじっと見おろしている。ジュリエットはテーブルの向かい側にいるジョナサン・ダーシーをちらりと見て、彼も夫人の様子に気づいたことを確認した。彼はジュリエットに向かってうなずくと、すばやくグラスを掲げてみせた。まるでただ乾杯するかのように。ジュリエットはその仕草をまねて、グラスを掲げた。

ふたりのやりとりをうまくごまかすとは、なんと賢いのか！ もし誰かが気づいても、なんとも思わないだろう。〝この人はかなり変わった青年かもしれないけれど〟ジュリエットは思った。〝けっしてぼんくらなんかじゃないわ〟

＊

ジョナサンは、外套とブーツを脱ぐとき以外は、従者に着替えを手伝わせることはなかった。父親も同じで、物事を自分ですることを好んでいた。ジョナサンが父親を手本にしたのは、おもにそれ以外に何が適切なのかわからないからだが、それで充分うまくいっていた。

首元のクラヴァットをほどきながら、彼は正餐のときのジュリエット・ティルニーについて考えた。彼女のハシバミ色の瞳は、めったにないほど輝いていた。おそらく、ふたりが交わした秘密の情報のせいだろう。彼女はジョナサンが大学で出会った多くの若者よりも、合理的判断において多大な能力を示している。彼女の情報の吸収率のずば抜けた高さを考えると、同級生の半分よりも、彼女を教育するほうが理に適っているように思えた。

そのとき、叫び声が夜間の静けさを切り裂いた。ジョナサンはぎょっとして、手にしていたクラヴァットをしわくちゃにした。あれは男性の声だった――しかし誰の？

彼は廊下に飛びだした。ほかの人々も同じだった――屋敷にいる男性全員のあとに、ナイトリー夫人とティルニー嬢がすばやく続いた。「何があった？」ナイトリー氏が呼びかけた。「言いなさい！」

沈黙が続いたのはほんの数秒だったが、ジョナサンはとっさに考えを巡らせていた――自分とジュリエットはまちがっていたのだろうか、侵入者がここで殺人を犯し、また戻ってきたのだろうか。しかしそのあと階上《うえ》から返事が来た。「ウェスリーです、ご主人さま。早くいらして、ご覧になってください！」

「ウェスリー？」全員で階段に向かっているとき、ウェントワース大佐がつぶやいた。

「うちの従僕です」ナイトリーが答えた。「まじめな若者です。理由もなく声をあげたりしません」

ジョナサンは女性たちがついてきているかどうか確かめようと、ちらりと背後を振り返った。ナイトリー夫人には、ここは彼女の屋敷だから、疑問の余地なく調べる権利があるが、ティルニー嬢は誰かに止められたのだろうか？　誰も止めていなかった。ブランドン大佐が、一行の最後尾に、のろのろとついてきているのは奇妙に感じられた。まるでこの先に何があるのか見たくないかのように。

あるいは、すでに知っているのか？

三階に着くと、蠟燭の灯りが、廊下で震えているウェスリー青年を照らしていた。階段のすぐ脇の、少し開いたままのドアを指差して、ウェスリーは言った。

「ウィッカムさまが、お使いになられていた部屋です。ここはそのままにしてありました──その、チャーチルさまがご覧になりたいかもしれないので。ですが、若いメイドがうっかり開けてしまいまして、するとこんなふうに」

ナイトリー氏は大きくドアを開き、蠟燭を高く掲げた。すると散らかった室内が見えた。床には衣服が投げだされ、あらゆる平面に書類が散乱していた。

「何か失くなったのか、失くなっていないのか、知りようもないな」ナイトリー氏が言った。「しかし、もし何か持ち去られたのなら、それはチャーチル氏の捜査にきわめて関係の深いものなのだろう」

ジョナサンとジュリエットの眼が合った。どちらも同じ悔しさを浮かべている。殺人の動機はずっとこのドアの内側にあったのかもしれない──そして、誰かがふたりを出し抜いたのだ。

10

ジョナサン・ダーシーはウィッカムの部屋のなかをよく見ようと、廊下に集まる人々をかき分けて入り口に近づこうとした。歩きだしてから、捜査員という肩書は完全に自称であり、ジュリエット・ティルニー以外、誰も知らないことを思いだした。しかし、彼を止めようとする人も、不審な眼で見る人もいなかった。おそらく皆それぞれ自分の反応に忙しく、ジョナサンのことなど気にならなかったのだろう。

　ウィッカムが割り当てられた部屋は、招待客の部屋の豪華さには遠く及ばなかった。実際、そこは通常、訪問客の使用人のために用意された多数の部屋の一室だった。ドンウェルアビーの使用人の部屋はほかの屋敷よりも設備が整っていたが、それでも質素だった。奥行は長いが、幅は非常に狭く、天井は急傾斜しており、置かれているのは狭い寝台と、容量はあるが使い古された衣装箪笥《いしょうだんす》だけだった。ひとつしかない小さな窓は屋敷の裏側に――ジョナサンの推測が正しければ、厩舎に――面していた。小さな洗面台は、たいていの使用人が欲しがりそうな設備である。

（ジョナサンは同じ階級の人々とよりも、使用人と話すことのほうが多かった。彼らと会話をしないという発想がなかったのである。両親の度重なる説得により、自分と同じ身分の人がいないときにしか会話しないことになったが、いまでも興味深いことを学ぶ機会が多い。ジョナサンの意見では、使用人たちは暮らしぶりの実情の数々を清々《すがすが》しく率直に語ってくれるのだ。）

　この部屋が使用人部屋として優れた例であることは重要ではなかった。少なくとも、ジョージ・ウィッカムにとっては重要ではなかっただろう。それがわかる程度には、ジョナサンは叔父のことを知っていた。叔父はここにいて、屈辱を味わったはずだ。憤慨すらしただろう。ほかの男性よりも劣っているとほんのわずかに示唆されるだけで――その人の地位や振る舞いや努力に関係なく――叔父はいつも激怒した。そんなとき、叔母のリディアは夫の機嫌を取ろうと軽口を叩いていたが、そもそも叔父の不機嫌さは、誰かが自分より立派な馬車――ドアに紋章が描かれたもの――に乗っていたというような、ごくありふれた出来事が引き金になるのだった。

〝命取りとなった最後の対決で、叔父さんはまったく無実ではなかったのかもしれない〟ジョナサンは気づいた。〝叔父さんのほうからけしかけた、卑劣な出来事があったのかもしれない〟

たしかに、ウィッカム氏が真夜中すぎに展示室にいた理由については、誰も何も語っていなかった。

その疑問に対する答が、ほかの多くの疑問に対する答になるのかもしれない……

＊

ジュリエットはジョナサン・ダーシーが大胆にも部屋の奥にはいったのを見て、うらやましく思った。若い男性なら自然とみなされる大胆さも、若い女性では突飛と思われる。彼女は時間をかけてじりじりとまえに進むしかなかった。そうしながら、注意深く耳を澄ませて、一語一句聞き洩らすまいとした。

「荒らされているな」ナイトリー氏が言った。「なんてことだ、見てくれ。引き出しが全部空《から》になって床に落ちている」

「何も壊されていません」若いほうのダーシー氏が言った。「これは怒りにまかせてなされたことではありません。明確な意図を持ってなされたことです」

ナイトリー氏はショックを受けたというより、怒っているようだった。「強盗だな、まちがいない。そうなると、われわれは使用人を疑わなければならないですね。私としては、彼らを疑いたくはないんだが。とはいえ、あなた方は、あのような人物から盗む理由がありませんから」

ドアまであと少しのところまで来ていたジュリエットは、もはや黙ってはいられなかった。「もしかしたら、私腹を肥やすために盗んだわけではないのかもしれません」彼女は言った。「ひょっとしたら、ウィッカム氏殺害の目的を隠すつもりだったのかもしれません」

その発言はナイトリー氏を驚かせたが——ようやくジュリエットにも、衣装箪笥の横で青ざめ、緊張しているナイトリー氏の姿が見えた——ほかの人々は、ほとんど反応を示さなかった。その結論を導きだしたのは、ジュリエットだけではなく、彼女はただそれを口に出したにすぎなかったのだろう。

「それはわからない」ナイトリー氏がやっと口を開いた。「過度に大胆な結論に飛びつくのは、差し控えたい」

すると年長のダーシー氏が、思いがけず力強い口調で言った。「では、この部屋を捜索してみましょう。きわめて明らかなものが何か紛失しているかもしれないし——逆に、あるはずのないものがあるかもしれない。どんな情報でも、チャーチル氏の審議にさらなる洞察を与えてくれるでしょう」

「フランク・チャーチルに洞察を与えられるようなものが存在するとすればだが」ナイトリー氏は小声でボソッとつぶやいたので、ジュリエットの耳にしか届かなかった。そのあと、ナイトリー氏は大きな声で言った。「ああ、見てみましょう」

ダーシー氏とその息子、ナイトリー氏の三人は、即座に室内の捜索を開始した。ジュリエットはほんの一瞬遅れて加わった。彼女は、父親のダーシー氏がウィッカムの書類をくまなく調べるあいまに、非常に当てつけがましく、ちらちらと自分を見ていることに気づいていた。まちがいなく、これは若い娘には不適切な作業だ。とはいえ、このような状況に適用される礼儀作法のルールはない。

衣装簞笥は開けられ、なかのものはすべて床に放りだされていた。しかしその中身は、掃除用の布として再利用された古いリネンや、未使用のお仕着せが数着、レースの切れ端や数インチの金の組み紐など裁縫の余りものなどだった。ウィッカム氏の私物は何ひとつないが、それもうなずける。「ウィッカム氏はドンウェルアビーに泊まるとは思っていなかったんですね」ジュリエットはつぶやいた。「だから、馬に乗って持ち運べるような荷物しか持っていなかった」

「当然だ」年長のダーシー氏が答えた。その口調から察するに、彼はそんなことも気づかないのは愚かだとジュリエットに決めつけられたと感じたようだった。つまり、彼はジュリエットのいわんとすることをわかっていなかった。

ダーシー氏の冷淡な態度を考えると、また口を開くのはものすごく勇気がいったが、ジュリエットは続けた。「つまり、この強盗は殺人と関係があるにちがいないということではないでしょうか？」

ナイトリー氏がジュリエットを遮った。「そうかもしれないが。いまのところ、これが実際に強盗なのかどうかもわかっていない」

ジョナサン・ダーシーが、叔父のものだった旅行鞄を手に取った。散乱しているのは、明らかにそこに保管されていたらしい書類だった。ジュリエットは数枚のリストに、ウィッカム氏が貸していたと思われる金額――もはや彼には回収できない借金――が記載されているのを見た。もしウィッカム氏殺害の動機が金銭だったなら、そうしたリストは持ち去られたり破棄されたりするのではないだろうか？

部屋の入り口にいる人々がそわそわしはじめていた。どうやらもうここにはいたくなくて、立ち去るきっかけを与える合図を待っているようだった。入り口の真ん前に立つブランドン大佐は、まるでディオゲネス（古代ギリシアの哲学者）のように蠟燭を持ち、重々しい表情を浮かべていた。

ナイトリーは年長のダーシー氏と一緒になって書類を調べ、選り分けるうちに、無意識にジュリエットを押しのけた。ジュリエットはこの捜索に加わることで礼儀作法を破ったことは自覚していたが、自分の行動が無駄に終わることのほうが嫌だった。彼女は寝台を調べはじめた。掛け布《カヴァー》はまだきれいに敷かれたままだった。ウィッカム氏はあの最後の夜、寝台にはいることはなかったということだ。この捜索は懸命にというより、ほかにすることがなくてしたことだったので、指先が寝台のフレームとマットレスのあいだに小さな何かを見つけたとき、ジュリエットは驚いた。

「これは何でしょうか？」それを手に取ったとき、ジュリエットの眼は大きく見開かれた。「指輪？」

即座にナイトリーとダーシーが彼女のそばに来た。ナイトリーは、ジュリエットの手から慎重に指輪を取った。それは小さくて優美な、明らかに女性用の指輪だった。滑らかな金色の細いリングで、中央に控えめな紫水晶《アメジスト》がついていた。

〝ナイトリー夫人やダーシー夫人の指輪ではないわね〟ジュリエットは気づいた。〝富豪の夫人が持つにしては質素な装飾品だもの――ただし、たとえば娘時代のもので、感傷的な価値がある場合は別だけれど〟

「これはウィッカム氏のものではないな」ナイトリーが言った。「彼がご婦人方のどなたかから奪ったものですか？」

誰も答えなかった。

「貸付金の担保じゃないでしょうか、多くの債務者の誰かからの」年長のダーシー氏が投げかけた。

ナイトリー夫人がまえに進み出た。室内の女性をジュリエットだけにしないようにしたのかもしれない。夫人の注意は、しかしながら、書類の一枚に逸らされた。「これは――ねえ、あなた、これはあなたの筆跡ではなくて？」

ナイトリー夫人はウィッカムの書類から一枚の紙を手に取り、ナイトリー氏に見せるために差しだした。ジュリエットは近くに坐っていたので、最上段の大きな文字のひとつを読むことができた――保証人。

「たしかにそのとおりだ」ナイトリー氏は明らかに力を込めて、ぐっと胸を張った。「まちがいなく、みなさんには知る資格があります。ウィッカムの投資計画で脅かされていたのは、私の弟だけではありません。ジョンに頼まれて、私は……私は彼の債務の保証人を引き受ける書類に署名したのです。ウィッカムはまだ私に保証人としての義務を果たさせようとはしていなかったが、彼がここに来たのはまさしくそのためだったにちがいありません」

しばらく沈黙が流れた。口に出されないことばがあたりに充満した。ジュリエットはジョナサン・ダーシーをちらりと見た。彼も自分と同じことを考えているにちがいない。ナイトリー氏がウィッカム氏に危害を加える動機は、ジュリエットとジョナサンが考えていたよりもずっと強かったのだ。

しかしながら、目下のところ、この部屋でもっとも殺意をみなぎらせているのはナイトリー夫人のようで、夫を睨みつけていた。

年長のダーシー氏は、機転を利かせたのか、それともナイトリー氏の命を守りたかったのか、こう切りだした。「この部屋にあるものよりも、ないもののほうが多くを語りそうです。すべてこのままにして、ドアを閉めて施錠してはどうでしょう。明日の朝、チャーチル氏と巡査に調べてもらいましょう」

今夜はもう捜索はなし。ジュリエットは落胆を否定できなかった。

＊

〝みんな互いの寝間着姿を見慣れつつある〟ジョナサンは思った。幼い頃に服を着たがらなかったとき、母親は、もし肉親以外の人たちに正装していない姿を見られたら、上流社会そのものが崩壊してしまうと言っていた。母親がまちがっていたのか、それとも、いまさにその崩壊が進行しているのか。ジョナサンには、どちらも同じようにもっともらしく思えた。

「あれは強盗だったはずです」中途半端な服装の人々が階段を降りて、それぞれの寝室に向かっているとき、ウェントワース大佐が主張した。「ナイトリー氏がどうお考えだろうと——おことばを返すようで申し訳ありませんが、ナイトリー夫人」

ナイトリー夫人はかろうじて、平静を保ちつづけていた。「当家の使用人は誠実です」彼女のことばはそっけなかった。「それにわたしたちは誰ひとり、人から——ましてやジョージ・ウィッカムから——盗む必要なんてありませんわ」

「ウィッカム氏はほとんど荷物を持ち込んでいませんでしたし」ジョナサンは指摘する必要があると感じて言った。「盗むものは何もなかったでしょう、記録以外は。その記録は盗まれていませんし——」

「われわれの知るかぎりではそうです」ウェントワース大佐の声には鋼《はがね》のような非情さが宿っていた。命令を出せば即座に従われることに慣れている男の声だった。ウェントワース夫人がちらりと夫を見あげたが、あたりは暗く、ジョナサンは夫人の表情を読み取ることはできなかった。「だが、彼は自分の持ち物のいくつかは価値があると信じていたようです。そうでなければ、なぜ指輪を隠したんです？」

これはすぐれた指摘だった。ジョナサンは自分自身でその点に気づければよかったのにと思った。ジュリエット・ティルニーに眼をやると、彼女も同じ悔しさを感じ、同じ関心を向けているとわかった。

〝ウェントワースの結論はまちがっている、それはたしかだ〟ジョナサンは思った。〝これは強盗ではない。ただし、あの指輪には不可解な点があって、それはまだ解明していない。

それにウェントワース大佐の主張はしつこすぎる。どうしてそんなに自分の主張をぼくたちに信じ込ませたいのだろう？〟

＊

殺人事件のあった夜以降、当然のことながら、ドンウェルアビーでは睡眠不足が蔓延していた。慣れない寝台で眠るだけで、まどろみを奪われる人もいる。この数日のはるかに厄介な一連の出来事は、全員に不眠症を引き起こすに充分すぎるほどだった。

一行のなかでもっとも狼狽していたのは誰なのか、それは誰にも言えなかった。（いや、ひとりは言えるはずだが、まだ言っていなかった。）しかし、最初に〝復讐の女神たち〟（ギリシア神話の三姉妹。頭髪が蛇になっている）と直面するのがナイトリー氏なのは、ほぼまちがいない。具体的には、ひとりの〝復讐の女神〟と。

結婚前には何度も――結婚後も何度か――エマの夫は、彼女に腹を立てていた。怒っているときでさえ礼儀正しかったが、エマはいつもそれを耐えがたく感じたものだった。というのもたいていの場合、彼の怒りはしごく正当なものだったからだ。一方、結婚生活には軋轢《あつれき》が避けられないものなのに、ナイトリーがそんなふうにエマを本気で怒らせたことは一度もなかった。それは夫がずっと年上で経験豊富であること、そして自分のお節介な性格のせいだろうとエマは思っていた。

しかしながらエマはいま、自分の持ちうる怒りを一滴残らず蓄えてきたのではないかと感じていた――すべてをまさにこの瞬間のために。

「あなた、ジョンの負債の保証人になると署名したんですの？」エマはナイトリーのあとから寝室にはいり、ドアを閉めたとたん詰め寄った。彼は退くことは許されなかった。「わたしに一度も相談することなく？」

「ほかにどうすればよかったというんだ、エマ？」彼の口ぶりは、まちがっているのはエマのほうだといわんばかりで、彼女の怒りに油を注いだ。ほんの数秒前には、これ以上の怒りを感じることなどありえないと考えていたというのに。「ジョンとイザベラを路頭に迷わせておけとでも？」

「ジョンとイザベラにはハートフィールドがありますわ！　あの木立のすぐ向こうに！　路頭に迷う恐れなんてなかったんですのよ！」

ナイトリーはエマの指摘を認めなかった。「ジョンたちの評判は危機にさらされていたし――いまもさらされている。一家の立派な社会的地位も懸かっている。ジョンの弁護士としての地位も懸かっている」

「それで、代わりに、わたしたちの社会的地位を賭けたんですの？」エマは詰め寄った。「そんなことをすべきではなかったと、あなたは知っていたはずですわ。もし自分の判断に自信があれば、そのときにわたしに話していたでしょう。でも、あなたはそうはしなかった。隠し立てなんて、あなたにはふさわしくありませんもの――少なくとも、わたしはそう信じていましたわ」

エマはそのことばを口にしなければよかったと思いそうになった。というのも初めて、夫の顔に恥辱の表情が浮かぶのを見たからだ。彼女の妻としての心は、その痛みをまるで自分のことのように感じた。ナイトリーがなぜ懸命にジョンとイザベラを助けようとしたのか、自分は理解していないのか？　もし夫がエマに相談していたら、最終的には、できることはすべてやらなければならないと同意していたのではないのか？　しかし、夫はエマに相談しなかった。エマの心はナイトリーのものだが、頭はいまも彼女自身のものだった。

「あなたはお節介を焼いたり、縁結びをしたりするわたしを叱ります」彼女は言った。「ほかの方のしあわせをもてあそんではならないと言って。でもあなたは、わたしたちのしあわせをもてあそんだのですわ――ウィッカム氏が死ななければ、おそらくわたしたちを破滅させていた方法で」

そう言うと、エマは寝台にはいり、ほとんど頭の上まで上掛けを引っ張りあげると、遠くの壁を見つめた。長い沈黙のあと、ナイトリーも寝台にはいった。夫が蠟燭を吹き消し、ふたりが再び暗闇に包まれたとき、エマの眼は涙でにじんでいた。

＊

「ジョナサンは、この一連の出来事に強い関心を抱いているようだ」ダーシーは、妻と一緒に寝室に戻ると言った。妻の持つ蠟燭の揺らめく光では、彼女の表情はよく見えなかった。「あの子は関心を抱くと、それ以外、何も眼にはいらなくなるきらいがある」

エリザベスは少しだけダーシーに顔を向けた。妻の眉は、警戒が必要だとダーシーが学んでいた形で弧を描いている。「ジョナサンは病的とは言えないわ。あの子はやさしい男性に成長したもの。やさしさをどう表現していいのかわからないこともあるというだけよ」

ダーシーはうなずき、それを認めた。実際には、息子はやさしすぎるほどで――ある意味、純真で、年齢のわりにうぶだった――いずれは用心深さを身につけなければ、騙されかねない。おそらくウィッカムの死に興味を持つことで、ジョナサンは世間の暗い真実をさらに学ぶだろう。息子の振る舞いが適切であるかぎり、反対するのは賢明ではなさそうだとダーシーは思った。

ちなみに、ジュリエット・ティルニーにはジョナサンのような口実はなかったが、さすがのダーシーも、若い人は大目に見ようと思ったのかもしれない。なにしろ彼女の両親はこんな特殊な状況下での振る舞いを娘に教える必要があるとは考えもしなかっただろうから。この一連の出来事は、平均的な十七歳の娘よりもはるかに毅然とした人々でさえ動揺させかねない大事件だった。

エリザベスが単刀直入に尋ねた。「あなた、ジョージアナには手紙を書いたの？　ウィッカムの死を知らせるために？」

書いていなかった。ダーシーには、直接ジョージアナに伝えたほうがいいように思えたからだ。妹の反応を見ながら穏やかに伝えられるだけでなく、妹がこそこそ嗅ぎまわる夫に手紙を発見される危険を防ぐこともできる。妹が若い頃の判断の過ちをドーチェスター伯爵に明かす必要を感じてこなかったのなら、自分がいまそれを明かしたくはなかった。

ウィッカムの死。そのことばが、エリザベスの傍《かたわ》らに身を横たえるとき、ダーシーの脳裏に戻ってきた。妻の背中はダーシーに向けられている。この八カ月間、あまりにも多くの夜にそうであったように。最近、そろそろもっと自分のそばで眠るよう妻を説得しようと考えはじめていた。ふたりが若く、夫婦愛の初々しい喜びに浸っていた頃、ダーシーの肩に頭を預けて眠っていた姿をいとおしく思いだしてもいた。しかし今夜は、そんなやさしい思い出にさえ集中できなかった。

またしても、ジョージ・ウィッカムはダーシーの思考を侵食していた。

〝ぼくたちは子どもの時分に一緒に遊んでいた〟ダーシーはかつてエリザベスにそう話したことがある。そのことばは、大きくて複雑なものを入れるには小さく簡素な箱であり、子ども時代全体を収めるには不充分な容れ物だった。ダーシーの父親はこの上なく善良で賢明な親だったが、広大な領地を管理しており、遊びや愉しみに興じる傾向はなかった。ダーシーの母親はペムバリーの屋敷のなかを、夫の高貴な佇《たたず》まいと理想的な対比をなす、穏やかで温かみのある雰囲気に保っていた。しかし、つねに体調がすぐれなかった。つまり、幼いフィッツウィリアムには、屋敷内をさまよい歩いて、問題を起こす時間がたっぷりあったということだ。

ジョージ・ウィッカムは問題を起こすのが実に得意だった！　ダーシーは真っ昼間に養魚池までこっそり行って、うれしくて笑ったことを思いだした。ウィッカムも笑っていた。しかし、ダーシーのしあわせは陽射しの暖かさと冒険心から湧き出たものだったが、ウィッカムのしあわせは、もっぱらふたりの父親たちやダーシーの家庭教師よりも、自分のほうが頭が切れると思えるかどうかにかかっていた。

あるいは、ダーシーはそう記憶にとどめていた。それは公平ではなかったかもしれない。他人を欺くことに喜びを見いだすのは、おとなになったウィッカムの性格の重要な一面だったが、子どもとしては――少なくとも、ふたりの友情のほんの一部がほんものであった可能性はないのだろうか？

ウィッカムを友人として思い浮かべることを――ウィッカムが、両親やジョージアナと同じくらい大切な存在だった頃を思いだすことを――ダーシーが自分に許したのは、久しぶりの、いやほぼ初めてのことだった。

階下で発見された死体のことを、自分の敵としてではなく、子ども時代を共有した幼い少年として考えたのは初めてのことだった。

ダーシーは寝返りを打ち、固く眼を閉じると、歓迎したくない悲しみと罪悪感を意志の力で押し戻した。

そのため、エリザベスが肩越しに寄越した、穏やかな希望をたたえた眼差しを見ることはなかったし、彼女の瞳からその希望が消えるところを目撃することもなかった。

＊

アンもフレデリック・ウェントワースも、寝台に戻ろうとすらしていなかった。

「あの夜、あなたはこの部屋を出ていった」ウェントワースがまた行ったり来たりしながら言った。「何も見なかったと言うんだね？」

「何も」アンは繰り返した。そう答えたのは初めてではない。


彼の黒い眼は激しく——怒りさえ込めて——アンの眼に焼きついた。彼の眼に宿るそんな激しさは、ふたりが再会するまえ、あの最初の婚約を解消した冬にアパークロスで見て以来、一度も見たことがなかった。

「もし何か見たのなら、どんなものでも、たとえあなたがそれをなんなのか理解していなくても、すべからく教えてくれ」

すべからく。ふだんは度が過ぎるほど穏やかなアンの心が、怒りに近い火花を散らした。延々と歩きつづけている彼を、足を出してつまずかせてやろうかと半ば本気で思った。

それから、そんなことを思った自分自身に驚いた。フレデリックはいまこそ、アンのやさしさを必要としているのではないのか？

アンは夫が疑問を抱いたこと——あるいは、彼女が嘘をついたと思ったこと——で、彼を責める気にはなれなかった。同時に、あの夜の行動の真実を打ち明けることもできなかった。その無作法さはアン自身にも深いショックを与えていたし、夫の現在の心境を考えれば、彼にはとても耐えられないかもしれなかった。

「何も」アンはまた言った。

フレデリックはようやく満足したのか、それとも彼の心がたんに別の怒りの種に飛びついただけなのか。

「この知らせはイングランドの半分に広がるだろう」彼は言った。「じきにサマセットシャーにも届くはずだ。まだ届いていなくても、まちがいなく。ケリンチ邸の人々は、ぼくたちの不運をどれほど大喜びすることか！」

「そんなことないわ」アンは答えた。「わたしの家族は、わたしたちの身近で殺人が起こったせいで、自分たちの印象が悪くなるのではないかと心配するのに忙しいでしょうから」

彼女のことばの信憑性は否定できないが、フレデリックの怒りを鎮めることはほとんどできなかった。

「あの人たちの忌々しいプライドが、いまでもぼくたちを悩ませている」

〝あなたを悩ませているのよ〟アンは思った。〝でもそれは、わたしたちとはほとんど関係がないの。どうしてあなたにはそれがわからないの？〟

とはいえ、アンにはその理由がわかっていた。戦争中に夫の財産は増大し、そのおかげで求婚者としてかなり許容されるようになったとはいえ、ウォルター・エリオット准男爵とアン以外のふたりの娘たちは、ウェントワースを完全に同等とみなしたことはなく、運命がウェントワースにどういうわけか爵位を与えでもしないかぎり、今後も見なすことはないだろう。エリオット家による冷たいあしらいは、わずかとはいえ長年続けられていた。アンは、そもそも一度も家族から正当に評価されたことがなく、もう長いこと家族の侮辱に感覚が麻痺していた。

フレデリックは麻痺してはいなかった。アンはそのことで夫を責めたことは一度もなかった。実のところ、夫が彼自身のため、そしてアンのために立ち向かってくれることは彼女の心を温めてくれた。彼は昔からアンよりも勇気があった。

アンが以前は見抜けていなかったのは、フレデリック・ウェントワースの勇気がどれほど彼の財産に支えられているかということだった。それがなくなると、昔の自信のなさが戻ってきた。しかも悪化した形で。自己不信がフレデリックを悩ませ、気性を荒らし、怒りに火をつけていた。

〝もはやフレデリックは自分らしく振る舞えていないわ〟アンは思った。〝ちっとも。でも、それはわたしも同じ〟

＊

マリアン・ブランドンは寝台に横たわり、激しく泣きじゃくっていた。ウィッカムの死以来、毎晩泣き疲れてようやく寝入っていた。そんな妻を見て、ブランドン大佐はマリアンがウィロビー氏に冷酷に捨てられた直後の日々を思いだしていた。いまの彼女の苦悩の深さは、当時と酷似している。しかも当時の悲痛は、彼女の健康を損なわせ、あやうく殺しかけたのだ。

〝あれを再現させるわけにはいかない〟ブランドンは思った。〝それだけはだめだ〟

「マリアン」彼はつぶやいた。「あなたは立ち直らなければならない」

聞こえてきた音は、笑いでもすすり泣きでもなかった。「立ち直る。これから？　できないわ。できないとわかっているでしょう」

彼女のように多感な人には手に負えないことなのだ。妻を慰めることができればどんなにいいか！　だが、ブランドンはその分野におけるみずからの限界を百も承知していた。彼の物静かな気性は、より激しい気性に対処する方法を授けてはくれなかった。

むろん、ウィロビーならばこの分野により適した素質を持ち合わせていただろう。無責任で利己的な男ではあったが、マリアンへの愛はほんものだった。ふたりの精神はよりよく調和していた。ブランドンは、マリアンにとっておのれが熱望の対象ではなく、慰め種《ぐさ》であることを知っていた。彼女にとって、それで充分なのか？

自分にとってはそれで充分なのだと、ブランドンはおのれを納得させてきた。むろん、彼はまちがっていた。

＊

この人は知っている——彼女は彼が知っているとわかっていた。エドマンドはきっと話しはじめるはずだ。しかし、何も言わなかった。先ほどファニーとエドマンドを叩き起こした異常事態について、ひと言も交わすことなく、ふたりは寝台に戻った。ドンウェルに滞在してから毎晩のように、エドマンドは不適切な知り合いの危険性について長々と述べ、ウィッカムに陥られた者たちにも責任の一端があるはずだと仄めかしていた。最初の晩、ファニーはそんなふうに考えるのは不公平だと抗議した——ウィッカムにウィリアムの手紙を発見されるまえには。それ以降は、口を閉ざした。エドマンドはたいてい沈黙を答として受け入れ、彼女に意見を言わせることはなかった。以前、彼女はそれを思いやりだと考えていた。いまは拷問のように感じている。
二回前のファニーの誕生日に贈ったアメジストの指輪に、エドマンドが気づかないはずはなかった。それはファニーにとってとても貴重なもので、贈られてからというもの毎日手元に置き、ふたりの愛のもっとも大切な象徴であるその指輪を、しばしば身につけていた。

もしエドマンドが、ウィッカムがあの指輪を盗んだと信じていれば、即座にそう言っただろう。もしかしたら、ファニーがそう言うのを待っていたのかもしれない。しかし、彼女は何も言わなかった。つまり、エドマンドはいまでは真実に気づいているにちがいない――ファニーがあの指輪をウィッカムに渡したということに。

エドマンドは彼女に理由を問おうとしなかった。

〝わたしのことをどう思っているのかしら？〟ファニーは枕に顔をうずめた。ぐしょ濡れの襟に触れて冷たく湿った枕の一部を、熱い涙がさらに濡らした。〝それでも、そのまま思わせておくしかないんだわ、さもないと――〟

さもないと、ファニーはすべての真実を明かさなければならなくなるだろう。恐ろしすぎて想像すらできないような事態になるのだ。

＊

ジュリエット・ティルニーは、ドンウェル滞在者のなかでただひとり、やる気に満ちていた。

〝もしウィッカムの部屋に、何かしら発見すべきものがなかったら〟彼女は自分の寝台の掛け布の上に腰をおろして考えた。〝それなら、犯人はわざわざ部屋を捜索して、誰かに見つかる危険は冒さなかったはずよ〟ただし、その重要な何かがどんなものかはわからないし、部屋を荒らした人物がそれを見つけたのかどうかもわからなかった。

ジュリエットは、あの指輪を手に取ったときのことを思いだし、心の底から満足を覚えた。あれにはどんな意味があったのか？　洗練された指輪だったが、値段がつかないほど貴重というわけでもなかった。かといって、ウィッカムが純粋に感傷的な理由で持ち歩くには高価すぎた。彼が情のために利益を犠牲にするような人だとは、ジュリエットには思えなかった。

彼女は捜索するところを全員に見られていた。なかには好ましく思わなかった人もいたにちがいないが、今後、似たような活動に加わっても、それほど驚かれずにすむだろう。それは彼女の捜査をやりやすくするはずだ……。

そう考えているうちに、ジュリエットはお腹の奥がずしりと重くなるのを感じた――〝犯人はわたしが捜査していることをすでに知っているのかしら?〟。

ウィッカム氏の殺人が、純粋な殺人マニアの仕業だとは思わなかった。彼は、ある目的のために殺されたのであり、その目的がさらなる死――ジュリエット自身の死も含め――によって助長されるとは考えにくい。それでも、彼女は寝室のドアを施錠した。念のために。

11

ジョナサンは原則として、屋外よりも屋内にいるほうを好んだ。屋内でなら、どんなことが起こるのか、安心できる程度まで予測できる。自然はもっと気まぐれだ。

だから彼は、天気が回復して気分が高揚したことに自分でも驚いた。またエボニーの様子を見にいこうと、朝食前に外に出た。太陽がドンウェルの美しく整備された敷地を照らし、そして遠くのほうでは、まだ緑の大麦が生い茂るなだらかな畑を照らしていた。日中は暖かくなりそうだったが、不快なほど暑くはならないだろう。ダーシー一家がサリーに到着して初めて、夏がその存在を知らしめていた。

〝道はほぼ通れそうだ〟ジョナサンは、歩いている小径の状態から推測してそう思った。この晴天の日曜日、ぬかるみのせいでドンウェルに滞在中の人々はまだ教会にも行けなかったが、強制的な監禁状態もこれで終わりになりそうだ。〝つまり、人々がまもなく近くの村に出かけはじめるということだ〟それは厄介な見通しだった。一般的な（そして、ジョナサンにとっては不可解な）変化への渇望は、比較的すぐに皆を大邸宅から追いだすだろう。〝皆〟のなかには犯人も含まれる。もしその犯人が、なんであれウィッカムの部屋から盗まれたかもしれないものを持って出かけたら、詮索好きな眼から逃れて、その品を安全に捨てることができる。一対《いっつい》の詮索好きな眼の持ち主として、ジョナサンはそれを防ぐ手立てがあればいいのにと思ったが、何も思いつかなかった。

朝食のときに機会があれば、ジュリエット・ティルニーに尋ねてみようと彼は思った。彼女は進取の気性に富んだ人だ。

厩舎に通じる建物の角を曲がったとき、ジョナサンは朝の散歩をしたい気分なのが自分だけではなかったと知った。ブランドン大佐が一本の小径をゆっくり歩いていた。日除けに適したつばの広い、くたびれた時代遅れの帽子をかぶっていたが、それ以外はきちんとした装いだった。ジョナサンも自宅には似たような帽子があるが、両親はいつも、たとえ他人が見ていないときでも、それをかぶるのをやめさせようとしていた。そんなわけで、彼はいっとき大佐とのつながりを感じるとともに、大佐の実用的な態度に感嘆した。

「おはようございます、大佐」ジョナサンは呼びかけた。

ブランドン大佐はジョナサンのいるほうを向いていたのだが、驚いた。どうやら考えに耽《ふけ》っていて、二十五フィート（約七・六メートル）と離れていないジョナサンに気づいていなかったようだ。それでも大佐は礼儀正しく答えた。「おはようございます、ダーシー君。いい朝ですね」

「はい、とても」ジョナサンは大佐の帽子を褒めるのは適切だろうかと考えた。たぶんそうではないだろう。

「道を確認していたのでしょう？」ブランドン大佐はかすかな笑みを浮かべた。「若者はたいてい行き来をしたくて気を揉むものですからね」

これはジョナサンの性格をきわめて正確に表しているわけではないが、そう反駁《はんばく》することは失礼にあたるだろう。〝迷ったときは〟――と母親はいつも言っていた――〝手短に礼儀正しくしなさい。必ずしも最善の対応にはならないかもしれないけれど、けっして最悪の対応にはならないものよ〟だから彼は言った。

「これから厩舎に行くところなんです、その、ぼくたちの馬の様子を見るために。よろしければぜひご一緒しませんか？」

大佐がジョナサンを見た。そのときジョナサンは、厩舎――土まみれで臭くて、自然の粗野を思い起こさせる場所――は、一般的に礼儀正しい集まりの場とは考えられていないことに思い至った。しかし、ブランドン大佐は笑みを浮かべた。「ぜひご一緒しましょう。われわれの馬も世話が必要ですから」

もちろん、ドンウェルアビーの厩番の少年たちは、すべての馬に申し分のない世話をしていた。厩舎は清潔で風通しがよく、宿泊客たちは朝の飼料をせわしなくムシャムシャと食べていた。ナイトリー氏の白黒の小型犬が小さな干し草の山の上に坐って、そんな馬たちを実に興味深そうに見つめていた。ジョナサンはすぐにエボニーのところに行った。牝馬は彼を歓迎して静かにいなないた。（父親はそんな考えを否定したが、ジョナサンはエボニーがときどき自分に挨拶するのをたしかに感じていた。）

ブランドン大佐はエボニーを顎で指し示した。「なるほど、その牝馬は贔屓《ひいき》の馬なのですね」

ジョナサンはうなずいた。「両親からは、馬をペットのように考えすぎていると言われます」踏み込んで話しすぎただろうか？

ブランドンにとっては、そうではなかったようだ。「ほかの生き物を思いやることは、恥じることではありませんよ。この世にそういう感情が、少しではなく、もっと多くあふれていればいいのにと思います」

そのことばに、ジョナサンは勇気づけられた。「大佐も、馬のなかでお気に入りはいますか？」

「います。ただその牡馬は蹄《ひづめ》が傷ついていて、家で休ませています。馬丁《ばてい》はちゃんと治ると言っていますが」ブランドンはぼんやりと栗毛の牡馬の鼻づらを撫でた。「それでも心配です。気にかけているものを後に残していくのは、どんなときでもつらいものです」

＊

エマ・ナイトリーは夫の書斎の窓辺に立ち、表面上は、フランク・チャーチルを待っているふりをしていた。馬に乗って近づいてくる人を見つけるのに、ここは屋敷のなかでとりわけ有利な場所というわけではない。しかしながら、ナイトリーを待ち伏せするには最善の場所だった。

今朝、夫は夜明けまえに起きだしていた。おそらく小作人たちと会うためだろう。ここ数日、天候のせいで打ち合わせができなかったこともあり、さまざまな畑や穀物がどうなったのか、多くの報告があることはまちがいない。とはいえエマは、ナイトリーが昨夜の気まずい会話を蒸し返さずにすむように、今朝はとりわけ彼女を起こさないように気を配ったのではないかと疑っていた。

エマも、あの会話を蒸し返したくはなかった。しかし、忘れてしまいたいわけでもない。ひとつだけ、いますぐ彼に言っておかなければならないことがあった。

もしナイトリーがエマの忠告を聞き入れれば――たった一度だけでも――最悪の事態は避けられるかもしれない。

ナイトリーの足音が書斎のドアに近づいた。エマは振り返り、夫がはいってくるのを見た。予想どおり、彼は農場にいたようで、ブーツは紳士にあるまじきほど泥だらけだった。いろんなことがあったにもかかわらず、ナイトリーはエマを見て笑みを浮かべた――長い結婚生活において、とりわけこのようなときには、それが幸いであることをエマは知っていた。しかしながら、彼女はしばしば笑顔を封印するつもりだった。

前置きなしに、彼女は尋ねた。「フランク・チャーチルに保証人のことを話すおつもりですの？　それとも、もうお話しになった？」

「まだなんだ」ナイトリーは言った。「隠すつもりはなかったが……つい、あれこれと理屈をつけて、いまは言うべきときではないと考えてしまって」

「今日、伝えるべきですわ」エマは主張した。「そうでないと、わたしたちが真実を隠していたせいで、有罪だと判断されてしまいます」

ナイトリーはあざ笑った。「フランク・チャーチルには、真実を隠すことで他人を叱る権利はない。よりによって、秘密の婚約をしたような――」

「もう十五年以上前のことですわ。それに、そんなことを言い訳にしても、誰も認めてくれません！」

「最愛のエマ、それを言い訳にするつもりはないよ」ナイトリーはそこでことばを切った。エマのまえで夫がそこまで弱さを見せたのは久しぶりのことだった。

「そのような隠し事は紳士のすることではない。チャーチルの推理を混乱させるような情報を知らせて、問題をさらに複雑にしたくないだけだ――そう自分に言い聞かせていた。そうではなく、望みどおりの行動を正当化することが、いかにたやすいことかを思いだすべきだった。チャーチルが今日到着したら、ぼくからすべての真実を話すよ」

　そうすることが正当かつ適正であるとエマにはわかっていた。書斎にいたのは、そう主張するためだった。とはいえ、その願いが聞き入れられたから、落胆せずにいられるというわけではない。「ほかにも……あなたが保証人になったという記録は残っているんですの？」

「そうだろうね。ウィッカムほどのごろつきは、そう簡単に相手を罠から逃《の》がしたりはしない。まあ、確証があるわけではないが」

　エマはため息をついた。「ゆうべの泥棒が、あの書類の写しを持っていかなかったのは残念ですわ」

「ぼくのつむじ曲がりの妻よ、ひと息で正義を訴えて、次の息で証拠の消滅を願うことなどできないよ」彼は言った。

「あら、できますわ。それがわが家を守るためなら」いっとき置いてから、エマはさらに気持ちを込めてつけ加えた。「それがあなたを守るためなら」

「からかっただけだよ」ナイトリーの笑みはやさしく、そして——エマにはわかったが——ほっとしていた。

「都合のいい方法で借金が消えることを望んだからといって、きみを責めることはできないし、きみに悪意はないこともわかっている」

　エマは夫を完全に許したわけではなかった。しかし、ドンウェルアビーを覆うもっと大きな危険のために、夫の愚かさは非常に複雑な謎の一部にすぎないとみなさざるを得なかった。ほかの人々も問題点と可能性を認識しているはずだ。「ほかにも、わたしと同じことを考えた方がいらっしゃるかもしれませんわ——それに、ここに滞在している方々のなかで、ウィッカム氏に負債があったのは、わたしたちだけではありません」

「たしかにそうだ」ナイトリーは同意した。「今日、フランクが巡査たちとウィッカムの所持品を調べれば、われわれの特別な真実がおのずと明らかにされるかもしれない。きみには驚かされるよ、エマ」

彼女は頬が熱く火照《ほて》るのを感じた。「それはわたしがとても計算高いということかしら？　そんなことを考えるなんて？」

ナイトリーは首を横に振った。「もちろん、ぼくはそう思うべきなんだろう。だが、そうは思わない。むしろ、きみはとても……進取の気性に富んでいると思う。ぼくたちがお互いに犯罪的な気質を見いだすことにならなければいいんだが」

エマはそれにどう返答すればいいのかわからなかったが、窓の向こうにちらりと見えた人影のおかげで答えずにすんだ。「あら、フランクが来たみたい。馬車に乗っていますわ、まあ――道の状態がずっと良くなったのね。よかった、もうすぐ村へ行けますわ！」

「巡査たちを馬車で連れてくるとは、あの男にしては思いやりがあるじゃないか」ナイトリーは訝しげに言った。フランク・チャーチルに対する彼の意見は、知り合ってからの年月で――わずかに――改善されたとはいえ、考慮や配慮という面では、まだほとんど評価していなかった。

「連れていらしたのは巡査たちではなくってよ」そう言って、エマは来客を迎えるために急いで出ていった。「ずっと素敵な方！」

＊

ドンウェルアビーに近づく馬車の音が聞こえたとき、早めに朝食をとろうという、ジュリエットの大きな期待はくじかれた。もちろん、これは捜査についてフランク・チャーチルと話をする機会が得られるということでもある。アメジストの指輪の発見者として、ジュリエットの好奇心が不審に思われることもない。しかし、先に珈琲を愉しむことができていたら、治安判事と話す機会はもっとすばらしいものになっていただろう。

　それでも、幸運は摑み取らなければならない。ジュリエットは急いで階下《した》に降り、ほどけた巻き毛を、うしろでまとめた束髪《そくはつ》（お団子へアのこと）にたくし込むと、玄関に向かってそぞろ歩き、たまたまチャーチル氏を見かけたようなふりをしようとした。

　ところが、実際に見かけたのは、ほぼ同い年くらいの女性だった。フランク・チャーチルに似た、透きとおるような顔色に金髪、鮮やかな緑の瞳をした若い女性で、ジュリエットはめずらしく自分の黒い巻き毛にがっかりさせられた。それに彼女のドレスときたら！　上質なモスリンと優美な組み紐の縁取りは、日常のドレスにはめったに使われず、むしろ（マリアン・ブランドンのような）新婚夫婦の嫁入り衣装や、（エリザベス・ダーシーのような）大富豪の衣装に見られるようなものだった。いっとき、ジュリエットは自分をみすぼらしく感じてしまいそうになった。

　その女性はジュリエットに気づくと、まるで古くからの友だちのようにパッと顔を輝かせた。「まあ、こんにちは」彼女は言った。「あなたがミス・ティルニーですね？　父からあなたにお会いするように言われたんですの――あなたはここにおひとりで、とても心細いにちがいないから、と」

　元気を取り戻して、ジュリエットは答えた。「ええ、そうです。あなたはきっと……ミス・チャーチルかしら？」

「グレース・チャーチルです」グレースは首を傾げてふんわりとうなずいた。「ご訪問中にあのような恐ろしいことが起こって、とてもお気の毒ですわ。ドンウェルアビーは、ふだんは最高にすばらしい場所ですの！　ナイトリー夫人はとても愉しい方ですし。いつもはよく訪れているのですけれど、この夏は、ナイトリー夫妻のご令嬢、ヘンリエッタがウェストン一家と海辺に出かけられていて。それで、その、足が遠のいておりましたの」

「いたしかたありませんわ」ジュリエットは言った。

新しい知人は完璧な魅力を備えているようだった。ジジュリエットはいまもブランドン夫人を友人候補と考えていたが、ウィッカム氏の死にさほど深い影響を受けていない別の若い女性と過ごすのは、素敵だと認めざるを得なかった。

新たな友情は、愉しみよりも不都合を多くもたらすことになるだろうか？ 陰鬱なドンウェルを離れて、グレース・チャーチルの家を訪ねるのは、喜ばしい変化かもしれないが、それは進行中の捜査から遠ざかることにもなる……

やがてフランク・チャーチルがはいってきて、ナイトリー夫人と回復した天気について愉しそうにおしゃべりしはじめた。チャーチル氏のあとから、とても独特な帽子をかぶったブランドン大佐と、続いてジョナサン・ダーシーもはいってきた。チャーチル氏は娘をふたりに紹介した。必要以上に熱心な様子で。

気のせいだろうかとジュリエットが思った直後、チャーチル嬢がジョナサンの眼を見つめて頬を染めた。

〝なるほど〟ジュリエットはピンときた。〝ミス・チャーチルの父親は、この国で一番結婚相手としてふさわしい青年と、娘の縁を結ぼうとしているんだわ。もちろんそうするわ。どんな親でも同じことをするはずよ。

ジョナサン・ダーシーがわたしに求愛していたわけでもあるまいし。わたしたちのつながりは全然そういうものじゃない。だから、わたしはまったく気にする必要はないのよ〟

ジュリエットはそう自分に言い聞かせた。

＊

「ダーシーさん」ナイトリー夫人が言った。「治安判事のご令嬢、グレース・チャーチルをご紹介いたしますわ。ミス・チャーチル、こちらはペムバリーのジョナサン・ダーシー、わが家のお客さまですの。ミス・ティルニーとはもうお会いになったのよね？」

「ええ、お会いしました」チャーチル嬢はジョナサンの顔からずっと眼を逸らさなかった。彼は通常、とりわけ初対面の人々から、そんなふうにジロジロと見られると当惑するのだが、いまはうまくごまかせているにちがいない——チャーチル嬢の笑みが深まるばかりなのを見ると。「お屋敷のなかに閉じ込められて、とてもうんざりしてしまったでしょうね」

「ぼくは、ほかの人ほどじっとしているのが苦手ではないのです」ジョナサンは言った。「ですが、陽射しは心地よい変化をもたらしてくれますね」

チャーチル嬢はいっとき黙ってから、笑いだした。

「まあ、わたしをからかってらっしゃるのね。あら見て！　ピエールが挨拶に来ましたわ」彼女はかがんで、ナイトリー家の小型犬を撫でた。犬は彼女に飛びつき、尻尾を振って心からの喜びの渦を描いた。「この子とわたしは親友なんですの。おふたりとも知り合いになっていただきたいわ」

犬にも正式な自己紹介が必要なのだろうか？　そうは思わなかったが、ジョナサンは果敢にも小さな犬の頭を撫でた。「この犬は吠えるべきときに吠えませんね」

「あら、どうして吠えなければならないんですの？　とてもしあわせなときに、どうして吠えなければならないんです？」グレース・チャーチルは犬の毛並みに手を走らせた。「ほら、この子、自分のことをこのお屋敷のほんとうの主人だと思っているんですわ」

「あなたも犬を飼っているのですか、ミス・チャーチル？」ジュリエット・ティルニーが尋ねた。

「父が狩猟犬を飼っていますわ。その子たちはかわいいけれど、わたしよりもずっと父になついていますの」チャーチル嬢は、ジョナサンに対するのと同じくらい愛想よく、ティルニー嬢を見あげた。彼の経験では、彼につきまとおうとする若い女性たちは、ほかの女性たちをある種の障害のように見なす傾向があった。この友好的な態度はずっと感じがよかった。「でも、わたしの膝に乗るのが大好きな猫を一匹、飼っていますわ」

ペットは天気と同じくらい無難な話題のようだった。ジョナサンは思い切って尋ねた。「あなたの猫の名前はなんですか？」

グレース・チャーチルの頬が桃色に染まった。「名前をつけたのはとても幼い頃なんですのよ。その、その子はブラマンジェ（フランス語で〝白い食べ物〟の意）と呼ばれています」

ジョナサンでもそのおかしみは理解できた。しかし、まだ笑い合っているうちから、ティルニー嬢はうしろにさがりはじめていた。「少し新鮮な空気を吸いたくなってしまって——ちょっと失礼してもよろしいでしょうか、ミス・チャーチル？」

「もちろん」チャーチル嬢はすでに注意をジョナサンに戻していた。「あなたがこちらにいらっしゃるあいだに、ぜひもっとお会いしたいですわ」

「わたしもです」ティルニー嬢の笑顔はほんものだったが、それでもふたりを残して去ってしまった。ジョナサンはその理由が理解できなかったし、理解できればいいのにと思った。ティルニー嬢とチャーチル嬢の会話は、完全に友好的だったのではないのか？

人々を理解するのはいつも難しかった。なかでも彼の同世代の女性たちは最難関だとわかりつつあった。

＊

〝もちろん、グレース・チャーチルは彼に夢中なんだわ〟ジュリエットは玄関広間からそっと抜けだして外に出ると、心のなかでつぶやいた。〝彼は結婚相手にふさわしいだけでなく、礼儀正しくて親切だもの。人柄はたしかに魅力的だし、彼女が興味を持つのは自然なことよ〟

ふたりが一緒にいるところを目撃した短い時間でジュリエットが察したかぎりでは、ジョナサン・ダーシーに対するグレースの関心は戦略的というよりも、本心からのように見えた。ペムバリーはこの国で有数の広大な領地かもしれないが、グレースの優雅なドレスと彼女の父親の上等な馬車は、グレース・チャーチルがお金目当てで結婚する必要がないことを示唆していた。彼女はたんにハンサムな若者に出会い、夢中になっているだけなのだ。

ジュリエットが抜けだしてきたのは、ふたりの若い女性がひとりの若い男性と話をしていると、会話の何かがしばしば……凍りつくからだった。それぞれの女性は、機知や称賛、あるいはなんであれその青年が好きそうなもので、相手に打ち勝とうとする。相手の女性がそうした振る舞いを始めると、ジュリエットはばかげていると思ったが、かといって同じやり方で応じないのも、とても難しいのだった。打ち負かされるのが好きな人はいない。だから、極力そういう状況を避けることにしていた。

グレース・チャーチルはとても気さくに接してくれていたようにジュリエットには思えた。奇妙な雰囲気が忍び込むまえに、会話は切りあげておいたほうがいい。

〝散歩をすればきっと気持ちいいわ〟ジュリエットは断固として自分に言い聞かせ、実際そのとおりになった。太陽の光がここ数日で初めて、彼女の肌を温めた。それまではずっと薄暗くて、ドンウェルアビーの美しい敷地をほれぼれと眺めることができなかったが、ようやく見事な庭園と、遠くに見えるなだらかに起伏する丘に感嘆することができた。

敷地内の愉しみを味わいたいと願ったのは、ジュリエットだけではなかった。庭園のずっと奥のほうに、前日のブランドン夫人の姿が見えた。ジュリエットは、前日のブランドン夫人の苦悩を思いだし、いっときためらった。とはいえ、もしまだそういう状態だったなら、部屋を出たり、ましてや散歩に出かけたりするはずがない。ジュリエットは足早に、ブランドン夫人が歩いている、植え込みに縁どられた小径に向かった。

砂利を踏む足音が、ブランドン夫人にジュリエットの存在を警告したにちがいない。夫人は顔をあげて、薄く弱々しい笑みを浮かべてみせた。「ミス・ティルニー。あなたも、新鮮な空気が恋しかったんでしょうね」

「そうなんです」そう答えて初めて、ジュリエットはまさしくそのとおりだと気づいた。「自宅では、外にいることのほうが多いんです。わたしにとってはイングランドのほかの地域を見られるせっかくの機会ですし――雨の跡の残ったガラス越しにしか見られなかったら残念です」

「気分もよくなるわ」それはほんとうのことだった。ブランドン夫人は、そう信じているというよりは、そう願っているかのように言ったけれども。「自然はある種の癒しだもの。それに――それにクーパーは、悲しみはそれ自体薬だと言っているわ。だからわたしたちは、ひとつならぬやり方で、自分自身を治しているのかもしれないわね」

「そのような癒しの必要を感じていらっしゃるのは、お気の毒です」ジュリエットは言った。「あなたを困惑させたのは、殺人だけですか？」

ブランドン夫人がよろめいた。おそらく足元の石につまずいたのだろう。「それだけでは充分な理由にはならないかしら？　わたしたちの誰もが自分自身ではなくなっている、それはたしかですわ」

ジュリエットは完全に自分自身だった。ジョージ・ウィッカムになんの悲しみも感じていなかった。あのような暴力的な最期を迎えるにふさわしい人間はほとんどいないという信念を別にすれば。どうしてマリアン・ブランドンはそこまで悲嘆に暮れているのか？

あるいは、彼女はほかの誰かのために悲しんでいるのか？　取り返しのつかない恐ろしい行為によって損なわれた誰かのために？

ジュリエットはこっそり、ブランドン大佐を探してあたりを見まわした。大佐ではなく、ファニー・バートラムが数人の使用人と話をしているところが眼にはいった。涙を拭うために使ったらしいハンカチーフを握りしめている。この距離から見ても、彼女が苦悩で顔を紅潮させているのは明らかだった。

「バートラム夫人は、とても豊かな感情をお持ちのようね」マリアンが言った。声を震わせて。「ああいう感受性に憧れますわ。他人に対する思いやりが深すぎて、泣いてしまうなんて！　わたしもそうありたいものです」

ジュリエットは、ファニー・バートラムを追いつめているのが思いやりなのかどうか、確信は持てなかったが、その点については黙っていた。

＊

ジョナサンはグレース・チャーチル嬢と会話すべきだとわかっていたものの、彼女は全部ひとりで会話を進めるのが非常に得意な人だった。

「もちろん、不幸な状況を考えれば、いまは無作法でしょう」チャーチル嬢はかすかに首を傾げて、展示室のほうを示した。彼女の父親は、明らかに娘に犯行の場所を教えたようだ。「ですが、ご滞在の後半には、ぜひともダンスをしなければなりません。盛大な舞踏会ではなくても、少なくともわたしたちの村の社交界に顔を出す機会はあるはずですわ。ダンスはお好きですか、サー？」

「それなりに得意です」ジョナサンは答えた。ダンスのステップやパターン、リズムは好きだった。しかしながら、ダンスにおける一段と微妙な社会的要求に狼《ろう》狽《ばい》したことは、一度や二度ではなかった。

チャーチル嬢は愛想のいい笑みを浮かべた。「それでは決まりですわね。人は誰しも得意なことをするのが好きなもの。それは人間に普遍的な虚栄心ですから」

ジョナサンの経験では、それはほんとうのことだった。おそらくだからこそ――グレース・チャーチルの感じのいい性格にもかかわらず――この会話を終わらせて、階上《うえ》に行きたいと願ったのだろう。彼はにぎやかな会話は得意ではないし、今後も得意になるとは思えなかった。一方で、捜査員としては、有望さを示しつつあると感じていた。そしてチャーチル氏と巡査たちがウィッカムの荒らされた部屋をどう判断するのかに、強い好奇心を抱いていた。

階段で足音がして、ジョナサンは顔をあげた。が、足音の主は治安判事でも巡査でもなかった。ナイトリー夫人がウェントワース大佐と並んで降りてきたのだ。前者は決然と明るい表情をしていたが、後者はそれとはほど遠かった。

「わたしたち、いたずらっ子のように階下《した》に追い払われてしまったんですの」ナイトリー夫人が言った。

「いたずらっ子というのは通常、階上《うえ》に追い払われるものでは？」ジョナサンは至極真面目に尋ねたつもりだったが、女性たちが笑いだし、ウェントワース大佐まで笑みを浮かべたので驚かされた。

「あなたの頭の回転は速すぎて、わたしにはついていけませんわ、お若いダーシーさん」ナイトリー夫人は温かく彼に微笑みかけると、それからグレース・チャーチルのほうを向いた。「さて、殿方は放っておきましょう。わたしたち婦人がいないとなれば、巡査たちにすぐに放りだされることもないでしょう。それに、あなたには温室の蘭の花をぜひとも見ていただきたいの」

たちまち、チャーチル嬢とナイトリー夫人は腕を組んで敷地を歩きはじめていた。チャーチル嬢は別れのことばの代わりに、肩越しに振り返ってジョナサンに微笑みかけた。初対面の顔合わせはうまくいったのだろうと彼は思った。

ところで、ジュリエットはどこにいるのか？　実際の捜査を見学できないのであれば、せめて彼女と考えや印象を共有したかった。しかし、どうやらジョナサンとウェントワース大佐は、互いの相手をしなければならないようだった。

ウェントワース大佐の相手は、一筋縄ではいきそうになかった。彼はそれまでに見たことがないほど不機嫌さを募らせていた。「愚かしい」ウェントワースは言った。「愚の骨頂だ」

「何に対して、そうおっしゃっているのですか、サー？」

「治安判事の荒唐無稽な説だ、ジプシーだのなんだの」ウェントワースは言った。「どう見たって、使用人の仕業だろう。この屋敷に自由に出入りができて、なおかつ、なんであれウィッカムが寝室に隠していたちんけなものを盗むほど金に困っていた人間など、ほかに誰がいる？」

大佐に直接反論するのは賢明ではないだろうとジョナサンは思った。誘導尋問のほうが大きな効果があるかもしれない。「さすがにドンウェルアビーの雇用人のなかに、盗みを働く者はいないでしょう。もしいたら、ナイトリー夫妻がとっくに追いだしていたはずです。それに、使用人にウィッカム氏を殺すどんな理由があるのでしょう？」

「ウィッカムと十分も同じ部屋にいれば、誰でもあいつを嫌う理由を見つけるさ」ウェントワースは言い返した。「ふたりきりのときにメイドを侮辱でもしたんだろう、そうにちがいない」

そのことばは、何年もまえに伯父のチャールズと伯母のジェインに会いに行ったときの記憶を揺り起こした。それはウィッカム夫妻が同行した唯一の旅だった。叔母のリディアはテーブルの向かいにいる夫に向かって、誰に聞かれようとかまわずに、大声で怒鳴りつけていた。「あなたの食器洗い場での態度は、ほかの男の娼館での態度より悪いわよ！」伯母のジェインは、その晩のほとんどを使用人たちと過ごし、まさにその夜出ていこうとする誰かを引き止めていたようだった。幼いジョナサンは伯父のチャールズにショウカンとは何かと尋ねた。（返ってきた答は不完全なものだった。）

たしかに、ウィッカムは使用人たちから信頼されるような人物ではなかった。ジョナサンとジュリエットは初手からまちがえていたのだろうか？　結局のところ、使用人――憤慨したメイドか、彼女を守ろうとした男の誰か――が罪を犯していた可能性はあるだろうか？

考えに耽っていた彼は、庭園から聞こえた叫び声にはっと驚かされた。「旦那さま！　奥さま！　誰か、早く来てください！」

ジョナサンとウェントワースは視線を交わし、急いで外に飛びだした。ナイトリー夫人も呼びかけに応じて庭園を走っていた。トピアリー（装飾的に刈り込んだ植木）のそばに立つ、庭師の助手のもとに向かっている。その若者の顔は霧のように白く、手にはさらに白いものを持っていた――リネンのハンカチーフを。

庭師のそばにたどり着くまえから、ジョナサンにはそのハンカチーフが血で汚れているのが見えた。

「申し訳ありません、奥さま」庭師は話しはじめた。「これをプランターのなかに見つけたんです。土のなかに押し込まれて、半分埋もれていました。おれたちのものではなさそうで――」

「隠された理由はわかると思いますわ」ナイトリー夫人は静かに言った。

ナイトリー氏、フランク・チャーチルと巡査たちが屋敷を出て、急いでこちらに向かってきた。残りの滞在客のほとんども――ジュリエット・ティルニー、マリアン・ブランドン、グレース・チャーチルも含めて――近づいてくる。ナイトリーは礼儀正しい人々のあいだではあまり聞かれることのないような悪態をついた。「これはなんだ?」

「使用人のものとは思えないほど、立派なハンカチーフですわ」ナイトリー夫人は答えた。「そして血で汚れています」

「深く掘ってありました」庭師が言った。「こてを使ったんでしょう。偶然にも、小さいほうのこてが、おれの道具箱からなくなってるんです」

「盗まれたんだわ」ティルニー嬢が小声でつぶやいた。

ジョナサンは血の染みが、鼻血がついたときのような滴状《しずく》ではないことに気づいた。切り傷に巻きつけた跡のような幅広い染みでもない。えび茶色の筋がいくつか布地についていた。彼はつぶやいた。「血を拭き取るために使われたのか」

「同意ですな」フランク・チャーチルが言った。「犯人はこれで凶器を拭いて、そのあとここに隠したにちがいない」

「外部から侵入した人が、そんな隠し方はしないでしょう」ジョナサンは指摘した。「あのような罪を犯したあとで、ここで時間をかけるはずがありません。こんなところに隠すより、ドンウェルから遠く離れた場所に隠したほうが効果的ですから」

「それに使用人がここを隠し場所に選ぶとも思えません」ティルニー嬢が言った。一行は彼女を見つめた――ほとんどの人は驚いて。だが、ジョナサンは彼女の推論を聞きたくてたまらなかった。「使用人は暖炉の掃除をしますよね、もちろん。ですから、使用人ならハンカチーフを燃やしてから、灰を掃きあつめ、燃え残りを捨てることができます。ですが、わたしたちなら燃やすことは恐れるでしょう。なぜなら、まさに使用人たちが燃え残った切れ端を見つけかねないからです」

必ずしもそうとはかぎらない——ジョナサンは気づいた——が、その可能性は非常に高い。その場にいた全員の顔に、同様の理解が浮かぶのを見て、ジョナサンはすばやくつけ加えた。「それに使用人なら、こてを庭師の道具箱に戻す機会は充分にありました。一方、ぼくたちの誰かなら、機会を待たなければならなかったでしょう」

「では、容疑者を使用人に絞るのはやめましょう」フランク・チャーチルが言った。「侵入者も、逃げるときにハンカチーフを持っていったでしょうから、除外されますね」チャーチル氏が厳粛な面持ちで、ナイトリー氏の眼を見た。「残念ながら——あなたの招待客のどなたかが、犯人にちがいありません」

ほかの面々は互いに顔を見合わせた。ジョナサンはそれぞれがこう考えているのだろうと思った——〝このなかの誰がウィッカム氏を殺したのか？〟。

12

エリザベス・ベネット・ダーシーは、喜んで愚か者たちを我慢する（コリントの信徒への手紙二・十一章十九節）ことはなかったが、だからといって忍耐に欠けていたわけではない。夫のために、年を重ねても活力も傲慢さも失わないキャサリン・ド・バーグ令夫人（ダーシーの叔母）の時折の訪問に耐えた。長男のために、期待を控えめにし、奇癖も大目に見た。そして気の毒な招待主、ナイトリー夫妻のために、イングランドで最悪となるはずのハウスパーティの最中にも、精一杯善処してきた。

　とはいえ、忍耐にも限りがある。

「サリー州では、犯罪容疑者をどう扱うのかしら？」

朝食から一時間ほど経った頃、エリザベスは歩きながら尋ねた。「ここの監獄の設備の状態を確認しておくべき？　それとも、告訴から絞首台のあいだに休息の場は用意されていないのかしら？」

「あなたが的をはずしたユーモアを言うとは、めずらしいことだ」ダーシーは、糊の利いた襟のように体をこわばらせて、妻の横を歩いていた。数歩遅れて、ジョナサンが続いた。「ぼくたちはなんの非難も受けていないし、受けるかもしれないと考える理由はない」

　エリザベスは笑った。「理由はないですって？　たしかに理由はないわ――ここにいる全員のなかで、わたしたちが一番ウィッカムをよく知っていて、だからこそ、一番好きではなかったということをのぞけばね。あの男との過去のいきさつを知って、わたしたちを疑わない人がいると思う？」

「ここにいるほかの方々も、ウィッカム氏をとても嫌っていました」ジョナサンが、無邪気に助けになろうとして指摘した。いつもどおり、両親のあいだの緊張感にはほとんど気づきもせずに。「ぼくたちがウィッカム氏に対して暴力を働く気があったのなら、とっくの昔にそうしていたはずだとも言えます」

「それはこの上なく説得力のある主張とは言えないな」ダーシーはそう答えたが、息子に小さな笑みの名残りのようなものを返した。

エリザベスは、家族で散歩をすれば気分がよくなるだろうと考えていた。いま招待客たちは皆、ささやかな私的な時間を――あるいは、せめてもっとも愛する人たちだけと過ごせる時間を――望んでいるにちがいない。よく晴れた明るい朝で、いかにもこの七日間の憂鬱を追い払ってくれそうだった。しかし、一歩進むごとに、歩きたいのではなく、走りたいのだと思い知らされた。それも全力で走りたかった――野原を突っ切り、ドンウェルアビーから離れて、息子や夫からさえも離れて。

〝どこに逃げるつもり?〟彼女は自問した。〝過去も、しがらみも、心の重荷もないどこかの田舎に? そんな土地は存在したこともないし、これからも存在しえないのよ〟

ジョナサンが言った。「フランク・チャーチル氏が、ぼくたちに特別な関心を寄せているようには思いませんでした」

「娘を連れてきて、おまえに会わせたことをのぞけば。まあ、まちがいなく、娘さんにせがまれたんだろうが」ダーシーは依然として、ジョナサンに興味を持つ若い女性はすべからく、心の底ではペムバリーの相続財産を狙っていると信じていた。エリザベスはときおり、ペムバリーの財産では自分を結婚する気にさせるには不充分だったことを指摘したが、ダーシーはその点についてはエリザベスが異例だと思い込んでいる。（キャロライン・ビングリー（ダーシーの友人であり、エリザベスの姉ジェインの夫であるチャールズ・ビングリーの妹）は、女性に対するダーシーの意見に、いまだに多大なる影響を与えていた。）

「ですが」ジョナサンは言った。「もしぼくたち三人の誰かが殺人犯だと考えていたら、娘を連れてきてぼくに会わせようとはしないでしょう」

「まだ考えていないだけだとしたら？」エリザベスは言った。「ジプシー犯人説に見切りをつけたばかりだもの。そのうち、ウィッカムがわたしたちにしたあらゆることに注目して、わたしたちがウィッカムに何かしたんじゃないかって訊いてくるわよ」

ジョナサンはまだ無邪気なまま、希望さえ抱いていた。「チャーチル氏は、遠い過去の出来事が殺人の理由になるとは、考えないのではないでしょうか。ウィッカム氏の過ちのほとんどは、ぼくが生まれるまえに起こったことですし――」

「スザンナのことをのぞいて」エリザベスの声は切り裂くように鋭かった。彼女はその刃《やいば》をわが身で受けたような気がした。「わたしたちの娘も同然だった子どもの死をのぞいて」

〝わたしたちの〟と彼女は言った。しかし、ダーシーの無表情な顔を見たとき、再確認させられた――夫にとって、あの少女はそこまで大切だったわけではないらしい、と。愛するほどではなかったのだ、と。

なぜなら、ダーシーがスザンナを心から愛していたなら、彼がこの八カ月間してきたように、いつもどおりに暮らしつづけることは不可能だからだ。彼の愛が届かなくなるほど、エリザベスから遠ざかることは不可能だからだ。

ダーシーは言った。「どんな法廷でも、スザンナの死について、ウィッカムが責任を問われることはないだろう」

「あなた、否定なさるつもり？」エリザベスは、まさか夫がそんなふうに考えていたとは夢にも思っていなかった。「スザンナは病気だったのに、あの人はすぐに家に帰らせると言い張ったのよ。スザンナは馬車に乗せられ、険しい道を行かされて、まだ衰弱し切っていたのに――」

「もちろん、あの男には責任がある」ダーシーは鋭く言った。「ただ、法律ではそう裁くことはできなかったという意味だ」

「それなら、法律と一緒に地獄に堕ちればいいわ」エリザベスは歩みを速めた。夫や息子との距離が開けば開くほどいい。エリザベスがスザンナの死を思いだすたびに、その実際の理由を、ウィッカムの狭量さと嫉妬、あんな状態で子どもを旅立たせようとするひどい薄情さを思いだすたびに――

八カ月間、彼女はそれに耐えてきた。それでも、この怒りが心に襲いかかるたびに、エリザベスはあと一分すら耐えられないのではないかと思うのだった。

＊

その日の午後のドンウェルアビーの雰囲気は奇妙だったとジュリエットは思った。血のついたハンカチーフが発見される以前には、誰もがウィッカム氏の早すぎる死去に悩まされてはいても、恐れてはいなかった。少なくとも、同じように殺《あや》められることを恐れてはいなかった。ここにいる人々は、ウィッカムに悲劇的な最期をもたらしたような振る舞いはしていなかったし、あの殺人が凶暴な行為の端緒《たんしょ》にすぎないと疑う理由もなかった。ジュリエットが思うに、人々が心配していたのは、おもに殺人の疑いをかけられたり、愛する人が疑われたりすることだった。

なぜあのハンカチーフがすべてを変えたのか？　彼女にはわからなかったが、おそらくあの発見が皆の心配の方向を変えたのだろう。以前はあらぬ非難を受けることだけを恐れていた。いまでは好きな人が、あるいは愛する人でさえ、実は有罪なのではないかと思っている。

もちろん、ただひとり――捕まることを恐れている当人——をのぞいて。
撞球室のドアが開き、ジュリエットはぎょっとした。はいってきたのは、ジョナサン・ダーシーだった。捜査に関する次の話し合いのために来たのだ。ふたりは毎晩話し合いをすることで同意していた。

「ぼくはあのハンカチーフをよく見られなかったのです。チャーチル氏がすぐに持っていってしまったので」礼儀正しい挨拶を抜きにして、彼は言った。ジュリエットは彼の率直さを好ましく感じた。「ですが、刺繡か何かで目印がついていたら、巡査たちがそう言っていたでしょうね」

彼女はうなずいた。「たしかに、ハンカチーフからは何もわかりませんでした。でも、あれはこの屋敷のほかの人々に多くのことを伝えました。もうみんな、最悪の事態が真実だと知っています」

彼は疑問を感じているようだった。「発見前から、使用人や侵入者の仕業ではないことはわかっていたはずです」

「そう疑ってはいました。でも、知ってはいなかった。知ることは別のことです」ジュリエットはショールをさらにしっかりと肩に巻きつけた。ショールの下には、質素な普段着のドレスを着ていた。廊下で誰かに見つかっても、物音がしたので調べているだけのようなふりができる。ジョナサンと一緒のところを見られたら、それだけでも外聞の悪いことではあるが、ショールをはずして、適切な服装であると証明すれば、最悪の事態は避けられる——メイドの手を借りずに自分で着替えたので、きちんと着れていないことに誰にも気づかれなければ。

ジュリエットはこのことをかなり詳細に考え抜いていた。「今日、ほかにわかったことは？」

「残念ながら、ほとんどありません。ハンカチーフの発見がほかのすべての懸案に優先されました」ジョナサン・ダーシーは、まるでセントジェームズ宮廷で拝《はい》謁《えつ》を賜ったかのように、カチコチに固まっていた。なぜなのだろうとジュリエットは思ったが、黙っていた。

「ぼくたちは最大の利益を得られるところに、最大の努力を払うべきです。とりわけ有罪の可能性が高そうな人々に、注意を集中させましょう」

「リスクを伴う戦略だけど——最初はそこから始めるべきかもしれないですね。その人たちの悪事の証拠が見つからなければ、ほかの招待客に眼を向ければいいんだし」ジュリエットは言った。「最初の調査対象グループには誰を入れますか？　ブランドン大佐は検討しなければならないですよね。動機は何年もまえの遠い昔のことらしいけれど、ウィッカムには初めて会ったばかりだそうですし。それに加えて、自分の部屋にいなかったのだから——となると、無視するわけにはいきません」夫の身を案じて脅える、気の毒なブランドン夫人のことを思うと胸が痛んだが、この捜査がブランドン大佐の有罪を確定するのではなく、容疑を晴らすことになるかもしれないと希望を持った。

「大佐はひと晩中、部屋にいなかったのですか？」ジョナサンは驚いたようだった。「どうやってそれを知ったのです？」

ジュリエットは正直に認めた。「あくまでわたしの推測にすぎません。ただブランドン夫人に、あの夜、大佐が部屋から出たのかどうか訊いたとき——返答までの間《ま》が長すぎたんです。一瞬の沈黙は多くを語るものですから」

「それはたしかに検討に値しますね。それから、ウェントワース大佐にも眼を向けるべきです」若きダーシー氏が言った。「彼もまた、しばらく部屋を出ていました。それに彼の気性は、邪悪な方向に向かう恐れがあります。ウィッカム氏の策略のせいで、戦争で得た賞金はすでに失われていましたし、ウィッカム氏への負債は一家を破滅させていたでしょう」

ジュリエットは、ウェントワース大佐についてはあまりピンときていなかったが、ジョナサンの判断を信頼することにした。「ナイトリー夫人は、ウィッカム氏の策略のせいで、どれほど困窮しかねなかったか知らなかったようですけれど――ナイトリー氏は知っていました。それに、ここは彼の屋敷で、すべての部屋と行動パターンになじみがある場所なわけで、自信を持って行動できます。それから、ファニー・バートラムについて、もっと知りたいんです」

ジョナサンの仰天ぶりは滑稽ですらあった。「まさか、バートラム夫人を本気で殺人犯だと考えているわけではありませんよね？」

「バートラム夫人はすごく妙な振る舞いをしています。それだけはわかるんです」ジュリエットは主張した。「そこには理由があるはずだし、それがなんらかの形で、この恐ろしい事件に関わっている気がするんです」

彼は明らかに納得した様子ではなかったが、ただ言った。「ということは、三人の主要な容疑者がいて、それから多少なりともバートラム夫人に疑わしい点があるということがわかりました。ぼくたちはなんとかして質問する機会を見つけなければなりません」

「ええ、そうですね」ジュリエットは自分に尋ねさせないでほしいと願っていたが、そうもいかなかった。「あなたのご両親を除外するわけにはいかないことは、わかっていますよね。ご両親が部屋から出たかどうかご存じですか？」

ジョナサン・ダーシーが答えるまでに間《ま》があった。「いいえ、部屋は出なかったようです」

〝ようです〟という表現は、確実とは少し距離がある。ジュリエットはあっさり決意した――ダーシー夫妻は、ファニー・バートラムと同様、単独で調べなければならない対象ということだ。

＊

ファニー・バートラムの様子がおかしいことを知っていたのは、ジュリエットだけではなかった。

蠟燭が吹き消されたあと、エドマンドは長いこと寝台に横たわっていた。その隣りで、ファニーも眼を覚ましていた。エドマンドにそれがわかったのは、妻が微動だにしなかったからだ。ふだんは眠りに落ちるまでの少しのあいだ寝返りを打っている。今夜、妻が眠ったふりをしているのは、エドマンドに話しかけられたくないからか——あるいは、おそらくたんに恐怖で身がすくんでいるのだろう。

ファニーの恐怖はいつもならとても些細なことが原因で、エドマンドは笑わないようにするのが精一杯だった。しかしながら、今夜は彼自身、恐怖を抱えていた。

〝気を揉むばかりでは男らしくないぞ〟エドマンドは自分に言い聞かせた。〝話をしろ〟

「ファニー」彼の声は太くよく響いた。「話をしなければならない」

長い沈黙のあと、彼女はささやいた。「わかっていますわ、いとしいエドマンド」

彼は上体を起こし、妻の話をしっかり聴こうとした。「ジュリエット・ティルニーがウィッカムの部屋で見つけた指輪——あれはきみのアメジストの指輪ではないかい？　結婚して最初のクリスマスに、ぼくがきみにあげたものだろう？」

ファニーも上体を起こしたが、彼の眼を見ようとはしなかった。「ええ、そうです」

それ以上の説明がなかったので、エドマンドは促さざるを得なかった。「では、どうして彼がそれを手に入れたのかを知る必要がある。あれほど道徳心の低い男ならば、盗んだとも考えられるが……しかし、もしそうなら、指輪が最初に見つかったときに、きみは自分のものだと名乗り出たはずだ」

薄暗い月明かりのなかでも、ファニーの顔色の悪さに気づかずにはいられなかった。いまにも気を失って倒れそうなほど蒼白だった。「わたしが渡したのです——あの人が持っているものが欲しくて。ウィッカムさんは指輪を受け取ったのに、わたしが欲しいものはくれませんでした。ただ、考えておくと言っただけで」

その答は、エドマンドをさらに困惑させるだけだった。「どういう意味だい？　ウィッカムが持っていて、きみが指輪と交換したかったものは何だったの？」

彼女はうなだれた。「ウィッカムさんは、わたしの旅行鞄から手紙を盗んでいたんです。ウ——ウィリアムからの手紙を」

「なぜあの男は、きみの兄さんからの手紙を欲しがったんだい？」

「どういうきっかけで、あの人が思いついたのかは、わからなくて」ファニーの眼に涙があふれた。「思いつかないでくれればよかったのに！　でも、手紙を読んで、ウィッカムさんは知ってしまったの——もしその内容が知られたら、わたしの哀れな兄さまは——」嗚咽《おえつ》が最後のことばを奪い、彼女は両手で顔を覆った。

「いったい、ウィリアムは何を書いていたんだい？」エドマンドが、船乗りであるファニーの兄に会ったことは数えるほどしかなかったが、そのたびに、青年からは礼儀正しさ、鋭い知性、強い個性、そして妹に対する深い愛情が感じられた。エドマンドの彼に対する評価は、見当ちがいだったのか？「話してくれ、ファニー。ふたりのあいだに秘密があってはならないし、こういう恐ろしい状況ではなおさらだよ」

彼女が答えるまでに、しばらくかかった。ようやく返事をしたときの声は、ささやくようにかぼそかった。「ウィリアムが言ったの——兄さまが言ったの、あの人が——兄さまの友人のハリスが——」

エドマンドはウィリアムの手紙でハリスの手柄について何度も聞いていたし、一度、その青年にポーツマスで会ったこともあった。ハリスはウィリアムと同じくらい気立てのいい青年のように見えたが、そんな彼が友人を堕落させたのだろうか？　「ふたりがどうしたんだい？」

ファニーは深く息を吸った。「ウィリアムは彼を愛していると書いていた。それも……それもまるで結婚しているかのように」

エドマンドの心のなかで、真実がゆっくりと形を成し、刻々とおぞましさを増していった。「そんなことがあっていいものか。それはつまり――」次のことばを口に出すのは難しかった。たとえ相手が自分の妻であっても――とりわけ相手が彼女だからこそ。「つまり、男色《ソドミー》だと？」

ファニーはわっと泣き出した。「ふたりは殺されるわ。絞首刑にされてしまう。ウィリアムを絞首刑にさせるわけにはいかなかったの、絶対に、わたしに防げるものなら絶対に。ウィリアムが見つかりはしないかと怖くて、そしてウィッカムさんから、このことを公《おおやけ》にすると脅されたときに――ええ、エドマンド、わたしは指輪を渡したんです。ウィリアムの命を救えるなら、自分のものはなんだろうと渡したでしょう」

「きみは、兄さんを罪の結果からかばうつもりだったのか」エドマンドは、強い嫌悪と驚愕のせいで、ほとんど考えることができなかった。「そのために、あんな評判の悪い男と取引して、自分の名誉を汚そうとしたのか？」

ファニーがようやくエドマンドの顔を見た。彼女の眼は信じられないというように見開かれていた。「ウィリアムの絞首刑を止めるために？　しないわけがないでしょう、エドマンド？　あなたは――あなたは、わたしが兄さまをそんなふうに晒《さら》し者にすることを望んだりしなかったでしょう？　そんなこと思ったりするはずありません」

彼は心を落ち着けようとした。「思わなかっただろうね、きみの感受性を知っているし。だけど、まさか兄さんの罪の継続を助けるとも思わなかっただろう」

「そんなことしていないわ！　わたしはただ見つからないでほしいと願っただけ」

「両者にほとんどちがいはない」確信が持てないとき、エドマンドは教義——何が正しく、何が誤っているのかが非常に明確なもの——に避難した。「たしかに、その罪で絞首刑になる者もいるが、流刑や収監のほうが可能性は高い。それが、正義がなされるのを見届けるということだ」

「それでも、晒し台（立て板の穴に首と両手をはめ込んで罪人をさらす刑具）にさらされてしまいます——野次馬から腐肉や屑を投げつけられて、殴られたみたいにひどい怪我をさせられるんですよ」ファニーはエドマンドを見つめた。まるで見覚えがない人間を見るかのように。「ウィリアムはわたしの最愛の兄です。そんな運命に見捨てることはできなかった」

エドマンドははっと気づいた。ウィリアムはまちがいなく、もっとも厳しい道徳的非難を受けるに値するが、ファニーはキリストの教えとやさしい心の板挟みになっていたのだ。いつもなら、そのふたつの力は、彼女の魂のなかでたやすく絡み合い、彼女のあらゆる行動ににじみ出ている。この件で混乱したとしても、責められるべきではない。おそらくファニーはこれまで、男同士でそんなことがあり得ると想像したことすらなかっただろう。エドマンドでさえ、どう行動するのが最善なのか、じっくり考える時間が必要だと感じていた。

彼は妻の手を撫でた。「きみの判断の過ちは重大だが、この状況では、さほど驚くべきことでもないのだろう」

「そうね」

「この件については、日を改めてまた話し合わなければならない」

「ええ、そうね」

「今夜のところは休もう。少なくとも、ぼくたちのあいだには、正直さが取り戻されたのだし」エドマンドはファニーに小さな笑みを向けた。「ぼくはきみに怒ってはいないよ」

寝台にまた横たわっても、彼はすぐに眠りにつくことはできなかった。彼の心はウィリアムの行ないに対する驚きと怒りでいっぱいだった。

ファニーもまた、眠りにつくことができなかった。夫から怒っていないと言われたとき、彼女は気づいたのだった——人生でほぼ初めて、自分が夫に怒っていることに。

＊

翌朝、ジョナサンはまた早くに眼を覚ました。その日も好天に恵まれそうだった。あとでエボニーに乗って出かけようとジョナサンは思った。自分だけでなく、エボニーにとっても、いい気分転換になるだろう。彼は朝食前に階下《した》に降りて、馬丁にしかるべき時間までにエボニーの準備をしておくよう指示を出すことにした。

ところが、階段を降りていくと、早く起きだしたのがジョナサンだけではないことを示す物音がした。図書室から女性の声がした。「わたしが話すべきだとは思われませんの？」

男性の声が答えた。「あなたとて、リスクには気づいておられた。いまのところ、沈黙から得られることのほうが大きいでしょう」

ジョナサンは、誰の声なのかわかったが、直感を確認するために思い切って図書室のなかをちらりと覗《のぞ》いてみた。思ったとおり、話をしていたのはアン・ウェントワースとブランドン大佐だった。

ふたりはもともと知り合いだったのか？　ナイトリ

ー家のハウスパーティのまえに出会っていたのか？　どうしていまこっそり会わなければならないのか――そして、ブランドンが彼女に隠すように促した真実とは何なのか？

〝これがウィッカム氏の殺人に関係があるかどうかはわからない〟ジョナサンは自分に言い聞かせた。〝まったく別の問題に言及しているのかもしれない。でも、もしそうなら、それは何なのか？〟

これも、あとでジュリエット・ティルニーと話し合うべき問題だ。すでにジョナサンは、夜に彼女と話し合う時間を愉しみにしていた。予測不可能すぎてジョナサンの好みに合わない日々に、ある種の日課ができるだけでなく、率直に――まったくうわべを取り繕わずに――話す機会にもなる。ジョナサンは昔から、周囲の誰もが事実上すべての会話で使用する礼儀正しい虚構に、自分が熟練していないことを知っていた。知らなかったのは、それを使わずに話すことが、どれほど気持ちのいいものかということだった。ティルニー嬢と話すとき、自分が変だと感じることはなかった。理解していないことを理解しているふりをする必要もなかった。ジョナサンは完全に自分らしくいられた。それはなんと貴重で爽快な特権だろうか。

＊

ジョナサンが屋敷の奥まで進んでいれば、朝食がすでに用意されていたことを発見しただろう。使用人たちは、滞在客の起床時間が早いことに気づいて、さらにフランク・チャーチルの引き続きの来訪を予期して、早めに食器を並べ、トーストとマーマレードを多めに用意していた。

ジョナサンの代わりにそれを発見したのは、まずジュリエット・ティルニーで、そのすぐあとにエリザベス・ダーシーが続いた。皿を取りながら、エリザベスはジュリエットに笑顔を見せた。「わたしのために我慢しないでね」エリザベスは言った。「わたしもあなたのために我慢しないから。男性のまえでは、わたしたちは可憐な食欲を示すことが期待されているわ。でも、お互いのまえでは好きなように食べましょう」

ジュリエットはにっこり笑って、二個目のスコーンとココアのカップを取った。「ドンウェルアビーの食事はすばらしいです。わたしたちはみんな動揺しているのに、料理人は見事な仕事を続けていますね」

「いま、ようやく、わたしたちは彼女の偉業を愉しめるのね」エリザベスは席につき、パンにバターを塗りはじめた。「正直なところ、あの――不愉快な出来事の――直後の二日間は、ほとんど何も味わえなかったわ。ショックのあまり、食欲を完全に奪われてしまったの。ジョージ・ウィッカムの犯罪リストにそれも加えましょう。わたしに苺《いちご》のスコーンを食べる愉しみを与えなかったこと」

エリザベスの軽薄すぎる口調は衝撃的だった。ジュリエットはなんとか返事をした。「わたしは問題なく食べていましたが、そうはいっても、あなたのようにあの方と面識があったわけではありませんし」

「そうよね」エリザベスはため息をついた。ジュリエットはほんの束の間、エリザベスの笑顔の下に隠れた疲労と脆《もろ》さを垣間見た。エリザベス・ダーシーは、ウィッカムの死を軽く考えているわけではない。笑い飛ばす方法を学ぶことで、困難を切り抜けてきたエリザベスにとっても、いまの事態は手に負えないのだ。

「でも、あの人を知ることは、あの人の死を悼むことにはならないわ。むしろその反対なのよ、実際は」

いまこそ――ジュリエットは思った――追及するときだ。「フランク・チャーチル氏の捜査で、犯人が明らかになると思いますか？」

「おそらくは。すでに多くのことが明らかになっているように。治安判事は、あの夜に夫が寝室から出た理由まで知りたがっているし」エリザベスははっと口をつぐみ、うっかり口を滑らせてしまったことに対して、見るからに怯えた表情を見せた――が、それもほんの一瞬のことだった。実にすみやかに元の明るい口調に戻ったので、その同じ夜のことを積極的に捜査している者でなければ、気づくことはなかっただろう。「次はわたしたち全員に、どんな夢を見たのかと説明を求めてくるんじゃないかしら。あるいは、前の晩に何を食べたのかとか。テーブルの上の種子入りケーキの横に、何か手がかりが潜んでいるんじゃないかと期待して」

困惑したジュリエットは、手元に視線を移し、スコーンにクロテッドクリームをつけることに集中しているようなふりをした。ナイトリー家の小型犬、ピエールがふいに――明らかに朝食のにおいに興味をそそられた様子で――現れて、ダーシー夫人の注意をしっかり惹きつけているあいだに、ジュリエットは考えをまとめた。

ジョナサンは、両親は部屋から出なかったと言った。しかし、ダーシー氏が部屋から出たのなら、彼の居場所は不明ということになり、ダーシー氏が不在のあいだ、ダーシー夫人の行動を目撃した人もいないということになる。

そしてジュリエットは思いだしていた――両親が部屋から出なかったと言ったとき、ジョナサンの顔に注意深い表情が浮かんでいたことを。それはまさにたったいま、エリザベスが口を滑らせた直後に浮かべた表情と同じだった。

〝ジョナサンは嘘をついたんだわ。

彼が嘘をつく理由はただひとつ、両親を守ろうとしているから。

ダーシー夫妻の息子は、ひょっとしたら両親が罪を犯したかもしれないと思ってる〟

13

朝食は食事のなかで一番堅苦しくなく、その分、一番愉しいものになることも多い。序列に過大な注意が払われることもなく、食事はビュッフェから好きな量だけ取ることもできるし、取らないこともできる。

たしかに、ナイトリー家の不運なハウスパーティの朝食は、何も起こらなければ味わえたかもしれない愉しみを、あますことなく提供したわけではない。最初の朝は、ウィッカム氏と交流しなければならない恐怖が滞在客に広がっていた。ウィッカム氏を知る者は考えるだけで耐えられなかったし、知らない者はウィッカム氏とは近づきになりたくないとすでに決意していた。その後は、もちろん、殺人の帳《とばり》が屋敷全体を覆った。とはいえ少なくとも、朝食の場では談笑を強いられずにすんだ。思いを自分の胸の裡にとどめておくことができた——それは、滞在者のほぼ全員に共通する願いだった。

しかしながら、今朝の朝食は、ジョナサンにはちがったふうに感じられた。それも非常に不愉快な意味で。

まず、ジョナサンが朝食室にはいったとき、母親とジュリエット・ティルニーが会話に夢中になっているのを見かけた。それだけなら驚くにはあたらず、おそらく歓迎すべきことでもある。しかし、ティルニー嬢は、顔をあげてジョナサンと眼を合わせることがなかった。身をこわばらせて椅子に坐り、彼の母親だけを注視していた。

ジョナサンの最初の恐怖は、母親がジョナサンの子どもの頃の話——彼が愚かに思われかねない話——をしているのではないかというものだった。彼は絶対に愚かに思われたくはなかったし、もっとも愚かに思われたくない相手はティルニー嬢のような気がしていた。しかしながら、彼の母親は目立って陽気な様子でもなく、ティルニー嬢の横顔を見ても、愉しそうな表情は浮かべていなかった。

二番目の恐怖は、さらに恐ろしいものだった。ティルニー嬢はウィッカムが死んだ夜について、母親に質問をしているのではないか？　もしティルニー嬢が、両親のどちらかの真夜中の散歩のことを知ったら、最悪の事態を推測するかもしれない。この可能性について考えれば考えるほど、それしかないのではないかと彼には思えてきた。

こうなったのは自分のせいだとジョナサンは思った。昨夜、彼はティルニー嬢がファニー・バートラムの奇妙な振る舞いについて単独で捜査を続けることに同意した。そうすることで、ジョナサンが無実だと考えるほかの――彼の両親も含めた――人々の捜査をすることも、暗黙のうちに彼女に勧めてしまったのではないだろうか？

ジョナサンの推測はかなり真相に迫っていた。それが判明したのは、ふたりがほぼ同時に朝食の席を立ち、玄関広間で肩を並べて歩くことになったときだった。

「あなた、殺人のあった夜に、お父さまが部屋から出たことを言わなかったでしょう」ティルニー嬢がジョナサンに顔を向けることなく、ささやいた。

足取りがふらついたものの、ジョナサンは彼女の横にとどまった。「ぼ――ぼくは知らなかったんです」

「誰かが部屋から出たことは、知っていたんでしょう？」

それ以上否定しても無意味だった。言い当てられて頭がクラクラしたまま、彼は認めた。「誰かが両親の寝室から出る音を聞きました、そう。あなたはどうやって――」

「どうやって知ったのかは、本題とはまったく関係ありません。あなたはわたしに嘘をついた。ペムバリーのダーシー夫妻たるもの、この事件で疑われるには高貴すぎるとでも思ったんですか？　それとも、それよりもっと悪いの？　あなたは本気で、ご両親のどちらかが罪を犯したかもしれないと信じているの？」

「ぼくは、そんな恐ろしい見当ちがいなことを信じていませんし、あなたも信じるべきではありません」誇り高く高潔な父親と賢く機知に富んだ母親――そのどちらかが非難されると考えるだけで、ジョナサンは耐えられそうになかった。彼にとって、あんな罪を犯すところを世界中でもっとも想像できない人物といえば、あのふたりになる。ファニー・バートラムの可能性はさらに低そうではあるが。「ぼくは注意を向ける相手を絞ろうとしただけです。犯人の可能性が高い人物に集中できるように。どうしてこれに関して、ぼくのことばを受け入れられないのですか？　どうしてふたりをよく知る、ぼくの意見を信用しようとしないのですか？」

「まさに、あなたがご両親をよく知っていて愛しているせいで、曇りのない眼で見られないからです」ティルニー嬢は言い張った。「愛は、ほかのどんなものよりも確実に、わたしたちの眼を曇らせるものだから」

　ジョナサンは、ティルニー嬢のほうが深い真実を突いていると感じた。人間は愛する人々の欠点をあまりに頻繁に、あまりに深く許すため、その欠点が存在しないと自分に思い込ませてしまうきらいがある。世界のほかの人々は、そんなに簡単には納得してくれないのだ。

「ぼくの両親を疑うことは、まちがっています」彼は断言した。

「わたしをだますことは、まちがっています」ティルニー嬢は言い返した。「信頼がないのに協力することはできません。これからは、わたしひとりで捜査をします」

　そう言うと、彼女は角を曲がって図書室に通じる廊下を進んだ。ジョナサンはあとを追って、さらに話し合い、彼女の物の見方を自分と同じにさせたかった。しかしその瞬間は、複雑なことは何ひとつ考えられなかった。ほとんど何も考えられなかった。だから彼は、エボニーに乗るために外に出た。ジュリエット・ティルニーよりも、はるかに理解しやすい生き物と過ごすために。

ジョナサンは自分に多くの欠点があることを知っていたが、そこに人をだますことが含まれたことは一度もなかった。どちらかといえば、正直すぎることでまちがうことのほうが多かった。彼はずっと、そのことに誇りを持ってきた。子どもの頃、屋敷で些細な事故が起こり、ジョナサンと弟たちが問いただされたとき、母親はよくこう言ったものだった――〝ジョナサンがやっていないと言うなら、それはほんとうだとわかるわ〟。弟たちはみずからの少年らしい嘘が、ジョナサンの正直さによって対照的に際立つことになり、顔を赤らめた。そんなとき、ジョナサンはどれほど喜んだことだろう！　彼にとって、ほかの少年たちより劣るのではなく、優れているとされることはめったになかった。ところがいま、ジョナサンはジュリエット・ティルニーに嘘をつき、それがバレてしまった。彼はもはや、自分が完全に正直だとは思えなかった。もし母親がこのことを知ったら、とても傷ついて失望するだろう。

一方、父親は昔からシラを切る人間をはっきり軽蔑していた。フィッツウィリアム・ダーシーが、妹の夫選びに関して頭を悩ませていた多くの問題のひとつは、ドーチェスター伯爵が都合よく真実を塗り替えがちで、ときに叔母のジョージアナを傷つけることだった。ジョナサンはそんな叔父に対してやや寛容だった。叔父はとても愉しい人であり、叔母を悩ませるよりも喜ばせることのほうが多いように見えたからだ。そして密かに、この点では、高貴な叔父よりも自分のほうが優れているとずっと自負してきた。

ふと、ジョナサンは思った。そういえば、ウィッカムの共謀者のひとりは——多くの人々に財産を危険にさらして失うように仕向けた連中のひとりは——伯爵だということだった。真実をねじ曲げた伯爵。ジョナサンの父親はその情報に鋭く反応していた。それはウィッカムのパートナーは、ドーチェスター伯爵本人ではないかと疑っていたからなのだろうか？

ジョナサンはこの件はさらなる検討に値するとわかっていた。同時に、いまはそれを考えるには注意力が散漫になりすぎていることもわかっていた。それに軽々しく口にできる疑念でもなかった。

仮に、ジョナサンにそれを口に出す相手がいたとして。

そんな相手はいないだろう——もしジュリエット・ティルニーが二度と許してくれなければ。

＊

その頃にはもう、アン・ウェントワースは図書室にはいなかった。朝食前にショールを取りに行こうと考えて、自分の部屋に向かっていた。（天気はよかったが、ドンウェルアビーは少々すきま風がはいることがあり、夏の暑さはまだ長雨前の厳しさには戻っていなかった。）彼女のお腹は、食べ物を強く求めてゴロゴロと鳴っていた。ウィッカム氏の突然の死以来、食欲は落ちていたが、体の欲求はそう長いあいだ無視できるものではない。

一日のなかでほんの少しだけ、いったん部屋に戻るだけのつもりだった。しかし、その考えは寝室に足を踏み入れたとたんに消え去った。フレデリックが顔をしかめ、しわくちゃの紙を握りしめて、寝台のそばに立っていたからだ。その紙に書かれた特徴的な斜めの文字は、スミス夫人の筆跡でしかありえない。

アンは深く息を吸い、さらに部屋のなかにはいると、これから起こることを他人に聞かれないようにドアを閉めた。

フレデリックがアンに気づいたのは、ドアが閉まる音を聞いたときのことだった。即座に、ただでさえ暗かった彼の表情が、さらに険しくなった。「これ」低くうなるような声で、彼は言った。「いつぼくに話すつもりだったんだ、これのことを？」

「あなたに話すつもりはなかったわ」アンは落ち着いて言った。「スミス夫人に対して、不当に腹を立てるとわかっていたから」

「不当だと！　この人は――ついこのあいだまで無一文で、困窮して、自分の財産を取り戻すのでさえぼくたちの助けを必要としていたのに――ぼくたちを憐れみの対象だと考えているんじゃないのか？」

「憐れんでいるわけではないわ。わたしたちが苦しんでいることを知っているのよ。それは同じことではないもの」

「いや、同じことさ」フレデリックは手のなかの紙を丸めて脇に放り投げた。「スミス夫人でさえ、ぼくたちを施しの対象にふさわしいと考えてるなら、あなたの父親や姉妹はなんと言う？　そこには憐れみさえないし、施しはもちろんないだろう。嘲《あざけ》りと見限りがあるだけだ。あなたの姉さんの輝かしい結婚以来、これまで以上にぼくたちを軽蔑し見くだしてきた人たちだ。ぼくたちのせいで顔に泥を塗られたと言いだすぞ」

アンはまさにこの会話をずっと避けてきた。この会話をせざるを得ない事態に陥らないことを願っていた。しかし、もはやこれ以上、先延ばしにはできないようだ。彼女は背筋を伸ばし、顎をあげた。

「ええ、わたしの家族はわたしたちを憐れんだり、施しを与えたりしないわ。そうするにはプライドが高すぎるから。でも、どうしてあなたが、あの人たちの評をそんなに気にしなければならないの？　あの人たちは、わたしたちのどちらに対しても、条件つきでしぶしぶ評価を与えたことしかないのよ。わたしたちがあの人たちのせいで悩んでいたのは、もう何年もまえのことでしょう」

「彼らの評価は、ぼくにとってなんの意味もない」フレデリックは言い張った。「だけど、彼らの軽蔑には耐えられない」

「わたしたちは、それに耐えるしかないんだとしたら？」

フレデリックはアンを見つめた。彼が裏切りとみなしたものによって傷つきながら。「たぶん、あなたはこれを避けられないことだと思ったんだろう。たぶんずっとそう思っていたんだろうな。ぼくがいずれあなたを失望させることになると。あなたを養うことができなくなると。そう思っていたはずさ。さもなければ、どうして最初のときに、ぼくを拒んだ？」

「いいかげんにして！」結婚以来、アンが夫に声を荒らげたことは十回もなかったが、いまは大声で言った。夫は驚いて口をつぐんだ。「わたしの家族の軽蔑なんて安っぽいものよ。馬車の紋章を見分けられなかった無礼だけで軽蔑される。なにしろ、気心の知れた付き合いよりも、貴族のまえでの退屈を好む人たちだから。あの人たちは、裕福な家に生まれなかったからという理由で、あなたをさんざん軽蔑して、わたしにはまったく理解できなかった理由で、わたしをさんざん軽蔑してきた」若い頃、アンは理由がわからないことに苦しめられてきたが、その痛みを最後に感じたのはもう何年もまえのことだった。「わたしたちは、あの人たちの評価を尊重したことは一度もなかった。なぜいまになって気にしはじめるの？」

「ぼくたちはもう充分耐えたんじゃないのか？」

「そうよ！」アンは叫んだ。「充分耐えたわ！　でも、わたしたちを苦しめているのは、わたしの家族のプライドイドじゃない。あなたのプライドよ」

フレデリックはあざ笑った。「男にはプライドを持つ権利がある。良き原則のもとで、公正にプライドを持っているなら」

「自分のプライドを持つためには、自分がそれに値すると信じなければならないわ」彼女は答えた。「真のプライドが奪われることはないのよ。全世界から軽蔑されたって、奪われることはない。わたしたちは他人のプライドを壊すことはできない。壊せるのは自分のプライドだけよ」

そのとき、ある疑念がフレデリックの心をかすめた。アンは夫の表情が曇ったのを見て、それに気づいた。

「で、あなたはぼくが自分のプライドを壊したと思ってるんだな。ウィッカム氏を信用した愚かさのせいで、戦争で獲得した以上の富を望んだ強欲さのせいで――」

「ちがう、ちがうわ」アンは夫のそばにいき、手を握りしめた。彼は握り返してこなかった。「軍人仲間のことばを信じるのは、ちっとも恥ずべきことではないわ。信じてはならないと考える根拠は、何ひとつ与えられていなかったんだもの。それに、家族にもっと安定をもたらしたい、ペイシェンスの将来のために、もっと多くの持参金を用意したいと願うことも、悪いことではないわ。あなたは何も悪いことはしていない。わたしたちに災難をもたらした元凶は、ウィッカム氏よ、彼だけなの」

「そう信じられたらと思うよ」ウェントワースはそっと言った。

「信じるのよ」アンはこう決めたときには、驚くほど猛々《たけだけ》しくなれた。「わたしは信じているわ。ずっと信じてきた。最初にウィッカムの不正を知ったときから、どこに責任があるのか明確にわかっていた。それはあなたの足元にはないの。ましてや、スミス夫人のところにあるはずもないでしょう」

アンはこの最後のことばが、せめてほんの一瞬でも、夫を微笑ませるかもしれないと期待していた。しかし、フレデリックはアンの手から手を引き抜くと、窓の外を見つめた――彼女には見えない水平線を。

＊

ウェントワース夫妻の知らないうちに、ふたりの会話の大声の部分は、自室に向かう途中のジュリエット・ティルニーに聞かれていた。ジュリエットは注意を向けないようにしながら、歩きつづけた。しかし、聞いたことを忘れることはできなかった。

〝家族にはそれぞれのプライドがある〟彼女は思った。〝それぞれの秘密のことばがあり、内輪の掟がある。それはダーシー家も同じなのよね。

わたしがジョナサンに要求したことは、彼の家族のプライドが許せる範囲を超えていただけなのかもしれない。

それでも、要求したことがまちがっているとは思わないけれど〟

またジュリエットは、ウェントワース夫妻がどちらも、想像していたより激しい怒りを抱くことができるという点に思いを巡らさずにはいられなかった。

＊

ドンウェルアビーでは多くの農業計画が実施されており、それぞれが農業の向上に対する主人の関心の高さを反映していた。ナイトリーの好奇心により、ミツバチの巣箱の製作や新種の水車の建設、そして――庭師のあいだでもっとも物議を醸した――見慣れぬ外来の種子の植えつけなどがなされた。そんな植えつけのひとつが文字どおり、ついに実を結んだ。

「ほんの三週間前までは、青々としていたのに」ナイトリーは言った。「それがいまや、これを見てくれ。リンゴのように赤くて、しかも大きいじゃないか」

庭師長は根強い疑惑の眼でその実を見つめた。「トマトってのは、そういう見た目をしているんですか？」

ナイトリーは肩をすくめた。「青い実から成長して柔らかくなったということは、果実が熟したと考えるのが妥当だろう」

「しかし、食べても安全なんですか？」それは、庭師長を長いこと悩ませてきた問いだった。「うちの祖母《ばあ》さんは、いつも毒だと言ってましたよ」

「新大陸では食べている」

庭師は、アメリカ大陸の人々ならば、あらゆる種類の頭のおかしなことを――イギリス国王に戦争をしかけたりだとか、毒のある実を食べたりだとか――やりかねないと言いたげな音を立てた。

ナイトリーはもう一度説得を試みた。「どうやらトマトはロンドンで人気が高まっていて――スープやシチュー、あらゆる料理に使われているらしいんだ」

「アメリカの連中より、ロンドンの連中のほうがどうかしてるんですよ」庭師は言った。どうやらトマトを、その主張の絶対的な証拠だと考えているようだった。

しかし、ナイトリーはそう簡単には断念しなかった。この植物を育てようと試みたのは今年で三年目であり、実をつけるまで成長したのは初めてだった。そのうえ、ここ数日のたえまない緊張と憂鬱のあとでは、この小さな純粋な満足を味わいたかった。そんなわけで、その実を口元に運ぶと、庭師の慌てた表情を無視して、ひと口かじった。

最初に思ったのは、トマトは非常にベトベトになる食べ物らしいということだった。

次に思ったのは、トマトはおいしい、いということだった。

ナイトリーはその水分たっぷりのものを口からはず

し、ハンカチーフをつかんで口と顎をぬぐいながら、クスクス笑った。「すばらしい。夏そのものの味がする。しかし、これを食べるには、私の知らない何かコツがあるにちがいない」

「さようですか、旦那さま」庭師は両手を少しまえに出した。まるで毒がまわって突然、ナイトリーが横に倒れたら受け止めようと身構えるかのように。

このような成功は分かち合うべきものだ。屋敷に戻ってエマを探そうと踵を返したとき、ナイトリーは近くの小径に招待客二名の姿を見つけた。「ブランドンさん、ブランドン夫人！」彼は呼びかけた。「アメリカ大陸のトマトを育てたんですが、すばらしい出来でしてね。ちょっと食べてみませんか？」

しかしながら、話しかけたとたん、ナイトリーは声をかけなければよかったと思った。そのときのブランドン夫妻ほど、浮かれた気分とはほど遠い雰囲気のふたりには、めったにお目にかかれないからだ。

＊

ブランドン夫妻は、ナイトリー氏から事前の注意を受けていたので、手にハンカチーフを持ってトマトを試食した。そのため、食べ終えて立ち去るときには、ほんの少しベタベタしただけですんだ。

マリアンは「気に入りましたわ」と言ったが、あまりに一本調子で、そのことばが滑稽に聞こえそうなほどだった。

「調理したほうがおいしいと思います」ブランドンも妻と同じ口調で言った。

マリアンは食卓にその異国料理が出されたところを想像しようとしたが、真っ赤な――血よりも赤い――ソースをかけた皿しか思い浮かばなかった。食欲をそそられそうにはなかった。

じきに食欲は戻ってくるのか？　夫の隣りで安らか

に眠れるようになるのか？　あるいは、ことばが白い紙についた黒い傷痕としか思えなくなるほど心が麻痺することなく、クーパーやスコットの詩を読めるようになるのか？

この恐ろしい犯罪の余波は、マリアンが経験してきたどんなものともちがっており、この事件がどれほど長い影を落とすことになるのか想像もつかなかった。

マリアンはちらりとブランドンを見た。彼は正装が必要な場面に備えて軍服を持参していた。彼女はいっとき、夫が軍服を着ているところを見たいと願った――ほんの数ヵ月前のふたりの結婚式のときのように、彼が金の組み紐で縁取られた緋色の長上着を着て、屈託なく笑っているところを。

あの日は彼女にとって新たな始まりのように思えた。多感さがマリアンを憂鬱に駆り立てるのではなく、より大きな喜びへの扉を開いてくれる、そんな人生に生まれ変わったかのように。

いま、あの日は終わったように感じられた。

「わたし、話をしてくれとせがむべきじゃなかったわ」マリアンは話しはじめた。ブランドンを見ることはできなかった。代わりに、近くの野原で黒い馬をゆっくりめの駆け足《キャンター》で走らせているジョナサン・ダーシーを見つめた。「許してちょうだい」

ブランドン大佐は妻を探るような眼つきで見つめた。「もう許されている。夫婦のあいだに真実のみを求めたあなたを責めることはできない。真実なくして真の結婚はありえない――あなた自身が私にそう言ったように」

マリアンは、ほんの数日前に、夫に心の裡を明かしてくれと情熱的に訴えたことを思いだした。まったく別の人生での愚行のように感じられた。「もし知ったことを後悔してしまったら？」

ブランドンが答えるまでに数秒の間《ま》があった。「それならば後悔すべきだ。もっとも醜い真実はもっとも美しい嘘よりも価値がある。そうは思わないか？」

「もちろん思うわ」マリアンはそう言ったが、そのとおりなのかどうか、もはやまったくわからなかった。

＊

マリアンとブランドン大佐は、普通の会話の口調で話していた。おそらく自分たちの声は蹄の音や風の音にかき消されて、ジョナサンの耳には届かないと思っていたのだろう。

エボニーが早駆け《ギャロップ》で――あるいはキャンターでも――走っていれば、そのとおりだったかもしれない。しかしながら、速歩《トロット》では、ほかの音がほとんど聞こえなくなるほどの音を、馬が立てることはない。

どうやら――ほぼまちがいなく――ブランドン大佐は何かをマリアンに打ち明け、マリアンはいまそれを聞いたことを後悔しているようだった。夫妻が新たに共有した秘密は、殺人に関係しているのだろうか？会話の内容からは確かめようがない。とはいえ、マリアン・ブランドンの死人のように蒼白な肌を見ると、その可能性は充分にありそうだとジョナサンは考えた。

いまの会話の裏には犯罪の証拠が潜んでいるかもしれないというのに、ジョナサンの注意は最初、ブランドン夫妻が口にしなかったことではなく、互いに言ったことに向けられた。もし夫婦のあいだで正直さがかけがえのない美徳であるなら、友人同士でもそうあるべきではないか？

殺人事件の捜査では、それは不可欠だ。

ジョナサンはジュリエット・ティルニーにそれを示さなければならない。

＊

ジュリエットの見解では、その夜、彼女はジョナサン・ダーシーを完全に無視することをやってのけた。ハウスパーティは、まだパーティらしいにぎやかさを完全に取り戻してはおらず、図書室に集まった人々も、関心や娯楽を共有することはなかった。代わりに、数人が本を読み（エリザベス・ダーシーとアン・ウェントワースなど）、男性二名が無言で新聞をめくったり戻したりし、エマ・ナイトリーがせっせと記憶のなかの景色をスケッチしていた。

　ナイトリー夫人は女主人の義務を果たすべく、会話のきっかけを提供しようとしたが、なかなか適当な話題が見つからなかった。「これは理想的な夏の休暇とはいえませんわ。みなさんも、きっと海辺を訪れたほうがよかったことでしょう」

　直後に流れた沈黙は、実際、殺人事件や殺人犯から遠く離れて海水浴をしたくなかった人は、その場にひとりもいないことを雄弁に物語っていた。それを口に出すほど無礼な人はいなかったが、そうではないと口にするのもまた難しかった。

　慌てて、ナイトリー夫人が続けた。「その、うちの子どもたちは親愛なる友人のウェストン夫妻と一緒に海辺にいるんですの。ヘンリエッタが、初めて海を見たときのことを書いた、とても愉しい手紙を送ってくれて――あなた、あの手紙は書斎にあるかしら？　みなさんに読んで差しあげましょう」

　和やかな手紙の朗読を聴くのは、概して愉しいものだし、ジュリエットは海を見たことがなかったのでとくに興味を持った。残念ながら、ナイトリーは首を横に振った。「たしか、チャーチル家に『貴族名鑑《デブレット》』を見せてもらいにいったときに持っていってね。目印代わりにページに挟んできてしまったんだと思う」

「あらまあ」エマは言った。「そうなのね」会話はまた尻すぼみになった。

　ジュリエットは余暇にはたいてい本を読むのが好きだったが、いまは本に集中できないだろうとわかっていた。だから、刺繍に取り組んだ。目標は叔母のエレナー（ジュリエットの父親の妹）のために繊細な模様の襟を完成させることだったが、いまのところ、その出来ばえは繊細とはほど遠かった。刺繍はジュリエットをとても苛立たせたが、せめて死ぬまでには、単純な矢車菊の模様を刺せるようになろうと決意していた。

　ジョナサン・ダーシーがそばを通りかかり、まるで刺繍を検分するかのように身を乗りだした。ジュリエットの頬が熱くなった。わざわざ出来ばえの悪い刺繍を観察する必要がどこにあるのか？　ジュリエットを無視することで気分が良くなるのだろうか？

　それから、しっかり小さく折り畳まれた紙が、膝の上に落とされていることに気づいた。

　ジュリエットは彼が歩きだしてからしばらく待ったあと、その紙に注意を向けた。さりげなく――たぶん、傍《はた》からは刺繍の模様を確認するように見えたはずだ――渡された紙を広げると、さっと下に視線を走らせた。

ミス・ティルニーへ――

　手紙を差しあげる無作法をお許しください。ぼくの不甲斐ない振る舞いを心からお詫びします。ぼくたちの努力には正直さが必要なのに、ぼくはそれを拒みました。それに、ぼくの両親の人格はもっとも厳しい精査にも耐えうるものです。ぼくは嘘をつくことで、そうではないことを示唆し、両親の名誉を傷つけました。

　思うに、ここには発見すべきことがまだ数多くあります。そうした発見に協力したいとぼくが思える人は、この屋敷にあなたをおいてほかにはいません。もしお許しいただけるなら、以前のように、今夜、撞球室でお会いしましょう。今日ぼくが耳にした会話は、非常に有益な可能性があります。

　もし今夜あなたが撞球室にいらっしゃらなければ、あなたの返答だと理解し、これ以上お願いすることはいたしません。

いずれにしても、変わらぬ
　　　　　　敬意を込めて
　　　　ジョナサン・ダーシー

ジュリエットは手紙を畳み直し、刺繍の作業に戻った。刺繍の木枠を高く掲げ、顔を半分覆うと——たったいま浮かんだ小さな笑みを完全に隠した。

14

「トマトには」エマは言った。「限られた愉しみしかありませんわ」

妻が水差しの水を顔にかけると、ナイトリーはため息をついた。彼はまだ寝台にいた。早起きが苦手なわけではなく、朝はエマ・ウッドハウス・ナイトリーの邪魔をしないのが最善だということを苦い経験から学んでいたからだ。「ぼくの庭園では、招待客に提供するはずだったほかの娯楽の代わりにならないことはわかっているよ。ぼくが言いたいのは、礼儀作法に反することなく、招待客の要望に沿った気晴らしを見つけられるかもしれないということだ」

エマはムッとしながら、髪から毛巻き紙《カールペーパー》をはずしはじめた。（ほかの既婚女性と同じように、日中はモブキャップ（婦人用の布製の室内帽）をかぶっていたが、さりげなく横から巻き毛を数本垂らしていた。）「礼儀作法って、まるで屋敷内で殺人が起きたときの対処法を定めたルールがあるみたいな言い方をなさるのね。そんなものはありませんわ。わたしだって、それがあったらどんなにいいだろうと思いますけど」

「それなら、ぼくたちが模範を示さなければならないな」ナイトリーは寛大に聞こえるような口調で言った。妻の眼に宿る怒りの炎から判断するに、そうは聞こえなかったようだ。

「わたしたちがいま示している模範は、あなたが思っているよりずっとひどいものなんです」エマは断言した。「こんなふうにコソコソしているなんて、だって――わたしたちが罪を犯しているみたいですわ！」

ナイトリーが答えるには大きな負担を強いられた。

「ぼくたちのうちのひとりは、実際に罪を犯している」

エマはもはや彼の眼をまっすぐ見ようとはしなかった。「でも、ほとんどの人はちがうのだから、わたしたちは誰ひとり罪を犯していないように振る舞わなければなりませんわ。そうしなければ、まさにドンウェルアビーの評判を危険にさらすことになりますもの」

その点については、ナイトリーはそこまでの確信はなかったが、ここは譲ったほうがいいように思えた。たしかに、殺人事件直後の厳粛な振る舞いのおかげで、ほとんどのおしゃべりな人々は満足したことだろう――おしゃべりをやめる気がない人々は別にして。（エルトン夫人が、思わずナイトリーの頭に浮かんだ。）その一方で、雰囲気を明るくする催しを提供せずに、招待客を屋敷に閉じ込めておくことは、まさしく監獄を連想させた――その連想は彼としてもどうしても避けたかった。

「お望みのままに、いとしいエマ」彼は言った。「今夜、客人たちと話して、みなさんが同意するかどうか確かめよう」

「同意なさいますわ」エマはナイトドレスの上に部屋着のガウンを羽織りながら断言した。じきに彼女は化粧室にはいり、メイドに身支度を手伝ってもらうことになる。「見ていらっしゃい」

「きみを疑っているわけではないよ。ぼくは了解を取ることが最善だと思っているだけだ」ナイトリーはため息をついた。「それが終わったら、そしたら、ああ――ハウスパーティを再開しよう」

どうにかして、何も起こらなかったかのように続行しなければならない。

＊

一方、ジョナサンはぼんやりと髪にブラシをかけながら、壁に掛けられた小さな鏡を見つめるでもなく、昨夜のジュリエットとの打ち合わせを思いだしていた。

彼女が撞球室で待っているのを見たとき、ジョナサンはどれほど安堵したことだろう！「もちろん、あなたは家族に誠実な人ですから」そのとき、彼女は言った――ほんの一日前にはそんなことがありうるとは想像もしなかったほど信頼のこもった眼でジョナサンを見あげながら。「悪いことをするつもりではなかったことはわかっています」

「でも、ぼくはあなたにすべてを話すべきでした」この点を強調することが非常に重要に感じられた。「これからは、そうすると約束します」

とはいえ、叔父のドーチェスター伯爵についての自分の考えは、まだ彼女に話していなかった。いまの時点で情報を共有するには、根拠が薄弱すぎた。事件を解決に導くというより、あらぬ方向に逸らしかねない。

次に、ふたりはそれぞれが小耳に挟んだ重要な会話について話し合った。ウェントワース大佐の怒りはどちらにとっても驚きではなかったが、その怒りを彼のやさしい妻、アンも共有していることを知って、ジョナサンはティルニー嬢と同じくらいショックを受けた。

「ウェントワース夫人は、お金を失ったことを悩んでいるようには聞こえませんでした」ティルニー嬢は説明した。「そうではなくて、大佐がそのことを極端に気に病んでいることに、怒っているようでした」

ジョナサンは尋ねた。「それは、おそらく、怒りのせいで大佐がウィッカム氏に対して早まった行動を取ってしまったかもしれないと、恐れているからではないでしょうか？」

「その可能性を無視することはできないと思います」

「ブランドン大佐とウェントワース夫人は、なんらかの秘密を共有していました──それが殺人に関係しているかどうかはわかりませんが」ジョナサンはつけ加えた。「でも、ぼくはふたりが、まだ〝リスク〟のあることを明かす段階ではないと話しているのを聞きました」

「なんて興味深いの」ティルニー嬢はつぶやいた。

「思いも寄りませんでした！　どう思います？　ブランドン大佐はあの夜、なぜウェントワース夫人が部屋を出たのかを知っているのかしら？　ひょっとして大佐は夫人を見かけたとか？」

ジョナサンはそれについて考えた。「おそらくそうでしょう。いまのところ、あのふたりはドンウェルアビーに来るまえから知り合いだったようには見えません。知り合ったばかりのふたりが、そう簡単に殺人のような犯罪を共謀するはずはありません」

「たしかにその可能性は低いでしょうね。でも、すごく興味をそそられるわ」

彼女はジョナサンが次に話したことに、さらに興味をそそられた。「ブランドン夫人は、ご主人との正直な関係を後悔しているように聞こえました。後悔するなんてありえないはずです──よほど聞きたくないことを聞いてしまったのでないかぎり。ただし、必ずしも殺人の自白だったとはかぎりませんが」

「ええ、そうですね。ただ、あの殺人事件はわたしたち全員につきまとっています。いまこの場で、あれ以上に恐ろしく思えることがあるかしら？　自白以上に悪いことがありうるかしら？」

ジョナサンはゆっくり首を振り、こう言ったのだった。「ぼくたちは、それを見極めなければならないようですね」

部屋のドアがノックされ、ジョナサンははっとして現実に引き戻された。「ダーシーさま？」許可なくドアノブを開けようとしない使用人のくぐもった声がした。「従者はご入り用ですか？」

「はい、でもいまはまだ。十分後くらいに。ありがとう」

またひとりになったジョナサンは、あれほど陰惨な話題の会話を思いだすことが、いったいなぜこんなに愉しいのだろうかと思った。おそらく話した相手と関係があるのだろう。ジュリエット・ティルニーは清々しい相手だ。思慮深い相手だ。完全に慣習に従う女性ではないかもしれないが、まあ、彼自身、慣習に従う人間とはほど遠い。まちがいなく、彼女はジョナサンが出会ったなかで、唯一、彼の変わったところをもっとも肯定的に捉えてくれた人だった。

ジョナサンは、そのことを母親と父親に説明できればいいのにと思った。しかし、両親は彼のティルニー嬢に対する関心を、ありのままの心境とはかけ離れたものだと受け取ることだろう。

少なくとも、いまの心境とは。

＊

その日、使用人は難なく郵便物を回収することができ、マリアン・ブランドンは手紙を一通受け取った。

きっと姉からだろうと思い、手紙には目もくれずに、まずはひとりで読める場所を探した。姉のエリナーは忠実な文通相手だが、頻繁に手紙を書く人ではなかった。手紙を書くために書くことはなく、知らせがあるときや、知らせに反応するときにだけ書いた。この手紙は速達で送られてきた。ということは、自宅で何か恐ろしいことが起こったのか――〃ああ、エリナーの赤ちゃんのことではありませんように、あと数カ月で出産なのに〃とマリアンは祈った――または、マリアンが殺人事件の直後に送った手紙をエリナーが受け取ったのか。

しかし、その手紙はエリナーからではなかった。マリアンは武器庫の片隅に坐って、ひとりで手紙を読んだ。表面の筆跡を見て、彼女は眼を瞠《みは》った――初めてしっかり見た瞬間に、まぎれもなくジョン・ウィロビーの筆跡だとわかったからだ。

最愛のマリアンへ

ぼくはまだあなたをマリアンと呼んでもかまわないでしょうか？　〃ブランドン夫人〃という唾棄《だき》すべきことばで、あなたのことを呼ばせないでください。そのことばを書くだけでも、ぼくは苦しくなります。声に出して言えるようになるには、長い時間がかかるでしょう。そしてそう遠からず、ぼくたちがもう一度ことばを交わせるようになることを願っています。

マリアンは、避けることのできない社交の場で、礼儀正しい最短の挨拶をする以外に、ウィロビーとは二度とことばを交わしたくなかった。ましてや、彼から新たな手紙を受け取るなど考えたこともなかった。胸のなかで心臓がドキドキと打ち、読み進めるにつれて呼吸が速く浅くなった。

きっと、いまごろはもう、エリナー――彼女のことなら、フェラーズ夫人と呼ぶことができます、以前のような友人には二度と戻れないでしょうし、この場合は少なくとも、彼女の喜びを心から願うことができますから――姉君はもう伝えたはずでしょう。あなたが病気のときにぼくが訪れたことを。あなたの命が危険だと信じて、そしてぼくの弱さとぼくの妻の思いやりのなさが、あなたをあの状態に陥れたと思った、いや、そうと知ったときに――信じてください、マリアン、ぼくが感じた完全なる荒廃は、ぼくの多くの罪に対する充分な罰でした、それどころか、それを上回るほどの罰だったのです。

「自分の伴侶を思いやりがないと言っておきながら、自分のことはたんに弱いとしか言わないのね」マリアンはつぶやいた。「あなたは自分の罪のせいで苦しんだのかもしれないけれど、そこから何も学んでいないんだわ」

正直に教えてください――あなたがブランドンを選んだのは、ぼくへの腹いせだったのでしょうか？　ほかの誰よりも、彼にだけは、あなたの手を取らせたくない――ぼくがそう願っていると知ってのことだったのでしょうか？　とはいえ、あのとき、あなたの手を取らせたいと願った男は、ぼく自身しかありえませんし、その願いはもはや叶いようもありません。

しかし、だからといって、ぼくたちが永遠に別れなければならないということにはなりません、ぼくのマリアン。

あなたは貞淑な女性です。そのことは完全に理解しています。それなのに、ぼくたちが再びことばを交わす機会すら拒むという残酷な仕打ちをなさるのですか？　ぼくたちには、すばらしい会話ができます、ぼくとあなたには。ぼくの知人のなかで、詩について、風景について、そのほかの優雅なものごとについて、深く感じられる人は、あなたのほかにいません。もちろん、ぼくの妻にもできません。

マリアンの心はかつてほどウィロビーに対して脆《もろ》くはなかった。それでもそのことば――〝ぼくの妻〟――をひるまずに読むことはできなかった。

あなたがどうにかしてサマセットシャーを訪問することに大きな問題はないでしょう。パーマーご夫妻（マリアンの家族が世話になったジェニングズ夫人の娘夫妻）は、きっといつでもあなたを歓迎するはずです。しかし、もしあなたがぼくのところに来られないのなら、ぼくがあなたのためにドーセットシャーを訪れましょう。叔母はささやかな残酷さでぼくたちの希望を傷つけましたが、ぼくよりもぼくの結婚を喜んでくれています。じきに訪れる予定です。できればひとりで。そのときに、ぼくたちはきっと話す機会を得られる、あるいは見つけられるでしょう。待ちに待ったその日がついにやってきたら――どうかぼくに心を開いてください。互いに隠し事をするのはもうやめにしようではありませんか？

「まるでわたしがあなたに隠し事をしたことがあるみたいね」マリアンはささやいた。隠し事をしたのは彼のほうだった。責めを負うべきなのも彼だった――本人が自覚していようがいまいが。この手紙を見るかぎり、彼にはその自覚がないようだ。

それはたいした問題ではなかったが、まったく問題ないと思えればよかったのにとマリアンは思った。

マリアンはその手紙を、脇にまとめられた紙ごみの山のなかに押し込んだ。手紙はメイドに回収され、おそらくは火をつけるために使われるだろう。そうなれば、マリアンの考えでは、手紙は良き最後を迎えることになる。もし使用人たちの育ちがとても悪く、ごみの山にあるものはなんでも読んでいるとしたら、好きに解釈させておけばいい。

*

一方、図書室では、ジュリエットが未読の小説を探していた。家族全員が巡回図書館（会費制の個人経営の図書館）を熱心に利用していることもあり、彼女はすでに多くの小説を読みつくしていた。捜索の失敗を認め、マライア・エッジワースのお気に入りの作品を手に取った。何度も繰り返し読んだ本なので、集中してもしなくてもよく、ジュリエットの好きなように読むことができる本だった。

図書室にいるほかの人々は、自分の手紙を読んだり書いたりしていた。そこへ、ナイトリー夫妻がはいってきた。エマの表情は決然と明るかった。ナイトリー氏はやや警戒した様子で、妻のそばに立った。エマが口を開いた。「さあ、みなさんもご覧のとおり、お天気はかなり回復して、道の状況もよくなりました。この屋敷はまだ一種の疑惑の雲の下にありますけれど、ひとりの無分別な行動のために、すべての方が苦しむ必要はありませんわ。本日から、ハウスパーティを本格的に再開したいと思います」

滞在客たちは視線を交わした。反応はさまざまだった――エリザベス・ダーシーの笑顔からアン・ウェントワースの渋面《じゅうめん》まで、そのあいだには多くの不安げな顔があった。ジュリエットは、ファニーとエドマンドのバートラム夫妻が互いを見なかったこと、それぞれ細長い図書室の両端の席に坐っていることに気づいた。ジョナサンもそこに注目しただろうか？

口を開いたのは、エドマンドだった。「無作法だとは思われませんか？　最悪の状況で人が亡くなったあとに、そのような気晴らしに興じるとは？」

「むしろ、いまのほうが無作法だと思いますの。これではまるで、お客さま全員が罪を犯しているとか、そう疑われるべきだと仄めかしているみたいですわ」エマは断固として答えた。「人前に出るのを恥じるべきではありませんし、ジョージ・ウィッカムが来なければ実施していた催しを続けることを、恐れるべきではありません」

ナイトリーが口を挟んだ。「明日、私たちはハイベリーまで歩くことにしました。村までのただの散歩で、それ以上でもそれ以下でもありません。同行されたい方はぜひどうぞ、残りたい方は遠慮なくお断りください」

「ご親切にも、わたしたちを愉しませ、気を紛らわせようとしてくださるなんて」アン・ウェントワースが言った。彼女の笑みは柔らかく、少し悲しげだった。「このようなつらい状況で、おふたりはもっとも理解ある寛大な主催者だと証明されましたわ」客人のあいだに同意のつぶやきが広がった。ジュリエットは、将来、自分の家を持って緊張するパーティを開くときには、この出来事を思いだそうと心に決めた。女主人として直面するどんな困難だろうと、これに匹敵することはないだろう。

エマの笑顔はより自然になった。「みなさんの意見が一致して、とてもうれしいですわ。さっそく今夜から始めましょう！　音楽の夕べを開きますから、もしよろしければ、ご婦人方全員に腕前を披露していただきましょう」

ファニー・バートラムは首を横に振ったが、ほかの面々は同意した。そのときジュリエットは、自分の〝たしなみ〟を示さずに逃げることはできないと悟ったのだった。

〝ああ、どうしてピアノの練習をしておかなかったのかしら？　殺人事件に気を取られていたせいね。母さまがそんな言い訳を受け入れてくれるとは思えないけれど〟

＊

ファニー・バートラムは、洗練された若い女性のたしなみのほとんどを習ったことがなかった。彼女はマンスフィールドパークで、トーマス・バートラム准男爵の子どもたちと一緒に育てられたが、その一員ではなかった――そのちがいは、伯母のノリス夫人にことあるごとに強調されてきた。ファニーの唯一の装飾的技能は針仕事で、それが公《おおやけ》の場で披露されるものではないことに感謝していた。たんに部屋中の人々のまえで立ちあがり、その場にいる全員に話しかけるだけでも身がすくむ思いがするのに、もし歌わなければならないとしたらどれほど恐ろしいことだろう！

それでもふだんなら、ファニーはほかの人の演奏を聴くのを愉しんだ――とりわけ趣味が良く洗練された演奏が披露されるときには。しかしながら今夜は、もうひとつの苦痛にも耐えねばならないようだった。

エドマンドなしで過ごす一瞬一瞬が――ふたりのあいだに横たわる恐ろしい問題を口にしない一瞬一瞬が――拷問のようだった。

かといって、その問題について話すことはいっそうつらかった……

次の機会を捉えて、ファニーはなんとか音楽の夕べの席をはずした。礼拝堂で慰めを得たいと思ったが、エドマンドがそこにいないともかぎらない。代わりに、自然のなかで自分を取り戻したいと思い、近くの雑木林に向かうことにした。音楽室から出るとき、ジュリエット・ティルニーに見られていることに気づいた。ファニーの動揺ぶりは、他人から見てもそれほど目立っているのか？　自分はいまでもエドマンドを辱《はずかし》めているのだろうか？

林のなかに入るやいなや、彼女は不安が薄らいでいくのを感じた。ここは、この緑に囲まれた空間は静謐《せいひつ》だった。ここは平和だった。人類の偉大な裁き主であられる神以外、ここでは誰もファニーを裁くことはない。

ファニーは芝生にひざまずくことはしなかった。芝に跡をつけて、ナイトリー家の使用人を煩わせたくなかった。その場でただ手を組んで、眼を閉じた。

〝天にまします父よ〟彼女は祈った。〝わたしをお赦しください、わたしがしたことすべてを、わたしができなかったことをお赦しください。わたしは誰にも、夫にさえ、正直になることができません、そしてこの秘密の重荷をひとりでどう背負えばいいのかわかりません。どうかわたしが耐えなければならないことに耐え、正しいことを知る力をお与えください〟

ただ一点だけ、たしかに感じられることがあった。ファニーは兄ウィリアムが書いた内容を誰にも伝えることはしないだろう。〝内密に〟と言われたことは、内密のままにするのよ。せめて、そのことはエドマンドに理解させなければならない〟

なじみのない思考によって沈思から引き戻され、ファニーははっと眼を開けた――エドマンドに理解させなければならない。彼女は昔からエドマンドの判断と意志に従ってきた。最初は彼を敬慕する従妹として、次に妻として。エドマンドは、見識の正当性を疑う理由を与えたことはほとんどなかった。彼の行動を絶対に阻止しなければならない理由があるとファニーが感じたことは、これまで一度もなかったのだ。

〝わたしにエドマンドを否定する勇気があるのかしら、こんなにも弱く罪深いわたしに？　この問題で夫に従おうとしないわたしは、妻としての義務を怠っているの？

それとも、エドマンドが夫としての義務を怠っているの？〟

反抗的で異端の思想だ！　ファニーは主の祈りを何度も唱えはじめた。罪深い頭から、そのような考えを消し去りたいと願って。

しかし、その考えは祈りのことばよりも長くとどまっていた。

＊

ジョナサンは、若い男性に求められる程度をはるかに超えて、音楽が好きだった。

いや、紳士階級の子息が楽器を始めることはまったく耳にしないわけではなく、歌の上手な人はどんな場でも歓迎された。とはいえ、そうした娯楽を提供するのは、その家の女性たちの仕事であり、家の男性たちは愉しみを与えられる側だった。そのため娘たちは、才能があればとくに、音楽芸術を幅広く教え込まれた。息子たちは、概してそうではなかった。

ジョナサンは——ほかの多くのことと同様に、これについても——人とはちがっていた。彼の最古の記憶のひとつは、まだとても小さな子どもの頃に、つま先立ちで手を伸ばして、ピアノの鍵盤を叩いたことだった。母親も叔母のジョージアナも、最初はジョナサンの興味のおもむくままにさせ、それから本格的に教えはじめた。家中のおとなたちは、ジョナサンが揺り木馬に乗れるほど大きくなれば、すぐに楽器を放りだすだろうと信じていた。その後、本物の馬に乗る機会を得たら、放りだすだろうと考えた。そのあとは、学校にあがれば断念すると期待していたのではないかと、ジョナサンは思っている。今日《こんにち》に至るまで、彼は家にいるときは、ピアノを弾かない日よりも弾く日のほうが多かった。しかしながら、彼の才能が披露されたのは家族のまえでだけである。彼の家族は、青年が人前で演奏するのはふさわしくないと考えていた。

「あなたにとっては、ピアノはすばらしい気晴らしでしょう」母親は唇に悪戯《いたずら》っぽい笑みを浮かべながら説明したものだった。「でも、その場にいる若い女性たちにとっては、はるかに重要な問題なの。彼女たちは人前で見事に演奏しなければならないのよ。親愛なる坊や、あなたは、そうではないでしょう？」

「ぼくは、金持ちでありさえすればいいのですね」

母親は笑った。「わたしたちはもっとあなたに期待しているわよ！　でも、普通の社交界では――そう、それで事足りるんでしょうね」

これは、ナイトリー家のハウスパーティでうんざりさせられたもうひとつの点だった。悪天候が続き、叔父が殺されただけでなく、ジョナサンは丸々一週間ピアノを弾く機会がなかったのである。

アン・ウェントワースがイタリアの愛の歌を演奏しているとき、ジョナサンは膝の上で両手を組み合わせていた。ときおり、ほかの人の演奏を聴いていると、指がぴくぴく動きだし、無意識に頭のなかの見えない鍵盤で音を叩いていることがあった。こうして手を組んでいれば、恥をかかずにすむ。ウェントワース夫人の演奏は優美ですばらしく、ジョナサンが心から羨《うらや》むほどの技巧だった。夫人に教えを仰ぐことができればどんなにいいだろう！

曲が終わると、皆が拍手した。ナイトリー氏が大きな声で言った。「次はどなたかな？　どうです、ミス・ティルニー」

ジュリエット・ティルニーの頬が桃色に染まった。

「こちらにある曲のほとんどは、あまりよく知らないのです」彼女はナイトリー家の楽譜を示しながら言った。「それに自分の楽譜も持参しておりません。でも、なんとか弾けそうなものが一曲あります。みなさまが練習不足でもやめさせないと約束してくださるなら」

「もちろん、約束しますわ」エリザベス・ダーシーはそう言って、夫を見た。ジョナサンは母親の〝練習不足〟が夫婦のあいだでは一種の冗談らしいと知っていた――その理由はわからなかったが。

ティルニー嬢はピアノのまえに坐ると、ひとつの楽譜を注意深く眼のまえに置いた。深呼吸をしてから弾きはじめた。ジョナサンは笑みを浮かべた——彼女はパスクィーニ（イタリアの作曲家）のアリアを選んでいた。彼の個人的なお気に入りの一曲だ。それから、楽譜とはちがう音が一音混じり、ジョナサンは眉根を寄せてから、理解した。〝ミス・ティルニーはまだ曲を完全に覚えていないのか〟

少なくとも、彼にできる手助けがひとつだけあった。ジョナサンはすばやく立ちあがって彼女のそばに行き、楽譜のページをめくる手伝いをした。その褒美として、彼に向かってちらりと笑顔を見せると、ティルニー嬢は改めて演奏に集中し、立派に弾きはじめた。

彼は無心でページをめくりつづけ、やがて彼女は演奏を終えた。聴衆が拍手をし、ジョナサンは背筋を伸ばして聴衆のほうを見た——全員が笑みを浮かべていた。ティルニー嬢の演奏が惹き起こすだろうと彼が予想していた以上の笑みを。母親の満面の笑顔に気づいたとき、ようやくジョナサンは、聴衆が喜んでいるのは、自分がティルニー嬢を助けるのを見たからだと理解した。

〝みんな、ぼくが彼女に興味があると信じている〟ジョナサンは思った。〝ぼくが彼女に求愛したいと思っているのだと〟

ジョナサンはそう望んでいるのか？　彼女はそう望んでいるのか？　ジョナサンはティルニー嬢をちらりと見たが、彼女は楽譜を畳んでいるところで、明らかにジョナサンのことはまったく考えていないようだった。そのことにほっとした。

ほっとしていいのだろうか？

次の演奏は、ナイトリー夫人みずからが行なった。彼女はやや平均的な腕前だったので、ジョナサンは隙を見て音楽室を抜けだした。厠に行く時間よりも長く席をはずさないかぎり、気まずい質問をされることはないだろう。

若い男性が若い女性に特別な関心を示すと、やがてかならず当の女性と地元社交界の双方に期待を抱かせることになる。若い女性とひと晩に三回以上ダンスをすること、その女性の家族を訪ねること、他人にその女性の話をすること――それは男性みずから関心があると宣言することに近い。ジョナサンはそう教えられてきたし、自分の観察からもそう理解してきた。彼の知るかぎり、一般的に殺人を共同で捜査することから生じる期待はない。しかし、ティルニー嬢は期待を膨らませているのだろうか？　もしこのまま捜査を続けたら、彼女は期待を抱くのだろうか？

ジュリエット・ティルニーに求愛するという考えが嫌だというわけではない。社交界は、ジョナサンが充分に時間をかけてその考えを検討することを許してくれないという意味だ。

〝どうして男性と女性は友人になれないのだろう？〟ジョナサンは思い悩んだ。〝子どもの頃は一緒に遊ぶ。どうしておとなになったら、一緒に会話することができないのか？　先に友情を築いたほうが、その人と結婚したいかどうか判断することも、ずっとたやすいだろうに〟

しかしながら、礼儀作法はそれを良しとしない。それに彼は友人を作ることに長けているわけでもない。

周囲にほとんど注意を払わずに歩きつづけ、いつのまにか展示室近くまで来ていることに気づいたとき、ジョナサンは動揺した。殺人事件以来、ほとんどの人はけっしてこの部屋に近寄らなかった。彼自身とティルニー嬢は別だが、そんなふたりでも、ごくわずかな時間いただけだ。

もしかしたら、ここにはもっと多くの手がかりがあるのだろうか？

ジョナサンの足音が展示室にかすかに響いた。彼は肖像画や彫像が並ぶ細長い部屋の奥に進んだ。殺人のあった夜ほど暗くはなかったので、さして迷うことなく、ウィッカムの死体が横たわっていた場所まで戻ることができた。

　まわりには彼を批判する人は誰も――理解あるティルニー嬢でさえ――いなかった。どれほど病的なことであっても、思いついたことを自由に試してみようとジョナサンは思った。まず、叔父が床に倒れ込む直前にいたはずの場所に立っているところを想像してみた。それから一歩さがり、犯人がいたはずの場所にみずから立ってみた。一撃はウィッカムの顔の左側に食らわされていた。つまり犯人は右手で攻撃したということだ。ジョナサンは右側を見た――そして眼を瞠った。

　あと少しで手が届きそうな位置に、ネルソン卿の小さなブロンズ製の胸像があった。ジョナサンは一歩近づいた。胸像はドリス様式の円柱の上に載っていた。胸像の台座が、柱頭と少しズレている。あえてそんなふうに置く人はいないだろう。さらに、その大理石の台座の角がひとつ、わずかに欠けていた。せいぜい数年以内に購入されたはずのもので（ネルソン提督が活躍し、戦死したトラファルガー海戦は一八〇五年。胸像はそれ以降に製作されたと考えられる）、きちんと手入れされていたはずの胸像にしては奇妙だ。そして円柱には、小さな黒い染みがいくつかついている。

　染みのひとつは、胸像の縁の真下にあった。あたりが暗すぎて、染みの色はわからない。非常に小さな染みで、ジョナサンも、ほかの人も、気づかずに通りすぎていたのだ。しかし彼は、血にちがいないと思った。

15

女性たちが就寝のために退出しはじめると、ジュリエットは少なからず安堵して音楽室を出た。彼女の演奏は感動させるほどすばらしくはなかったが、失望させるほど悪くもなかった。これから数日間、少し練習すれば、パーティが終わるまでにはうまく弾けるようになるかもしれない。

階段に向かって歩いているとき、ふいにささやき声が聞こえた。「ミス・ティルニー。少しよろしいですか？」

ジョナサン・ダーシーが、展示室の入り口にほど近い、玄関広間の薄暗い場所に立っていた。その奥の闇にジュリエットをいざなうように。

〝まさか愛の告白をするつもりとか？〟彼女は思った。あるいは、唇を奪おうというのか？　どちらも許されることではない。その境界線がもたらすものが安心なのか失望なのか、ジュリエットにはわからなかった。

それから彼は手招きするとつけ加えた。「これを見てください」

やれやれ――彼は殺人の話をしているだけだ。

ジョナサンの案内で展示室にはいった。いざはいってみると薄気味悪い。ここでさらなる重大な何かが発見されるのを待っていたとしても、不思議はなかった。

「何を見つけたんですか？」

「殺人に使われた凶器、だと思います」

ジュリエットは息を呑んだ。「じゃあ、わたしたちの思ったとおりだったんですね。犯人は鎚矛を使ったわけじゃない――あれは以前と同じように、ただ落ちただけだった」

「そのようです」彼はナイトリー氏の先祖の油絵をい

くつも通りすぎながら言った。「でも、あなたがどう思うか教えてほしいのです。そうと決まったわけではないので」

ジュリエットは蠟燭を持ってこなかったことを後悔したが、空は充分に晴れており、窓に射し込む月明かりで、なんとか視界は保てていた。ジョナサン・ダーシーがネルソン卿の台座を示したとき、彼女はまず暗がりで眼を細めた。殺害がどんなふうに行なわれたのか、彼が自分の想像を説明したとき、彼女は眼を瞠った。それから彼は胸像の台座の傷とすべてを物語る血の跡を指し示した。

「たしかに血です」彼女は言った。「まちがいないと思います。ここは何かがこぼれたり飛び散ったりするような部屋ではないもの。それ以外に説明がつきません」

年若いダーシー氏はそこまで確信できないような顔をしていた。「その可能性はあります。ですが、どの説明もどうもしっくりこないのです」

ジュリエットが傷を詳細に調べようと胸像を手に取ってみると、ずしりと重かった。「犯人が凶器を床に落としたときに、大理石が欠けたにちがいありません。それにウィッカム氏の頬と喉にあった、あのひどい傷――あれは大理石の台座の鋭い角でつけられたものじゃないかしら」

「犯人が凶器の血を拭ったことはわかっています。しかし、胸像を柱の上に戻したあとに拭いたのだとしたら、彼が大理石についた血を数滴拭きそびれて、それに気づかなかったとしても、おかしくはありませんね」ジョナサンは言った。「とても暗い夜でしたから」

「または彼女が」ジュリエットは言った。ジョナサンが眉根を寄せると、彼女は続けた。「いま殺人犯のことを〝彼〟と言ったでしょう。犯人の性別がどちらなのか、まだわかっていません」女性よりも男性のほうがはるかに多く殺人を犯しているようにジュリエットには思えたが、ウィッカム氏は全員の感情を大きく害していた。

ジョナサンは説明した。「この犯罪は計画的な行為とは思えません。それどころか、瞬間的な激しい怒りの結果です。男性は女性よりもずっと早く怒りだします」

ジュリエットはその点について少し考えた。「わたしなら、男性は女性よりもずっと早く怒りを露わにすると言います。男性にとって、怒りはそれほど強く否定されるものではありませんから。でも、隠された怒りは、時としてより熱く燃えあがるものです。蓋をした鍋のように、ね？」

それから彼女は顔を赤くした。人生で厨房に足を踏み入れたことがあると認めるべきではなかった。ティルニー家にはもちろん料理人がいたが、ジュリエットと弟妹は、ときどき厨房で彼女と話をするのが好きだった。一番の理由は、甘いパンがもらえるかもしれなかったからだ。

ペムバリーの厨房に足を踏み入れたことがあるはずもないジョナサン・ダーシーは、その仄めかしについては何も言わなかったが、気にしている様子もなかった。「あなたの言うとおりだと思います」彼は言った。「女性が非常に向こう見ずな行為に駆り立てられることもありえます。行き過ぎた挑発をされれば、暴力にさえ駆り立てられることも」彼の表情は深刻だった。「ぼくの亡き叔父は、挑発の達人でした」

＊

翌朝、ナイトリー夫妻は招待客全員を連れて村に出かけた――二名をのぞいて。

「次の遠出のときには、ぜひご一緒させてください」一行が玄関に集まっていたとき、エドマンド・バートーラムは遠縁の主催者に言った。すでにエドマンドは乗馬服を着こんでおり、ファニーもまもなく同じ服装で降りてくるだろう。「ファニーは定期的に運動する機会を逃すと、健康への悪影響が大きいのです。乗馬は妻にとって最適な運動なのですよ」

ジョージ・ナイトリーが、散歩も運動になると考えていたとしても、礼儀正しいのでそれに触れることはなかった。「もちろんです。私たちは長いこと屋内に閉じ込められていましたからね。奥様もぜひ気分転換をなさって気力を取り戻し、夜にはまたご一緒しましょう」

「実際、妻の気力はかなり低下していまして」エドマンドは答えた。「この犯罪の影が大きくのしかかっているようなのです」妻の暗い気分のもうひとつの理由については、説明することはできなかった。

幸い、ナイトリーはそれ以上の説明を求めなかった。

「われわれ全員にのしかかっていますとも。私たちはそれぞれが最善と思う方法で、その影を追い払わなければなりません。お茶の時間には戻ってきますよ」

それから、一行は出発した。年配の女性たちは白いドレスを着て、若い女性たちは淡い青や黄色、桃色のドレスを着ていた——流行は、エドマンドが大変がっかりしたことに、白の純真さと慎ましさから離れつつあった。一行は互いに会話したりはしていなかったが、サリーの田園風景は、じきに充分な気晴らしとなることだろう。実のところ、エドマンドはファニーと並んで、ぜひともあの散歩に出かけたかった。しかしながら、ファニーが皆のまえで平静を保てると確信できるようになるまでは、ほかの人々から引き離しておくのが最善だと考えたのだった。

ファニーが乗馬服を着て階段を降りてきた。エドマンドの母親から結婚祝いに贈られたその乗馬服は、美しい紺青のビロード仕立てで、ふだんは彼女の青白い顔色を鮮やかに見せてくれた。しかしながら、今日のファニーは……幽霊のように見えた。もし根本的な原因を知らなければ、病気だとエドマンドは言っていたことだろう。

「遅れてしまってごめんなさい、エドマンド」ファニーは平坦な口調で言った。「馬丁たちが待っているでしょう」妻はエドマンドと眼を合わせることなくドアに向かった。

しばらく、エドマンドは妻のあとを追わなかった。もはやファニーに怒っていないことを、どう彼女に伝えるのが最善か、ずっと考えつづけていた。たしかに、彼女は過ちを犯した。ウィッカム氏の罪をエドマンドに明かさずに、独断でウィッカム氏と取引をしたのだから。もし情け深いせいで、兄の咎《とが》を心から責めることができなかったとしても、まあ、ファニーのようなやさしい人なら、驚くことではない。じきにクリスチャンとしての義務を理解するだろう。

とはいえファニーは、エドマンドが怒っていることを心配しているようには見えなかった。結婚生活で初めて、彼の脳裏にある考えがよぎった――〝ひょっとして、ファニーはぼくに怒っているのだろうか？〟。

そんな考えはとても信じられなかった。ファニーはほぼつねに、年長者であるエドマンドの教えや知恵に従ってきた。稀にそうでないこともあったが、そんなとき、妻は深く謝罪して理由を述べた。こんなふうに強情に沈黙するのは、まったくファニーらしくなかった。

おそらくファニーを突き動かしているのは、怒りではないのかもしれない。彼女の現在の奇妙な振る舞いの根底には、何か別の感情があるはずだ。ファニーがエドマンドに腹を立てる理由は何もないのだから――少なくとも、エドマンド自身の意見では。そして彼は、自分の意見を疑うことはめったになかった。

＊

エマ・ナイトリーは、その人生でハートフィールドからハイベリーまでの道のりを、数えきれないほど歩いてきた――最愛の家庭教師、ティラー嬢と一緒に歩けるようになったばかりの頃から。父親の死後、ドンウェルアビーに移り住んだが、その道のりは四分の一マイル（約四〇〇メートル）ほど短くなっただけだ。彼女はすべての牧草地、すべての農園を知っていたし、実のところ、ほぼすべての牛まで知っている。苗木から成長するのを見てきた木もある。そんなわけでほかの招待客があちこちに眼を留め、称賛するあいだ、そしてナイトリーが案内役を務めるあいだ、好奇心旺盛なティルニー嬢とおしゃべりすることができた。

「修道院《アビー》の展示室を、以前のように愉しめないのは残念です」ティルニー嬢は言った。「使用人はまだあそこを避けているのですか？　そうだとしても責められませんけれど」

「たしかにそうですの。でも、それも終わりにしなければなりませんわ」エマはきっぱり言った。「部屋を掃除して元の状態に戻すというのは、まさしく先延ばしにすればするほど難しくなる作業ですもの。このまま放っておけば、迷信が生まれます。また適切な状態に戻したほうがいいわ」

「ということは、わたしたちがもう一度あの部屋を歩けるようになることを、お望みなんですね？」

〝この娘《こ》は、どうしてそんなことを気にするのかしら？　まあ、たいしたことではないわね〟エマはそう判断した。「わたしたちは貴重な娯楽もほとんどないまま、一緒に途方に暮れています。もし一族の芸術が少しでも気晴らしになれば、みなさんに歓迎されると思いますわ」

その返答はティルニー嬢を満足させたようだった。

散歩の残りの時間は、エマの心は自由にさまよった。

旧友と再会できたらどんなにいいだろう！　もちろんウェストン夫妻は、ヘンリエッタとオリヴァー、そしてウェストン夫妻のふたりの子どもたちと一緒に、ブライトンに出かけている。日焼けしてたくさんの土産話を持って帰ってくるのは、あとひと月先のことだ。しかし、ほかのなじみの顔ぶれは、きっと村の広場に集まっているだろう。エマはそのひとりひとりと話をしたくてたまらなかった。

エマがいまの滞在客を気にかけていないというわけではない。彼らはこのハウスパーティの恐ろしい展開を、不機嫌にもならず理解を示して受け入れてくれたし、ほとんどはエマがもっとよく知りたいと思っている人々だ。とはいえ、この集まりは、ジョージ・ウィッカムの殺人に支配されていた。あの男は、死んだあとですらごろつきで、分不相応なものを要求していた。いま、エマの心は、それ以外のことを考えたり話したりすることを求めていた。どんな内容だろうと満足できるだろう。

したがって、一行が村のはずれに差しかかったとき、エマは友人のミセス・ロバート・マーティン——ハリエット・スミスとして、エマの人生の重要な時期に、短くはあったが一番親しく行動をともにしていた女性——に会えたことをとりわけ喜んだ。ハリエットは農夫と結婚した。彼女の夫は農夫らしく誠実で知的だったが、いかんせんナイトリー家とは階級が異なっていた。結婚以来、必然的にふたりの友情は疎遠になった。しかしながら、それぞれが相手との懐かしい思い出を大切にし、出会ったときにはいつも温かく挨拶を交わしていた。

「ハリエット！」エマは陽気に手を振って呼ばわった。

「おはようございます！」

ハリエット・マーティンは激しく縮みあがり、籠のなかの桃をこぼしそうになっていた。「まあ。ああ、わた――おはようございます、ナイトリー夫人」それだけ言うと、ハリエットはさっと頭をさげて急いで立ち去った。

エマはほとんど信じられなかった。ハリエット・マーティンが、農夫の妻が、たったいま上流婦人の友人を避けた？　エマが……鼻であしらわれた？

一行が村の奥に進むにつれて、エマのショックと確信は深まった。いつもは彼女を歓迎してくれる商人たちも、彼女を見て帽子を取ったりうなずいたりする通行人たちも、全員がエマとその一行に眼を向けることさえできないようだった。これほど急激に手のひらを返した理由はひとつしかありえない――殺人だ。

〝みんなわたしを疑っているのかしら？〟クラクラする頭で、エマは考えた。〝犯人はドンウェルアビーの滞在客のはずだという噂が広がったにちがいないわ。ということは、みんなはわたしが犯人だと思っているか、犯人を匿《かくま》っているわたしを非難しているのね〟

エマ自身、こんな状況に置かれたら、そこでなんとか日常に戻るまえに、女主人に非難を浴びせたことだろう。何日もまえから愉しみにしていたハイベリーの散策は、いまとなっては誤った考えに思えてきた。犯人が特定され、ナイトリー夫妻が非難を否定する機会を持つまえに、村の人々のまえに顔を出すべきではなかった。

ようやく親しみのこもった顔が現れた――その顔を見て、つねに喜んできたわけではないが、いまはありがたく感じた。

「親愛なるナイトリー夫人！」ベイツ嬢が言った。この老婦人の笑顔は、いつものように開けっぴろげで素朴だった。「ナイトリーさま！　そして来客のみなさままで、まあ大変、ぜひともみなさま全員にご紹介くださいませね。新しいお知り合いができるのを、ほんとうに愉しみにしているんですの。ここのように小さな村では知らない方はほとんどいませんし、わたしのとても大切な方々のご友人と知り合えるなんて、ほんとうにすばらしいことですもの。それなら、赤の他人とはまったくちがいますでしょう？　みなさんがハイベリーをたいそう気に入ってくださることを願っておりますわ。村民の数は少ないですけれど、わたしたちはたぶんサリーでも指折りの美しい村に住んでおりますし、娯楽がないなどと思わないでくださいまし！　わたしたちは順番にお互いをもてなし、慰め合っているんですの、ほら、正餐会や園遊会やダンスなどで————それに、ああ、どう思われます、ナイトリー夫人！　フランク・チャーチルが近々舞踏会を開く予定なんですの、みなさまもご招待されるでしょう、わたし、確信しておりますわ。グレースはずっとダンスをしたがっておりましてね、でも責める気にはなれませんわ、思い返してみればわたしもあの年頃には、同じようにダンスをしたがっておりましたから。もしかしたらあの娘《こ》以上だったかもしれません、そんなことが可能だとすれば！　ですけど、わたしはあの頃も、グレースのように上手に踊ることはできませんでしたわ。あの娘《こ》ったら、それはそれは軽やかなステップを踏んで————ええと、まるで魔法でも見ているみたいですのよ。ロンドンのあらゆる立派な舞踏会に出席された方でも、わたしたちの愛するグレースほど才能のある踊り手は一度も見たことがないと思いますわ。ご存じかしら、わたしたちが今朝出かけてきた理由を？　あの娘《こ》が舞踏会のまえにドレスに飾りをつけたがったからですの。そのままでもあの娘《こ》にとてもよく似合っていると思いますけど——それを言うなら、たいていのドレスはあの娘《こ》に似合っていますし、どんな色でもあの娘《こ》に映えるとわたしは信じておりますけれど——グレースはより上品に飾りたがっていましてね。きっとあの娘《こ》ならできますわ、なにしろあの娘《こ》の針仕事ときたらほんとうに見事なんですのよ！　グレースは刺繍もできるし、レースも編めますし、ありとあらゆることができるんですの、それも長年針と糸を使ってきたわたしよりもずっと上手に、それにわたしは――」

「いとしい大伯母さま」グレース・チャーチルが割ってはいった。近くの婦人用服飾洋品店から出てきた彼女は、やさしく憤慨を示し、頭を振りながら言った。「そんなふうにわたしの話ばかりなさるのはおやめになって。人を褒める話ほど聞いていて疲れることはありませんわ。自分を褒める話ならいくらでも聞いていられますけれど。ですから大伯母さまのお話を止めるのはとても心苦しいのですけれど、止めないわけにはいきませんの」薄い色の瞳がジョナサン・ダーシーに向けられ、笑みが深まった。「それに、大伯母さまがわたしへの大げさな評価をみなさんに吹き込めば、みなさんを失望させてしまうことになりますわ」

ベイツ嬢は、どのような形であれ、グレースが誰かを失望させることができるという考えそのものに啞然とした様子だった。エマはすかさず、一瞬しかないにちがいない沈黙の機会を捉えて、紹介を進めた。

紹介を続けるあいだもずっと、エマはジョナサン・ダーシーを見つめるグレースをじっと見ていた。また、ジュリエット・ティルニーのことも見ていた。ジュリエットは、エマ自身よりもさらに注意深くグレースを観察していた。対抗意識が芽生えているのだろうか？

とはいえ、エマがどちらかの肩を持つ気はまったくなかった。夫はどうだか知らないが、エマはお節介を焼くことから手痛い教訓を学んでいたのだ。

しかしだからといって、恋の行方の観察を愉しめないということにはならない。どれほど恐ろしい状況だろうと、エマの眼をそこから逸らすことなどできないのだから！

＊

「きっと大伯母がもうお伝えしたでしょうけれど、父が舞踏会を開く予定なんですの」グレース・チャーチルは大伯母のベイツ嬢に腕をまわし、愛情のこもった仕草で、軽いからかいのことばを和らげた。「みなさんをご招待いたしますわ」

ジョナサンは、この招待がほかの面々よりも自分に向けられているように感じた。たしかにチャーチル嬢の視線は、一行のほかの誰よりも長くジョナサンに注がれている。これは彼女がジョナサンに関心を抱いているという意味であり、たいていの若者ならば、こんな可愛らしい女性に興味を持たれて光栄に思うものだろう――それを理解できるくらいには彼も学んでいた。しかしながら、ジョナサンにとっては、そういう状況は喜びというより心配の種だった。関心を持った人々は会話を増やそうとする。会話が増えれば、ジョナサンがひどく誤った対応をする機会もまた増えるのだった。

幸い、この会話の相手はジョナサンだけではなかった。エマ・ナイトリーが言った。「もちろん、喜んで出席させていただきますわ！　わたしたちのお客さまを愉しませるためにお力添えくださるなんて、なんてご親切なのでしょう」

「ほんとうにありがとうございます、ミス・グレース」アン・ウェントワースの親しげな態度にジョナサンは奇妙な印象を受けたが、ウェントワース夫妻は数カ月前からこの地域に住んでいたことを思いだした。

「ぼくたちもお招きいただき、ありがとうございます」アンの隣りのウェントワース大佐は、招かれてもたいしてうれしそうではなかったが、異議を唱えるほど無礼ではなかった。

「わたしたちもお邪魔いたしますわ」マリアン・ブランドンが言った。初めて会ったときには、ジョナサンはマリアンのことを、いかにもダンスを愉しみそうな快活な若い女性だと感じた。しかし、彼女は礼儀上承諾したにすぎないようだった。ブランドン大佐はじっと妻を見つめつづけ、まわりのほかの人々は無視していた。

「わたしの場合は」ジョナサンの母親が眼を輝かせて言った。「カントリーダンスほど愉しめるものはないくらいですけれど。夫は、残念ながら、あまり夢中になることはないんですの」

父親が母親を見た——希望を込めてだろうか？　このくだりにはふたりだけに通じる冗談——ジョナサンには理解できないが、両親を結びつけているもの——が込められているようだった。ここ数カ月間奇妙な沈黙が続いたあと、ふたりが気持ちを分かち合う瞬間を見て、ジョナサンは元気づけられた。父親は言った。「私はもちろん、この機会に踊れることをこの上なくうれしく思います」

「お聞きのとおり！」エリザベスは宣言した。「ダーシー氏が踊ります。この舞踏会はすでにこの夏注目の社交的催しですわね、ミス・チャーチル」

ジュリエット・ティルニーが最後に口を開いた。

「わたしまでご招待くださり、ありがとうございます」

「よかった。わたし、お互いにもっとよく知り合いたいと思っていたんですの」チャーチル嬢は言った。彼女はティルニー嬢に対して、ジョナサンに見せたのと同じくらい輝くような笑みを向けた。チャーチル嬢は、ジョナサンが心配していたほど彼に狙いを定めているわけではないのかもしれない。

「まあ、ええ、もちろん、あなたにもいらしていただかなくては！」大伯母のベイツ嬢はもう黙ってはいられない様子だった。「ハイベリーにはグレースの年頃で身分のある若い女性がほとんどいませんの。もちろん、この娘《こ》とヘンリエッタは仲の良いお友だちですけれど」ベイツ嬢は、ヘンリエッタの両親であるナイトリー夫妻のほうを顎で示した。「ヘンリエッタは長いことお屋敷を離れていますし。とはいえ、ブライトンに行きたいと願う若者を誰が責められますでしょう？　わたしにもできませんわ、ええほんとに。見るもの、するもの、心躍るようなことがたくさんありますもの、海水浴もできますし！　それにしても、出歩いているときにいつも知らない方々に囲まれているというのは、きっととても妙な気がするにちがいありませんわ。わたしはロンドンを二度、ポーツマスを一度訪れたことがありますけれど、どちらの場合でも、見ず知らずの方々と長い時間を過ごすのに慣れることができませんでしたの。ここのほうがずっといいですわ、みんなお互いのことを知っていますし、ほんとに素敵なお友だちばかりで、それに、それに――」

「それに新しい友情が深まるのも、とてもうれしいことですわ」チャーチル嬢が言った。大伯母のことばを遮るときの滑らかさときたら、相当な訓練の賜物にちがいなかった。「お父さまからじきに詳細をお知らせいたしますわ。みなさまがハイベリーを愉しんでくださりますように！」

そう言って、グレース・チャーチルとベイツ嬢は立ち去り、おそらく舞踏会の日になれば見ることになると思われる屋敷のほうに戻っていった。すでにジョナサンは、自分がチャーチル嬢にダンスを申し込むことを期待されていると理解していた。

しかし、彼がより深く思いを巡らせていたのは、ジュリエット・ティルニーとも踊ることになるだろうということだった。

＊

たいていの若い女性は、舞踏会に招待されると、即座にさまざまなことに興味を抱いて活気づくものだ――参加者はどんなドレスを着てくるのか、どんな音楽が演奏されるのか、どんな料理が出されるのか、そして何よりも、ほかにどんな若い男女が参加するのかといったことに。ジュリエットは同じ年頃、同じ階級の平均的な娘に負けないくらい興味をそそられていたが、好奇心の対象は大きく異なっていた。

〝朝食や正餐の場で、普通に振る舞いつづけることと〟村のほかの人々からほぼ無視されながら、一行が店から店へと歩いているとき、ジュリエットは思いを巡らせていた。〝舞踏会で普通に振る舞うことはまったく別のことよ。あれほど恐ろしい犯罪に対する罪悪感を抱えたまま、人は夜通し踊ったり笑ったりすることができるものなのかしら？

もしそうなら、その人は言語に絶するほど冷酷だということになる――〟

「この店だけでなく、次のお店も覗いてみてはどうかしら」アン・ウェントワースがジュリエットに言った。「舞踏会のために、靴につける薔薇飾りがきっと欲しくなるでしょうから」

「まあ！　ええ、もちろんです。考えてもみなかったことだから、お気遣いうれしいです」ジュリエットが眼のまえの店の階段を急いで昇ると、アンは親切にも付き添ってくれた。「忘れていました、あなたがすばらしいお店のことも含めて、すでにハイベリーのことを少しご存じだということを」

「素敵な村ですわ」アンは言った。「ウィッカム氏の詐欺がずっと暗い影を落としていなければ、フレデリックとわたしは、ここでの暮らしをとても愉しんでいたことでしょうね」

ジュリエットは最初、アンの率直さに驚かされた。一方で、ドンウェルの面々は皆、あの事件がなければ何カ月も、あるいは何年もかかったような親密な関係を、この短期間で築かざるを得なかったということでもあった。ジュリエットは思い切って尋ねた。「ウィッカム氏が亡くなって、財政状況に変化はありそうですか？」

「わからないわ」アンは認めた。店主がほかの客の相手をしているあいだ、ふたりは舞踏用の靴とレースの棚のあいだに、誰にも見られずに立っていた。「お金はウィッカムの金庫にあるそうです。その遺産から取り戻す訴訟は起こせるし、誰も弁護する人がいなければ、勝てる可能性はとても高そうだけれど。でも、もし使われていたら、戻ってこないでしょうね」アンは先ほどまでより、気落ちした様子で言った。驚くにはあたらなかったが、その理由はジュリエットが予想したものではなかった。「ほんとうのところ、あのお金を取り戻したいのかどうかよくわからなくて」

「でも――」

「あのお金を失うことは、主人のプライドを大きく傷つけたわ」アンは言った。「でもね、あの人のプライドは、貧しいときも富めるときも欠点なの。お金が失くなって起こりうる最悪の事態は――海に戻ること。わたしは主人と船で暮らすことにはちっとも抵抗がないのよ。ええ、海の上には困難もあった――ときには病気にもなったし、ノアの洪水に匹敵するのではないかと思うような恐ろしい嵐に遭ったことも一度あったわ。それに……それに、生まれていたかもしれない子どももいたし」

ジュリエットはその意味を理解した。その告白は衝撃的なほど率直だったが、そのような恐ろしい喪失という心の重荷を降ろしたいと願わずにいられる人がいるだろうか？「ほんとうに心からお気の毒に思います」

「ありがとう。けれど、もしあのときそうならなかったら――ということは、くよくよ考えすぎないようにしているのよ。それは遅すぎたけれど、しっかり学んだ人生の教訓なの」アンはため息をついた。「主人はいまだに、わたしをそんな危険にさらしたことで自分を責めているわ。責めるべきではないのに。実のところ、あの頃は、わたしの人生で一番魅力的な時期だったのよ。海では艦長として、フレデリックは能力を遺憾なく発揮していた。陸では、新たな富を得て……それほどでもなくなった」それから、アンははっと我に返ったようだった。これは、さすがに、打ち明けるべき限度を超えていた。「どうかわたしが言ったことを人には伝えないでください。こんなことを話すべきではなかったのだけれど、でも――」

「でも、わたしたちはずっと閉じ込められていて、誰ひとり本来の自分らしくはいられないから」ジュリエットはアンのことばを締めくくった。アンは感謝の笑みを返した。

一行が肉屋のまえを通りかかり、アンが推薦した靴用の薔薇飾りの店に向かって歩いているときのことだった。ジュリエットとアンの数歩先を、ウェントワース大佐がナイトリーとブランドンに挟まれて歩いていた。そのとき、血の染みのついたエプロンをつけた青年が――まちがいなく、肉屋の助手だろう――麻紐で縛った蠟引きの布の包みをいくつか抱えて、肉屋から出てきた。ごく平凡な配達の様子だった。

それなのに、なぜウェントワースはあれほど激しい怒りを込めてあの若者を見たのか？　なぜ若者は叱責を恐れるかのように顔を背けたのか？

〝これは事件のまえに起こった何かについてのやりとりよ〟ジュリエットはそう考えてから、心のなかでつぶやいた。〝必ずしも大きな意味があるわけじゃないわ。取るに足りない意見の食いちがいかもしれないし。亡きウィッカム氏に対するウェントワース家の負債を考えたら、請求書の支払いが遅れているのかもしれない〟

それでも、そのとき見たことは忘れられなかった。

同じ日のずっとあと、一行がドンウェルアビーに戻ってからも、ジュリエットはまだウェントワース夫人との会話のことを考えていた。〝ウェントワース大佐は暗い気質の人のようね〟ジュリエットは買ったばかりの靴の薔薇飾りを、ぼんやりと化粧台に置きながら思いを巡らせた。〃アン・ウェントワースは、大佐のプライドには強い力があると言っていたし、大佐のウィッカム氏に対する怒りはわたしも目《ま》の当たりにしたわ。あの夜、大佐がしばらく部屋を出ていた理由は説明がつかないままだし。ウェントワース大佐が犯人なのかしら？〃

ジュリエットの体に戦慄が走った。ひとりの人間を犯人だと目星をつけるのは恐ろしいことだった。とはいえ、つねに全員を疑うのもまた恐ろしいことだった。

〃少なくとも、ウェントワース夫人を疑う必要はないわ〃ジュリエットは自分に言い聞かせた。〃あんなにやさしくて、穏やかな話し方をする人が、人の命を奪えるわけがない。それはたしかだわ。でも……ウェントワース夫人はご主人をとても愛している。もしご主人がなんらかの形で危険にさらされていると考えたら、そのことが夫人を思いも寄らない行為に走らせてしまうこともありうるのではないかしら？〃

ドアをトントンと叩く音がして、ジュリエットはギョッとした。「ああ！　はい、どなた？」

メイドのハンナが部屋にはいってきた。彼女の手を借りるような時間帯ではなかったし、その表情は奇妙で——まるで脅えているようだった。「ティルニーお嬢さま？　差しでがましいようですが——お話ししてもよろしいですか？」

「もちろん、いいわ」ジュリエットはどんなまずいことがあったのだろうと思った。洗濯がうまくいかず、ドレスの一枚が駄目になってしまったのかもしれない。ジュリエットは青いドレスではないことを祈った。

洗濯の謝罪ではなく、ハンナは半分焦げた紙切れを差しだした。ぼろぼろの縁に沿ってついた焦げ跡は、残された筆跡を完全に隠せてはいなかった。「焼けた手紙です、お嬢さま」ジュリエットがそれを受け取ると、ハンナは息を吐《つ》いた。「炉床《ろしょう》で見つけました。たぶんなんの意味もないと思うんですけれど、ただ——

これまでいろいろあったので――」

「わたしのところに持ってきて正解よ」ジュリエットは言った。「どこで見つけたの？」

ハンナはいっとき間《ま》を置いてから、ようやく言った。

「ダーシーご夫妻のお部屋です」

16

ジュリエットは期待と悲嘆の両方を感じながら、ハンナから焦げた手紙を受け取った。ウィッカム氏の殺害に関する新たな情報を手に入れたかもしれないという小さな興奮を感じずにはいられない――が同時に、ジョナサンに対する哀れみも感じずにはいられなかった。彼はあれほど両親を信頼し、良き息子として尊敬もしている。それなのに、ダーシー夫妻は証拠を隠滅しようとしたらしい。

「どうして、あなたの女主人のところに持っていかなかったの？」ジュリエットは尋ねた。これを渡してくれたことを感謝しながらも、不思議に思わずにはいられなかった。

ハンナは答えた。「無作法をお許し下さい、お嬢さま。ですがお嬢さまは、あの夜のことに並々ならぬ関心をお持ちのようにお見受けしました。ナイトリー夫人は、わたしたちがあのことを完全に忘れることをお望みのようです。おそらくはなんの関係もないこととは思いますが――多くの方は手紙を燃やしたりはしませんので――」

「その手紙を永遠に読まれたくないと望まないかぎりはね」ジュリエットはうなずいた。「ありがとう、ハンナ」

真実は知らされなければならない。覚悟を決めて、ジュリエットは焼け焦げたもろい紙を慎重にこじ開け、書かれたものを判読しようとした。最初の数語だけはしっかり読めた……が、なんの答にもなっていなかった。それどころか、謎をさらに複雑にしてしまった。

＊

エマが客人を元気づける方法として当てにしていたハイベリーへの散策は、逆効果となった。誰もが村の人々の冷ややかな応対に気づいていたし、ベイツ嬢とグレース・チャーチルの親切さも、その印象を改善することはできなかった。無実の罪で有罪とみなされることほど不愉快なことはないだろう。通常の解決策――正しいのは自分であるという心的態度――はさまざまな理由で、誰も用いることはできなかった。もちろん、ドンウェルアビーにもしばらく疑念がくすぶっていたが、少なくとも、屋敷内ではその場にいる全員が、ウィッカム氏の殺人は、キリスト教の教えには反するけれども、社会にとって大きな損失ではないと理解していた。ハイベリーの判断は、そうした理解によって和らげられてはいなかった。

その日の午後、ドンウェルの全員の心にチクチク刺さった互いに対する疑念は、傷口に長く留まりすぎた破片のように、膿《うみ》をもたらしはじめた。ウィッカム氏の死以来、全員の関係を維持してきた互いに対する寛容さは、もはや足並みが揃わなくなってきた。その雰囲気に釣られるように、影が深まった。沈黙はより不吉となった。壮大な修道院《アビー》は立派な田舎の邸宅ではなく、居心地の悪い監獄のように感じられはじめた――ごく近い将来、本物の監獄に入れられる理由があると信じるひとり、または複数にとっては、なおさら居心地が悪かった。

それなのに！　フランク・チャーチル治安判事の命令により、すべての人が今後何日も、場合によっては何週間も、ここに留まらなければならなかった。その上、礼儀作法により、許可が出た瞬間に立ち去るわけにもいかなかった。そんなことをしたら、主催者の落ち度ではない理由で、主催者夫妻を軽んじることになるからだ。（ナイトリー夫妻のどちらかが有罪だと証明されれば別である。その場合は早急な出発も完全に理解されるだろう。）そんなわけで、ハウスパーティは延々と続けられることが約束されていた――たとえどれほど参加者が逃げだしたいと願っていたとしても。

本格的なトラブルの最初の兆候は、正餐のときに現れた。

もちろん、上品な集まりではかならず葡萄酒が出される。しかしその晩、給仕係は壜が通常よりも早く空《から》になることに気づいた。おかわりしてはならないとされている女性たちが、二杯目、三杯目と葡萄酒を飲んでいたのである。男性たちは――こちらはどんな状況でも好きなだけ飲んでいたであろう――葡萄酒の壜をあっというまに空《あ》けてしまい、執事は急いで葡萄酒貯蔵室へ行き、何回か容器《デカンター》に注ぎ足さなければならなかった。

葡萄酒がよどみなく喉に流し込まれる場では、機知もよどみなく流れる――よく吟味されているかどうかは別にして。

「わたしたち、今夜は浮かれ騒いでいるようですわ」エリザベス・ダーシーが、グラスにまた注ぎ足されるのを見つめながら言った。テーブルの向かい側で、ファニー・バートラムが非難の色を隠し切れずに顔をしかめた。「無作法すぎますわね、バートラムさん？　牧師でいらっしゃるあなたは、あのような悲劇に直面していながら、にぎやかなわたしたちをお許しくださいます？」

エドマンド・バートラムはずっと自分の妻に注意を向けていたため、危うくエリザベスの質問を聞き逃すところだった。彼は完全には聞き逃していないことを願った。「ぼくたちがあの男性の死を祝っているのであれば、許されることではありません。ですが、これはほかの晩にみなで食べるのと同じ、単なる正餐にすぎません」

エリザベスは唇を引き結び、疑念を露わにした。「ほかの晩に？　わたしたちがこれほど愉しんだことは、ほぼなかったようにわたしには思えますわ。ウィッカム氏が亡くなるまえはもちろん、彼がやってくるまえですら。それほど時間があったわけではありませんけど――残念なことですわ」

「そして、なぜわれわれが愉しむべきでないのです？」ウェントワース大佐の笑顔は、歯を剝き出した獣よりも獰猛《どうもう》だった。

これにはエドマンドとしても、答えないわけにはいかなかった。「ウィッカム氏に、ほかにどんな面があったにしても、彼はクリスチャンであり、ぼくたちの仲間でした」

「前者については、わたしがそうありたいと願うほどだったとは思えませんけれど」エリザベスが言った。「あの人が後者だったことは、認めざるを得ません。

あまりによく似ていて、まちがいようもなかったわ。わたしたちの仲間には、同じように道義心が低く、同じように欲深い方があまりにも多いですから。あら、さあさあ、バートラムさん、そんな嫌そうな顔をしないでくださいな。感じてもいないのに、ウィッカム氏を悼《いた》んでいるふりをするのは、偽善ではありませんこと？ 偽善そのものが一種の罪ではありませんか？」

正餐会が手に負えなくなりつつあると感じたエマは、エドマンド・バートラムが道徳的な過ちについて説明を始めるまえに、口を挟んだ。「わたしによくわかることがひとつあるとすれば、わたしたちの誰ひとりとして、これ以上、ウィッカム氏に時間を割きたくはないということですわ。何かほかの話をいたしましょう」

「なんでもいいからほかの話を」ナイトリーがつぶやいた。

そうして、エマは明るく微笑みながら、しばらく気まずい沈黙を過ごした。話題を提供しようとしたが、選択を誤った。エマは話しはじめたとたん、そう気づいた。「みなさんはハイベリーをどう思われましたか？」

「魅力的な村でした」ダーシーが、ことばは礼儀正しいが感情のこもらない声で言った。

エリザベスは葡萄酒をもうひと口飲んだ。「むしろ、ハイベリーの方々はわたしたちをどう思ったのかしら？ まあ、言わずもがなでしょうけれど」

ジュリエットが場を和ませようとした。「グレース・チャーチルと大伯母さまにお会いできて、とてもうれしかったです」

ウェントワース大佐が耳障りな大声で笑った。「ミス・ベイツに会って〝うれしい〟と誰かが言ったのは、ずいぶん久しぶりじゃないですか」

この発言は、その年老いた独身女性をずっと気にかけてきたナイトリー氏の機嫌を損ねた。「あの人は村の人々に好かれていますよ」

「おっしゃるとおりですわ」アン・ウェントワースが言った。「あの方はいつも大変礼儀正しいです」彼女の眼は、ウェントワース大佐がこれ以上良からぬことを言えば後悔すると暗に告げていた。

再び沈黙が落ち、今回は全員が賢明にも、毛布のように重く覆いかぶさる沈黙をそのままにしておいた。

＊

全体として、ファニーはその惨憺《さんたん》たる正餐を、たいていの食事よりも過ごしやすいと感じていた。（ただし、ダーシー夫人が葡萄酒を衝撃的なほど飲んでいたことは別にして。ダーシー家は英国の紳士階級でも指折りの名門とされている。エリザベス・ダーシーのようながさつな人であっても、もう少しましな振る舞いをするはずだとファニーは思っていた。）今晩のナイトリー家の食卓の沈黙は重苦しいものだったかもしれないが、ファニーにとっては、見知らぬ人々と会話をしようとするよりも耐えやすかった。生来の臆病さのため、静かにしているのはたやすいことで、ほかの人たちも一様に黙り込んだときにはホッとした――とりわけ、話し合いたくない話題のときには。とはいえ、否定しようもない緊張は悪影響を及ぼした。就寝のため階上《うえ》にあがるうちに、頭痛がこめかみをノックし、その到来を告げるのを彼女は感じていた。

「ようやく早めに休めるね」エドマンドが言った。階段を昇るまえに、彼はファニーに腕を差しだし、彼女もその腕を取ったが、たんに機械的に振る舞っているだけだとファニーは感じていた――エドマンドの仕草には、ほんとうの気持ちは込められていない、と。

「また新たな騒ぎで起こされることなく、ぐっすり眠ることが許されるよう祈ろう」

「そう祈りますわ」その瞬間、ほんものの情熱がファニーに生気を与え、エドマンドの注意を惹いた。しかし彼は、ファニーの気持ちのぬくもりの理由を誤解した。

無事に自室にはいり、ドアを閉めると、エドマンドは口を開いた。「ファニー、きみは祈りたいんだろう――いつもの就寝前の祈りではなく、じっくりと」

ファニーは彼を見なかったが、ゆっくりうなずいた。

「ええ。それがわたしのためになるの」

毎晩、彼女はベッドの横にひざまずき、主の祈りを唱えた。もっとも心を込めた個人的な祈りは、ふだんは教会で捧げられた――礼拝中や、頻繁にひとりで訪れたときに。しかし、とても悩んでいるときや、とても弱っているときには、まるで福音派の信徒のように熱烈に、寝台の横で祈ることもあった。エドマンドは、妻は今晩もそんなふうに祈るのだろうと思っていた。ファニーは兄の罪の救済を願い、その罪を隠そうとした自分に許しを乞うのだろう。エドマンドは、そのことを話したがらないというだけで彼女を責めるべきではないと――彼の考えでは、寛大にも――決意していた。これほど繊細な人にとって、これほど口にするのが憚《はばか》られる話題について、沈黙を守る以上に自然なことがあるだろうか？　しかしながら、ウィッカム氏のもとに行き、脅迫に屈したという行動は……その点では、ファニーの悔恨は実に大きなものにちがいない。

ファニーがひざまずくと、エドマンドも寝台の反対側でひざまずき、彼女の柔らかい声が聞こえるのを待った。

「かけがえのない救世主さま」ファニーはささやいた。「もっとも慈悲深き王のなかの王よ、どうかわが兄、ウィリアムを見おろしください。どうか兄をお赦しください。どうか兄をお見守りください。兄はいま、かつてないほどに、あなたさまを必要としています。わたしは何もいりません――何も欲しがりません――わたしの望みと祈りはすべてウィリアムのためにあります。主よ、どうか兄にあなたの限りなき慈悲をお与えください」

その後も、この趣旨の祈りのことばが続いた。そこには彼女自身の赦しを乞うものはなかったし、兄の罪を終わらせてくれと願うものもなかった。そのどれもが、要するに、エドマンドが妻から聞けると思っていたことばとは、あらゆる意味でちがっていた。

〝たんに言い回しがちがうだけだ〟彼は自分に言い聞かせ、そう信じようとした。

彼女はあまりにやさしく、罪を咎めるにはあまりに臆病な人だった。ファニーの純粋な心を過ちに駆り立てるものはほぼ何もない。これまでの人生で彼女が不正行為に走ったのは、エドマンドの知るかぎり、より大きな悪の証拠に動かされたときだけだった。

この数日、彼はある黒猫との出来事を思いだしていた。

マンスフィールドパークには、エドマンドの母親の愛犬パグ（鼻の短い小型犬）がいたが、猫はいなかった。とはいえ、どんな納屋や厩もいずれ猫を惹きつけるもので、ファニーがまだ十二歳にもならない頃に、黒い毛がもつれた、やせっぽちの猫がやってきた。彼女はその猫を不憫《ふびん》に思い、自分の紅茶のためのミルクを持ちだして与えていた。しかしながら、エドマンドの兄トムは、当時は乱暴者で、あまり憐憫《れんびん》の情を持ち合わせていなかった。トムはその哀れな猫を苛《いじ》めようと思い立ち、厩舎の隅に追いやられ、みゃあみゃあと鳴く猫に石を投げつけた。エドマンドとファニーが厩舎に着いたのは、トムがさらに大きな石を投げた瞬間のことだった。その石がほんのわずかに逸れていなければ、猫はまちがいなく大怪我をしていただろう。

「何をしてるの？」そのとき、エドマンドは兄に言った。

「このバカ猫を追いだしてるのさ」トムは笑っていた。「ぼくを引っ掻けなくなったら、樽に沈めて溺れさせてやる」

「だめ！」ファニーは泣き叫んだ。トムはさらに笑っただけだった。

エドマンドは即座に兄にやめろと言うつもりだったが、その機会はなかった。ファニーがトムに飛びかかり、トムは強く突き飛ばされて床に倒れ込んだのだった。トムはもちろん、不当な仕打ちだとわめき立てた。その声を聞きつけ、伯母のノリスがやってくると、お気に入りの甥に包帯を巻きながら、ファニーが泣くまで叱りつけた。一方、その猫は隙を見て逃げだした。

数時間後、エドマンドは外に出て、厨房から持ちだした魚の切れ端で、その黒い子猫をおびき寄せた。猫を手に乗せると、近くの小作人の家まで歩いて連れていった。最近、ネズミに穀物を齧《かじ》られると不平を洩らしていたのを知っていたからだ。その黒猫は偉大なネズミ捕り兼愛すべきペットとして、その後、七年生き延びた。ファニーはとても感謝して、ときどき猫に会いに行きさえした。

彼の両親は、トムの些細な残酷さ以上に、息子を押し倒したファニーにひどく腹を立てた。彼女はかよわい娘にはとても耐えられないような罰を与えられ、説教された。

しかしファニーは――ほぼ一挙一動に謝っているような娘が――トムを襲ったことを謝ることは一度もなかった。あのときファニーが自暴自棄になったのは、黒猫を守りたいと熱烈に願ったからだった。

たとえファニーでも――エドマンドは知っていた――限界はあるのだ。

＊

ジュリエットは真っ先に寝室に戻ることはしなかった。こんな陰鬱で統制の取れていない夜には、許されるかぎり階下《した》に残って、ジョナサンと話し合う機会を持ちたかった。日中に読んだ手紙が、彼女の心のなかで炎のように明るく燃えていた。ジョナサンの両親の炉床にあったこの手紙の断片——それに関する彼の意見は、きわめて貴重になるだろう。

しかし、その愉しみは先延ばしにされた。早々に部屋に引きあげなかったのは、彼女だけではなかったからだ。数人の男性がブランデーを飲み、葉巻をふかしている一方で、ジュリエットは数人の婦人たちと客間に足止めされ、マリアン・ブランドンの隣りに坐っていた。

マリアンの以前の活力は消え失せていた。潑剌《はつらつ》とした顔色は蒼白になり、かつて輝いていた瞳は、いまは誰とも眼を合わせようとしなかった。彼女はブランドンが戻ってくるはずのドアのほうを、ずっとチラチラと見ていた。マリアンが夫を待ち望んでいるのか、それとも恐れているのか、ジュリエットにはわからなかった。

「少なくとも、ダンスはありますよ」ジュリエットは言った。「ダンスがお好きだって話していましたよね」

「好きよ」自分がかつて何かを愉しんでいたことを思いだして、マリアンは驚いたようだった。「数日後には、まるで普通の夜のように、音楽と歌が流れるでしょう。まるで何ひとつ起こらなかったみたいに、みんな踊るんだわ」

「そうだといいですね!」ジュリエットは、ほかの話題を考えようとしたが、どんなことばでも、隣りの女性の注意を惹くには不充分なようだった。ジュリエットがどうしても訊きたい唯一の質問——〝誰がウィッカム氏を殺したのだと思いますか?〟——は礼儀作法の枠をはるかに超えており、ジョナサン・ダーシーとの秘密の協力関係の外では、とても口にできなかった。どの客人であれ、絶対的な確信もなく、ほかの客人を非難できるはずもなかった。

だからジュリエットは口を閉ざし、沈黙がふたりのあいだに流れつづけた。マリアンはブランドン大佐の姿を求めて、ひたすらドアを見つめていた。まるで世界にはほかに誰もいないとでもいうように。

そのとき、ドアが開いた。マリアンは体をこわばらせた。ジュリエットはドアのほうを凝視せずにはいられなかった。しかし、ナイトリー氏の書斎から出てきたのは、ブランドン大佐ではなく、ダーシー氏だった。

彼はまっすぐ妻のそばにやってきた。ほとんどの人が酔っていた夜に、ほかの誰よりも多く葡萄酒を飲んいたエリザベス・ダーシーは、ひとり暖炉のそばに坐って、少し体を片側に傾けながら、炎を見つめていた。ダーシー氏は促すというよりも命じるように、手を差しだした。「客人としての義務は果たした。さあ、もう寝よう」

「寝たければお先にどうぞ」エリザベスは言った。「わたしはここに、暖炉のそばにいたいの」

ダーシーの顎がピクピク引きつった。「あなたは人前にいられる状態じゃない」

「でも、もう人前にずっといたんだし、これ以上、なんの害もないわ」

「もう寝室に行く時間だ」ダーシーは引きさがらなかった。

エリザベスはようやく夫のほうを向き、眼を険しく細めた。「わたしがそこにいるかどうか、どうしてあなたが気にしなくちゃならないの？」

気恥ずかしさに、ジュリエットは頬を染めた。夫婦間のこんな口喧嘩を聞くのは決まりが悪かった。ほかのことにはほぼ無反応なブランドン夫人でさえ、見たくないらしく顔を背けた。

ジョナサン・ダーシーが——ああ、ずっと撞球室でジュリエットを待っていたにちがいない——急いでジュリエットの横を通って、母親のそばに行った。「いまの母上は、いつもの母上ではありません」彼は静かに言った。「階上《うえ》まで送らせてもらえませんか？」

エリザベスは息子の頬に片手を添え、それから立ちあがった。ダーシー氏はついていかなかった。彼はただその場に立ちつくしていた。ほんの数分前まで妻がそうであったように、身じろぎもせず黙り込んで。

ジュリエットには考えることがたくさんあったが、最初に考察したことが一番重要だった。今夜、ジュリエットとジョナサンが話し合う機会はなさそうだった。手紙の秘密の解明は、明日まで待たなければならない。

＊

母親がそれ以上抵抗せずに寝室に向かってくれたので、ジョナサンはおおいに安堵した。それまで一度も、母親が葡萄酒を飲みすぎるところを見たことはなかった。ジョナサンは母親の振る舞いがひどく不適切だったとは思わなかったが、父親はそうではないようだった。とはいえ、父親がつねに最良の判断をくだすわけではないことも、ジョナサンは知っていた。

「すでに頭がガンガンしてるのよ」寝室にはいりながら、母親は言った。「明日にはどんな喜びが待っているのかしら」

「大丈夫ですよ」ジョナサンは断言した。

母親は歪んだ笑みを浮かべると、寝室のドアを閉めた。

次はどうする？　ひょっとしたらティルニー嬢は、この奇妙な統制の取れていない夜を利用して、いつもより早く撞球室でジョナサンに会おうと考えるかもしれない。若い男女が付き添いなしではおおっぴらに一緒に過ごすことができず、たがいの意図を推し量らなければならないとは、なんとばかげたことだろう。もし第三者が――ふたりの付き添い役ができて、同時にウィッカム氏を殺す動機のない人が――立ち会ってくれさえすれば……。しかし悲しいかな、そんな人物はドンウェルアビーに滞在していないのだった。

ジョナサンはその晩のうちに、ティルニー嬢と会いとまだ思っていた——少なくとも、客間に戻ってくるまでは。彼女は期待を込めてジョナサンを見あげたが、ジョナサンの注意を惹いたのは彼の父親のほうだった。父親は暖炉のそばで立ちつくしていた。スザンナの死後の最悪の日々をのぞけば、ジョナサンが見たことがないほど打ちひしがれた様子で。

息子としての彼の義務は明らかだった。ジョナサンは父親に近づいた。「母上は無事に寝床につきました。父上は行かれないのですか？」

「やめておこう」父親はジョナサンをしげしげと見つめた。「おいで。一緒に歩こう」

最初、ジョナサンは外に出て夜の散歩をするのかと思ったが、父親が向かったのは図書室だった。図書室は夜間でも使われる数少ない部屋のひとつだが、そのときは誰もいなかった。父親は手前のソファにどさりと腰をおろした。まるでずっと長い距離を歩いてきて、疲れ切っているかのように。

「母上は私を許してくれると思うか？」父親が言った。

ジョナサンが父親からそんなふうに話しかけられたのは初めてだった。まるで友人のように打ち明けられて満足を覚えると同時に、及び腰にもなった。「許すとは……何に対してでしょうか？」そう訊くやいなや、その答を知りたくないことにジョナサンは気づいた。

まさか父親の答が得られるとは思ってもいなかった。

「スザンナの死に対して」

話の筋が通らない。父親はジョナサンが思っていた以上に葡萄酒を飲んだのかもしれない。「あの子は発疹チフスで亡くなりました」

「あの子の父親が、しかるべき治療を受けさせなかったからだ。そして、あの子を父親のもとに帰したのは私だった」

ジョナサン自身の記憶とは一致しなかった。「ウィッカム氏が手紙を寄越して、娘を帰してくれと言ってきました。ぼくたちはそれほど長い期間にはならないだろう、すぐにまた戻ってくるだろうと思っていました」

父親はジョナサンのことばに注意を払っていなかった。「おまえの母上は、あの子を帰すのを拒否すべきだと言った。ウィッカムがあの子を引き取りたがったのは、ただ私に嫌がらせをするためだけだった——あの子が私のことを〝パパ〟と呼びはじめていたから」

ジョナサンはそのことを思いだしてビクッとたじろいだが、父親は気づかずにそのまま話しつづけた。「あの男の虚栄心は傷ついていた。ほかの時期であれば、すぐにあの子をペムバリーに戻したにちがいない。あの子はまだ病気から回復したばかりの時期だった。エリザベスはあの子を動かすべきではないと考えた。とはいえ、医者は動かしても大丈夫だと言っていたし、それに私は——私は、さっさと要求を呑んで終わらせたほうがいい、早くあの子を行かせれば、それだけ早く戻ってくるんだからと思って——」

ここ数カ月ずっと遠ざけてきたスザンナの記憶が、ジョナサンの心にまざまざと蘇《よみがえ》った。おとぎ話が大好きだったこと。苺を丸ごと口に放り込んでいたこと。あんなに小さい子どもなのに驚くほど大笑いしたこと。ジョナサンは少年の頃、弟たちと荒っぽい遊びを愉しんだことは一度もなかったが、スザンナとなら、喜んでお馬さんごっこや追いかけっこをした。そこにはちがいがあったし——彼は自分のためではなく、スザンナを喜ばせるためにしていた——彼女がうれしそうにすれば、どんなに大変でも恥ずかしい格好をさせられても、充分報われたのだった。スザンナが亡くなるまでの数年間、彼女はジョナサンにとって妹同然の存在になっていた。スザンナがジョナサンの両親を、自分の両親と思うようになったとして、なにが不思議だったただろう？

そのことはウィッカムも理解しておくべきだったのではないか？

「自分の子どもが病気になったのに、医者を呼ばないで父親がどこにいる?」じっとしていられないかのように、ジョナサンの父親は立ちあがった。「病気だろうとなかろうと、あの年頃の子どもを何時間も放っておく父親がどこにいる? しかもあんなに弱っていたのに――」

最後にペムバリーを出たとき、スザンナはとてもひよわだった。ジョナサンはスザンナを抱いたときにどれほど軽かったかを思いだした。スザンナに触れられることを不快に感じたことは、そのときも、それまでも一度もなかった。

「私が拒んでいたら、ウィッカムは厄介事を起こしただろう」父親は言った。「もし私がその厄介事を受け入れていたら、スザンナは生きていただろう。そしていまも、あの子は私たちのもとにいただろう、永久に、完全に」

「父上……そのあと何が起こるか、父上は知りえませんでした。ぼくたちが何をしても、おそらく発疹チフスはスザンナの命を奪っていたでしょう」

「奪わなかったかもしれない。だからこそ、おまえの母上は忘れることも許すこともできない。どうして私がそれを彼女に期待できる? 私自身が自分を許せないのに」ジョナサンの父親の表情は暗くなった。「忌々しいジョージ・ウィッカムめ、身勝手な自尊心を振りかざしやがって。地獄に堕ちろ」

ジョナサンは父親がそんなふうに罵るのを聞いたことがなかった。しかしジョナサンを悩ませたのは、冒瀆的なことばよりも、抑えきれない怒りのほうだった。父親の激しい怒りは、たんにウィッカムに対する憎しみから生まれたわけではない。等しくスザンナへの愛とも結びついていた。

怒りが殺人を引き起こしても、なんら衝撃的ではない。ジョナサンは、愛も怒りと同じ力を持つかもしれないという真実に、新たに向き合わざるを得なかった。

17

「そろそろ寝ようと思います」ジュリエットは客間に残っていたもうひとりの女性、アン・ウェントワースに言った。すでに彼女は、なんのかいもなく、無作法になりかねないほど遅くまで居残っていた。どう見ても、ジョナサンと父親の会話はまだ長引きそうだ。撞球室の話し合いは開催されそうにない。それなら、もう寝よう。興味を掻き立てられる手紙と、その内容について推測は、明日になっても興味が薄れるわけではない。「ハイベリーはそれほど遠くはありませんが、ここ数日は運動不足だったし、短い散歩で疲れてしまいました」

実際には、まったく疲れてはいなかったけれども。

もし彼女の弟妹——天気のいい日にはいつも一緒に走りまわり、飛びはね、ボウリングをして遊んでいた——が、ジュリエットがそんなことを言うのを聞いたら笑い転げただろう。とはいえ、こんな状況で誰かをひとり残して去るときには、何か理由が必要だ。

アンはうなずいた。「今夜は長い夜でしたもの。わたしは主人を待ちますわ」

「それなら、もう待つ必要はない」ウェントワース大佐が、ようやく客間に戻ってきた。ブランデーと葉巻の一服から帰ってきたのは、男性たちのなかで大佐が最後だった。主人のナイトリー氏よりも遅いのは、異例なことである。大佐からはまだ煙草と混じったブランデーのかおりがするとジュリエットは思った。「三人で、このみじめな一日を終わらせようじゃないか」

「みじめな日ではなかったわ」アン・ウェントワースはそう言って立ちあがり、三人揃って階段に向かった。

それからアンは、自分のことばを考え直したようだった。「最近のほかの日に比べれば、みじめではないということね。ささやかな満足もあるにはあった。ここ数日で唯一の楽しみだったわけだし、それを忘れてはいけないわ」

「ぼくたちには、ほかにも満足する大きな理由がある」ウェントワースが言った。「ウィッカム氏には相続人がいないらしいという事実だとかね」

「それはわたしたちには関係ないわ」アン・ウェントワースは断言した。

ウェントワースは片眉をあげた。「関係ない？　あなたには驚かされるな」

ジュリエットは、もはや夫妻の会話に自分が加えられていないことを察知した――ジュリエットがいることを忘れているか、忘れたがっているのだ。ジュリエットにできることは、同伴者が再び自分を認識してくれるまで――認識してくれたとして――自分が消えたようなふりをすることだけだった。

「ぼくがウィッカム氏に投資したとき、家族がいることを話した」ウェントワースは続けた。「ペイシェンスの話もしたし、娘にはこの国のどんな若者でも選べるような持参金を与えたいと思っていることも話した。あなたの家族の話もしたら、あの男はエリオットの家名にいたく感心していたよ。自分の家族や子どもの話は一度もしなかった。あのとき察しておくべきだったよ。あの男には、自分を覚えていてくれる身内がひとりもいなかった。彼の死を惜しむ人は誰もいないんだ」

ジュリエットには、ウェントワースは実際にはそのことをすでに知っていたかのように――したがって、ジョージ・ウィッカムとともにウェントワースの負債も消えることを知っていたかのように聞こえた。

アンが言った。「なぜわたしの家族のことまで話したの？　あの人が知る必要はなかったし、あなただって、わたしの家族が大好きだったことはないはずだわ」ウェントワースがすぐに答えないので、アンはみずから答えた。「あなたはあの人に、わたしの家族に見くだされていると話したのね。もっと大きな富を築いて、思い知らせてやりたいと。言い換えれば、あなたは詐欺の小細工にどれほど騙されやすいかをウィッカム氏に示したということよ」

ウェントワースはまるで平手打ちでも食らったかのように、首をうしろに反らした。「ということは、あなたは、ぼくのことをそう思っているのか?」

「ちがうわ——わかってるでしょう、わたし——」アンは救済を求めるように天を仰いだ。「あなたはわたしの夫で、あなたを愛してるわ、でもあなたがわたしに内緒で——」

「ぼくがあなたに内緒でだって?」ウェントワースが言い返した。「で、あの夜、出歩いていたのに、ほんとうのことを言わなかったのはどちらだった——」それからウェントワースは我に返り——ジュリエットの心からの願いもむなしく——第三者がそばにいることを思いだした。

そこでジュリエットはその機を捉えて、急いで最後の数段を昇り、すばやく自分の寝室へと向かった。ジョナサンに打ち明けるべきことが二倍に増えてしまったいま、眠りにつくのはきっと難しいだろう。

アン・ウェントワースはウィッカムが殺された夜、実際に部屋の外にいたのだ。とはいえ、よくよく考えてみれば、アンが犯人だとはジュリエットには思えなかった。ジョナサン・ダーシーがアンを見かけたのは二階であって、展示室やその周辺の部屋がある一階ではなかった。それにアンは、ジュリエットが思っていたほどウィッカム氏に腹を立てていたわけではない——アンにとって、お金を失うことは呪いというより、贈り物だった。一方、どんな妻でも、夫の罪を覆い隠すことができるのであれば、嘘をつく可能性はある。アン・ウェントワース自身、夫が何か隠していると思っていた――誰よりも夫のことを知るアンが！
もし妻がウェントワース大佐を疑っているのなら、ジュリエットが疑ってもおかしくはない。

＊

ダーシーはすでに息子に打ち明けたことを後悔していた。父親の私的な重荷を聞くことは息子の義務ではないし、ジョナサンは両親の結婚生活の秘密に関知すべきでもない。少なくとも、ジョナサンならばそうした問題を口外しないと信頼できたけれども。

寝室のドアを、音を立てないようにゆっくりと押し開ける。予想どおり、エリザベスはぐっすり眠っていた。もしいま起こしてしまったら、葡萄酒の酔いが残っていてまだ遠慮がなく、それでいて打ち解けた雰囲気は消えていることだろう。そんな状態で口論にでもなろうものなら、実に恐ろしいことになる。ふだんは妻の才気を高く評価しているダーシーだが、ごくたまにそれが自分に向けられたとき、その切れ味の鋭さを思い知らされることがあった。知性、雄弁さ、ユーモアを持つ妻だが、もしその資質を武器ではなく贈り物に変えられる本質的な善良さを備えていなければ、いったいどうなるのだろうかと、彼はときおり考えた。運が良ければ、その疑問の答を永遠に知らずにすむだろう。

ダーシーは服を脱ぎながら、妻が眠る様子を見つめた。いつもは簡単に――簡単すぎるほどに――眼を覚ます人だが、今夜は葡萄酒のおかげで、気兼ねなく動きまわることができた。妻が飲み過ぎたことは、長い結婚生活でも数えるほどしかなかった。その理由はありすぎるほどだと彼は思った。

寝床にいるとき、妻は若く見えた――むき出しの短髪を見せて、無防備な姿でいるときには。エリザベスは結婚してほどなく髪を短く切った。当時、男女ともに髪を短くするのが流行っていたのだが、それ以来、ずっと短いままだった。妻に言わせると、当時もいまも最大の理由は単純に実用的だからということだった。「どうせ髪はモブキャップに隠れてしまうんだもの」彼女は指摘したものだ。「わたしの髪がどんなふうだろうと、ほかの人にとってはどうでもいいことよ――もちろん、あなたにとっては別だけれど。もしあなたが短い髪のわたしを美しいと思わなくなったら、つま先まで髪を伸ばすことにするわ」

髪が短かろうが長かろうが、ダーシーは妻を美しいと思った。きれいな瞳に進取の気性を持つ二十歳の彼女を美しいと思ったし、こめかみに白いものが交じり、顔にかすかな皺――長い年月に数えきれないほど笑顔を浮かべたことがうかがえる――のできた、四十二歳になったいまの彼女も美しいと思っていた。

この八カ月、ダーシーは妻の笑顔をほとんど見ていなかった。

〝許してくれ〟彼は言いたかった。〝ぼくの愚かな過ちを許してくれ。ぼくはただ早く終わらせて、ウィッカムとの関係を断ちたかっただけなんだ〟

しかし、ダーシーが妻に許してくれと頼むことはないだろう。彼自身が自分を許しておらず、許すつもりもないのに、そんなことは不可能だった。

＊

ファニーはベッドのカーテンの隙間から細く射し込む月明かりを見つめながら、眠れずにじっと横たわっていた。心配事はいくつもあったが、感情が揺さぶられすぎて疲れ切っており、頭が枕に触れた瞬間に眠りに落ちるだろうと寝るまえには思っていた。エドマンドがいなければ、そうなっていたかもしれない。

エドマンドも起きていた。起きているだけでなく、警戒し緊張していた。彼も同じように身じろぎせず横たわっていたが、ファニーは夫の用心深さを感じることができた――まるでありがたくない炎の熱のように。夫が不満を抱えていることもわかっていた。結婚前は、夫婦がベッドで並んで横たわるだけで、これほど思いが伝わり合うものだとは、ほとんど想像もしていなかった。こんな状態の夫のそばで眠ることは不可能であり、じきに疲労が夫を眠りに引きずり込むことを願うしかない。

　彼女の願いは叶わなかった。「ファニー?」エドマンドが言った。互いに相手が起きていることを知らないふりを続けながら。

「はい、エドマンド」ファニーは覚悟した。これは妻が期待するような喜ばしい真夜中の目覚めとはならないだろう。

「日が暮れるまで怒《いか》ったままでいてはならない（エフェソの信徒への手紙四章二十六節）というだろう」彼は上体を起こし、枕をうしろに押しやった。「ぼくたちのあいだにあるのは、怒りではないかもしれないが、誤解がある――それも、深刻な誤解だと思う。ぼくはそれを解決するまで安心できないし、それはきみも同じだろうと思う」

　ファニーは嘘をつきたかった――悩んでいるわけではなく、ただ落ち着かないだけだと言いたかった――が、無駄だとわかっていた。彼女は対立を恐れていたが、これは避けられないものだった。それに、あることへの恐怖は、そのこと自体よりも悪くなりうることもわかっていた。彼女は寝返りを打って、エドマンドと向き合った。「それなら、話してみてください」

　エドマンドは、ファニーがまだほんの少女だった頃、屋敷に呼び寄せられた内気な従妹だった頃のように、彼女を見おろした。思いやりがあり、あらゆることを知る保護者のように。その視線は、ファニーにとってずっと大切なものだった――以前は。「ファニー、ぼくたちはもう、ウィリアムの罪の話題を無視することはできない。それがぼくと同じように、きみの心を乱していることはわかっている。次にどうすればいいのか、きみには助言が必要なんじゃないかと思う」

「わたしに何をさせたいのですか、エドマンド？」

「多くの人は、兄さんとの絆を即座に断ち切るべきだと主張するだろう。でも、それはきみには厳しすぎると思う」ファニーの心臓は高鳴ったが、エドマンドが続けたとたん、また沈んだだけだった。「最後の手紙を書くんだ。兄さんにクリスチャンの務めを思いださせて、きみ自身の務めとして、兄さんが悔い改めて罪をやめるまで関係を断つ必要があると説明する。ウィリアムはまだ若いし、長く海に出ている海軍士官は——国ではしないような振る舞いをすることで知られている。彼が救済される望みはまだある。正しい模範を示すことで、きみは兄さんを救済に導くことができる。当然、兄さんがいずれ善きクリスチャンとしてきみのもとに戻ってくると信じられるようになるだろう」

ファニーは妹が兄にそうした手紙を書くところは想像できた。しかし、自分自身がウィリアムにその手紙を書くところは想像できなかった。

「嫌です」彼女は言った。

エドマンドは彼女を見つめた。「なんだって？」

ファニーは夫を驚かせたのと同じくらい自分に驚いたが、嘘をつくつもりはなかった。「ウィリアムはわたしの兄です」彼女は言った。「兄への愛は絶対だし、そうあるべきです。神の第一の掟は、愛ではありませんか？」

「それはそうだが——」

「それなら、わたしに兄と縁を切らせようとするどんな説教も、神のことばではありえません」ファニーは背筋を伸ばして坐り、エドマンドと冷静に向き合った。「わたしは善きクリスチャンです。あなたはそれを知っている。わたしは罪深くて、弱いけれど、より善い行ないをするために、より善い人間になるために、そして主を知るために、励み祈っています。ウィリアムをわたしの人生から追いだすことを想像したら——神に近づくのではなく、さらに遠く離れるように感じられます。だからそれは正しいことではありえません」

エドマンドがかつてこれほど驚いたことはなかった。少なくともファニーの記憶では。「教会の言うことは重んじないのか？」

「わたしたちはカトリック教徒になるのですか？　教義にしか耳を傾けず、神そのものには一切語りかけなくなると？」

「もちろんちがう！」ローマカトリック教徒のような振る舞いだと仄めかしただけなのに、その夜ファニーが言ったほかのどんなことばよりも、エドマンドを怒らせたようだった。「だからといって、自分自身の弱さに屈していいという意味じゃない。正しい行ないをすることは、ときに痛みを伴うが、それが正しいことに変わりはない」

「正しい行ないはわたしたちに痛みをもたらすかもしれないけれど」彼女は言った。「でも、ほかの人に痛みをもたらす行ないが正しいことはめったにありません」

「ウィリアムの痛みは、みずからもたらしたものだ」

「兄さまは、わたしに信頼と望みを託して手紙を書いてくれました。わたしは兄さまを見捨てたりしません」

「言うことを聞かないつもりなのか？」エドマンドは嫌悪感を抱いているようだった。ファニーはみじめな気持ちになった。彼が驚くのも無理はない。長年一緒に過ごしてきたが、彼女が彼の助言を拒んだことはほとんどなかったのだから。以前の彼女なら、絶対に拒むことはないと、夫の導きは永遠に彼女の光であり、盾であると誓っていたことだろう。その確信を失っても、解放されたとは感じなかった。むしろだだっ広い暗い部屋のなかで、一本しかない蠟燭の火を消すのに似ていた。「この件で、きみは兄さんの肩を持つのか？　彼の行ないに賛成なのか？」

〝もちろん、そんなわけないわ！〟ファニーは泣きそうになった。ウィリアムとハリスが一緒にしていることについて、彼女はまだ深く考えることができずにいた。（まったく現実的でないと思える側面もあった。）それでも――ウィリアムが友人のハリスについて、彼らが分かち合った温かさと真の尊敬の念について、どんなふうに書いていたかを考えると……それほど邪悪なこととも思えなかった。男女のあいだでも、もっと卑劣なつながりはたしかに存在する。

道徳は、ほんの数日前とはまったくちがって見えた。善悪は、ファニーがずっと信じてきたほど絶対的なものではなさそうだった。彼女の行動は、もはや根拠のない思い込みに左右されることはない。それぞれの行ないは、それぞれの瞬間に、それぞれの真価に照らして判断されなければならない。

「言えるのはこれだけです」彼女はようやく答えた。「もっとも小さな嫌悪は、もっとも誤った愛よりも、大きな罪だと信じています」

エドマンドは呆然として彼女を見つめた。ファニーは再びベッドに横たわり、彼に背を向けると、今夜の会話を終わらせた。

でも、これは今夜だけなのか？　将来はどうなるのか？　ファニーがウィリアムと縁を切ることを拒めば、エドマンドはファニーと縁を切るのだろうか？

彼女はエドマンドがそうしませんようにと祈った。しかしながら、それ以上に、ウィリアムのために祈った。

＊

最後まで居残った者たちが寝床についたわずか三十分後、深夜一時近くに、ジョナサンは自室から抜けだし、こっそり階段を降りて、撞球室に向かった。ジュリエット・ティルニーがそこにいると思ったわけではない。そんな遅い時間に会ったことはなかった。ただ、彼女がもう来ないと確信するまで、暗い場所にひとりきりで、あと三十分ほど待ってみようと思うほどには期待していた。

選択肢はふたつあった。ひとつ目は、明日まで待って、いつものように夜の打ち合わせか、日中に機会を見つけて、ティルニー嬢と話すこと。ふたつ目は、ティルニー嬢の部屋のドアをノックして、彼女を起こすこと。

ひとつ目のほうが明らかに良い選択だった。そのほうが圧倒的に無作法ではない。それでも、ジョナサンはそれを甘んじて受け入れることができなかった。両親に対する疑念が、重くのしかかっていた。それよりもひどいのは、スザンナの思い出だった。彼はこの数カ月間、その思い出に無理やり蓋をしてきた。そうでもしなければ先へ進めないように思えたのだ。ところが、今夜、スザンナが心のなかに戻ってきて、ジョナサンは彼女を喪《うしな》った痛みと、彼女を忘れようとした罪悪感の両方を覚えていた。これではぐっすり眠るための理想的な状況は整わない。

ティルニー嬢の状況は、おそらくもっと睡眠に適しており、起こされることを歓迎しないだろう。それがわかっていても、ジョナサンは思いとどまることができなかった。どうしても、ウィッカム氏に関する疑念を誰かに話したかった。しかし、それ以上に、ただ誰かと話がしたかった。そして彼が話したいと願った相手は、ジュリエット・ティルニーだけだったのである。

＊

ジュリエットはその日に知った新事実のことばかり考えていたので、ドアがノックされたときには、まだ服を脱ぐ最後の作業すら終えていなかった。「はい、はい、どうしたの?」彼女は小声で尋ねた。ドアの向こう側にいる使用人だけに聞こえるように。返ってきたのは、使用人ではなく、ジョナサン・ダーシーの声だった。ジュリエットの声と同じくらい小声の。「あなたが撞球室にいなかったので」

やはり会う方法を何か決めておくべきだったのだ。「待ってて、すぐに行きますから」そう言って、彼女はすばやく部屋着のガウンを羽織り、腰の紐を結んだ。

ジュリエットが寝室のドアを開けると、ジョナサンは先に撞球室に行って彼女を待つのではなく、その場に突っ立っていた。ジュリエットが寝室に招き入れることを期待していたのか？　そう考えて彼女は顔を赤らめた。若きダーシー氏に邪《よこしま》な意図はない——それはまったく疑っていなかった——が、もしふたりが一緒にいるところを見つかったら、どんな醜聞になることか！　夜にドンウェルアビーのどこかで、ふたりきりでいるところを見られるだけでも充分悪いのに、寝室で見つかったらどうなるのか想像もつかない。だから、ジュリエットは彼の横を通り過ぎ、ついてくるように手招きした。

階段の一番下に着くやいなや、彼は話しはじめた。「起こしてしまって、申し訳ありません」

「まだ寝ていませんでした。それに、話し合うことがたくさんあるし」ジュリエットは、階段の吹き抜けのそばにあった長椅子にそのまま腰をおろした。滞在客の誰かに覗き見られる心配はないという確信があった。彼らは皆、それぞれの心配事で頭がいっぱいになっている。「何か新しいことはわかりましたか？　わたしはあります——あなたのご両親に関わることで」ジョナサンの眼が見開かれた。慌てて、彼女は説明した。「ちがうの、わたしが見つけたのは、ご両親の有罪の証拠じゃありません。というより、見つけたのはハンナで——ハンナというのはハウスメイドなの。手紙なんです。半分焼けていて、意味はわからないんだけれど——」

「でも、誰かが、それを見られたくないと思ったのですね」彼はジュリエットに一歩近づいた。手にした蠟燭の炎が揺らめいている。「どこでその手紙を見つけたのですか？　なんと書いてありますか？」

「ご両親の部屋の炉床で見つかりました」彼が眼に見えて緊張したので、ジュリエットは慌ててつけ加えた。「でも、その手紙はご両親のどちら宛でもないんです。見てください、ポケットにはいっているから」

彼女はいまにも破れそうな焦げた紙を手渡した。ジョナサンはそれを眼のまえまで近づけて、蠟燭の明かりで判読しようとした。昼間に調べたので、読める文字がほとんどないことをジュリエットは知っていた。ただし、書き出しはこう始まっている——〝最愛なるファニーへ〟。

それに気づくと、ジョナサンは眼を瞠った。「なぜ、バートラム夫人が、ぼくの両親の部屋の暖炉で手紙を燃やさなければならないのでしょう？　それになぜちゃんと燃やし切らなかったのでしょう？　読めるところはほとんどありませんが、ごく普通の手紙のように思えますが」

「わかるのは、船に乗っていること、それからハリスという名前の人が、誰であれこの手紙を書いた人の友人だということくらいです」ジュリエットは言った。「それ以上は何も読み取れません。それなら、どうして秘密にするのかしら？　これが殺人に関係がないなら、どうしてご両親の部屋に忍び込んだりしたのかしら？」

「おおいに関係があるのかもしれません」ジョナサンはそう言って、彼女を驚かせた。

「どうして？」

彼は手紙を裏返した。裏面には何も文字が書かれていないので、ジュリエットは驚いた。「封印です。ここを見てみてください——ほとんど溶けていますが、割れていたことはわかるし、少しだけその形が残っています。横に並んだふたつの弧《アーチ》」

「それって、展示室の、ウィッカム氏が殺された場所のそばで、わたしたちが見つけた封蠟の――」ジュリエットは長椅子から立ちあがり、改めてその封印を見つめた。あまりにもありふれたものなので、たいして注意も払っていなかった。なんて愚かなのか、こんな重大な手がかりを見落とすなんて！　ジュリエットは、もう二度とこんな失態はするまいと心に誓った。「つまり、あのときの封蠟は、わたしたちは〝E〟だと思っていたけれど、〝B〟だったということですね」

彼はうなずいた。「バートラムのBです」

「でも、それはおかしいんじゃないかしら――彼女のお兄さんが手紙を封印するなら、〝P〟か、たぶん〝W〟を使うでしょうし」

「見てください」ジョナサン・ダーシーは破られた封蠟のまわりにある、いくつも重なった黒い跡を指差した。「この手紙は開封されたあと、何度かまた封印されています。元々の封蠟はウィリアムの印だったはずですが、バートラム夫人はそれを自分の封蠟で封じ直す必要があったのでしょう」

「それなら、とてもそうは思えないけれど、ファニー・バートラムを容疑者からはずすことはできませんね。あなたのご両親のどちらかが、どういうわけでこれを入手することになったのかは謎ですが。それが殺人とどう結びつくのか、わたしにはわかりません」

ジョナサンの表情はどんなときでも読みづらいが、蠟燭の光に照らされて、まるで仮面のようだった。

「ぼくの両親は――金銭的な理由でウィッカムを殺したりはしなかったでしょうが――ウィッカムはふたりにとても深い悲しみを与えました。遠い過去にも、つい最近にも。ぼくは恐れているのです、もしかしたらそれが……両親の判断を鈍らせたかもしれないと」

「まあ。ええっ？　何かはっきりしたものを見つけたんですか？」

彼は首を横に振った。「ただ両親の置かれた立場を考え直してみて、どんな力に駆り立てられると、人は性格に反する行動を取るのか、じっくり考えてみただけです。父は怒りや憎しみから誰かを殴ることはありませんが、でも愛から……愛のためなら、もっと多くのことができるのかもしれません」

ジュリエットには、ほとんど意味がわからなかった。

「誰への愛のために？　なんの話をしているのかわからないわ」

ジョナサンは長いあいだ黙っていた。あまりにも黙り込んでいるので、きっとまた情報を教えないつもりなのだろうとジュリエットは思った。ところが、驚いたことに、彼は説明を始めた。「ナイトリー氏の話では、ウィッカムの計画にはある伯爵が関与していたそうです。その伯爵のお墨つきがあったから、多くの人が詐欺に投資しました。叔母のジョージアナは、父の妹ですが、ドーチェスター伯爵と結婚しました。だから父は、叔母もこの事業に巻き込まれたと思い込んだのかもしれません」

それはあまり重大なこととは思えなかった。「この国には伯爵は大勢いますよ、まちがいなく」

「ええ、でも——」ジョナサン・ダーシーは長いあいだためらっていた。ジュリエットは思わず息を止めていた。「叔母の結婚生活は、どうやら穏やかなものではなかったようなのです。父はその伯爵をそれほど好きではないし、あまり信頼もしていません」

「それに、ドーチェスター伯爵とウィッカムには接点があった。どちらもあなたの叔父さまだから」その新たなレンズを通して見ると、ジュリエットは思考の焦点を合わせることができた——実際、多くの事象がより鮮明になったように思えた。「それでも、それほど権力と財産を持つ人が、どうしてそんな計画に加担することに同意したのかしら？」

今度は答えるまでにさらに時間がかかった。「理由はわかりません。ですが、ぼくは何かそういう理由があるのではないかと、ずっと疑っていたのです」

「なんですって?」

「ジョージアナ叔母さんのまえでは、ウィッカム氏の名前を絶対に出してはならないことになっていました。ウィッカム氏とぼくの家族の歴史には、なんらかの形で叔母も関わっていて、しかもそこには、誰ひとり口にできないほど、恐ろしい不名誉が絡んでいるにちがいありません」慌てて、彼はつけ加えた。「叔母は申し分のない女性です。そうでないとは思わないでください。でも、善良な人であっても、策士に名誉を傷つけられることもあるかもしれません」

「ウィッカム氏は、大勢の善良な人々の名誉を傷つけたようですもの」ジョナサン・ダーシーの叔母に敬意を払い、ジュリエットはその詳細を推測することはやめた。根本原因が存在するという事実に比べれば、その内容自体にはさして意味はなかったし、知るべき事実はついに明るみに出されたようだ。「ということは、ドーチェスター伯爵夫妻は、ウィッカム氏に対してなんらかの——そう、義務を負っていたのかもしれませんね。ウィッカム氏は、夫妻に自分の金融詐欺を推薦させることができたのかもしれない。もし、あなたのお父さまがそのことに気づいたとしたら——妹さんを守るために……」

ジュリエットの声は次第に小さくなった。しかしながら、ジョナサン・ダーシーは気丈にも彼女の代わりに最後まで言い切った。「もし叔母が危険だと知ったなら、父は多くのことをしたかもしれません。殺人の夜に部屋を出たとき、ナイトリー氏の書類を調べに行くこともできました。ナイトリー氏は、書類のなかに伯爵の名前があるかもしれないと言っていましたから。つまり、父はその事実を、ウィッカムが死んだ夜に知った可能性があります」

動機はあまりに明白だった。ジュリエットはずっとダーシー氏を容疑者のひとりと考えてきたが、いまやダーシー氏は捜査対象の中心に立たされていた。

ジュリエットにこのことを打ち明けるのに、ジョナサン・ダーシーはどれほど痛みを感じたことだろう！　少なくともしばらくは、叔父に関する情報を隠していたわけだが、それでも彼は話してくれた。真実を包み隠さず伝えるという約束が、破られたわけではない。

ジュリエットは彼に心から敬意を払った。そう伝えるまえに、彼はまた言った。「もちろん、ぼくたちはその伯爵の名前を自力で確かめる必要があります。でも、ナイトリー氏の書斎に忍び込むわけにはいきません。チャーチル氏は、関連書類を証拠として持ち去ったでしょうし」

「ほかの方法を考えなければいけませんね」

「手がかりは追わなければなりません」ジョナサンは深刻な表情で言った。「たとえ父につながるものであっても」

18

予告なしの訪問客が歓迎されることはほとんどない。すでに大勢の客人がいるときにはなおさらだ。そんなわけで、朝食前に書斎から外を眺めていたナイトリーは、馬車がこちらに向かってくるのを見て、重いため息をついた。その馬車はフランク・チャーチルのものでも、ナイトリーの知るほかの誰のものでもない、貸馬車らしき外観をしていた。

砂利を踏みしめる蹄の音が聞こえてきたとき、ナイトリーは片手で頭を抱え、心を落ち着けた。エマとのあいだに続く苦悩のせいで、彼はぐっすり眠ることができず、さまざまな非現実的な理由で妻がいなくなる夢を見ては、苛まれていた。寝返りを何度も打っては、今度はエマの眠りを妨げ、夫に対する彼女の気分をさらに暗くさせていた。今日は客人のまえでどんなふうに夫婦で団結すればいいのか、彼にはわからなかった。それでも、やってみるしかない。

また顔をあげると、馬車はもうすぐ玄関に着くところだった。そしてそのずっと向こうに、馬に乗った人影が見えた。まぎれもなくフランク・チャーチルだ。

〝正義を貫くことにとりわけ熱心なのか〟ナイトリーは思った。〝それとも、また朝食を食べに押しかけてきたのか。

ぼくは手厳しすぎるのかもしれない。片方だけが理由とは限らないのだから〟

ナイトリーは両方の来客に備え、背筋を伸ばした。執事がドアをノックしたときには、すっかり気を取り直していた。誰が来たのであろうと準備はできていると思い込んでいた——その到来を告げられるまでは。

「ジョン・ナイトリーさまがいらっしゃいました、サー」

「ジョン!」ナイトリーが立ちあがりもしないうちに、弟が書斎にはいってきた。「どうしてわざわざ?」とナイトリーは尋ねた。

「どうしても知りたかったんだよ」ジョンはナイトリーよりも何歳か年下だが、いまではずっと年上に見えた。髪には白髪が交じり、顔には心労で皺が刻まれていた。ほんの数カ月前まではそうではなかった——ジョージ・ウィッカムが彼らの人生に現れてからのことだった。「ウィッカムは、ほんとうに死んだのか?　この屋敷で殺されたのか?」

「そう手紙に書いただろう」とはいえ、ナイトリーは急いでサリーまでやってきた弟を責めたくはなかった。あんなことを聞いて冷静でいるなど不可能だ。しかもジョンのように影響をもろに受けたとあれば。「さあ、さあ、坐って。お茶か珈琲でも飲むか?　夜明けまえにロンドンを出たはずだ。さぞかし疲れているだろう」

ジョンは隈《くま》のできた眼で、ナイトリーを見返した。

「ぼくのために愚かなことはしなかったと言ってくれ。そう誓ってくれ」

ナイトリーはそう言われて激怒したりはしなかった。彼はジョンのために愚かな行動を――あまりに愚かで恥じ入るほどのことを――すでにしていたが、ジョンが深く悩んでいるときに、そのことを弟に話すつもりは毛頭なかった。「誓うよ。さあ来い。何か食べて、休むんだ」

＊

ほとんど眠っていなかったが、その朝、ジュリエットはドンウェルの大半の滞在客よりもずっと元気だった。意気揚々と階段を降りて朝食に向かっていると、ちょうど執事に帽子を預けているフランク・チャーチルと出くわした。「チャーチルさま！」ジュリエットは笑みを浮かべた。「こんな悲しい状況ですけれど、またお会いできてうれしいです」

「ミス・ティルニー。本日は、前回よりはしあわせな状況ですよ」フランクの気さくな笑顔に、いっとき陰りが差した。「もちろん、来《きた》るべき審問についても話し合わねばなりませんが――私は昨日娘がしたご招待を、正式にお伝えするために立ち寄っただけなのです。金曜の夜に私の屋敷で、舞踏会を開きます。ナイトリーさんのご判断次第ではありますが、私としては、ぜひみなさんにご参加いただきたい」彼は手を挙げて、正式な招待状のはいった封筒を見せた。

「わたしも、ぜひみなさんとご一緒に参加したいです」ジュリエットは言った。彼女はいっそう関心を持って舞踏会について考えるうちに、ある巧妙な計画を思いついた。その意図をジョナサン・ダーシーに伝える機会を心待ちにしていた。

チャーチル氏はジュリエットの熱意を誤解した。

「もちろん、そうでしょうとも！　舞踏会を待ち焦がれない十七歳のお嬢さんなど、お目にかかったことがありません。ええ、お約束しますよ。夜通しすばらしい音楽をお聞かせしましょう。お開きになる頃には、あなたの舞踏靴はすっかり擦り切れていますよ！」

「とても愉しそうですね」ここ数日のドンウェルアビーよりも陽気な愉しみを提供するのは、わけのないことだから、期待するのも当然だとジュリエットは感じた。「ミス・チャーチルがすべての手配をなさるんですか？」

「娘も手伝ってくれますが、私はそうしたことが実に得意でしてね。普通の殿方よりはずっと得意だと思いますよ」チャーチル氏はやさしく微笑んだ。「機会があれば、ナイトリー夫人に尋ねてごらんなさい。いかに私が舞踏会を主催する名人かを話してくれますよ」

ジュリエットは、グレース・チャーチルの手伝いを頼まれないかとなかば期待していた。ドンウェルアビーから、ひいては捜査から、長時間離れたかったわけではなく――死にまつわるものに何日も囲まれていたあとには、軽い気晴らしをしたかったし、何かに気を取られていない人と過ごしたかったのだ。とはいえ、チャーチル氏がパーティの細部におおいに関心を寄せるめずらしい男性というなら、彼女にできることはなかった。「朝食を召しあがりますか、サー？　わたしからご招待することはできませんが、ナイトリーご夫妻は、いつもチャーチルさまにお会いするのをとても愉しみにしていらっしゃいますし」

「今朝はそうではないかもしれません」チャーチル氏は考え込むように言ってから、少しいわくありげな調子で続けた。「従僕の話では、ジョン・ナイトリー氏がいらしているとか。ほんとうですか？」

「わかりません、サー」ジュリエットはちらりとナイトリー氏の書斎のほうを見た。ジョン・ナイトリーというのはナイトリー氏の弟で、ウィッカム氏と最初に、そしてもっとも破滅的に関わった人物だということをよく覚えていた。

「そうにちがいない。従僕がそんなまちがいをするはずもないし」チャーチル氏はジュリエットに向かっていうより、独り言のようにつぶやいた。「夫妻が招いたはずはない。この状況で、こんなときに訪問か。なんとも妙なときに」

チャーチル氏と同様に、ジュリエットにもこれは普通の訪問ではないと思われた。ジョン・ナイトリーは、自分を守るために兄が思い切った行動を取ったのではないかと疑ったのだろうか？

彼がここに来たのは、兄を問い詰めるためなのか——いや、それとも、兄に感謝するためなのか？

＊

エリザベスの目覚めは機嫌良くとはいかなかった。飲みすぎのせいで頭がズキズキ痛んだし、まだ眠っているうちに、ダーシーはすでに着替えて外に出ていた。なんとか陽射しを直視できるようになったときには、夫が芝生の上を歩いているのが見えた。

気分がいくらか回復したのは、使用人から届けられた一通の手紙を受け取ったときだった。エリザベスはウィッカムの死後、三人の姉妹全員に手紙を出していたが、妹のメアリーからの返信がいち早く届くだろうと予想していた。

若い頃には、メアリーからの手紙によく苛立たされたり、大笑いさせられたりしたものだった。メアリーはせっかく神学や音楽、歴史に関心を持っても、やたら成果を見せびらかしたがるばかりで、それなりの結果が得られるまえに、肝心の関心が薄れてしまっていた。そんな性質のため、家族のなかでもメリトンでも、笑い者にされていた。舞踏会やピクニックを軽蔑しており、結婚相手として望ましい若い男性との出会いも少なく、そのため誰かに惹かれることもなかった。メアリーが二十五歳になったとき、ベネット夫人は三女を立派な人に嫁がせるのは無理だと絶望し、義兄の事務弁護士フィリップ氏に、部下に良い相手はいないかと泣きついたりもした。

ところがその夏、メアリーが叔父や叔母と一緒にケントの海岸を旅行したときのことだった。三人は日曜日に地元の教会の礼拝に出席した。そのとき、ウィールライト氏が非常に長く高尚な説教を行ない、会衆をがっかりさせたが、メアリーだけはおおいに興味を示した。礼拝後、彼女はウィールライト氏にその説教について詳しい説明を求めた。ウィールライト氏はそのように真面目な若い女性を見つけてうれしいと公言した。

ウィールライト氏はメアリーよりも十五歳年上で、それなりの財産があり、三年前に妻が他界し、子どもはいなかった。二度目の結婚は考えたことがなかったが、運命に導かれ、もっとも好ましいと思える気質を持つ女性と出会った。本と哲学的議論以外にこれといった愉しみを持たない人物で、メアリーにはそこがぴったりだった。ふたりは出会って五カ月後に結婚し、その後の結婚生活で、夫婦円満の証として六人もの子どもをもうけた。

メアリーの状況が改善されたのは、物質面だけではなく、多岐にわたった。ウィールライト氏は尊大で気難しいところもあったが、新しい妻を心から愛した。知的努力が批判されるのではなく称賛される家庭で、妹がどれほどしあわせそうにしているかを見るまで、エリザベスは、家族のからかいがどれほどメアリーを苦しめていたかに気づいていなかった。さらに、ウィールライト氏は優れた頭脳を持ち、優れた教育を受けた人物だった。彼の図書室は、ペムバリーをのぞけば、イングランド中の読書家の羨望の的になりえただろう。

そうした学びの機会と、博識な会話をする夫を得たことで、メアリーの理解力は大きく向上した。彼女がなにがしか意見を表明する頻度は激減し、表明するときには、より聞く価値のあるものになった。

　この結婚についてのベネット夫人の当初の考えには、そうした利点はほとんど含まれていなかった。メアリーを喜んで娶《めと》る男性はこの世にいないというのが長年の信念だったこともあり、最後まで残った娘をようやく結婚させることができて、とにかく安堵したのだった。しかし、機が熟して、この義理の息子がタンブリッジウェルズの地方司祭に任命されるや、婿たちのなかで一番のお気に入りに昇格した。それ自体、自慢できる立派なことだったが、ベネット夫人にとってさらにすばらしいことに、メアリーの夫はコリンズ氏（限嗣相続により、息子のいないベネット家の土地財産を相続する予定の牧師）の教区を管轄する直属の地方司祭になったのだった！　これにより、すべての勝利が完成したのである。

　エリザベスは妹の手紙を開封して読んだ。

親愛なるリジー

　あなたからの衝撃的な知らせは、多くの感情を惹き起こし、ほかの多くの感情を抑えつけます。ウィッカム氏はわたしたち家族とつながりがある人だけれど、あんな不道徳な人物の死を心から悲しむことはできません。それでも、犯罪行為には最大の嫌悪を感じずにはいられません。あなたもご主人もご子息もまだ、さぞかし心を痛めているにちがいありません。ウィールライト氏とわたしは、困難な時期にあるあなた方にお見舞いを申しあげます。問題がすみやかに解決され、あなた方がドンウェルアビーから解放され、自宅に戻れるように、夫とともに毎晩祈ります。戻るのが早ければ早いほど、ダービーシャー中に根も葉もない噂が広まる時間が減ることでしょう。

ハイベリーという小さな村の外で、噂がどれほど話をねじ曲げかねないかについて、エリザベスはまだ考えていなかった。うめき声をあげ、ズキズキ痛むこめかみをさすりながら、先を読み進めた。

あなたの説明から察するに、ジョナサンは困難な状況や独特な気質にもかかわらず、うまく対処しているようですね。とりわけ強く印象に残ったのは、あなたがダーシー氏についてほぼまったく触れていないことです――ウィッカム氏と生まれたときからつながりがあり、すなわち、この事件はダーシー氏にとってもっとも厄介にちがいないのに、触れられていない。差し出がましいようですが、エリザベス、あなたはこの八カ月、ご主人のことをほとんど手紙に書いていませんでしたね。ご主人のことを話さないということは、ご主人ともあまり話をしていないのではないでしょうか。

あなた方の私的な問題について、これ以上詮索するつもりはありませんが、聖職者の妻として、言わせてください。夫に忠実であることは妻の義務であり――この義務は花嫁だけのものではなく、結婚生活を通じて果たさなければならないものです。何より重要なのは、妹として伝えますけれど、あなたには、父さまと母さまが互いにしていた以上に、ご主人に対して心を開き、誠実であってほしいのです。良い妻になるために、わたしたちは多くの悪い習慣を捨てなければならなかった。いまになって、せっかくの良い習慣を手放さないでください。この苦難のときにこそ、その習慣が一番あなたの役に立つのですから。

そのあとは、メアリーは自分の家の心配事を詳しく綴《つづ》っていた。六人の子どもがいるので、その詳述はほぼ一ページに及んでいた。エリザベスはそれをすべて読んだが、彼女の思考を支配していたのは、ダーシーについてのメアリーの助言だった。ついに自分の意見が真剣に受け止められたと知ったら、メアリーはどれほど喜んだことだろう！

＊

「お屋敷が二軒あるのに、空いてる寝室はひとつもなし」エマはジョンの世話を焼きながら言った。「あなたに寝室を用意できないなんて信じられません。使用人の部屋しかなくて――これでは、せっかく帰ってきたのに歓迎のしようもありませんわ」

「まったく問題ない」ジョンは言った。いつもの元気はなかった。ナイトリーの書斎の椅子に坐り、まるで重すぎて肩では支えきれないかのように、頭を垂れていた。「今夜、ロンドンに戻ればいい」

「もちろんだめですわ」エマは腹を立てた。「そんなこと認められません。たぶん村の宿が――」

「宿に泊まるくらいなら、馬に乗ってるほうがましだ」ジョンは多少気持ちのこもった声で言った。一番近くの宿は、美味しい食事や念入りな清掃で有名なわけではなかった。

「それならここに泊まってください」彼女は懇願した。「お願い。使用人の部屋しかなくても、少なくとも雨には濡れないし安全ですわ」

ジョンのかすかな笑みは、ほとんど浮かんだ瞬間に消えた。「そのありがたさは、以前は当然のことだと思っていたんだよな。まあ、だからといって、いまの感謝の気持ちが薄れるわけじゃない。泊まらせてもらうよ、エマ――長くはならないが、少なくとも今夜はね」

彼女はほっと息をついた。少なくともやれることはやったのである。

ナイトリーが書斎に戻ってきた。エマは振り返って夫を見ようとはしなかった。ジョンの視線が兄から兄の妻へ移り、また兄へ戻ったが、何も言わなかった。

「さて、ジョン」ナイトリーが言った。「少しはきみを安心させてあげられたかな？　エマもぼくも完全に正気を失ったわけではないとわかったかい？」

ジョンはゆっくりと首を横に振った。エマには、ジョンが収穫期を終えた農夫と同じくらい疲れているように見えた。「ぼくが安心できるのは、フランク・チャーチルが、どこの浮浪者か知らないがこの悪事の犯人を見つけて、きみたちの評判が守られてからだ」

〝犯人は浮浪者ではないのよ〟そう言いたかったが、エマはこらえた。殺人犯がいま同じ家にいることを知って、意気消沈したジョンが元気になるはずはない。夫もそのことは口にしなかった。

〝少なくとも、この人の判断力は永久に損なわれたわけじゃないのね〟エマは思った。〝いっとき頭がおかしくなって、先祖代々の屋敷を危険にさらしただけで〟そう思ったところで、たいした慰めにはならなかったが。

「みんなをこんな事態に陥れたのはぼくだ」ジョンは言った。「ぼくの愚かな自尊心が、父さんが教えてくれた信条を打ち負かした。仕事と母から受け継いだ遺産があれば、家族の生涯を充分支えてくれただろう。それなのに、自分の財産を築きたいと願った。自分よりも上の地位に生まれた人よりも、富を得たかった。許してくれ、ジョージ、ぼくは長男より裕福なめずらしい次男になりたいとさえ願ったんだ」

そのとき、エマがナイトリーを見ると、とてもやさしい笑みを浮かべていた。「長男よりも多くの富を持ちたいと願う次男はめずらしくはない。ほとんど普遍的なことだと思うよ」

「でも、ぼくはそれを追求した。そのうえ、ウィッカムのような男を信用した！　信条では思いとどまれなかったのなら、プロの弁護士として思いとどまるべきだった。顧客に対して助言するときの用心深さが半分もあれば、こんな罠にはまることはなかったのに」それから兄を見て、声を震わせた。「最悪なのは、あの保証人引受承諾書に署名してくれと兄さんに頼んだことだ」

エマの心のなかで何日も固く締めつけられていた結び目が、ふいに解《ほど》けていくような気がした。もちろん、ナイトリーはみずから進んであんな保証書に署名したわけではない。ジョンに頼まれたからそうしただけなのだ。ジョンはほとんど頼み事をしない人だし——彼はとても自尊心が高く、とても頑固だから——そんな弟から頼まれたら、ナイトリーに拒否する勇気はなかっただろう。もし同じことを姉のイザベラから頼まれたとしたら——エマは想像してみた。そして即座に、自分も同意しただろうと悟った。

そのことを一度も考えなかったというわけではない。しかし、エマはそれを感じたことがなかった。途方に暮れて希望を失ったジョンを見て初めて、ナイトリーが弟のために感じたであろう痛みを理解したのだった。そんな痛みを感じていれば、保証人引受承諾書に署名するよりもはるかに悪いことさえするかもしれない。

もちろん、ナイトリーは先にエマに話すべきだった。とはいえ、もし事前に聞かされていたら——エマはようやく悟った——夫がしたのとまったく同じことをするようにけしかけていたことだろう。

ジョンは悲しげに頭を振った。「あのときは、迷惑をかけるのは一時的なことで——すぐに資金が手にはいると思っていたんだ——」

「いや」ナイトリーは言った。「きみが頼んだのも、ぼくがいいよと言ったのも、どちらの愚かさも大差ない。つまり、どちらもでくのぼうだということさ。乳母《ばあや》がいつもそう言っていただろう。もし乳母がいまのぼくたちを見たら、ほら見たことかと思うだろうな」

ジョンもそれには笑うしかなかった。エマは自分のなかの緊張が緩んでいくのを感じていた。夫はときに独善的なところがあるにしても――もっとエマに相談し、彼女の意見を充分に尊重すべきかもしれないが――それでも、善良な心の持ち主であることに変わりはなかった。最悪の事態に直面したときも、夫の最善の部分を思いださなければならない。

　エマはナイトリーの手を取った。彼はジョンから眼を逸らさなかったが、彼女の指を握りしめた。その仕草は、ふたりのあいだの亀裂が……癒《い》えたとはいかないまでも、癒えつつあることを、充分にエマに示していた。

*

　アン・ウェントワースは、お茶の時間に皆がチャーチル氏の舞踏会への招待を受け入れるべきかについて話し合うのを、できるかぎりの関心を持って聞いていた。アンはすでに出席は了承されたものと思っていたが、そうではなかったようだ。

「無謀なことはやめておくべきです」ブランドン大佐が主張した。彼の妻はテーブル越しに夫を用心深く見つめていた。「村の人々がわれわれをどんなふうに疑っているのか、見てきたとおりです。舞踏会でも似たような歓迎しか受けないでしょう」

「もっと悪いかもしれませんわ」エリザベス・ダーシーはもうひとつビスケットを取りながらつけ加えた。「ただ散歩をするだけで非難されるなら、わたしたちがとびきり上等な服を着て、アルマンド（宮廷ダンス）を披露したら、どんな反応をされるかしら？」

　アンはジュリエット・ティルニーの顔に落胆の色がよぎるのを見て、彼女に同情した。十七歳というのは、素敵なドレスを着てひと晩中、踊りたい年頃である。ティルニー嬢は同年代の人たち、とりわけ結婚相手にふさわしい若い男性との出会いを期待して、このハウスパーティに参加したにちがいない。それなのに、自分が関わりもしない陰惨な事件に囚われてしまった。この状況は、ジョナサン・ダーシーの気持ちを求愛に向かわせるのに理想的とは言えない。

「ばかげた催しですよ」ジョン・ナイトリーは言った。「この舞踏会――いや、それを言うなら、どんな舞踏会だろうと。どうしてわざわざ社交を求める必要があるんです？ 誰もがそれぞれ居心地のいい場所で過ごせばいいだろうに」

「もうご招待を受けてしまいましたもの」エマ・ナイトリーが指摘した。彼女は訪問中の義理の弟の隣りに坐っていた。「正当な理由もなくお断りするのは、無礼になりますわ」

「殺人が正当な理由にならないなら、何なら理由になるのか、ぼくにはわかりません」フレデリック・ウェントワースが言った。アンはちらりと夫を見たが、夫はアンのほうを見ていなかった。夫のことばを聞いてダーシー氏がたじろいだことにアンは気づいた。

そのとき、ジョナサン・ダーシーが口を開いた。

「チャーチル氏は、それが正当な理由だとは考えていません。殺人事件があったのに出席するのが無作法だと考えていれば、そもそもぼくたちを招待したりはしなかったでしょう」

「ウィッカム氏の死に関して、事実を裁定するのはチャーチル氏かもしれません」エドマンド・バートラムはいつもよりさらに堅苦しい調子で言った。「しかしながら、こうした状況でどのような振る舞いが適切かを裁定するのは、彼ではありません」

アンはたいていほかの人に先に意見を言わせてから、自分の意見を言った。どうやら彼女の番が来たようだ。

「わたしの意見では、わたしたちは行くべきです。むしろ、行かなければなりません」

全員が振り返ってアンを見た。ふだんからあまり話をしなければ、いざ話をしたときに注意深く聞いてもらえる。アンはずっと昔から直感で会得していたが、その教訓を学ぶ人の少なさを不思議に思っていた。

彼女は続けた。「もし出席すれば、そう、非難される可能性があります。でも、出席しなければ、わたしたちは、ハイベリー中の人々の眼に、はるかに悪い印象を与えます。第一に、無分別きわまりないと思われます。第二に、何か隠し事をしているように見られます」

このなかのひとりは、もちろん、隠し事をしている。しかし、そう見られても差し支えない人はひとりもいなかった。

ほかの面々はアンのことばをよく考え、それが真実だと悟った。主人役のナイトリーみずから口を開いた。

「では、決まりですね。チャーチル邸の舞踏会へ行くことにしましょう」

*

お茶の時間のあと、ジュリエット・ティルニーとジョナサン・ダーシーは、すぐそばに人がいない状態で、一緒に廊下を歩くことができた。ティルニー嬢が小声で言った。「舞踏会のこと、ホッとしました」

「ぼくもです」ジョナサンは言った。「チャーチル氏が、礼儀作法にこだわりすぎない人で助かりました」

アン・ウェントワースのことばは賢明で、あれが、両親が譲歩した唯一の理由だろうとジョナサンは確信していた。

ティルニー嬢はジョナサンを秘密めかした眼で見た。

「どんな機会が与えられたのか、気づいていないんですか？」

「どういう意味ですか？」

「心配していたでしょう――ウィッカムの書類に載っていた謎の伯爵の名前のこと」彼女はさらに声を低めた。「ナイトリーさんは、フランク・チャーチルの『貴族名鑑』で、その伯爵の名前を調べたと言っていました。そのあと、その本に栞代《しおり》わりに手紙を挟んできたとも。つまり、ダンスから抜けだして図書室に行くことができれば――」

『『貴族名鑑』を見つけて、栞を挟んだページを開けば、そこに載っている伯爵の名前がわかる」ジョナサンはうなずいた。「ええ、そのとおりです」

たしかに、絶好の捜査の機会だった。とはいえ、ジョナサンはそれを喜ぶことができなかった。父親の無実を疑う気持ちから解放されるなら、どんなことでも歓迎だと思っていたが、こうなると疑惑の確定という危険性を考慮に入れなければならなくなった。もし『貴族名鑑』を開いて、そこにドーチェスター伯爵、ハロルド・ベラミーの名が載っていたら、そのときは……

〝載っていても、なんの証明にもならない〟ジョナサンは自分に言い聞かせた。〝でも、明らかにされなければならない〟父親からはつねに正しいことをするようにと教えられてきた。自分で判断できるかぎりの正しいことを。ジョナサンは父親の信条に背くつもりはなかった。たとえ父親が正気を失った瞬間に、その信条を忘れたのだとしても。

彼は見るからに動揺していたにちがいない。というのも、ティルニー嬢がほとんどささやくような声でこう言ったからだ。「どちらにしても、知っておいたほうがいいはずです」

「いいか悪いかは問題ではありません。正義がそれを求めているのです」実際よりも強く確信しているように聞こえただろうかとジョナサンは訝《いぶか》った。

たぶんそうは聞こえなかっただろう――しかし、ジュリエット・ティルニーは慈悲深く、彼のことばをそのまま受け入れた。まだ声をひそめたまま、より自然な調子で言った。「それに、チャーチルさんが歓待するのは、別の動機があるからかもしれません。ウィッカム氏が死んだのは、わたしたちのうちの誰のせいなのか、見極めなければならないんですもの。事情聴取だけでは答は出ませんでした。人となりを調べるのに、舞踏会ほど適した機会があるかしら？　わたしたちの行動ややりとりを観察できます。誰が普通に振る舞っているのか？　誰がそうではないのか？　あの方にとって、多くを知るための貴重な機会です」

　ジョナサンはそれについて考えてみた。「チャーチルさんがそこまで……洞察力のある人だとは思っていませんでした。そんな巧妙な計画を立てるような人には見えませんが」

「そうかもしれませんね」彼女の声音《こわね》ににじむ疑念は長くは続かなかった。「でも、たとえ純粋に愉しむために招待したのだとしても、きっとすぐに気づくことになります。舞踏会という、人から見られる場では、わたしたちひとりひとりについて、以前よりもずっと多くを知ることができるということに」

　そのとき、ブランドン夫人がジュリエットのそばにやってきて、ジョナサンにはほとんど意味のわからない女性的な話をしはじめた。彼はそこで会話が途絶えたことを残念に思った。ジュリエットの説は興味深く、もっと議論する価値があると思ったから。

　そして、最初の二回のダンスに誘う機会を逸してしまったから。

19

ある人にとって、非難すべき点がないと判明した計画ほど、待ち遠しくてたまらず、愉しみな計画はない。

ジュリエットとチャーチル家の舞踏会の場合にも、同じことが起こった。最初に熱中したのは、たんに舞踏会が捜査に役立つ可能性があったからだが、翌朝目覚めてみると、昔ながらの期待に沿った新たな喜びの理由を見いだしていた。たとえば、髪をとりわけ美しく整えて、手持ちで一番きれいなドレスを着られることへの期待だとか。淡いブルーに組み紐の縁飾りがついたそのドレスは、ジュリエットのハシバミ色の瞳をエメラルドグリーンのように見せてくれる——少なくとも、彼女の主観では。もちろん、ダンスそのものへの期待もあった。ジュリエットは活動的で健康な娘であり、乗馬や散歩に慣れていたし、ときどきアーチェリーを嗜むこともあった。ドンウェルアビーでの軟禁生活は、そんな彼女に負担をかけはじめていた。また体を動かすことができれば、きっと気持ちがいいことだろう。

ジュリエットには、ほかの面々も自分と同じ愉しみを感じているように思えた。三十代から四十代の人々が、舞踏会を目前にして青春時代とまったく同じ喜びを感じているとまでは思わないにしても、朝食の席で、雰囲気ががらりと変わったのを感じた。アン・ウェントワースは気さくに微笑み、珈琲を飲みながらおしゃべりしていたし、ナイトリーは舞踏会で出会うことになるハイベリーのさまざまな人物のことを、いつも以上に満足げに話していた。エリザベス・ダーシーは夫に、困っている女性客全員と——ほかの紳士たちに軽んじられた女性であっても——踊ってくれるかと尋ねていた。奇妙な質問だとジュリエットは思ったが、おそらくダーシー夫妻のあいだでは何か意味があるにちがいない。ダーシー氏が、ジュリエットが見たことのないほど満面の笑みを浮かべていたところを見ると。

「あなたも、わたしと同じようにダンスがお好きなんですよね、ブランドン夫人？」ジュリエットはバースケーキ（バース地方発祥のパン）を食べながら思い切って訊いてみた。

マリアンは一瞬、自分に話しかけられていることに気づかなかった。「えっ。ええ、もちろん。あれほど愉しい娯楽はあまりありませんわ。集まったすべての人が真に調和しているんだもの」

そのとおりだった。男性の数が足りなければ、女性同士で踊ることもあった。内輪の場では、踊り手が九歳か十歳くらいのこともあれば、六十歳以上のこともある。結婚適齢期の若者にとって、パートナー選びは大きな意味を持つが、幼い子どもや既婚者にとっては、誰とパートナーを組んでも愉しめるものかもしれない。ジュリエットはかつて、父親がひと晩に、練習熱心な十一歳の子どもと教区の非常に元気な七十歳の女性の両方と踊ったのを見たことがあるが、その場にいた全員が大変満足しているように見えた。彼女はその話をマリアンに伝えた。

「ええ、それこそ紳士的な振る舞いですわ」マリアンはつぶやいた。彼女の眼は部屋を見まわしていた。ブランドン大佐を探していたらしいが、見つからなかったのだろう。大佐はまだ朝食に降りてきていなかった。「すべての人を歓迎し、希望する人とは喜びの機会を分かち合う——それが何よりもすばらしい礼儀作法です。もっと多くの男性が、あなたのお父様をお手本にしてくだされればいいのに」

近くに坐っていたナイトリーは、その件について自分の考えを述べようとしたのか、ふたりのほうを向いた。その拍子に、窓の外の様子がナイトリーの眼に入り、彼の表情を暗くさせた。「どうやら〝手本を示す〟ことについて、もっと多くの意見を聞かされることになりそうです」

「どうしてですか?」そう尋ねながら、ジュリエットは窓のほうを見た。最新式ではない馬車が近づいてくるのが見えた。今まで見たことのない馬車だった。

「どなたがいらっしゃったのですか?」

「私たちの教区牧師、エルトンさんです」ナイトリーは重いため息をついた。「どうやら細君をお連れのようだ」

＊

その昔、エルトン氏が最初に望んだのは、当時ウッドハウス嬢だったエマとの縁組だった。エマはその未来像に共感せず、彼を拒絶した。彼が望みを膨らませたのは、軽率ではあったが罪のないエマの行動のせいだった。〝拒絶されても、エルトン氏――哲学的に失意に向き合うタイプではない男性――はちっとも堪《こた》えなかった。それどころか、天候が回復するやいなや、憤慨してハイベリーを離れると、バースでそれなりの持参金のある若い女性と出会い、新妻となったオーガスタ・エルトンをすみやかに連れ帰った。彼としては、どうやらそれを勝利と認識していたようだった。

エルトン夫人は、インド諸島に赴く宣教師と同じ精神で、ハイベリーにやってきた。何も知らない人々が、彼女の優れた知識と理解に感謝するだろうという不動の信念で。さらに宣教師と同じように、地元の人々が自分なりの考えや意見を持っているかもしれないなどとは、ほとんど予想すらしていなかった。都会的な服装をして、ありとあらゆる人に都会的な礼儀作法を教え、村の社交生活を再編成して、自分がその中心に立とうとした。新婦には充分な礼儀が尽くされる慣例に則り、エルトン夫人もしばらくその特権を愉しんでいた。
それから、ジェイン・フェアファクスとエマ・ウッドハウスが相次いで結婚し、それぞれ花嫁の季節を愉しんだ。エルトン夫人は、自分が最初のダンスの先頭に立てなければ、田舎の舞踏会をあまり愉しめないことに気づかされた。新婚のチャーチル夫人とナイトリー夫人は、当然ながらハイベリーの社交界の頂点にいるとみなされていた――夫たちの地位と財産、そしてエマ自身の多額の持参金を考えれば、エルトン夫人にとっても、本来なら驚くべきことではなかったはずだ。とはいえ、夫が誇っていたナイトリー氏との友情によって、ハイベリー御三家の三番目には当然収まるものと思っていた。ところが、ハイベリーの上流階級でのエルトン氏の地位は、聞かされていたよりもはるかに低いことがすぐに明らかになった。

それどころか、オーガスタ・エルトンの地位は、あくまで牧師の妻としてのものでしかなかった。彼女の持参金をもってしても、エルトン夫妻はチャーチル家やナイトリー家のような裕福な暮らしはできなかった。彼女のドレスは新調するよりも早く流行遅れになった。新しく生まれた社交の集まりやサロンから、強く参加を求められることもなかった。彼女自身がつくった社交の集まりやサロンは、彼女の興味が薄れるよりも早く失速していった。たとえ彼女の参加が望まれていたとしても、牧師の妻には余暇の大半を埋める職務があった。エルトン夫人は貧しい人々を頻繁に訪問したり、彼らの重荷を軽減するようなゼリーやパイ、布製品を作ったりすることを期待されていた。

彼女はそれをこなしてはいたが、そこにクリスチャンとしての気持ちはほとんど込められていなかった。エルトン夫人は慈善よりも、むしろ非難することによって敬虔さを表現するのを好んだ。新たに非難すべきことを見つけたときほど、夫人が喜んだことはなかった――とりわけ、それがエマ・ナイトリーとなんらかの関係があるときには。ドンウェルアビーでの殺人事件の知らせは、長い歳月でかつてないほどエルトン夫人を喜ばせていた。

「親愛なるナイトリー夫人！」エルトン夫人は、夫と連れ立って颯爽と屋敷にはいってくると大声で言った。彼女の両手は胸のまえでお上品に組まれていた。「今回のこと、さぞかしショックを受けられたことでしょう。わたしたちは悲しみに沈むあなた方を慰めにきたんですの。なぜこれまで来られなかったのかはご理解いただけると信じておりますわ――もちろん、聖職者とその妻は評判を気にするに越したことはありませんし、あのような事件とは慎重に距離を置かなければなりませんから――！　ああ、お気の毒な方たち。客人のみなさまをハイベリーに連れていらしたあなた方に、拍手喝采を送りますわ。たいていの女性なら、恥ずかしさのあまり頭をあげることすらできなかったでしょうに。でも、あなたは恥ずかしさなど物ともされなかったのですから」

エマ・ナイトリーは、オーガスタ・エルトン相手にまだ一度もカッとなったことがなかった。怒らないことが彼女を打ち負かす唯一の方法だとわかっていたからだ。育ちの良さで培った礼儀作法を総動員して、丁重に答えた。「ご訪問くださり、ありがとうございます」

エルトン氏が言った。「さらには、今週、教会にいらっしゃるご予定なのか、お尋ねしたかったのです」

次の日曜日は、訪問客が初めて礼拝に行けるはずの日だった。また悪天候にならなければ、もちろん出席するだろう、とエマは答えるつもりだった――エルトン氏がこうつけ加えなければ。「引き続き、欠席していただければ……より分別があるかもしれません」

「わたしたちが教会に行くことを禁じるとおっしゃるの？」エマは彼を見つめた。彼女はエルトンの嫌味や中傷には慣れていたが、これはまったく新しいレベルの蔑視だった。

「ああ、いやいや、もちろんちがいます。ですが、上流階級の女性として、礼儀作法にどんなことが求められるか、あなたにならおわかりでしょう」エルトンはこの意見表明に非常に満足した様子だった。しかしながら、そのことばは、ちょうど近づいてきたエドマンド・バートラムの注意を惹いた。先ほどの質問の返事をしなくてすむように、エマは急いで彼らの紹介をした。彼女はその場から逃げだすことばかり考えていた――が、もっといい方法が眼のまえにあった。

〝聖職者〟ということばにエドマンドの耳が反応し、惹きつけられた。初めは、当然ながら、誰かが自分の噂をしているのだと思い、調べに行ったところ、ナイトリー夫人が地元の牧師とその夫人らしき人と会話をしているのを見つけた。しかし、小耳に挟んだことばは、捨て置くわけにはいかなかった。

エドマンドは言った。「エルトンさん。先ほどおっしゃっていたことが聞こえたのですが。ぼくもノーザンプトンシャーに教区を持っています」

長年、聖職者には敬意を払うべきだと主張してきた手前、エルトン夫妻は別の聖職者を無視するわけにはいかなかった。エルトン夫人は、本人がもっとも魅力的な笑みだと信じるものを顔に浮かべた。「バートラムさん。もうおひとり聖職者がいらっしゃるなんて、すばらしいですわ。ドンウェルアビーの方々に内輪の礼拝をなさってはいかがでしょう。そのほうがずっと適切だとは思いませんか？」

「ぼくはそうは思いません」エドマンドは答えた。「教会は苦悩のときを過ごす人々に対して、門戸を閉ざすべきではありません。そんなときこそ、主の慰めと知恵がもっとも必要とされるのです」

エルトン氏は特別敬虔な人間ではなかった。彼が教会を選んだのは、天職だと感じたからではなく、三男であり、かつ軍隊に興味がなかったからだった。自分で説教を書くことはせず、余暇をほかのことに使いたい聖職者向けの本に載っている説教を読んでいた。それでも、長年その本から引用してきて、そこに書かれた知識をまったく吸収してこなかったというわけではない。「あなた方のなかに、この憎むべき犯罪に手を染めた者がいるかもしれません。そんな人物に、われわれの教会には来てほしくないのです。全体を守るために、残りの方々は控えるべきです。教区民をそのような犯罪者と同席させてはなりません。コリントの信徒への手紙一にもあるように、われわれは罪深い行ないをした人々とは付き合うべきではありません、たとえその人々がクリスチャンだと自称していても。ともに食事をすることすら禁じられている。ましてや礼拝の場をともにすることなど許されません」

エドマンドは答えた。「とはいえ、ルカによる福音書、第六章には、こう書かれています。〝人を裁くな。そうすれば、あなた方も裁かれることがない。人を罪人だと決めるな。そうすれば、あなた方も罪人だと決められることがない。赦しなさい。そうすれば、あなた方も赦される〟」

エルトン夫人は、呆然としてエドマンドを見た。聖書のすべての内容が完璧に一致しているわけではないとは、彼女には思いも寄らなかったようだ。エルトンが反論を思いつくのに、少し時間がかかった。「しかし、エフェソの信徒への手紙、第五章には、はっきりとこうあります。〝実を結ばない暗闇の業《わざ》に加わらないで、むしろ、それを明るみに出しなさい〟私たちのなかに人殺しが混ざることを認めるのは、そのような業に加わることになりませんか？」

「ぼくは同意できません」エドマンドはそっけなく言った。「むしろヤコブの手紙、第五章を引用したいですね。〝罪人《つみびと》を迷いの道から連れ戻す人は、その罪人の魂を死から救い出し、多くの罪を覆《おお》うことになると、知るべきです〟ぼくたちはたしかにみな罪人です　だからこそ、ローマの信徒への手紙、第三章にはこう述べられています。〝人は皆、罪を犯して神の栄光を受けられなくなっています〟もちろん、ヨハネの手紙一、第一章にもこうあります。〝罪を犯したことがないと言うなら、それは神を偽り者とすることであり、神の言葉はわたしたちの内にありません〟とはいえ、ぼくがあなた方に説教をするのは、おこがましいことです。あなたの教区なのですから、ご自身で善かれと思うようになさるべきです」

エルトン氏はそれには答えなかった。彼の威厳にとって幸いなことに、妻のほうは沈黙に長く耐えることができなかった。

「そのとおりですわ」エルトン夫人は言った。彼女はエドマンドが譲歩した点だけを理解し、それゆえ夫は勝利を収めたと思い込んだ。「さて。またお会いするのを愉しみにしておりますわ、ナイトリー夫人。この不愉快な出来事にすべて片がついて、それから道を踏みはずした客人が特定されたあとに」（エルトン夫人は、ナイトリー夫妻は無実であると仮定することが、クリスチャンとしてのすばらしい親交の印だと考えた。）「行きましょう、あなた。もっと困っているほかの教区民が、わたしたちを待っていますわ」

「私がお客さまをお見送りするよ、大事なエマ」ジョン・ナイトリーが、彼の兄の書斎から出てきた。まだ顔色が悪くやつれていたが、到着したときよりはずっと良く見えた。エドマンドは自分も兄とそういう――交数日一緒に過ごすだけで元気を回復するような――交わりが持てればいいのにと思った。「すぐにロンドンに行くから、この機会を逃すとエルトン夫妻と話ができないしね」ジョン・ナイトリーの顔つきから察するに、この機会をつかんだのはうれしいわけではないらしいとエドマンドは思った。

エルトン夫人はそんなニュアンスにも気づかず、飛びついた。「お会いできてとってもうれしいわ！　ロンドンでのご家族の様子を全部お聞かせくださいな」

仕事柄、噂話の兆しに敏感なエドマンドだが、あからさまに顔をしかめるのはなんとかこらえた。

ジョン・ナイトリーとエルトン夫妻が出ていき、執事がドアを閉めたとたん、エドマンド・バートラムは、女主人から深い感謝の眼差しを向けられた。「とても立派なお話しぶりでしたわ。エルトンさんもエルトン夫人も、お詳しい方から反論されなければ、まちがいなくあのあと延々と話を続けていたでしょう」

しかし、エドマンドはうなずくことしかできなかった。彼はうわの空だった。主のことばを語ったとき、同時に心を開いてそのことばを聞いていた——より深く、そこまで深く耳を傾けたことはもう長いことなかったほどに。自分はエルトン氏とはちがうことを願いつつも、ああいう器の小さな人間への道を歩みはじめてはいなかったかと訝った。

エドマンドの教えのすべては、ウィリアム・プライスを非難すべきであり、ウィリアムを支持するファニーを非難すべきだと告げていた。しかし、もしその教えが、神のことばを真に反映していなかったとしたら？

＊

その日の午後、またドンウェルから数人がハイベリーに向かった。ナイトリーが村の商人と打ち合わせをする用事があり、一緒に馬で出かける人を募ったのである。ウェントワース大佐が即座に手を挙げて——「ええ、われら海軍の男は、お声がかかれば乗馬もできますよ」——それから、すぐにジョナサンも加わった。

ファニー・バートラムの手紙の発見には、たしかに興味をそそられたが、彼女は内気な性格なので調査の対象にはなりにくい。ティルニー嬢は女同士、ファニーと話をする望みがいくらかあったが、ジョナサンにはなかった。そこで彼は、もうひとりの主要容疑者に眼を向けた。ウェントワースはその気質と動機から、非常に大きな関心が寄せられたままだった。（ジョナサンはウェントワースの有罪を望んでいる自分に気づいていた。それならば父親は無罪になるからだ。これは捜査員が持つべき客観性とはかけ離れている。）村への遠出はウェントワースを観察する絶好の機会に思えた。

それに、エボニーに乗れる機会にもなった。

その日は過酷なまでに暑かった。まるで一週間前の埋め合わせをするかのように、太陽は雲ひとつない空を支配し、サリーの田園地帯に熱気と光をあふれんばかりに注いでいた。そんな日に、なぜ外套を着て、クラヴァットを首元に巻き、帽子をかぶる必要があるのだろうとジョナサンは思った。簡素なリネンのシャツにゆったりとしたズボンでも、充分礼儀に適うのではないか？　どうやらそうではないらしい。両親からもほかの人からも、納得のいく理由を聞いたことはなかったけれども。

ハイベリーに着いたとたん、ウェントワースが高らかに言った。「喉が渇きましたね。エールを一杯飲みましょう」

ジョナサンは冷えた葡萄酒のほうがよかったが、冷たい飲み物ならなんでもよかった。しかしながら、ジョナサンが同意するまえに、フランク・チャーチル――馬に乗って、中央広場を横切りかけていた――が片手を挙げて挨拶し、馬の向きを変え、駆け足《キャンター》で近づいてきた。

「これはこれは、みなさん、今朝はいかがお過ごしですか？」チャーチル氏の笑顔は揺るぎなかった。

「全員で舞踏会に出席しようと、決断できるほどには元気ですよ」ナイトリー氏が言った。「私たちを歓迎してくれてありがとう。エマによると、エルトンさんはハイベリーの全員が同じ考えではないとはっきりおっしゃったそうですが」

そう言われても、チャーチル氏はたじろがなかった。

「村のみなさんが、エルトンの退屈な箴言《しんげん》と賑やかなパーティに出席するチャンスと、どちらを選ぶか決めるときまで待ってください。大丈夫、村はじきに一致団結しますよ」

ジョナサンは神のことばが何よりも重要だと教えられてきた。だから、ナイトリーとウェントワースがしたり顔でうなずきながら、含み笑いするのを見て、いささか驚いた。

「ここでお会いしなければ、今日、馬でドンウェルアビーまでうかがうところでした」チャーチル氏は続けた。「私と巡査たちは、お屋敷を捜索しなければならない点で合意しました。大変にお邪魔とは思いますが、必要なことだとご理解いただけるかと思います」

「もちろん、理解しますとも」ナイトリーが言った。「いつの予定です？」

「とくに異議がなければ、明日の朝に始めるつもりです」

ナイトリーはただうなずいて同意を伝えた。

〝捜索をするなら、ウィッカム氏の死の直後にしたほうが目的に適っていたはずだ〟ジョナサンは思った。事件から捜索までに時間が空きすぎた――誰かが血のついたハンカチーフを埋める時間もあったし、誰かがファニー・バートラムの手紙をジョナサンの両親の暖炉で燃やす時間もあった。それでも、さらなる発見が待っている可能性は充分にあったし、それはじきに明るみに出されるだろう……

＊

フレデリック・ウェントワースは、上空の灼熱の太陽よりも絶え間ないフランク・チャーチルの視線を感じていた。ナイトリーとダーシーの息子など、まるでその場にいないかのようだった。屋敷を捜索するというこのおしゃべりは、単なる口実にしか思えない。チャーチルの注意はウェントワース唯《ただ》ひとりに向けられていた。ほかのふたりがそれに気づいているかどうかはともかく。

ウェントワースは気づかないふりをする人間ではない。はっきり言え、そしてケリをつけろ――ウェントワースは自分に言い聞かせた。「何かお役に立てることはありますか、チャーチルさん?」

「実はあるのです。昨日、肉屋の見習いのサンダースと話したんですが、二週間前、ロンドンからあなたと同じ駅馬車に乗ったと言うのです。それで馬車に乗るときに、あなたと、見送りに来ていたらしきウィッカムさんが口論しているのを耳にしたんだとか?」

二週間前、ウェントワースの最大の悩みは、夢にも思わなかったような大金を手にしたのに、それを失いつつあったことと、借りている屋敷の階段が壊れたことだった。当時はそのことに押し潰されそうだった。だがいまの彼は、もし悩みがそれだけですむなら、なんだって差しだすだろう。「投資資金の不正運用について、ぼくたちは何度も意見が対立していました。そのうちの一回が誰かに聞かれたとしても、驚きません」

チャーチル氏はうなずいた。「サンダースによれば、あなたはウィッカムにロンドンの外で挑んでみろと迫っていた。つまり、ウィッカムが彼の――そのまま引用すれば、〝ムカつく取り巻き〟で守られていないところで。つまり、あなたは多かれ少なかれ、ウィッカムをここに来るようそそのかした。駅馬車の御者が喧嘩をやめさせようとしたとき、あなたは猛烈に彼を怒鳴りつけた。あなたの怒りはそうでなければ収まらなかった。これは公正な報告ですか?」

ウェントワースは肉屋に行って、サンダース少年に対して、ことばに気をつけて、人のことをとやかく言うなと言ってやろうか、とうわの空で考えた。しかし、これはあの若者のせいではなかった。ウェントワースが言ったこともしたことも、彼自身の責任だった。

「ええ」ウェントワースは言った。「否定はしません。否定する気もありません」

「率直にお答えくださり、ありがとうございます」チャーチル氏はそう答えると、また笑みを浮かべて立ち去った。

今度は、ジョナサン・ダーシーがウェントワースをあからさまに見つめてきたが、この若者を叱りつけたところで、なんの意味があるだろう? フランク・チャーチルは、ウェントワースが第一容疑者だと言ったも同然だった。しかもウェントワースでさえ否定できない理由で。

ウェントワースに注がれた眼差しは、すぐには逸らされそうになかった。

20

死は人間にとってもっとも深刻な懸念のひとつだ。ダンスはそうではない。したがって、ウィッカム氏の未解決殺人事件で陰鬱な気分になったドンウェルアビーの人々にとって、舞踏会くらいでは気晴らしにはなりそうにもないというのが合理的な結論だろう。とはいえ、舞踏会には何ひとつ合理的なものなどない。

ドンウェルの滞在客は、誰ひとり浮ついていたわけではない——若いジュリエット・ティルニーでさえ、耳飾りはどれを選んだらいいのかと熟考していたとしても。たんに、ある程度の愉しみを期待してサリーに来たのに、これまでのところ、ほとんど何も愉しめていないというだけのことである。彼らは仲間のなかに殺人犯がいると知りながら滞在し、村の人々の非難の眼差しに耐え、誤って（ひとりの場合に限って、正しく）殺人の罪を着せられるのではないかと気を揉みながら暮らしていた。それはありがたく味わいたい状況とはいえず、一行がそこから逃れるチャンスに飛びついたとしても、なんら不思議ではなかった。チャーチル家の舞踏会の当日、陽が沈む頃には、屋敷中が準備で活気づいていた。

ウェントワース海軍大佐とブランドン陸軍大佐は、それぞれの軍服――青と赤のきらびやかな長上着――を身につけていた。マリアン・ブランドンの繊細な組み紐で縁取られたドレスは、夫の陸軍の式服が引き立つように選ばれたもので、ほんの数カ月前、しあわせの絶頂期に購入した婚礼衣装のなかでも彼女のお気に入りだった。ナイトリーは、ふだんは堅苦しさや見せびらかしといったものを好まないが、エマがとっておきの象牙のブレスレットを身につけたので、三つ揃いのスーツに細心の注意を払った。エリザベス・ダーシーはモブキャップを、彼女の美しい瞳と釣り合う緑のビロードのターバンに変えた。ダーシーは華美な服装ではなかったが、彼の仕立ての良い服と自然な物腰はどのような集まりにもふさわしい威厳があることを意識してのことだった。

ファニー・バートラムは、数年前に兄のウィリアムから贈られた琥珀《こはく》製の十字架を身につけた。十字架は、まさにその十字架のためにエドマンドから贈られた鎖にさげられていた。アメジストの指輪をしばらく探し、それがもはや自分の手元にはなく、秘密にしておきたい行動を告白しないかぎり、おそらく二度と戻ることもないことを思いだした。

ジョナサン・ダーシーは、ほぼあらゆる衣類を、体を締めつけるどこか不快なものだと感じていた。肌に当たる感覚は、ときに無視するのが難しいこともあった。だから、ほかの男性たちが、襟の硬さやひざ丈のズボンの窮屈さに不満をこぼすふりをしている一方で、ジョナサンは正装もほかの衣装も同じように不快だとしか思わなかった。鏡で自分の姿をじっくり見てみると、見栄えがいいことに気づいた。ジョナサンの理解では、男性は見栄えがいいことを期待されているが、見栄えがいいことに気づいてはならないようだった。見た目が最高の状態であるように苦労しなければならないが、そのために努力をしたことを認めてはならないのである。どれもこれも奇妙なことだが、ともかくジョナサンはとても見栄えよく見えた。

不安を感じていたのは、自室の鏡のまえに立っていたジュリエットのほうだった。青のドレスは彼女の一番いいドレスで、非常にきれいなドレスでもあった。少なくとも、グロスターシャーの集まりではそう見えた。ハイベリーはロンドンではなく、バースとさえ比べものにならない——ジュリエットの住む小さな村よりもさらに小さかった——が、ジュリエットが同行するのは、ペムバリーのダーシー家を始めとして、はるかに上流の人々だった。彼らと比べると、自分はみすぼらしく見えるだろうか？

彼女は鏡に映る自分自身をもうしばらく眺めて——黒い髪、ハシバミ色の瞳、薔薇色の肌——見えはしないだろうと思った。

それに、そう見えたとして何だというのだろう？ダンスは今夜の最重要関心事ではない。チャーチル家の舞踏会は、年配のダーシー氏に殺人犯となる動機があるのかどうかを——ついに——突き止める機会でもあるのだ。

ジュリエットは、ジョナサンのために、そうではありませんようにと祈った。しかし何よりも、真実が明らかになりますようにと祈った。

＊

フランク・チャーチルが初めてハイベリーで舞踏会を開いたとき、彼はまだ自分の屋敷を持たない若者だった。そこで、クラウン亭で舞踏会を開き、充分な数の蠟燭でホールを照らし、多くの花で美しく飾り立てた。ときおり彼は、あの宿はほんとうによくやってくれたから、また使おうかと冗談を言った。

しかしながら、彼はその種のパーティはすべて、結婚を機に購入した屋敷、メドウェイホールで開催するようになった。それは由緒ある立派な屋敷だったが、エマが子どもの頃には、当時の老齢の住人が外観の美しさを気にかけなくなっており、最良の状態ではなかった。その住人は非常に察しのいいタイミングで亡くなり、フランクは屋敷を新しく改装して、新婦と一緒に移り住むことができた。メドウェイホールは、ハイベリーのドンウェルアビーやハートフィールドとは反対側にあり、エマはそれをとても嘆いていたが、ナイトリーはひそかに喜んでいた。それでも、その晩にドンウェルの招待客全員が知ったように、馬車で十分と離れていなかった。

フランクは玄関に立って来客全員を出迎えた。客の数は多く、ハイベリーの村人のほぼ全員が招かれたにちがいなかった。そのため、馬車から現れたドンウェル滞在者たちに疑いの眼を向ける者も大勢いた。フランクは満面の笑みを浮かべて、手を差しだし握手を求めた。「よかった、よかった、ようやく来てくださいましたね！」

それに続いて、ほかの面々も笑顔を浮かべた。礼儀正しい客たちは、誰もが主人役の合図に従った。内心ではどれほど疑念を抱いていたとしても、表向きにはドンウェルの客人全員が歓迎されることとなった。

自分の屋敷ほどではないにしても、エマはメドウェイホールが大好きで、間取りも熟知しており、食器洗い場にすら迷わず行くことができた。メドウェイホールはハートフィールドの半世紀前に建てられたが、その五十年間に建築様式に大きな変化がもたらされていた。ハートフィールドが左右対称の柱や高い窓を備えた優雅で端正な建物であるのに対し、メドウェイホールはより古風で不規則な様式の時代を彷彿《ほうふつ》とさせた。東の翼棟には、対《つい》となる西翼がなかった。天井を支える重い木材は、漆喰を塗られてはいたものの、むき出しのままだった。広々とした暖炉は、四角い煉瓦《れんが》ではなく、でこぼこの石で造られていた。それでも、その屋敷には否定しようのない魅力があった。そこはしあわせな家族の住まいであり、家族がしあわせな場所では、どんな家だろうと美しさが欠けているはずはなかった。

*

アン・ウェントワースは、メドウェイホールの廊下を歩きながら、似たようなことを考えていた。ほかのナイトリー家の招待客とは異なり、ハートフィールドの不運な短期借家人であるアンと夫には、村に多少の知り合いがいた。それがウェントワース夫妻にとって有利に働いたのか、不利に働いたのかは判断が難しかった。

アンが夫にそう言ったところ、夫は「不利だ」とつぶやいた。アンがその理由を尋ねるまえに、その答が、年老いたベイツ嬢の善意という形でふたりのまえに差しだされた。

「まあまあ、こんばんは、ウェントワース大佐、ウェントワース夫人——おふたりにお会いできてとってもうれしいですわ!」ベイツ嬢の取り柄は、人生のもっともささやかで平凡な喜びにさえ、心からしあわせを感じられることだった。当然ながら、すばらしい舞踏会は彼女をすっかり有頂天にさせていた。「素敵じゃありません? グレースとフランクは、舞踏室をそれはそれは魅力的に飾りつけたんですのよ? 蠟燭がほんとにたくさん！　多すぎるくらいですわ、ほんとうに、とても高価なのになんて贅沢なのかしら、でもきっとわたしは、大切な亡き母とわたしがたいそう節約しなければならなかった日々を思いだしているんでしょう。ひと晩に蠟燭は一本だけ。どうやってその明かりで読書や刺繡ができていたのか、まったく思いだせませんわ。蠟燭というのは、部屋を明るくするだけでなく、暖かくもしますのよ、そう思われませんこと？　蠟燭を全部合わせたら、どんな炎よりも強い光を発するわけですし、ということは、強い熱も発するんじゃありませんこと？　もちろん、蠟燭の火は実際にいくらか温かいですけれど、そこまで熱いものかしら？　ほとんど信じられませんけど、世界中の蠟燭を全部集めてみないことには信じられませんわ。そうは言っても、わたしにはそういったことはよくわかりませんし、たぶん興奮しているから暖かく感じられるんでしょうね。それにダンスを始めたら、さらに暑くなりますわ！　まあ、どうしましょう――とんでもなく暑くなると思われませんこと？　たぶんフランクが窓をひとつ、ふたつ開けて――」

アンはなんとか口を挟んだ。「きっと暑くなりすぎることはありませんわ。チャーチルさんがすばらしい準備をしてくださったのですから」

アンが驚いたことに、そのあと夫が口を開いた。「ミス・ベイツ、ぼくは最初の二回のダンスはもちろん妻と踊りますが、今晩どこかで、ぼくと踊ってくださいませんか？」

ベイツ嬢の頰が喜びで桃色に染まった。「まあ、どうしましょう。なんてご親切なお誘いかしら。ええ、もちろんお受けしますわ。踊るのはほんとうに久しぶりですの！」

〝この人らしいわ〟夫が微笑んで会釈するのを見て、アンは思った。〝他人の気持ちを理解して、正しいことをしたいと願う善良な人。わたしが恋に落ち、結婚した人。怒りや衝突ばかりのようでいて、その下にはちゃんとこの人らしさが残っているのね〟

＊

ファニー・バートラムは、平均的な若い女性よりもダンスの経験が少なかった。彼女は、自分のために開かれた最初の舞踏会をよく覚えていた――どれほど自分がおとなびて、特別で、生まれ変わったように感じられたかを。それは彼女が注目されることを怯えるのではなく喜んだ、人生でも数少ない機会だった。エドマンドと踊る喜びが、すべての恐怖を覆い隠したのだった。

花嫁の時期が過ぎると、しかしながら、ファニーはほとんど踊ることがなくなった。エドマンドは聖職者として礼儀正しくあるべきだと考えており、ジグを軽快に踊っていては礼儀を保つのが難しいと感じていた。

そのため、夫妻が地元の小さな村の行事に招かれた際には、村の人々がリールダンスやワルツをクルクル踊る様子を、傍《はた》から礼儀正しく眺めているだけだった。ときおり、紳士が親切にもファニーにダンスを申し込んでくれたが、彼女が誘いを受けることはめったになかった。聖職者の妻たるもの、夫以外とは踊るべきではなかった。

「ほら、きみは少しばかり威厳を保ちすぎているんじゃないかな」かつてエドマンドがユーモアを交えて言ったことがあった。「もし踊りたいのなら、いとしいファニー、ぜひとも踊るといいよ、きみもよく知る、感じのいい紳士たちなのだから」

そのとき彼女はこう答えた。「でも、わたしは踊りたくないのです。あなたが踊らないのなら」

それを聞いて、エドマンドはファニーがちっとも踊りたくないのだと理解した。もちろん、別の解釈もあったけれど、それを指摘するのは無作法すぎるとファニーは感じた。それに、エドマンドの妻でいられる喜びのためなら、大きすぎる犠牲というわけでもなかった。

だから、チャーチル家の広々とした舞踏室に到着して、エドマンドがこう言ったとき、ファニーはとても驚いた。「最初のダンスを踊ろうか、ファニー？　それとも、ここのざわめきに慣れるのに時間が必要だろうか？」

「踊りたいのですか、エドマンド？」

「ときどき、懐かしくなることがあるんだよ」そう言って、彼はファニーを驚かせた。「人は体裁を気にしなければならないものだが――ここでは、ぼくたちは教区牧師とその妻ではない。ただナイトリーの遠縁として訪れているだけだ。実際、ぼくたちの状況の特殊さを考えたら、ダンスを断るよりも踊ったほうが、より礼儀に適っているかもしれない」

ファニーは彼の言うことにも一理あると思った。しかし、ウィリアムの十字架が胸骨に当たるかすかな感触が、ふたりが忘れたいと願っているすべてのことを思いださせた。

「いいえ」彼女は静かに言った。「今夜は踊りません。どうぞお好きな方を誘ってください」

〝どうして、どうしてこの問題がふたりのあいだにあるの？〟ファニーはエドマンドの傷ついた表情から眼を逸らしながら考えた。しかし、先に愛の原則から眼を逸らしたのはエドマンドのほうであり、したがって、変わらなければならないのはエドマンドのほうだった。

＊

ペムバリーで暮らすジョナサン・ダーシーは、メドウェイホールの装飾に畏敬の念を打たれることはなかった。蠟燭の明かりはよく映えていると思ったし、踊り場は多くの舞踏者を迎えるのに充分な広さである。

それ以外に、気にすべきことがあるだろうか？　それでもほかの人々が賛意を示し、大げさに褒め称えたので、彼は適切な間《ま》を置いてうなずくようにした。

　それにしても、踊り手の数が多すぎる……そのとき、ジョナサンは感じた――熱気の高まりが衣服をさらに不快にし、音が幻聴のように膨らんで、個々の単語を聞き取れなくなり、一度に多すぎることが起こっていて、もうこれ以上耐えられないという感覚を。

　彼はすばやく隅に移動した。ほかの到着客がまず主催者に挨拶できるよう配慮するとでもいうように。しかしながら、彼の行動は礼儀正しさからではなく、気を落ち着かせるために必要な時間を稼ぐためだった。

　その〝多すぎる〟感覚――とジョナサンは呼んでいる――は、群衆のなかにいるとき、大勢の人と大きな音に囲まれているときに、ときおり襲いかかってきた。少年時代には、この感覚にしばしば圧倒され、礼儀正しい行動を取れなくなった。やがて母親が最善の解決策を思いついた。いっときその場を離れて、心のなかで来るべきことに備えるのだ。

　〝ほかの舞踏会と何も変わらない〟ジョナサンは自分に言い聞かせた。〝触れられることはあっても、礼儀作法やダンスで必要なときだけだ。いきなり触れられることはない。もし喧噪に耐えられなければ、いつでもまた離れればいい。ある程度の威厳を保って席を外せるように。限度を超えて無理をしないように。そうすればすべてうまくいく〟

　気力を取り戻すと、再び主催者と挨拶をする列に戻り、これから始まる握手の連続に備えた。

「まあ、ダーシーさん」グレース・チャーチルが愛想よく微笑みながら現れた。淡い緑のドレスを着て、髪にダチョウの羽根を飾っている。「ようやくいらしたのね。もういらっしゃらないのかと、がっかりしはじめておりましたわ」

「ぼくたちは遅かったですか?」ジョナサンはむしろ早いほうだと思っていた。実際、ほかの来客は続々と列をなして入場しており、彼のほうに好奇の眼差しをちらりと向けている。

「いいえ、ちっとも。でも、どなたかに会いたくてたまらないとき、どんなふうに感じるものか、おわかりでしょう。待ち遠しくてたまらないのですわ」グレースは視線をさげた。それを見て、ジョナサンは遅ればせながら、彼女が言い過ぎたのではないかと思っていることに気づいた。つまり、媚びたのではないか、と。

即座に、ジョナサンは自分の義務を理解した。主催者の令嬢が眼のまえに姿を現したとなれば、彼は彼女にダンスを申し込まなければならなかった。実際には、礼儀として、最初の二回のダンス——特別な関心の印——を申し込まなければならない。グレースにはすでに初回のパートナーがいる可能性もあるが、ジョナサンに示した関心から、そうではなさそうだと彼は思った。ほんとうなら、最初から理解しておくべきことだったが、ジョナサンの望みが、この社交の基本的事実を見えなくしていた。

彼はティルニー嬢と踊ることをずっと愉しみにしていたのだ……

そのほうが会場を抜けだし、チャーチル家の図書室を見つけて捜査するのに都合がいいからだ、もちろん。しかし、いまになって、ジョナサンはダンスそのものをどれほど愉しみにしていたかに気づいたのだった。

それでも、儀礼には従わなければならない。だから彼は言った。「ミス・チャーチル、最初の二回のダンスのお相手はもう決まっているかどうか、お尋ねしてもよろしいでしょうか?」

グレースの顔がパッと輝いた。「まだですわ、ダーシーさん。いえ、それとも、いままでは決まっていなかった——と申しあげるべきかしら?」

よし。彼は正しく対処していた。ジョナサンは自分を誇らしく感じた――眼の端でジュリエット・ティルニーを捉え、彼女の顔が曇るのを見てしまうまでは。

＊

マリアンとブランドン大佐は、三人の若者のやりとりを観察していた。夫妻は何も言わず、ただ心得たような視線を交わした。その瞬間は、マリアンは何も不都合はなかったかのように振る舞い、夜を愉しみ、また普通に息を吸うことができた。

ウィロビーの手紙が心のなかに湧きあがり――そのことばは、いまだ馴染み深い彼の声で語られているように感じられた――そして、その瞬間が過ぎた。

彼女はつぶやいた。「舞踏会で舞いあがっていた頃が、最初の二回のダンスが気になって仕方がなかった頃が、すごく遠い昔のように思えるわ。でも、つい昨年のことなのよね」

「私にとってどれほど遠く思えるか、想像してごらん」ブランドンが答えた。彼がユーモアを交えて話そうとすることはめったになく、彼女は一瞬だけ微笑み返すことができた。

「踊りましょうか？」マリアンは尋ねた。

ブランドンはあいまいな顔をした。「無作法に見えるかもしれない」

「たしかに見えるでしょうね。でも、もし踊らなければ、まわりの人たちと話さなければならなくなるわ」

そう考えて、彼女はぶるりと身を震わせた。「わたしにはとてもできないと思う」

もはや誰かと話すことは不可能に思えた。ブランドンと何気なく一緒にいるふりをすることさえ難しかった。もし姉のエリナーがここにいれば、胸の裡を吐き出すことができたかもしれないと思ったが、姉がいないこの場では、マリアンの舌は凍りついている。

ブランドン大佐は妻の手を握りしめた。「ならば、踊らなければならない。あそこに行けば、称賛以外のコメントは寄せられないだろう。あなたは美しい踊り手だから、愛する人よ」

マリアンは美しい踊り手だった。活発で陽気な会話の相手になることもできた——とりわけ、話すだけでなく耳を傾けることも学んだいまならば。本来なら、こんな優雅なカントリーダンスは、彼女を歓喜で満たしていたはずだった。ほんとうの自分がとても遠く感じられて、もう一度取り戻せるのかどうか、マリアンにはわからなかった。

彼女は夫を見あげ、彼を理解しようとまた試みたが、うまくいかなかった。演奏家たちが曲を始めると、彼女は夫の手を取って踊り場に出ていき、愉しげで軽やかなステップを鉛の足で踏んだ。

＊
「踊りがとてもお上手ですね、ミス・チャーチル」ジョナサンは言った。

たとえ一秒置きに足を踏まれていたとしても、彼は同じことを言っただろう。これはダンスのパートナーが言うべき決まり文句だった。なぜダンスで会話をしなければならないのか、ジョナサンにはわからなかったが、彼はステップと同様に、社交の作法もしっかりと習得していた。

「あなたもですわ、ダーシーさん」グレース・チャーチルは予想どおりのタイミングで答えた。しかし、それから彼女は定型の会話から逸れた——一般的な表現を避け、ほんとうの会話を求めているようだった。

「ずっと閉じこもっていたとき、ドンウェルアビーで読書でもされていたんでしょうね。あちらにお気に入りの本はありましたか？」

「ぼくの愛読書はありませんでした」ジョナサンは答えた。

「なんという御本ですか？」

彼はその本について話しはじめてはならないときつく言い渡されていた。いったん話しはじめると、止めることが難しいのだ。とはいえ、まったく返事をしないのは無礼になるだろう。「ギボンの『ローマ帝国衰亡史』です」

「まあ、小説ではないのですね！」チャーチル嬢は機嫌よく言った。「ダーシーさん、それではめったにない機会を差しあげますわ。わたしはどんな歴史も、優れた小説ほど魅力的ではないと思っています。どうぞ、そうではないとわたしを説得なさってみて。その御本のどこが、それほどあなたを魅了しているんですか？」

明白に話してくれと頼まれたのであれば、愛読書について話すことがまちがっているはずはない。説明を始めたとたん、ジョナサンのなかで熱意が明るく燃えあがった。「ひとつの帝国にいるぼくたちは、別の帝国の教訓に留意しなければなりません――」

＊

壁の花にとって唯一の慰めは観察することだ。ジュリエットは、そもそもチャーチル家の舞踏会をドンウェル滞在者を観察する機会と考えていたのだから、普通の場合よりも慰めを得られたはずだった。悲しいかな、選ばれなかったことには、そう簡単には和らげられない痛みがある。ジュリエットは舞踏室の端から、ジョナサンがグレースをリードして『サー・ロジャー・ド・カヴァリー』（二列に向かい合って踊る英国のカントリーダンス）を踊るのを見つめていた。彼はほかの誰に対してよりも――少なくとも、ジュリエットが知り合った短い期間では――グレースにたくさん話しかけていた。それでも、ジュリエットは断固として不機嫌にはなるまいと決意していた。『サー・ロジャー・ド・カヴァリー』はジュリエットのお気に入りの踊りのひとつだったが、それも助けにはならなかった――

〝ジョナサンかグレース・チャーチルが犯人かもしれないと思っているのでないかぎり、あのふたりを見ていても何にもならないわ〟ジュリエットは自分に言い聞かせた。〝図書室に行くチャンスを見つけるまで、観察に専念するのよ〟

ファニー・バートラム――手紙を燃やされた当人――は、踊り場の隅に坐って、踊り手を見つめていたが、礼儀上の関心しか示していなかった。夫のエドマンドは、ジュリエットには理解しがたい、ある種の好奇心をもって妻を見つめていた。その表情に浮かんでいたのは愛情でも嫌悪でもなかった。代わりにジュリエットが見たのは……混乱。そして不安だ。妻が彼には理解できないことをしたのか、それとも、心のどこかで妻を疑っているのか？

ダーシー夫妻――あの手紙が最後を迎えた炉床の部屋の主――は、フランク・チャーチルと話をしていた。ダーシー夫人は潑剌《はつらつ》としていたものの、彼女も夫もどこか警戒していることをジュリエットは感じ取った。まちがいなくダーシー夫妻は、チャーチルがこの機会を利用して、彼らの人となりを把握しようとしていることに気づいている。

アンとウェントワース大佐は踊っていて、マリアンとブランドン大佐も同じだった。ウェントワース夫妻は、大佐の暗澹《あんたん》たる気分を考えると、予想以上に愉しそうに踊っていた。あの不適切な喜びは、なにか秘密の――しかも恥ずべき――満足の表れなのか？　一方、ブランドン夫妻は喜びもなく、ただ踊りをこなしていた。彼らの喜びの欠如も何かの表れなのか？

ジュリエットはイライラしてため息をついた。舞踏会は少なくともいまのところ、捜査の道具としては役に立っていない。ただのダンスでしかなかった――自分は踊っていないダンス。もちろん最悪の部類のダンスだ。

それでも、ジュリエットは自分の仕事に専念した。ナイトリー氏は反対側の壁際に立っていて、ベイツ嬢が何かについて――あらゆることについて――延々と話しつづけるのを、笑みを浮かべ、うなずきながら聞いていた。それでは、ナイトリー夫人はどこにいるのか？

「ミス・ティルニー？」ジュリエットが振り返ると、すぐそばにエマが立っていて、魅力的な若い男性を連れていた。「わたしたちの友人のご子息、アーサー・コールをご紹介させてください。コールさん、こちらはグロスターシャーからいらしたジュリエット・ティルニーです」

アーサー・コールは、ドンウェルアビーを取り巻く現在の醜聞について耳にしていたはずだが、それにもかかわらず、紹介されることを許可したのだ。ジュリエットはすでに彼のことを気に入っていた。だから彼からパートナーになってほしいと申し込まれたとき、喜んで承諾した。この先の観察は、踊り場からでもできるだろう。

＊

「あらまあ」エリザベスは言った。彼女と夫は、チャーチル氏の執拗な注目から解放されたばかりだった。「ジョナサンは機会を逸してしまったみたいね」

ダーシー氏は踊り場にちらりと眼をやった。「ミス・チャーチルは、初回のダンスを獲得できて、ずいぶんご満悦のようだが」

実のところ、チャーチル嬢はいくぶんまごついているように見えたが、エリザベスは論点を逸らすことはなかった。「わたしがミス・ティルニーの話をしていることは、よくわかっているでしょう。ふたりはドンウェルでずいぶんと仲良くなったから。一緒に踊るところを見られると思っていたんだけれど、ミス・チャーチルを誘わないわけにはいかなかったんでしょうね。もちろん、ミス・チャーチルはそれを望んでいたでしょうし。そういうときには、避けるのは難しいものだから。あの子に教えたことはないんですの――あなたがキャロライン・ビングリーの数多くの罠からどうやって逃げおおせていたのかを？」

「ジョナサンは空を飛べないのと同じように、罠も認識できないからね」ダーシーは言った。「幸い、あの子はとくに罠にかかりやすいわけではない。そうでなければ、次代のダーシー夫人としてどんな女性を紹介されるのか、考えるだけでぞっとするよ」

「わたしも、ときどきぞっとするの。ますます、ミス・ティルニーに眼を向けてほしくなるわ」

「あの娘《こ》は、奇妙な振る舞いをしていただろう――」

「奇妙な状況でね」エリザベスは言い張った。「わたしたちのなかで、ほんとうに自分らしくいられている人なんているかしら？　わたしにわかるのは、あのお嬢さんが聡明で溌剌としていて、ジョナサンに対する好意は、誠実で自然なものに見えるということだけ。親として、それ以上の望みはないでしょう。でもいま、その娘《こ》はほかのハンサムな若者と踊っているのよね」

ダーシーは言った。「ジョナサンにとってはいいことだ。ときには自分が望むものを追いかけなければならないということを学んでもいい頃だ」

「たとえば、その娘《こ》のお気に入りの散歩道のそばを歩いて、〝偶然〟出くわすことを期待したりして？　過去にそんな策略を試した若い男性がいたのを覚えているけれど」エリザベスの瞳にきらめきが戻ってきた。「その人は成功したわ……最後には」

ダーシーも微笑みはじめた。「息子の結婚までの道のりが、ぼくたちほど難儀にならないように祈ろう」

「知ってるかしら？　わたしは絶対にあなたと踊ったりしないと誓ったことがあるの。わたしが生きているかぎり絶対に踊らないって」

「あなたはたいていの場合、自分のことばを守る女性だ」彼は答えた。「でも、その決意は守らずにいてくれてよかったと思っている。いま一度、その決意を破って、ぼくと次の曲を踊ってくれないか、エリザベス？」

ダーシーが妻の洗礼名を寝室の外で口にすることはめったになかった。驚いたエリザベスは、頬を紅潮させた。ふたりのあいだで何もかもが失われたわけではないと彼女は思った。夫が自分の頬を赤く染めてくれるかぎりは。「ええ、フィッツウィリアム。踊りましょう」

そして、もしウィッカムの亡霊がチャーチル家の舞踏会に集まった客人たちを天から睨みつけ、例のことを知っていてもなお、愉しめるものなら愉しんでみろと挑発しているとしたら——睨ませておけばいい。あんな男であっても、自分を殺した犯人が夜通し踊っているのを見たときには、睨みつける権利はあるのだから。

＊

「ドミティアヌス皇帝によるローマ帝国の賢明な再構築は、その構造が長続きしていれば、大きな効果をもたらしていたかもしれないのです」ジョナサンは我に返った。「大丈夫ですか、ミス・チャーチル？」

彼女は気力を奮い起こすのにしばらくかかったようだった。注意力だけでなく、ダンスの動きも、どこか緩慢になっている。「えっ、はい。大丈夫ですわ、ダーシーさん」

会話のこういうタイミングでは、彼女のほうが何か言うものだった。たとえば〝そのまま続けてください〟などと。チャーチル嬢は何も言わなかった。それはすなわち、ジョナサンが熱中している話題について長々と話しすぎたというサインであり、話題を変えるべきだということを、彼は苦労して学んでいた。

しかし、ギボンの歴史書の話を途中でやめるのはなんと難しいことか！　いったん話しはじめたら、終わらせたくないのだ。

〝ぼくたちはダンスの最後のパートに差しかかっている〟ジョナサンは自分に言い聞かせた。〝どちらにしても、もうすぐ終わらせなければならない〟無理やりやめようとすると、体まで不快感を覚えそうになった。

ジョナサンは母親に暗記させられた言い回しを使った。

「ぼくはもう充分話しましたね」

チャーチル嬢は下唇を噛んだが、笑みを完全に隠しきれてはいなかった。「わたしが頼んだんですよ、ダーシーさん」彼女はジョナサンをあざ笑っているのか、それとも一緒にジョークを愉しもうと誘っているのか？　彼にはわからなかった。ジョナサンは彼女の善良そうな性質を信じることにした……そしてもう二度とあの本について話すのはやめようと決意した。

少なくとも、今夜は。

＊

最初のダンスのあいだには、ほかのペアについて感想を述べたり、その曲が好きか（あるいは好きではないか）どうかを話したり、まだ知らない場合には、パートナーについて基本的な事実を把握したりするのが慣例だ。だからジュリエットは、アーサー・コールに対して、自分が牧師の娘で、ナイトリー家を訪問中であること、そしてチャーチル家の舞踏会場はとても優雅だと思っていることを話した。また、アーサー・コールの父親が商売をしていることを知り（そしてその点を謝ったりしなかったことで、より好感を持った）、そして妹がふたり、弟がひとりいることを知った。こうしたやりとりはすべて普通のことであり、さらに、アーサーもすばらしい踊り手だったので、ジュリエットは愉しい時間を過ごしただろうと傍目《はため》には思われたかもしれない。

しかしながら、ふたりのあいだで交わされた会話は、交わされなかった会話ほどには重要ではなかった。アーサー・コールはドンウェルアビーのことを一切話さなかったわけではないが、殺人事件の話題を持ちだすには育ちが良すぎた。ジュリエットにしても、事件を話題にするのは不可能だった。つまり、ふたりは唯一の共通の知人、ジュリエットの招待主夫妻について話すことができなかった。また、彼がジュリエットにサリーをどう思うかとか、この七日間何をしていたのかとか、こういう会話で通常交わされるような、その他のありふれた質問をすることもできなかった。気まずい沈黙のせいで気まずいダンスとなり、二曲目が終わって解放されたとき、ジュリエットはむしろほっとした。まちがいなく、アーサー・コールも同じように感じたにちがいない。

しかし、また壁の花に逆戻りして、はるかに心地のよくない、別の形の気まずさを味わうことになった……

「ミス・ティルニー？」ジョナサン・ダーシーがようやく現れた。「次の二曲のダンスを踊っていただけませんか？」

彼女は上品さを保つために、満面の笑みを浮かべないようにこらえた。「光栄ですわ、ダーシーさん」

ふたりはカドリールを踊るための位置についた。ジュリエットはグレース・チャーチルのほうをちらりと見たが、彼女はジョナサン・ダーシーに対してと同じくらい、新しいパートナーに夢中になっているように見えた。よかった――誰もジュリエットとジョナサンのことを注意して見ようとはしないだろう。ダンスを踊っているときも、あとでふたりが抜けだして図書室に向かうときにも。

（そうジュリエットは考えたが、裕福な若者と美しい若い女性が並んで立っていることへの一般的な関心を過小評価しすぎていた。）

「舞踏会はいまのところ、かなりがっかりさせられています」ダーシー氏は最初のステップを踏みながら、彼女に言った。

「そう思いますか？　わたしはとても素敵だと思いますけれど」

「チャーチル家の屋敷や装飾のことを言っているのではありません。捜査の観点から、という意味です。ほかのドンウェルの招待客の振る舞いから何かを読み取ることはできませんでしたし、治安判事もできた様子はありません」

「ええ、その点についてはまったく同意します」ジュリエットはそう言って、手を差しだした。手袋をはめた手がつながれ、ふたりはゆっくり回りはじめた。

「役立つのは、図書室だけになりそうですね」

彼はうなずいた。「いつ捜索をしますか？」

ジュリエットは最初のダンスを坐って見ているあいだに、そのことをじっくり考える時間があった。「夕食が始まると、たいてい大勢の人でごった返して、おしゃべりをしたり何かをしたりする人が増えますから――」

「ぼくたちが抜けだしても誰も気づかないというわけですね」

＊

もちろん、踊り手たちに栄養を補給せずに、舞踏会を開催することは考えられない。こうした祝宴は、演奏家の腕前と同じくらい、振る舞われる料理の質と量によって評価される。なかには、出席する紳士の数よりも食事のほうが重要だと言う人さえいる。そういう人たちは、これまでに、ほぼ空腹のまま何時間も踊らされた経験があるのだろう。

フランク・チャーチルはきわめて気前のいい主催者で、この点で期待を裏切ることはなかった。夜も更けた頃、客人たちはおいしい白いスープから始まるすばらしい食事の席についた。こうした舞踏会の食事は——依然として礼儀作法に則ったものではあったが——より気楽で、親しみのある場となり、舞踏会開始直後のぎこちなさはほとんど消え去っていた。

そして、期待したとおり、ふたりの客人は注目を惹くことなく、その祝宴の場から抜けだすことができた。ジョナサン・ダーシーとジュリエット・ティルニーは無言で別れると、人だかりのなかで、それぞれ別々の方向に歩きだした。そのほうが、ほかの客人たちから徐々に離れていきやすいと考えてのことだった。どちらか一方が立ち去るのを見た人がいても、その人物はもう一方が立ち去ったことに気づくことはできない。

これは意図したわけではなく、互いに本能的に取った行動だった。その共通の感覚を愉しんでいたジュリエットは、裏の暗い廊下にたどり着き、ジョナサンがどこにいるのかまったくわからないまま、メドウェイホールでひとりきりになったことに気づいた。

〝気にすることないわ〟彼女は心のなかでつぶやいた。〝わたしたちの目的地は同じだもの。ここはそれほど大きな屋敷ではないし、少し探せば図書室は見つかるはずよ〟

メドウェイホールの舞踏室と玄関広間は蠟燭の光でまばゆく、人々のざわめきで賑《にぎ》わっていたが、それ以外の部分は暗く静まり返っていた。ジュリエットは長い廊下をじりじりと進みながら、ランタンか蠟燭が欲しいと思った。完璧な静寂のなかでは、自分の舞踏靴の足音でさえ耳に届くほどだった。

閉まっているドアもあった。ジュリエットにはそれを開ける勇気はなかった。近くに誰かがいた場合、蝶番の軋む音が自分の居場所を知らせてしまうからだ。

とはいえ、開いているドアもあり、図書室のドアも開いている可能性が高かった。彼女は入り口からなかを覗いて、こちらに居間、あちらに客間を見つけ、ついに廊下の突き当たりで――「ダーシーさん？」

大きな窓を背に、大型本を持って立っている黒い輪郭が見えた。彼が顔をあげたとき、ジュリエットは両手に持っている本がなんなのかを知りたくて、急いで駆け寄った。彼のそばに立った瞬間、月が雲のヴェールから顔を出し、咎めるような顔を照らし出した。

ジュリエットは息を呑んだ。彼女が見つけたのは、ちがうほうのダーシー氏だった――息子ではなく父親のほうの。

*

ジョナサン・ダーシーは使用人に蠟燭を用意してもらってから、図書室に向かった。何も言われずに、すぐに用意してくれたので、ティルニー嬢より一、二分遅れるだけですむだろうと確信していた。長い廊下を忍び足で歩きながら、各部屋の入り口に眼をやり、すぐにも彼女を見つけられるはずだと思っていた。最後の部屋が目的地にちがいない。彼は「ミス・ティルニー？」と呼びかけた。

「ここにいる」奥から声がした――父親の声が。

ジョナサンが部屋にはいると、ティルニー嬢が父親のまえで恥ずかしそうに立っていた。父親は両手で分厚い本を持っている。その表情はめったにないほど険しかった。

「これはどういうことだ？」ダーシーはふたりを交互に見つめながら詰問した。「私は逢引の邪魔をしたのか？　おまえはミス・ティルニーに説得されたのか――」

「そうではありません」ジョナサンは急いで説明した。「そういうことではないのです、父上」

ダーシーは首を傾げた。もっとも鋭い質問をするときにしかしない仕草だった。「ちがう？　若い男女が従者も連れず、付き添いもなく、舞踏会から抜けだしたのに、それが不適切ではなかったと私に信じろというのかね？」

「たしかに不適切です」ティルニー嬢がとても冷静に言ったので、ダーシー父子はどちらも驚いた。「でも、これは逢——あなたがおっしゃったようなことではありません」

「では、なんだというんだね？」ダーシーは強い調子で尋ねた。

ティルニー嬢は顎をあげた。「わたしたちは、あなたに殺人の動機があるかどうかを確かめたかったのです」

数秒、沈黙が流れた。ジョナサンは父親が持っている本が、ほかならぬデブレット社の『貴族名鑑』であることに気づいた。

「父上は、ナイトリー氏が栞として挟んだ手紙を探していたんですね」ジョナサンは言った。「ウィッカムの計略に巻き込まれたのは、どの伯爵なのか——ジョージアナ叔母さんのご主人なのかどうか、突き止めようとしていた。でも、父上がまだ知らなかったということは……ということは、この件が父上の動機にはなりえません」

ダーシーはその本をジョナサンに差しだした。「折よく、その問題の伯爵は、まったく別の人物だと判明したよ」父親の声は割れたガラスのように澄んで鋭かった。たしかに、折りたたんだ手紙が挟まれていたのは、遠く離れた州の別の伯爵のページだった。「これで納得したか？　それとも、おまえはまだ自分の父親が有罪だと信じているのか？」

「誤解しないでください」ジョナサンは懇願した。「ぼくたちは、父上の有罪を証明するために始めたわけではありません。父上の無罪を証明したかったのです」

ダーシーは鋭い視線をティルニー嬢に向けた。「きみたちが始めたこととはなんだね？　きみたちがずっと一緒にしていたこととは？」

たいていの人は、ジョナサンの父親がより険しい雰囲気のときに立ち向かうのは難しいと感じるものである。ティルニー嬢は、断固とした強い意志を持っているのか、それともおじけづいた気持ちを隠すのが非常にうまいのか。彼女は答えた。「ジョナサンは殺人のあった時刻に厩にいたので、犯行は不可能です。わたしはウィッカムさんのことを知らなかったので、動機がありません。わたしたちはお互いが無実だとわかっていました。それから、チャーチルさんが使用人か旅人に罪を負わせようとしているらしいこともわかっていました――つまり、大きな不正がなされるかもしれないことも」

「それで、自分たちで真実を見極める役目を引き受けたというのか？　治安判事や法廷の正当な立場を奪って？」父親の口調を聞いたジョナサンは、むしろ逢引のふりをしたほうがよかったのかもしれないと思った。

「きみたちの行動は生意気かつ無分別だ。もし、この図書室で一緒にいるところを誰かに見られていたら、どうなっていたかわかっているのか？　若い女性の名誉は永遠に傷つけられるし、若い男性の名誉もたいして変わらないことになっただろう。きみたちふたりにとって生涯消えない汚点となったはずだ。偶然にも、私に答えるだけですんだ。ジョナサン、おまえと私は、若い女性の評判を守るべき方法について、じっくり話し合うことにしよう。今後は、この件について二度と聞きたくないし見たくもない。わかったか？」

ジョナサンが驚いたことに、ティルニー嬢は首を横に振った。「誰かを不当に絞首刑にさせるわけにはいきません。ですから、教えてください――殺人事件の夜、ナイトリーさんの書類を調べていたのでないなら、あなたは部屋を出てどこに行っていたのですか？」

雲が流れて月を隠し、あたりの影を濃くした。ジョナサンの蠟燭――唯一残された光――だけでも、父親の怒りが、恥辱らしきものに変わっていくさまが充分に見てとれた。

「まさにナイトリー氏の書類を調べていたんだよ」ダーシーは認めた。「彼は保証人引受承諾書に署名していたから、どこかの時点で投資計画の書類を見ていたにちがいなかった。あれは不名誉な行為だった、妹を守るためでなければけっしてできなかっただろう。それで、きみたちが推測したように、伯爵の名前を探した。だが、その名前はどこにも載っていなかった」

「では、父上は無実なんですね」ジョナサンは心のなかで太陽が昇りはじめたような気がした。「ずっとそう信じていましたが――ぼくたちは、事実を知らなければならなかったのです」

直前の返事をやわらげていた謙虚さも、ダーシーの怒りを長く抑えることはできなかった。「きみたちはふたりとも自分の立場をわきまえていない。ジョナサン、おまえと私は、あとでこの件についてじっくり話し合おう。ミス・ティルニー、私はこの件をナイトリー夫妻に報告すべきかどうか考えなければならない。ナイトリー夫妻は主催者として、きみのご両親の代りを務めている。ご夫妻はまずまちがいなく、きみを家に帰すだろう。きみがさらに礼儀正しい行動を取れるようになるまでは、疑う余地なくご自宅がきみの居場所だ」

ティルニー嬢は打ちのめされたように見えた。それも無理はない。ダーシーが出ていくと、ジョナサンは自分も後を追うべきだとわかっていたので、『貴族名鑑』を脇に置き、図書室を出た。いまはさらに反抗している場合ではなかった。

ティルニー嬢をひとり残していきたくはなかったけれども。

＊

ジュリエットはさらに数分待ってから、ダーシー親子の後を追った。おもに自分が彼らと一緒にいたことを気づかれないようにするためだったが、気を落ち着かせる時間が必要だったからでもあった。彼女の頰は紅潮していて、顔を赤らめているところを見られるのは耐えられなかったのだ。

最悪なのは、ダーシー氏が正しいということだった。ジュリエットとジョナサンは実際に出過ぎた真似をしていた。一度ならず何度も、みずからの評判を危険にさらしていた。目的は正しかったが、目的だけでは充分ではない。ジュリエットは、まるでランタンに火を灯され、初めて自分の行動が照らし出されたかのように感じていた。いまは自分の行動を承認することができなかった。

〝傲慢！　世間知らず！　わたしはその両方だからいっそう悪いんだわ。ああ、主よ、どうかダーシーさんに、ナイトリー夫妻には言わないと決意させてください。ナイトリー夫妻はきっと父さまと母さまに伝えるだろうし、そうなったら、わたしは恥ずかしさのあまり死んでしまうわ〟

ジョナサン・ダーシーが彼女に加担したことは問題ではなかった。それどころか、ジュリエットが彼をより深く愚行に駆り立てたような気さえした。

ようやく、ずいぶんと遅れて食卓に着いたとき、ジュリエットのそれまでの不在は、食事のざわめきのなかで特に注目されることはなかった。ジュリエットは味わうことなく食べ、聞くことなくうなずき、ジョナサン・ダーシーのほうを見ることを断固として拒否した。

ダンスは夕食後も続けられたが、彼女にとってはもはや舞踏会のようには感じられなかった。

21

メドウェイホールから戻る馬車のなかは、ウィッカムの到着以降のハウスパーティで、もっとも正常に感じられた。ぴりぴりしている人もいたが――ブランドン大佐は、ウェントワース、ダーシーとその息子の機嫌が悪いことに気づいた――ほかの人々は意気揚々としていた。ナイトリー夫人は愉しそうにバートラム氏とおしゃべりをしていた。バートラム氏は舞踏会をそれほど好まないものの、優れた踊りを評価しているようだった。

マリアンはふたりの会話にいくらか加わっていたが、以前のようにではなかった。彼女はまだ……重荷を抱えていた。ブランドンはその事実を否定したかったが、日に日に明らかになっていた。

一行は、夜明けまでほんの数時間という頃に屋敷に戻った。ブランドンは部屋までマリアンに付き添った。出発前に、使用人には遅くまで起きている必要はないと伝えてあった。彼は妻がドレスを脱ぐ手伝いを充分に果たすことができた。

「少なくとも、まだ夜明けまで踊ることはできるわ」彼がコルセットの締め紐をせっせとほどいているとき、マリアンは言った。「心のなかは同じように喜んでいなくても」

〝その喜びはいずれあなたの心に戻るだろう〟ブランドンは思った。だが、口には出さなかった。心の底からそう信じているわけではなかったから。

シュミーズドレス姿になると、マリアンは就寝前に身を清めるために隅の小部屋に行った。（彼女は旅先にあまりに多くのクリームや美容薬《ポーション》を持ってきていたから、必死で若さにしがみつこうとする年配の貴婦人かと思われそうだが、実際には、まだ二十歳にもならない若い女性である。）ブランドンは寝室の小さな机のまえの椅子に坐ってクラヴァットをほどき、少なくとも今夜はふたりともぐっすり眠れるのではないかと期待を抱いた——そのとき、机の上の何枚かの屑紙の下にほぼ隠れていた手紙が、ちらりと眼にはいった。読めたのは数語だけだった。だが、その筆跡はよく知っていた。人は決闘の承諾を知らせる手紙の筆跡を忘れたりしないものだ。

彼の妻はウィロビーから手紙を受け取っていたのだ。ブランドンは手を伸ばし、手紙が完全に隠れるように注意深く紙の束を動かした。そうしておけば、あとで、マリアンがブランドンに見られたかどうか悩まずにすむだろう。

手紙を読んだり、それに言及したりしても意味はない。もしマリアンがブランドンの注意を惹きたければ、すでにそうしていただろう。妻が文通を始めたわけではないことはわかっていた——それがわかるくらいには、ブランドンは妻の性格を知っていた。わからないのは、もし文通が始まったとしたら、妻がどんな返事を書くのかということだった。

彼は妻が自分に対して抱いている感情——感謝、尊敬、好意——を都合よく解釈してはいなかった。また、ウィロビーに対する妻の感情も、都合よく解釈してはいなかった。マリアンは、ブランドンが長年——ずっと昔に恋人のイライザがブランドン自身を愛していた時期以降——見てきたどんな女性よりも、情熱的にウィロビーを愛していた。

そのような愛はすぐに消えるものではない。彼とイライザの場合は、ついぞ消えることはなかった。ブランドンは、マリアンとウィロビーの場合はちがうと思うほど愚かではなかった。

〝ウィロビーは次に叔母（マリアンの実家近くに住む裕福な老婦人、ウィロビーはその相続人）を訪ねるときに、マリアンに会いたがるにちがいない"ブランドンは思った。心の底のありのままの部分では、激しい怒りを覚え、そんなばかげた誘いは禁じて、マリアンに二度とあの男とふたりきりにならないように伝えたいと願っていた。しかしブランドンは、禁じられたところで愛がよりいっそう燃えあがるだけだということを、誰よりもよくわかっていた。

命じられて示した忠誠心には、なんの意味もない。決断はマリアン自身がくださなければならない。

彼は服を脱ぎ、寝床にはいった。マリアンも寝台にやってきたとき、彼は妻に微笑むことができた。

＊

翌日は、そうした行事につづくとしては当然ながら、平和な一日だった。踊り手たちは朝の四時近くまで陽気に騒いだので、皆疲労を回復させる必要があった。しかしながらその翌日、フランク・チャーチルはドンウェルアビーを捜索するという約束を果たした。エマはできるかぎりそれに耐えた。必要性は疑う余地がなく、もっと早くすべきことですらあった。それに屋敷中が隅々まで捜索されることになっても、少なくともその作業は、彼女が善き友人と考える人の監督下で実施される。

とはいえ、下層階級の巡査二名に自分の寝間着を調べられているのを見て、どうして朗らかでいられるだろう?

「重要な証拠はどこに隠されているかわかりませんからね」寝室のまえの廊下に立ち、自分の衣類が投げ捨てられるのを見つめているエマを慰めようとして、フランクは言った。「良家の方にとってありえそうもない場所ほど、実際の殺人犯が利用する可能性が高いのです。おわかりでしょうか?」

「そうなのでしょうね」エマは言った。「でも、見ているのはとても腹立たしいですわ」

「それなら、見ないようにいたしましょう。こちらへどうぞ」

しかしながら、屋敷のなかを歩いていても、慰めは得られなかった。すでに部屋を捜索された客人たち——ウェントワース夫妻、バートラム夫妻——は明らかに不機嫌そうに荷物を片付けていた。まだ捜索されていない客人たちは、さらに憂鬱そうに待機していた。

〝そしてわたしたちのひとりは〟エマは思った。〝ほんとうに何かを隠しているんだわ——〟

「凶器が見つかるとは思っていません」フランクはエマと連れ立って階段のほうに歩きはじめたときに打ち明けた。「というより、むしろ、凶器はすでにあなたの展示室で見つけたと思っています。この犯罪で使われた可能性が断然高いのは、あの鎚矛です」

その瞬間、ふたりはジュリエット・ティルニーの部屋のまえに差しかかっていた。ドアのそばに立っていたティルニー嬢は、チャーチル氏のことばを聞いて、何かを言おうとするように口を開き、それからふいに背を向けた。エマは不思議に思った——ティルニー嬢は不安になっているのだろうか、もしそうなら、なぜいまになってなのか。明らかに、誰も彼女を疑ってはいないし、これまでのところ彼女はほとんどのことを勇敢に耐えていたのに。

それに今宵はまだ、ティルニー嬢は少なからず勝利の気分に浸っているはずだ。ジョナサン・ダーシーは、グレース・チャーチルとは二回しか踊らなかったのに、彼女とは三回踊っていたのだから。若い人たちはそんなことは数えていないふりをするものなのかもしれないが、エマはそんなことで気が咎めたりはしなかった。

考えてみれば、ふたりは舞踏会の後半では、それほど陽気には見えなかった。喧嘩でもしたのだろうか？

エマはフランクに注意を戻した。「凶器を捜していないのなら、巡査たちは何を見つけようとしているんですの？　殺人犯が自白書を書いて、そのあたりに置いておくとも考えにくいでしょうに」

「なんでもいいから捜しているのですよ——明らかに場ちがいなもの、と言ってもいいかもしれませんね」

フランクの余裕ある態度には、エマほど彼を知らない人なら騙されたことだろう。彼はそれまで治安判事の職をおもに儀礼的な地位としかみなしてこなかった。これはフランクが本気で興味を持った最初の事件であり、彼がいま話したことはすべて、ここ数日間で学んだにちがいない。「犯人はたとえば、血のついた服や、自分とウィッカム氏のつながりを示す手紙や物品を隠しているかもしれません。それがなければ秘密にしておけるような——」

「ミスター・チャーチル・サー！」巡査のひとりが呼んだ。「来てください！」

エマとフランクは同じように驚いた顔で視線を交わし、それから一緒に急いで戻った。巡査たちは廊下に立ち、乾いた泥のついた園芸用の移植ごてを誇らしげに差しだしていた。その意味するところは明白だった。移植ごては、あのハンカチーフを埋めるために使われたのだ、とエマは理解した。ハンカチーフは血を拭き取るために使われた。移植ごてを二階に置く必要はどこにもなく、つまり、ここに隠されていたにちがいない。そして誰であれ、こてを隠した人物が犯人にちがいない。

巡査たちはついに答を見つけたのか？　この悪夢が終わったのか？

フランク・チャーチルは部下たちににっこりと笑いかけた。「よくやった。どこで見つけたんだ？」

「このドアのそばの戸棚です」クーパー巡査が言った。「この部屋の捜索を始めてすぐに発見しました」

彼はその部屋を指差した。その入り口では、ショックを受けたジュリエット・ティルニーがぶるぶると震えていた。

＊

「わたしのではありません」ジュリエットは言った。

驚きのあまり呼吸を奪われ、ささやき声を出すのがやっとだった。いっそう怪しく聞こえただろうか？　どんな声だと有罪に聞こえるのだろう？　彼女はここ数日それを見極めようとしてきたが、すべて他人を調べているときのことで――彼女自身に対してではなかった。「どうか信じてください、チャーチルさま、わたしはいままで一度もこれを見たことはありません」

フランク・チャーチルは疑うのと同じくらい、驚いているように見えたが、そんなに簡単に納得しそうにはなかった。「あなたはウィッカムさんとは面識がないと言っていましたね。それはほんとうですか、ミス・ティルニー？」

「そうです、ほんとうです。わたしはドンウェルアビーでしかあの方と会ったことはありません。亡くなる前日に。ほとんど話もしていません。それ以外のことで、わたしがあの方について知っているのは、ほかの方からうかがったことだけです」

ジュリエットは舞踏会での年配のダーシー氏との口論を、起こりうる屈辱の極みだと考えていた。彼女は何もわかっていなかったのだ。この恥ずかしさ――この恐怖――は、その千倍もひどかった。

エマ・ナイトリーが慰めるようにジュリエットの肩に手を置いた。「ティルニー夫妻は、お嬢さんが一度もグロスターシャーを出たことがないとはっきりおっしゃっていたわ」

「ウィッカム氏が、グロスターシャーで取引をしていたという可能性もあります」チャーチル氏が言った。

その頃には、ほかの人々が廊下に出てきていた。ブランドン大佐。ナイトリー氏。そして最悪なことに、ダーシー氏も。まちがいなく、ジュリエットの破滅を喜んでいるにちがいない。彼女の恥辱は、落とした水差しからこぼれた水たまりのようにどんどん広がりつづけ、もう二度と元に戻すことはできなかった……

ところがそのとき、ダーシー氏が言った。「良家の令嬢が――実のところ、どこのお嬢さんだろうと――簡単に殺人に走るとは思えませんね」

一瞬、ジュリエットとダーシー氏の眼が合った。彼の表情から、ジュリエットの出しゃばった行動が許されたわけではないことがわかった……それでも、年配のダーシー氏は彼女に公正な態度を取ってくれていた。

「若さゆえに無分別な行動を取ることも多いのではありませんか?」フランク・チャーチルは答えた。「若者は短気で、性急な結論に飛びつき、見境なく行動しがちです――若い女性も若い男性に劣らず――」

「それは証拠ではありません、サー」ブランドン大佐の声は鋭かった。「単なる推測です」

ジュリエットは感謝の気持ちのあまり、気を失いそうになった。あるいは、この発見の恐ろしさから眩暈《めまい》がしたのかもしれない。あるいは、最大の証拠のひとつが自分の部屋に隠されていたこと、しかもそれを見つけたのが自分ではなかったという悔しさからかもしれない! そのなかのひとつだけでも、充分気力を削《そ》がれるのに、三つが重なったことで、ジュリエットはほんとうに気分が悪くなった。

ナイトリー氏がさらりと言った。「ウィッカムが死んでから、もう何日も経っています。移植ごてをここに隠すことは、いつでも誰にでもできました。興味深いですし、ほぼまちがいなく殺人事件に関係があるでしょう。しかし、ミス・ティルニーとの関わりとなると、はるかに根拠が薄弱です」

「そうとも言えますし」フランク・チャーチルはジュリエットの顔をしげしげと見つめながら言った。彼の眼には何が見えているのか、あるいは何が見えたと想像しているのだろうとジュリエットは思った。ジュリエットの無実が見えていないのなら、相当見る眼がないということだ。「そうでないとも言えますね。まあ、おそらくそうなのでしょう」

＊

屋敷の捜索は、いくぶんあっけなく終わりを迎えた。巡査たちは移植ごてを持ち去り、ナイトリー夫人はジュリエット・ティルニーに自室で横になるように言い、使用人に温かい紅茶を持ってくるように命じた。突然の捜索終了に、屋敷の残りの人々は驚きと不安を感じた。

「ミス・ティルニーがやったなんて信じられないわ」アン・ウェントワースは、窓から馬車が遠ざかるのを見つめながらつぶやいた。「ほかの方たちだって信じられないと思うわ。あのチャーチル氏でさえ、そんなことは信じていないはずよ」

彼女は最後の部分については確信が持てなかった。洞察力の鋭いアンは、ナイトリー氏が彼に言及するときの軽蔑したような雰囲気に気づいていた。チャーチルは信用ならない人物なのだろうか？

ウェントワース大佐は部屋の椅子に坐っていた。うんざりし、不機嫌そうな顔をしている。「誰も信じたりしない。ぼくの言うとおりになるさ。これがばかげていることは誰の眼にも明らかだし。尾を引くようなことにはならない」

「そう思うの？」アンは同じ意見ではなかった。しかしながら、夫と対決するのは、もっと大きな意見の相違のためにとっておいた。そんな火種の多くが、そこかしこに燻《くすぶ》っている。「ミス・ティルニーがショックで参ってしまわないといいんだけれど」

「正直なところ、ぼくもかなりショックを受けているよ」ウェントワースは答えた。「あのチャーチルという男は、最初からぼくに照準を合わせていた。なぜぼくに疑いの眼を向けたのかはわからないけど、ほぼまちがいなくそうだった。この捜索をすると言いだしたときも、半分はただの策略で、ぼくに責任を押しつけるための口実ではないかと思っていた。それは誤った判断だったようだけど」

アンは午前中の光のなかで夫をじっと見つめた。ときに彼女が初めて愛した若い男性の面影が垣間見えることもあり、ときにその男性がすべて失われてしまったように見えることもあった。いまは失われているときだった。「あなたがウィッカム氏に対して怒っているのは、最初から誰の眼にも明らかだったわ、フレデリック。もしほんとうに、チャーチル氏があなたに眼を留めたんだとしても、それほど不思議ではないわ」

「だけど、怒って当然のことだろう？　ウィッカムがしたこと――ぼくのプライド、ぼくたちの未来や安心を奪ったことを思えば――」

「彼はそんなことはしていないわ」アンは肩を怒らせて夫と向き合った。「ウィッカムはあなたのお金を盗んだ。それはそのとおり、でもそれだけよ」

ウェントワースは理解できない様子で、アンを見つめた。「全部同じことじゃないか！」

「いいえ、同じじゃないわ！　あなたのプライドは賞金ではないし、一度もそうではなかったことを願うわ。あなたのプライドは祖国への奉仕にあって、それを立派に成し遂げて功績と名誉を得たことにあるのよ。わたしたちの未来が、貧困や欠乏に陥ることはない――わたしの持参金だけでもなんとかなるもの。それに、わたしたちの安心はお互いのなかに、結婚の絆と、娘への愛のなかにある。ウィッカムが盗んだお金は――彼がそんなことをしたのはまちがっているけれど――プライドや未来や安心とは関係がないのよ。考えてもみて！　お金を失っただけで、わたしたちはここまで追いつめられる必要はあったのかしら？」

彼女の夫はそう簡単に懐柔《かいじゅう》されるような人ではなか

った。「あなたの持参金では、ぼくたちが望むような暮らしはできない。わかってくれよ、アン、ウィッカムの死で借金を清算できなければ、ぼくはまた海に戻るしかないんだぞ?」

アンは微笑んだ。そうせずにはいられなかった。「そうなったらどんなに愉しいかしら!」

「だが——あなたはいろいろ我慢しなくてはならなかったし——」

「どれも耐えられないものではなかったわ。それに、海の暮らしの多くの喜びのための、小さな代償にすぎないもの。遠くの陸地をいくつも眺めて——日々、昨日とはちがう国を見られて——いつも新しい人々と出会って、新しい冒険が待っているのよ!」アンは自分自身をことさら冒険好きだと思っているわけではなかった。しかし、地中海を初めて眼にしたときに、船首からネズミイルカの群れを初めて垣間見たときに、アフリカ大陸の海岸に初めて足を踏み入れたときに、感動しない人がいるだろうか?

ウェントワースは頭を振った。「女性には過酷すぎる生活だったし、あなたにそれをさせた自分を責めることもしょっちゅうあった。あなたが海で病気になったときのことを思いだすんだ——すごく深刻な状況で、ぼくたちはあなたが心配でたまらなくて——」

「わたしは自分の心配はしなかったわ」

「でも……」口にするのが苦しそうな夫を見て、アンは即座に彼が何を言おうとしているのか理解した。ふたりのあいだで唯一、苦痛を伴う重い話題。「海でなければあの子は——」

「わたしが陸にいたとしても、同じように恐ろしい喪失を味わっていたはずよ」アンが大海原を見ればかならず——何週間も何カ月も海で過ごしたあとでも——初めて授かった息子がそこで眠っていることを思いだすだろう。「どんなことでも、あの経験を楽に耐える助けにはならなかったでしょうね。でも、わたしたちは一緒に耐えたわ」

「荒波のせいで起こったとは思わないのか？」

彼は自分自身と自分の職業をずっと責めていたのだろうか？　アンのなかで共感の気持ちが湧きあがり、手を彼の手に伸ばした。「いいえ、いとしい人。海はそれほど荒れていなかったわ。ときには、ああいうことが……起こりうるものなの。女性同士でさえ、あまり話題にはしないけれど、めずらしいことではないのよ」

アンの想いは彼に伝わったのか？　伝わってはいないようだ。なぜならウェントワースは首を横に振ったから。「あなたにはもっとふさわしい生活がある、アン。食器洗い場より狭い船室で暮らすよりも、豚肉の塩漬けとビスケットを食べるよりも、もっとふさわしい生活が」

「わたしに言わせれば、わたしにふさわしいのは、夫のそばで暮らせることよ。あちこち旅をするなかで何より良かったのは、あなたと一緒にいられたこと。わたしたちが離れ離れにならなかったこと。精神でも思考でも、行動でもほとんど、わたしたちはひとつだった。どうしてあの日々を懐かしく思えないの、フレデリック？　わたしは懐かしいわ。懐かしくてたまらないの」

ウェントワースは面食らっていた。彼は答を出すまでとことん考えるだろうとアンは思っていたし、ようやくこの問題について考えてくれるなら、いくらでも時間を与えるつもりだった。ついに彼は口を開いた。

「あなたがそんなふうに考えていたとは知らなかった」

「わたしがあの暮らしをどれほど愉しんでいたか、あなたは知っていたわ」アンは答えた。「でも忘れてしまったの。賞金の輝きで見えなくなってしまったんだとずっと思っていたわ。もしそうでないなら――ただわたしを守ろうとしているだけなら――その考えは捨てちょうだい。運命からは逃れることはできないものよ。わたしたちは最善を尽くして、一緒に運命を築かなくちゃならないの。わたしたちがふたりともしあわせになれるように」

たぶん――アンは思いを巡らせた――ウィッカム氏に腹を立てたのはまちがいだったのかもしれない。ようやくフレデリックがまたアンを見てくれるようになるなら、ウィッカムは実はふたりのために一肌脱いでくれたことになる。その変化に二万五千ポンドを払うなら、むしろ安いくらいだとアンは思った。

*

ジョナサンは、ダーシー一家がドンウェルアビーに滞在する残りの期間、ジュリエット・ティルニーに近づくなと、はっきり告げられていた。父親の機嫌があまりに悪かったので、ジョナサンはひと言も返事をしなかった――すべての食事を一緒に取ることになっている相手を、避けつづけることなど明らかに不可能だと指摘することもしなかった。おそらく時が経てば、父親の意見も和らいでいくだろう。とはいえ、少なくとも数日間は、ティルニー嬢には一切話しかけないと心に決めていた。

それは、巡査の発見したものを屋敷中の人々が知るまえのことだった。そのことを聞いたとたん、ジョナサンはおのれの務めを知った。ジュリエット・ティルニーがそんな重荷に耐えるには、支援が必要だ。それで父親を怒らせたとしても、それならそれで仕方ない。

しかしながら、前回ティルニー嬢の部屋のドアをノックしたときには、軽率だと叱られたので、ジョナサンは同じことを繰り返す勇気はなかった。そのため、彼女に会うには待つしかなかった。

ティルニー嬢がようやく部屋から出てきたのは、何時間も経ってから、お茶の時間の少しまえのことだった。顔色が悪く、廊下の突き当たりでジョナサンの姿を見つけたときには、びくっと驚いた様子を見せた。

「まあ！　わたしを待っていたんですか？」

「もちろんです。チャーチル氏と巡査が帰ってからずっと」

「でも――もう何時間もまえのことですよ」彼女の表情が和らいだ――笑顔はまだ無理だが、それに近い表情に。「そのあいだずっと廊下にいたんですか？」

ジョナサンはうなずいだ。「なぜここに立っているのか、もっともらしい理由をいくつも考えました。誰かに見られて質問された場合に備えて。誰にも訊かれませんでしたが」

「廊下で何時間も待つときのために、その弁明を教えてほしいです」彼女は言った。「またいつか。わたしに会うことは、禁止されているのだろうと思っていました」

「そうでもありません」ジョナサンは言った。それ以上話しても、彼女をさらに苦しめるだけだろう。

ティルニー嬢の心は、もっと深刻な問題に向いていた。「なんの話をしたかったのですか？　あの品をわたしの部屋に置いた人が誰だかわかりましたか？」

「いえ、それはまだわかっていません。ただ伝えておきたかったのです――明らかに、ドンウェルアビーの誰ひとり、あなたが犯人だとは思っていないようです。だから、その点を心配しているのなら、どうか気に病まないでください」

彼女の肩からわずかに力が抜けたように、ジョナサンには見えた。彼女は言った。「そのなかのひとりは、わたしが無実だと知っています。その人があれを隠したのだから」

「まちがいなくそうです。使用人に、あなたの部屋に出入りする人を見かけなかったか、訊いてみるのもいいかもしれません。あなた以外の誰か、ということですが」

「心配してくれてありがとう。でも、チャーチルさんが帰ってから何時間も考えてみて、わたしが逮捕されることはまずないだろうと思うようになったんです。その点は心配していません。ただ、今朝の捜索中に、チャーチルさんとナイトリー夫人が話しているのを聞いて、わたしたちの行動方針に疑問を持ちはじめて」

「ふたりはなんと言っていたのですか？」ジョナサンは説得力のある話でないことを願った。彼は捜査をやめたくはなかったし——ティルニー嬢に会うこともやめたくはなかった。

「判事はまだ、凶器が鎚矛だと思っているんです」彼女は説明した。「あなたのご両親の暖炉で見つかった手紙のことも知りません。わたしたちは警察に解決策を提示するつもりでしたけど、情報を共有しないと、かえって解決を遠ざけてしまうんです。秘密にしておけば自由に動けると思っていましたが、もう秘密ではなくなったでしょう？」彼女はうなだれた。「不当に非難されるとどんな気持ちになるのか、少し自分で味わってみたら、誰かが不当に罪を負わされることに余計耐えられなくなりました。そんなことをさせるわけにはいきません」

ジョナサンは彼女のことばの正しさを否定できなかった。「よくわかりました。一緒にチャーチルさんに、胸像と手紙のことを話しましょう。ぼくたちの捜査でわかったことを全部。そうしたら、捜査に加わらせてくれるかもしれません」

「それはどうかしら」ティルニー嬢は言った。「でも、だからといって、わたしたちが捜査をやめなければならないわけではありません。いいえ、ダーシーさん、やめてはならないんです」

22

結局、ジョナサンはふたりの捜査を表沙汰にすることに同意できなかった——暖炉で燃やされた手紙について両親と話すまでは。

「ぼくはまだ、両親のどちらかが犯人だとは思えないのです」彼はティルニー嬢に打ち明けた。「とくに昨夜、伯爵の件を知ってからは。でも、難しい質問をしなければいけないようだし、それを尋ねるのは、判事ではなく、ぼくであるべきだと思うのです」

「妥当だし正しいことです」彼女は言った。

「万一両親が——重大なことを認めたら、あなたにも話します」

「話してくれるとわかっています」彼女はとてもあっさりと言ったが、それは彼がこれまでに受けたなかでも飛び抜けてすばらしい賛辞だった。

ジョナサンは差し迫る話し合いに向けて、できるかぎり神経を集中させた。それでも、両親の部屋に向かうとき、彼の心臓はエボニーに乗ってギャロップしたときのように強く速く高鳴った。そのため、ノックするまもなく、母親がドアを開けたときには仰天した。

エリザベス・ダーシーは笑みを浮かべた。奇妙なほど悲しげな表情で。「そろそろ来るだろうと思っていたのよ」

彼の両親は、ドンウェルアビーでも特別にすばらしい来賓用の寝室を与えられていた。出窓には広々としたソファベンチが設《しつら》えられ、書き物机が置かれたスペースもあった。暖炉は階下のものと同じくらい立派で、金と象牙の縞模様のついた緑色の大理石で造られていた。エリザベスは、ジョナサンを窓際のソファに案内した。必要ならば手紙の文字を読むのに充分な光が射し込む場所だった——とはいえ、もし母親がこれを見たことがあるなら、すぐにその手紙だと気づくだろう。

ジョナサンは燃えた紙のぼろぼろの切れ端を取り出した。「母上、なぜこれがこの部屋の暖炉にあったのですか？」

「わたしが燃やしたからよ」

単刀直入な答に、彼は驚いて眼をしばたたかせた。「そ、そうですか。でも——なぜ？　それにどうやって手に入れたんですか？」

エリザベスは、ジョナサンの知る穏やかな母親のままだった。「ウィッカムさんの持ち物のなかから見つけたのよ、あの人が死んだ直後に」

「母上が、あの部屋を荒らしたということですか？」

ジョナサンはそんなことは夢にも思っていなかった。どれほど両親のことを見誤っていたのだろう？　両親はほかにどんなことをしたのだろうか？

「わたしじゃないわ」エリザベスはいったんことばを切った。「つまり、わたしがウィッカムの部屋を捜索したのは、一番乗りだったはずなの。あの人が死んだとわかった直後に、こっそり階上《うえ》にあがったのよ。でも、すばやく手際よく捜索した。というのもね——あの最初の瞬間、ショックを受けて、誰も冷静に考えられなかったとき——父上が、まあ、すべきではないことをしてしまったんじゃないかと思ったのよ」母親は、夫を疑ったことを恥じ入るように頭を垂れた。「あのふたりの対立はとても根が深くて、とても長い歴史があって、ウィッカムさんがあまりにも言語道断なことばかりしたことが原因だった。それでも、父上がそんな罪深い行為に走ることはないと気づくべきだったわ——ときどき、わたし自身がしてしまいそうなこともあったけれども」

ジョナサンは尋ねた。「では母上は、その疑いが正しいかどうかを確かめるために、ウィッカム氏の部屋に行ったのですか？」

「いいえ。父上が非難されたり危険にさらされたりする証拠がないか確かめに行ったの。とくに何もなかったけれど、ベッドの上に一通の手紙が置かれていたわ。まるでウィッカムさんが死ぬ直前まで調べていたみたいに。それで手紙を盗んで、肩掛けの下に隠して、みんなのところに戻ったの。いなかったことに気づかれないように」

見事な手際だった。ジョナサンは母親がこれほどまっすぐな性格の女性で、家族は幸運だということに気づいた。なぜなら、その気になれば、いくらでもずる賢く立ち回れる才覚があるからだ。「でも、この手紙は父上が書いたものでも、父上に宛てたものでもありませんでした。バートラム夫人宛に書かれたもののようです」

エリザベスは手紙のまだ読める文字を指先でなぞった――〝最愛なるファニーへ〟。「ええ、そうよ。少し読んだら、ウィッカムさんが書いたものでもないことはわかったの。これは私的な手紙だった――バートラム夫人が秘密にしておきたいと思うような内容の。つまり、あなたの亡き叔父さんは、ほぼまちがいなく、彼女を恐喝しようとしていたのよ」

その話はジョナサンにはしっくりこなかった。「ですが、バートラム夫人は若く穏やかで信心深い女性です。あの人が恐喝の対象となるようなことをしたとは思えません」

「まあ、坊や」エリザベスは彼の腕を撫でた。「守るべき秘密は自分のものとはかぎらないのよ」

「ということは、バートラム夫人に関わりのある誰かのひ――」

「この話はもうおしまい。わたしはそのとき、バートラム夫人のようなやさしい人が殺人なんて罪を犯すはずがないと確信していたし、いまもそう思ってるわ。だから、その手紙を燃やした――というより、燃やしたつもりだった。ちゃんと燃やせていなかったようだものね」

「いまはもう、手紙に書かれていたことは読めません」ジョナサンは答えた。「誰宛の手紙なのかがわかるだけです。だから、充分ちゃんと燃やせていました。バートラム夫人がもし知ったら、きっと喜ぶでしょう」

エリザベスは疑わしげな顔をした。「バートラム夫人は知らないし、きっと安心できないと思うわ。手紙を彼女に返さなかったのはまちがいだったのかもしれない。でも、返してしまえば、認めてしまうことになるでしょう、わたしがあの話――もとい、わたしが知っていることを。それをバートラム夫人に突きつけるのは酷《むご》すぎるように思えたんだけれど、よく考えてみれば、彼女にとってはそのほうがよかったのかもしれないわね」

ジョナサンは母親のことばを信じた。手紙はもはや捜査に関わるものではないことは明らかだった。だから、手紙の残骸をエリザベスの手のひらに置いた。

「もしよければ、これから返してあげてください」

「そうするわ」

＊

一方、そのときのジュリエットは、それほど心強い気持ちではいられなかった。

彼女はまだ自室で証拠が発見されたという事実の重みに苦しんでいた。ジュリエットが殺人犯と想像するのはばかげているが――十七歳の娘が！　ほとんど面識のない男性を！――ドンウェルアビーの誰もが、彼女を以前とまったく同じようには見られないはずだ。ジョナサンのかけてくれたことばと彼女自身の理性は、いくらかジュリエットを落ち着かせただけだった。たとえほかの面々がチャーチル氏の部下が見つけた証拠を疑問に思っていたとしても、疑念はジュリエットも穢《けが》しているにちがいない。その不名誉の染みは、殺人犯と同じ屋敷にいるという考え以上に、ジュリエットをパニックに陥れた。正体不明の殺人犯が再び誰かを襲う可能性は低いと思われたが、不名誉は若い女性に永遠につきまとい、その将来も希望もすべて台無しにしてしまう可能性があった。

ジュリエットは巡査たち以上に、自室を徹底的に捜索した。巡査たちが捜していたのは殺人犯を指し示す証拠だったが、彼女が捜したのは、誰がこの部屋に移植ごてを置いたのかを明らかにする証拠だった。その人物は、ほぼまちがいなく自分の悪事を隠すために、ジュリエットに罪をなすりつけようとしたのだろう。

〝殺人犯がわたしの寝室に忍び込んだ〟ジュリエットはそう考えて身震いした。〝その人物は、わたしがいま立っている場所に立っていた。わたしがどこで寝ているのか知っている〟

細々《こまごま》したものがいくつか見つかったが、重要かどうかはわからない。植え込みの低木か花の色褪せた葉が一枚、ベッドの下に落ちていた——が、ベッドの脇の花瓶の薔薇の花から落ちたものではないだろうか？その可能性はおおいにある。移植ごてが見つかった戸棚のなかに、細い金の組み紐の断片があり、その端は、まるで扉の内側の粗い羽目板のせいで、引き裂かれたかのようにぼろぼろになっていた——が、それは何日も何カ月も何年もまえから、ずっとそこにあったものかもしれない。彼女の文房具が物色された形跡はあるだろうか？ジュリエットには乱雑になっているように見えた——が、そもそも、自分が文具をきちんと並べていたことがあっただろうか？

彼女は片手を頭にやり、ため息をついた。殺人犯が侵入したと知っただけで、部屋のなかのあらゆるものに恐怖の感覚が植えつけられていた。こんな調子で、この部屋でまた眠ることができるのだろうか？

まあ、くよくよ考えても仕方がない。ジュリエットは机のまえに坐って、見つけた三つの証拠を調べた。

ひとつ目、紙とインク拭きの位置がズレていること。まあ、それは目新しいことではない。ジュリエットには、誰かが文房具を物色した可能性があるかどうか判別がつかなかった。したがって、それ以上心配しても無駄だろう。

ふたつ目、落ち葉。ほぼまちがいなく、花瓶の花から落ちたものと思われる。花は数日おきに交換されていたので、ときどき葉が落ちるのは自然なことだ。それに花の交換は、部屋を片付ける作業の最後に行なわれるから、使用人たちが落ちた葉に翌日まで気づかないことも充分にありえる。ジュリエットには、最後に部屋の花が交換されたのは昨日だという確信もあった。

しかし、三つ目の金の組み紐――これは何か意味があるのかもしれない。

〝使用人が戸棚のなかにこれを置いたとは思えない〟ジュリエットは推理した。〝それに、この部屋に滞在した客人が帰るたびに、使用人は隅々まで片付けているはず。つまり、わたしがここに来るまえには掃除がなされていたということ。この金の組み紐は、わたしが到着したあとに置かれたにちがいないわ。それにこの端は切ったのではなく、裂かれたように見える。誰かがすごく急いでいて、ドレスが破れたことに気づかなかった結果みたいに〟

滞在客は皆、素敵なドレスを着て、チャーチル家の舞踏会に出席していた。誰のドレスに金の組み紐の縁取りが施されていただろうか？

ジュリエットは思いだせなかった。舞踏会に出る多くの若者と同様に、自分の衣装に夢中になっていて、ほかの人の衣装に注目する余裕がなかったのだ。

〝ほかにわかることは？　見つけなければならないのよ――できるだけ早く〟

ジュリエットには敵がいる。ジュリエットに殺人の罪をなすりつけるための次の行動に出るまえに、その人物の正体を突き止めなければならない。

＊

エリザベスにとって、バートラム夫人を見つけるのは難しいことだった。かの女性は教会のネズミのように物静かで、食事のとき以外はほとんど姿を現さないように見えた。しかも、ふたりきりになれる場所で見つけることが重要だった。これからする会話には――実のところ、ふたりにとって初めての会話になるわけだが――プライヴァシーが不可欠なのだ。

居場所を見つけたのは、エリザベスが窓の外に眼をやったときのことだった。薄紫色の服を着た細い人影が、手前の楡《にれ》の木立のそばに立っているのが見えた。バートラム夫人はてっきり屋内にこもるタイプ――乗馬は好きだが、それ以外は厳しい暑さや寒さを避けて部屋にいて、屋外で過ごすにはかよわすぎる人――だとばかり思っていた。エリザベスの想像は誤っていたようだ。

木立まで歩くのに数分かかったが、エリザベスは健脚で、それくらいの距離はものともせず、軽々とたどり着いた。バートラム夫人に近づくときには、小枝を踏み、枯れ葉に触れるようにしてわざと音を立てた――ファニー・バートラムがエリザベスの登場に驚かずにすむように。

おかげで彼女は驚いてはいなかったが、喜んでいる様子もなかった。「まあ、ダーシー夫人。思いも寄りませんでしたわ、あなたが……」バートラム夫人のことばは途切れた。なんと言えばいいのかわからないようだった。

エリザベスのほうは、たやすく会話を進められた。

「わたしが自然の魅力をわかっているとは？　こう見えてわかっているんですよ。一緒に散歩しませんか、ご迷惑でなければ」

「ええ、もちろんです」ファニーは明るく言い、エリザベスが見たことがないほど生き生きした表情になった。「自然は、何よりも確かな慰めを与えてくれますよね？　緑の木々と青い空に囲まれているときほど心が安らぐことはありませんわ」

「そのとおりですわ。自然は奪われることのない唯一の慰めです。例外は、雨が降ったときですけれど、それでも、慰めが奪われるのは一時的にすぎません」エリザベスは自然に話をつなげるにはなんと言えばいいかと考えたが、何も思いつかなかったので、単刀直入に切りだすことにした。「バートラム夫人、正直に言いますが、わたしは数日前にあなたのものを見つけて、それを……元通りにならないほど台無しにしてしまったんです」

エリザベスが燃え残った紙切れを差しだすと、理解の追いつかないといった様子のファニーの顔が恐怖で固まった。「えっ。まあ、いったいどこで――」

「たぶん、それがどこで見つかったのかという問題には触れずにおくべきでしょう」エリザベスは答えた。

「どんな内容だったのかという問題にも」

エリザベスはウィッカム氏が所持していた理由を理解できるあたりまで手紙を読んでいた。それだけで充分だった。衝撃的な内容ではあったが、エリザベス・ダーシーは思い悩む価値のあるものと、そうでないものを健全に理解していた。海軍のウィリアム・プライスという人物の行動は、エリザベスが悩むべき対象ではなく、今後もそうなることはないだろう。もし妹が彼を守りたいのであれば、そうさせておけばいいことだ。

ファニーはまだ疑わしそうな顔をしていた。「誰にも話していませんか――これからも話しませんか？」

「わたし以外には中身を知らないし、わたしも全部は知りません」エリザベスは言った。「いくらか知ったことは、絶対に口外しません。それは約束します」

「ありがとう」ファニーはささやいた。彼女はいっとき、エリザベスの手を驚くべき強さで握りしめた。

「ほんとうにありがとうございます」

エリザベスはきびきびと言った。「証拠を残らず消すつもりだったけれど、ちっともうまくできていなかったの、ご覧のとおり。それから、あなたは手紙が燃やされたことを知らないから、ものすごく心配しているはずだと気づいた。だから、こうして手紙の燃え残りを見せて、真実を知らせることにしたわけ。燃え残りも真実も、どちらもお好きなようにしてくださいな」

「すばらしい方ね」ファニーは言った。「そんな細やかな心遣いのできる方だとは思っていませんでした」

彼女はそこではっと我に返り、自分が口にしたことばに愕然として眼を見開いた。

双方の婦人にとって幸いなことに、エリザベスの機知はそんな些細な批評によって霞むことはなかった。

「数日前の夜に、あんな騒ぎをしてみせたんだもの、わたしにはまっとうな感情がないと思われても不思議ではないわ！　お願いだから、あの夜だけで判断しないでください。あなたとわたしは、気性はかなりちがうけれど、品性についてはそれほど大きくちがわないと思います」

「ええ、いまならわかります」小さく笑みを浮かべて、ファニーはさらに誓った。「このことはけっして忘れませんわ」

＊

ファニーはもう長いこと、これほどまでに――いま、エリザベス・ダーシーに感謝しているほどに――人に感謝したことはなかった。ダーシー夫人の生意気な物言いも鋭い機知も、一瞬にしてすべて許された。〝性急に人を判断してはいけないんだわ〟ファニーは立派な屋敷に急いで戻りながら、心に決めた。〝これからは、そういう言動を見ても、道徳心が低いせいだとは思わないようにしなくては。人は見かけによらないというものね〟ダーシー夫人が、あれを読み、その内容を知り、そのうえで慈悲深い対応をしたのは、まちがいなく最高の品性のなせる業だった。

それは、ファニーの夫がまだ示していない品性だった。

いまだかつて、エドマンドを許すかどうか考えなければならなかったことなど一度もなかった。自分の正義感がエドマンドの正義感よりもほんとうは優れているのではないかと思ったことなど一度もなかった。自分が絶対に譲れないと思うことで、エドマンドと意見が合わなかったことなど一度もなかった。

まあ。実際には、五年前にエドマンドはいっとき、ファニーにヘンリー・クロフォード氏という人物との交際を勧めたことがあった。エドマンドがクロフォード兄妹の本質を理解したのは、ファニーよりも遅かった。しかしそのときでさえ、エドマンドはファニーが自分のペースで自分の決断を行なえるように支えてくれたのだ。

ファニーはいま、エドマンドの許しを求めていなかった。許しが必要だと感じていなかった。数週間、ウィリアムを思って恐怖し、自分が何をすべきかと悩みつづけたあと、明快かつ安全な答が届けられたのである。

一瞬、彼女は展示室でウィッカム氏と――彼が死ぬ少しまえに――交わした最後の会話を思いだした。彼女は指輪を差しだし、彼はそれを受け取った。が、指輪と引き換えに差しだしたのは、破れた封蠟――彼女がウィリアムの秘密を守ろうとして、何度もその手紙を封印した跡についていたもの――だけだった。彼が投げて寄越したとき、彼女は封蠟を受け止めることすらできず、それは暗闇のなかで失われてしまった。あのとき、ウィッカム氏はなんと残酷に笑ったことだろう。

あれがウィッカムの最後の笑いだったのだろうか——喜びからではなく悪意からの笑いが？　それは人生の悲しい墓碑銘になった。ウィッカム自身にとって何より悲しい墓碑銘に。

ドンウェルアビーの暖炉の炎は、日中は——少なくとも夏の期間は——小さく保たれていたが、エドマンドとファニーの部屋の炉床にはまだ燠《おき》が残っていた。ファニーは暖炉のまえにひざまずき、ウィリアムの手紙の最後のかけらを落とし、それが煙となって昇り、無に溶けていくのを見つめた。

＊

月曜の昼過ぎ、チャーチル氏が厳粛な面持ちで、再び公務による訪問をした。「ミス・ティルニーとじっくりお話をしなければなりません」彼はナイトリー夫妻に言った。

招待主の夫妻がティルニー嬢の代わりに異議を唱えるまえに、ジョナサンが口を挟んだ。「話をするのは遅すぎたくらいです、チャーチルさん。ですが、ぼくたちはふたり揃って、あなたにお伝えすべきことがあります」

チャーチルはふたりを見つめた。ナイトリー夫妻も見た。ちょうど階段を降りてきたウェントワース大佐も。幸いにも、ジョナサンの父親はいなかった。もしその場にいたら、父親は反対していたはずだ。そうなれば、どうしても必要な話し合いが妨げられていたことだろう。ジュリエット・ティルニーは心からの感謝を込めた視線をジョナサンに向けた。それは彼を芯まで温めた。なんという不思議な感覚だろうか……

「よろしい」チャーチル氏は言った。「ふたり揃って、ナイトリーさんの書斎で。話をうかがいましょう」

そう言ったときの彼の口調は、とてもそっけなく聞こえた。フランク・チャーチルがふたりからどんな話を聞かされると思っていたのか、ジョナサンには見当もつかなかった。どんな予想をしていたにせよ、実際に聞く内容とはちがっていただろう。

「殺人事件を捜査していた？」フランク・チャーチルはふたりをまじまじと見つめた。まるで彼らが月旅行に行くつもりだと宣言したかのように。「法的な権利もないのに？　まだ学校も卒業していない若者と――お嬢さんが？」

「そうせざるを得なかったのです」ジョナサンは真剣に説明した。「ご存じのとおり、この事件に対する、あなたの最初の仮説は完全にまちがっていました。ぼくたちが介入しなければ、使用人やジプシーが誤って死刑にされるのではないかと心配したのです」

ティルニー嬢がジョナサンを見た。それで彼は、遅まきながら、もっとも適切な伝え方をしていなかったことに気づいた。ジョナサンにとって気配りとはしばしば不可解なものではあったが、そんな彼にさえ、自分の発言のどこが問題なのかは理解できた。

幸い、フランク・チャーチルは愛想のいい人物だった。「最初に誤った推測をしていたことに、私自身がまだ気づいていなければ、ずいぶんと気を悪くしたことだろうね。ああ、犯人は招待客の誰かでまちがいない。しかし、いったいどういうわけで、自分たちで解決できると思ったんだね？」

「失礼をお許しください、チャーチルさま。でも、わたしたちが知ったことには、価値がありそうなのです」ティルニー嬢が言った。

彼女はこれまでに得た情報をひとつひとつ説明した。一、ジョージ・ナイトリーは弟ジョンの負債の保証人引受承諾書に署名しており、弟の不名誉に自分の家族を巻き込んでいたこと。また、エマ・ナイトリーはウィッカムが死んだ時点ではそのことを知らなかったこと。
二、ウィッカム氏が、盗んだ手紙の内容のことで、ファニー・バートラムを恐喝していたこと。その手紙はその後破棄されたが、ウィッカムが死んだ夜には展示室にあったことが、割れた封蠟が落ちていたことから証明される。
三、殺人の夜、ダーシー夫妻はふたりとも寝室を出ており、当人たちの証言とは食いちがうこと。（これを聞いてジョナサンは心を痛めたが、異議は唱えなかった。）
四、ダーシー氏はウィッカム氏を傷つける動機になりかねない情報を探していたが、見つけられなかった。その後、そもそも新しい動機につながる事実はなかったことが判明した。
五、メドウェイホールの舞踏会の日に、ある女性（それ以上は絞り込めない）が、本人または夫の罪を隠蔽するために、ティルニー嬢の部屋に犯罪の不利な証拠となる移植ごてを置き、金の組み紐の裂けた切れ端を残したこと。
六、凶器は中世の鎚矛ではなく、ネルソン提督の胸像だったこと。

チャーチル氏はふたりの案内で胸像のところへ行き、多大なる関心を持って調べた。「ううむ、これはお手柄かもしれないね」

「ぼくたちは凶器を見つけました」ジョナサンは言った。「動機になりそうな事実もたくさん突き止めました。まだわからないのは真犯人の正体です」

「私は、年齢にそぐわないことに首を突っ込んではならないと言わなければならない」チャーチル氏は言った。「それでも……きみたちが捜査を進展させたことは否定できない。ただし、うまくいった理由はきみたちというより、相手のほうにある。彼らはみんな、私のそばにいるときには注意深く振る舞うが、きみたちのそばでは気を抜くようだから」

ティルニー嬢は自室が捜索されてから初めて笑顔を見せた。「では、このまま続けても？」

フランク・チャーチルは戒《いまし》めるように片手をあげた。「もちろん、非公式な立場でだ。それに言うまでもなく、この件は私たち三人のほかには口外してはならない。何かわかったら、どんなことでも私に知らせてくれ。あとは法が裁く」

「警察が殺人犯を逮捕できるように」ジョナサンは言った。そうすべき理由は理解できた。犯人の正体を発見したあとには、彼やティルニー嬢の能力を超えることが起こるだろう。

「まあ、そういうことだ」チャーチル氏は言った。「しかし、これはきみたちの安全のためでもある。犯人は一度人を殺している。自分が捕まる寸前だと知ったら、もう一度殺す動機になりかねない」

ジョナサンはティルニー嬢と視線を交わした。彼女の眼には恐怖が浮かんでいた――が、それ以上に決意がみなぎっていた。「信用してください」彼はチャーチル氏に言った。「何か見つけたらお知らせします」

彼女はつけ加えた。「きっと見つけます」

フランク・チャーチルはにっこり笑った。「こう見えて、きみたちなら見つけられると信じているんだよ」

23

ジュリエットは最近、人を欺く手法を学びつつあったが、まだ熟練していないという自覚があった。そのため、事情を察した協力的な相手に、次の戦略の練習台になってもらえることになってホッとした。

「人を騙すのがうまくなりたいわけではないんです」ジュリエットはその犠牲者であるエリザベス・ダーシーに説明した。「ですが、こういう場合には——」

「善悪の問題は、より複雑になる」エリザベスが先回りして言った。「どんな状況でも、絶対的な正直さが最善だと考えるのはすばらしいことだけれど、残念ながら、いつもそうとはかぎらない」

燃やした手紙についてジョナサンに質問されたとき、彼の母親は現在進行中の捜査について——そしてジョナサンとジュリエットがそれに関わっていることについて——事情を察知したらしい。舞踏会で発覚した息子とジュリエットの振る舞いのことも、ダーシー氏から聞いていたのだろうかとジュリエットは思ったが、もしそうだったとしても、エリザベスは夫とはちがって非難はしていないようだった。それどころか、恐る恐る助けを求めたときには、快く了承してくれたのだった。

いま、エリザベスはいっとき考え込むような表情を浮かべたが、ジュリエットがどうかしたのかと尋ねるまえに、いつもの明るさを取り戻していた。

「舞踏会の晩に、みなさんがどんなドレスを着ていたか覚えていますか？」ジュリエットは言った。華麗な装いに対する記憶力は、ジュリエットよりもエリザベスのほうが優っているかもしれない。もしエリザベスがあの組み紐のことを覚えていたら、この調査はすみやかに終了するだろう。

しかし、エリザベスは首を横に振った。「残念だけれど、わたしが唯一はっきり覚えているのは、ハイベリーの女性が着ていたドレスで、それも嫌いだったから覚えているだけなの。つまり、記憶だけでは役に立ちそうにないわね。たとえば、わたしのドレスを褒めることから始めて、ドレスの飾りについて尋ねてみるのはどうかしら？　それなら、その場にいるほかの女性にも質問できるわ」

おべっかを使ったと受け取られかねないとジュリエットは思ったが、ほかの人の部屋を覗いてまわるわけにもいかない以上、ほかに選択肢はなさそうだった。

チャーチルの捜索で受けた不名誉を、泥棒の汚名で上塗りしたくはない。ということは、おべっかを使うしかなかった。「そうですね、それがてっとり早いですね」

「そんなふうに言われたら、多くの女性はせっせと美しい服を見せびらかすでしょうね」エリザベスは言った。「でも、ここの方々はもっと慎み深くて良識があるわ。それでも、あなたを拒む人はいないと思うの。もちろん、わたしも拒まないわよ」エリザベスは衣装箪笥のほうを示して、許可を与えた。

ためらいながらも、ジュリエットは衣装箪笥の棚に丁寧に畳んでしまわれたダーシー夫人の衣類を調べはじめた。彼女のドレスはとてもシンプルに見えながら、生地の贅沢さと仕立ての巧みさでエレガントに仕上げられていた。より高級なドレスにはレースの縁取りが少しあったり、リボンの装飾がついていたりしたが、金であれほかの色であれ、組み紐を使ったものはなかった。

「帽子や縁なし帽も見てごらんなさい」エリザベスが勧めた。「縁なし帽には、組み紐がついたものもあったはずよ――そういえば、たしか――」

「ええ、あります」ジュリエットはチャーチル家の舞踏会でダーシー夫人がかぶっていたビロードのターバン風の帽子を取り出した。「羽根の付け根に組み紐が少し巻いてあります。でも銀色の組み紐で、金ではないし、裂けてもいません」

エリザベスは満面の笑みを浮かべた。「ということは、わたしの容疑は晴れたわね！　自分は無実だとずっとわかっていても、いざ無罪と宣告されたらこんなにほっとするなんて、驚くわよね？」

ジュリエットは自室に置かれた移植ごてを巡査に突きつけられたときに、不名誉のあまり顔を赤くしたことを思いだした。「わたしも、一刻も早くそういう気持ちになりたいです」

＊

エリザベスは、息子が結婚できないのではないかと思ったことは一度もなかった。彼の美貌と莫大な相続財産が、ほかに何はなくとも結婚を可能にすることだろう。（実際、先のキャロライン・ビングリーには十六歳の娘がいるが、明らかに母親が果たせなかった夢――ペムバリーの女主人になること――を念頭に置いて育てられている。）しかし、財政的な理由で結婚を決めなかったエリザベスとしては、ジョナサンにも自分のような結婚をしてほしいと願っていた。どうすればジョナサンが、彼の財産ではなく、彼自身を愛してくれる若い女性と知り合うことができるのか――その最善の方法について、よく考えを巡らせたものだ。

とはいえ、あれこれ戦術を考えてきたエリザベスでさえ、ジョナサンが殺人事件の捜査で若い女性と協力するなどという案は思いつきもしなかった。

エリザベスははっと我に返った。彼女は図書室で坐って本を開いていた。が、まったく注意を向けておらず、たとえそのページが白紙でも気づかなかっただろう。エリザベスの頭のなかは空想でいっぱいになっていた。〝お母さまみたいになってはだめよ、結婚相手になりそうな若い人が一マイル以内に現れるたびに、縁談をまとめようとしたりして。そんなことをしても、わたしが愚かに見えるだけで、何もうまくまとまらないわ。こんな調子だと、そのうちジョナサンを雨のなか馬に乗って出かけさせて、風邪を引くことを期待するようになってしまうわ!〟

それがエリザベスの母親のベネット夫人が、姉のジェインにしたことだった。ジェインはひどい風邪を引いてしまい、回復して帰宅できるようになるまで数日間、チャールズ・ビングリーの屋敷、ネザーフィールドに——ベネット夫人の期待どおりに——逗留せざるを得なくなった。エリザベスは、ビングリーの冷淡な姉妹は適切な看護をしないのではないかと恐れ、みずから姉の看病に出向いた。そのとき、ダーシー氏のことをよく知るようになった。この出来事は、エリザベスの感情に大きな影響を与えることはなかったが、ダーシー氏の感情には大きな変化をもたらした。

それでも……もしダーシーがネザーフィールドでエリザベスに興味を持つようにならなければ、あの最初の散々な求婚をすることはなかっただろう。あのとき、ひどい求婚をされなければ、エリザベスが彼のジェインへの対応を非難することもなかっただろう。エリザベスがダーシーを非難しなければ、のちに彼が彼女に対してより丁重な態度を取ることもなかっただろう。その丁重な態度がなければ、エリザベスはウィッカムとリディアの駆け落ちをダーシーに打ち明けることはなかっただろう。彼に打ち明けなければ、リディア、エリザベス、ジェイン、そしてほかの妹たちの将来は台無しになっていただろう。五人姉妹の誰ひとり結婚できなかったはずだ。最初のきっかけまで遡ってみれば、彼女たち姉妹をその悲惨な運命から救ったのは、実のところ……ジェインが馬に乗って出かけて風邪を引いたことだったのだ。

〝お母さまは最初から正しかったんだわ〟エリザベスは生まれてほぼ初めてそう思った。体の内側から笑いがこみあげてきて、抑えられなくなった。図書室にいたほかの人々が、エリザベスのほうをちらりと見たが、誰も何も言わなかった。ダーシーは誰よりも彼女を長く見つめており、エリザベスは夫の顔にかすかな笑みが浮かぶのを見た。夫はしあわせそうなエリザベスを見て喜んでいた。昔からずっとそうだったように。

エリザベスにとって、スザンナの死後に広がった夫婦間の距離は耐えがたいものだった。彼女はいま、それがどれだけ自分のせいだったのか、ようやく進んで理解しようとしていた。ダーシーにまったく非がないわけではなかったが――彼の過ちを責めるならば、まずは自分の過ちを認めなければならない。それをしなかったから、夫婦のあいだに苦悩と不和が生じたのだ。でも、ふたりならもっといい関係を築けるはずだ。

＊

「いつもとても美しいドレスを着ていらっしゃいますね、ナイトリー夫人」ジュリエット・ティルニーがエマを見あげて微笑んだ。熱意のこもった感じのいい様子で。「わたし、手持ちのドレスの一、二枚に縁飾りをつけたいと思っているんです、ナイトリー夫人のドレスのように――もしよろしければ見せていただくことはできますか？」

奇妙な依頼だったが、無作法ではなく、断る理由はないとエマは思った。巡査たちが恐ろしい発見をしてから、この若い女性に気晴らしが必要なのはまちがいない。「もちろんよ。いらっしゃい」

エマはティルニー嬢を自室に案内した。衣装箪笥は部屋の隅に置かれていて、夫婦の寝台など私的なものを見られずにすむことに感謝した。〝といっても〟エマは思った。〝なんども捜索されたり、寝間着姿で深夜にうろうろしたりして、ハウスパーティ全体から、たしなみが欠けているようなものだけれど〟「こちらよ。とくにお目当てのドレスはあるのかしら？」

「もしよろしければ、全部拝見したいんです」ジュリエットは明るく答えた。「非の打ちどころのないセンスをお持ちですね、ナイトリー夫人」

エマの意見では、それはまぎれもない真実だった。それにこの若い女性を招待したのは、彼女により広い世の中を見せ、多くの人々を紹介し、より洗練させるためではなかったか？　衣装を改善することは、まちがいなくその目的に役立つだろう。

（ティルニー嬢のドレスの趣味が悪いというわけではない――ただ平たく言えば、結婚適齢期に達したのだから、もう少し着飾ってもいいのではないだろうか。）

ジュリエットはドレスを一枚一枚褒め称えながら、吟味しはじめた。一枚残らず見ていたが、上質な舞踏会用ドレスにより注目していることにエマは気づいた。当然のことだ。この年頃の女性は、憧れのパーティドレスが手に入るのなら、ふだんは粗布の服だろうと喜んで着るだろう。

「なんて美しい縁取りなんでしょう」ジュリエットは、エマの古めのドレスの襟ぐりを縁取る桃色のベルベットに触れながら言った。「金の組み紐で縁取りすることもありますか？」

エマは肩をすくめた。「あまり好きだったことがないのよね。わたしの意見では、女性がほんの少しの輝きを放つときは、ジュエリーの輝きであるべきだと思うの。キラキラした組み紐はその邪魔にしかならないわ」

「実は、わたしもそう思うんです」ジュリエットは衣装箪笥から離れて振り返った。「ナイトリー夫人、ドレスについてお手本と教えを示してくださり、ほんとうにありがとうございます」

〝なんて変わった子かしら〟ジュリエットが出ていく

と、エマは思った。殺人犯ではない――移植ごてがあろうがなかろうが、エマはそんなことは信じない――が、変わっている。とはいえ、エマ・ナイトリーを称賛したからといって、誰がジュリエットを非難できるだろう？

エマにはできない。

＊

エドマンドはドンウェルアビーの礼拝堂を一度もひとりで訪れたことはなかったが、その日の午後はそうした。神の意志について、彼は安易に語りすぎていた。もう一度ファニーと話すまえに、完全に確信を持てるようにしておくのが最善だ。彼の祈りは長く続き、ステンドグラスから斜めに射し込む陽光は、いつのまにか幅広い壁の端から端まで移動していた。

彼が決意を固めて眼を開けた瞬間、まるで天からの合図のように、礼拝堂のドアが軋んだ。エドマンドが振り返ると、ファニーが彼女自身の祈りのためにはいってきたところだった。彼女はエドマンドがそこにいるのを見て驚いた。その驚きはうれしいものではなかったようだ。

「ファニー」彼は立ちあがりながら言った。「許してくれ。きみがまたここに来るとは思っていなかった。どうかきみを待ち伏せしていたなどと思わないでほしい」

「あなたらしくないことを言うのね。いままでどおり一緒に祈ることはできるはずでしょう？」

「いつでも、最愛のファニー」それからエドマンドは彼女に近づいた。「ぼくたちは、きみの兄さんのことをまた話さなければならない」

彼女は青ざめたが、顎をあげ、一歩も引かないという決意を示した。エドマンドはかつてこれほど意志の固いファニーを見たことがあっただろうか？「わたしがウィリアムを見捨てることはありません。たとえあなたのためであっても」

「ぼくはもう、見捨てろとは言わない」

ファニーはそのことばを聞いて驚いたようだった。ほんの数日前のエドマンド自身すら、自分がそんなことを言うと知ったら同じように驚いたことだろう。彼がこの礼拝堂――ファニーがウィリアムの手紙を読んだ直後に見つけたらしい場所――にやってくるには、多くの祈りと思考が必要だった。

彼は続けた。「ぼくはウィリアムの行動を容赦することはできない。それでも、神の個々の掟を支持することは、その根底にある精神を尊重することなしにはできない。宗教が神の人間に対する愛を象徴するものであるなら、それは家族や愛の絆を損なうものではなく、むしろ支えるべきものだ。自分の心の平穏のために、また腐敗した影響から逃れるために、罪深い家族に背を向けなければならない人もいる。しかしきみは、ファニー――きみがウィリアムの行動にすら心の平和を保てているのなら、きみの善良な心は、この世のどんな魂よりも腐敗から遠いところにある。きみの人生にウィリアムがいることを望むのなら、そうすればいい」

ファニーの瞳は希望で輝いたが、まだ警戒を解いてはいなかった。「わたしは人生に兄がいることを望んでいます。これからもずっと望みつづけます。それは説得されてもやめられることではないの、だからもしあなたが――」

「いや、ファニー。この件についてはもう充分説教したから、今後はするつもりはない」

「じゃあ、ウィリアムの船が寄港したら会いに行ってもいいの？」

「もちろん、いい」

彼女は深く息を吸った。「わたしたちの家に兄を呼んで歓迎してもいい？」

それは容認するのが難しかった。とはいえ、エドマンドは前年に妹のマライアの訪問を許していた。妹の罪（別の男性との不倫が露見し、夫と離婚した）はウィリアムの行為よりもひどくはなかったと言えるだろうか？　愛はすべてに打ち勝たなければならない。「きみが望むように」

　妻はエドマンドに腕をまわし、エドマンドは妻をしっかりと抱きしめた。彼女は言った。「あなたがそんなふうに物事を見てくれますようにと、どれだけ祈ったことか――でも、まさか夢にも思わなかった――」

「ぼくが充分に謙虚になれるとは思わなかったかい？　きみを責めたりしないよ」謙虚さはすべての核心にあった――つまり自分自身を罪人として認識すること、究極の裁きを究極の裁き主に委ねるという意志を持つこと。「それに、キリストの犠牲により、旧約聖書のもっとも厳しい教義の一部が取り消されると、新約聖書にはっきり書かれているだろう？」

　ファニーは眼に喜びの涙を浮かべて、エドマンドに微笑んだ。「赦しが信仰に反するはずはない。そんなことはありえません」

　エドマンドは神に対する妻の崇拝と、心の清らかさにこれほど感謝したこともなかった。「たぶんきみが牧師になって、ぼくが教区民になって学んだ方がよさそうだ」

「まあ、エドマンド。わたしたちはみんな主の教え子なのよ」

＊

　ナイトリー夫人の服装の趣味はとても良く、ダーシー夫人はさらに良かった。どちらもほどよく流行を取り入れて、流行を追いすぎることも流行に遅れすぎることもなく、つねに最高級の生地を身にまとっていた。マリアン・ブランドンは、婚礼衣装を着てからまだ一年も経っていないが、最新の流行を取り入れている。

だからジュリエットは、マリアンの捜査を最後にとっておくことにした——彼女のドレスをじっくりと鑑賞できるように。とはいえ、ほかの捜査対象の女性たちの服装に、さほど興味を惹かれていないというわけではない。

ファニー・バートラムが手強《てご》わそうだと判断したジュリエットは、まずはアン・ウェントワースに頼んでみることにした。

「わたしの服を褒めてくださるとは、なんて親切なの」アンは言った。怪しんでいることが伝わらないように している人の口調で。「でも、ええ、もちろん、よろしければご覧になって」

「ありがとうございます」またしても、ジュリエットはほかの人々の信頼を利用していることを少し恥ずかしく感じた——とりわけいま、巡査の捜索でジュリエット自身の信頼性が疑わしくなっているときには。それでも、いまは治安判事から捜査を継続する許可を得ており、ある角度から——ジュリエットが必死で見ようとしている角度から——見れば、法の執行を依頼されているといえなくもなかった。

アン・ウェントワースのドレスは、最初のふたりの女性のものほど高級ではなかったが、それでも非常に仕立てが良かった。ジュリエットは、夏には分厚すぎるのではないかと思われる生地でできたエメラルドグリーンの婦人用外套《ペリース》を撫でた。「素敵ですね、でも暖かすぎませんか？」

「そうでしょうね——でも、お気に入りの一枚だから、必要になるといいなと思って、いつも持ち歩いているのよ」アンは悲しそうに微笑んだ。「海辺や、海の上にいるときは、しょっちゅうそれを着ているの。海では空気がぐっと冷たくなるから」

「忘れていました、船に乗っていらしたんですよね。世界中のいろんな場所を見られるなんて、さぞかしすばらしいでしょう。わたしは故郷をずっと離れたことがなくて、ここよりも遠くには行ったことがないんです」

「女性にとって、そんな機会が与えられることはめったにないことですし」アンは同意した。「誇りに思っているわ。でも何より誇らしいのは、艦長の妻であることね。わたしが主人を気遣うことで、主人がこの王国により良く仕えられるとわかっていること。それが英国王室海軍での暮らしなの」アンはためらったあと、笑みを深めてつけ加えた。「わたしたちは結局、海に戻ることになりそうよ。たぶん数カ月以内には。インド諸島を見ることになっても構わないわ。少なくとも、いろいろ伝え聞いている不思議なことは気にならない。でも、向こうでは奴隷制度がたしかに存在しているそうですし、残酷な仕打ちを目撃するのはすごくつらいことだと思います。それでも、その問題を批判するには、まずは真実を知るべきだと思うの」

ジュリエットの家族も奴隷制度廃止派だった。彼女の父親は、ウィリアム・ウィルバーフォース（奴隷貿易廃止、奴隷制度廃止に導いたイギリスの下院議員）とたんなる知り合い以上の付き合いがある。だから、いまこのときでなければ、ジュリエットはアン・ウェントワースにその問題についてさらに質問をし、活発な会話を愉しみ、きっと多くのことを学んだことだろう。

しかし、ジュリエットは質問しなかった。なぜなら〝英国王室海軍〟と聞いたとたん、アンのことばが耳にはいらなくなったからだ。

〝金の組み紐で縁取りされているのはドレスだけじゃない。軍服もよ。しかもブランドン大佐もウェントワース大佐も、制服の長上着を持ってきていたわ！　ふたりともチャーチル家の舞踏会の夜に軍服を着ていたもの。誰かがわたしの部屋に侵入したにちがいない夜に……〟

「ごめんなさい」ジュリエットは言った。「いま思いだしたんですけれど――もう行かなくてはならないんんです。でも、ほんとうにありがとうございました！」

ジュリエットが慌てて出ていくと、アンは困惑して顔をしかめた。

＊

ジョナサンは無理やりホイスト（ふたりずつ組んで四人で行なうトランプゲーム。ブリッジの前身）のゲームに参加させられていた。現在、テーブルのほかの参加者たちは、彼を誘ったことをたいそう後悔しているところだった。

「一ラウンドだけで、ほかの人の手札がわかるはずがない」ジョナサンがまたトリック（参加者が一巡して場に出した四枚の札）を取ったとき、ウェントワース大佐が言った。「そんなことは不可能だ」

「ぼくには明白に思えるのですが」ジョナサンは言った。彼にとって数字や確率は容易に理解できるもので、昔からずっとそうだった。そうした才覚があって、ホイストのルールをいったん覚えてしまい、チームを組んだパートナーも有能であれば、最初のラウンドですべてがわかる。「幼い頃は、ほかの人にはわからないということも理解していませんでした」

エマ・ナイトリーは不機嫌そうだったが、表情を誇張して、おもしろがっていることを強調しようとした。「またわたしたちをこてんぱんにやっつけたという事実がなければ、お若いダーシーさんのことを、ほら吹きだと思うところでしたわ」

ジョナサンのパートナー、ナイトリー氏は、次のラウンドのためにカードをシャッフルしはじめた。「きみの勝ちはぼくの勝ちだ。きみの読みの深さを喜ぶべきなんだろうが、自分にはまだまだ学ぶべきことがあると思い知らされて、謙虚な気持ちになるよ」

カードゲームをするとこういう反応ばかり返ってきたので、ジョナサンはめったに参加しなかった。テーブルを囲む人々が愉しんでいるのか、それとももっと大きな落胆を隠しているのか、彼にはまるでわからなかった。少なくとも、今回はお金が賭けられているわけではない。ジョナサンはかつて、学校のゲームで五十ポンド分勝つという重大なミスを犯し、その学期の残りの期間、社会ののけ者のような存在になったことがあった。

入り口のすぐ向こう側に、ジュリエット・ティルニーの姿が見えた。眼を見開いて、ジョナサンに向かって合図している。明らかに打ち合わせをしたがっているようだった。ジョナサンは席を立つことを残念には思わなかった。「すみませんが、次のゲームはご遠慮しなければなりません。どなたか替わってくださる方がいらしたら――」

「私がやりましょう」ドアのところに立っていた彼の父親が言った。幸いにも、背後にティルニー嬢がいることには気づいていなかった。ダーシー氏はトランプに熱中するタイプではなかったが、社交の場で四人目のメンバーとして参加するには充分な腕前だった。

「これで、われわれ全員がほっとできますな」ナイトリー氏のおどけた口調に、彼の妻は笑みを浮かべて、からかうように彼の腕を軽く叩いた。ジョナサンはすぐに部屋を出てティルニー嬢のもとへ急いだ。ことばを交わさなくても彼には伝わっていた――彼女が撞球室で待っていることは。

待つつもりだったことは――ティルニー嬢がちょうど撞球室のドアにたどり着こうとしたところで、ジョナサンは彼女に追いついたから。彼女はとても興奮していて、部屋のなかに入るまえにこうささやいた。

「あの組み紐には別の答があったんです、いままで考えたこともなかった答が――」

「どういう意味ですか？」ジョナサンは尋ねた。

「軍服です」ジョナサンは彼女の言うことが真実だと即座に悟ったが、ティルニー嬢は先を続けた。「陸軍も海軍も、礼装用の軍服の上着には金の組み紐の飾りがついているんです！」

「ウェントワース大佐ですね」ジョナサンは言った。

大佐は当初から主要容疑者リストにいた人物だ。「もちろん、ブランドン大佐もいます――」

「でも、あなたの言うとおりです」ジュリエットが口を挟んだ。「ブランドン大佐は、ウィッカムを知っていると告白する必要はありませんでした。もし犯人なら、そこまで話したりしなかったはずです。一方で、ウェントワース大佐は――気性、ウィッカムに対する怒りの深さ、殺人について話してきた口ぶりまで――すべてが彼を疑うべきだと指し示しています」

ジョナサンはうなずいた。「それならばぼくは、ウェントワース大佐の礼服の上着をもう一度見る方法をひねり出さなければなりませんね」ジュリエットが用いたような褒めるという単純な作戦は、ジョナサンではうまくいかないだろう。「あるいは、チャーチルさんに礼服を調べる必要があると説明するだけでも――」

「その必要はありません」男性の低い声が言った。

ジョナサンとジュリエットは同時に振り返った。ほんの数歩離れたところに、ブランドン大佐が両手を背中で組んで立っていた。その顔からはなんの感情も――もともと表に出さない人ではあるが――読み取れなかった。

「チャーチル氏にはそうしたければ、私の上着をご覧になっていただこう」大佐は続けた。「しかし、本題はそこではない。私はこれ以上、責任逃れをするつもりはありません。これほど長く引き延ばしたことをお詫びする」

ジュリエットは信じられないというように頭を振った。「どういう意味ですか？」

「私は有罪で、しかるべき罰を受けなければならないという意味です」ブランドン大佐が言った。「ウィッカム氏を殺したのは私だ」

24

疑いを抱くことと、その疑いが確定することはまったく別である。ジュリエットがジョナサン・ダーシーのところに行ったときには、ただ捜査をしたいという気持ちだけだった。しかしいま、ふたりのまえにはブランドン大佐が立っている。殺人を告白した犯人として。彼女の心は、さまざまな感情があふれて千々に乱れた。恐怖、ショック、後悔、さらに恥辱――まるで彼女が殺人犯を捜したことが、ブランドン大佐を殺人犯にしてしまったかのように。ばかげている。それでもジュリエットは、その恐怖を簡単に拭い去ることはできなかった。身動きひとつできなかった。ただ、じっと見つめることしかできなかった――大理石の彫像のように、青白く無表情なままでいるブランドン大佐を。

ありがたいことに、ジョナサンはもっと冷静だった。

「そのことは、主催のご夫妻のまえでもう一度話されたほうがいいのではないでしょうか、サー」

ブランドン大佐は体をこわばらせてうなずいた。

「そのとおりです。たしかナイトリー氏はトランプをしていましたね」

たしかにナイトリー氏はトランプをしていたが、即座に三人を連れて書斎にはいり、詳しい話をするよう促した。ジュリエットはジョナサン・ダーシーの隣りに立ち、ブランドンが先ほどのことばを一語一句そのまま繰り返すのを見つめていた。ナイトリーの顔から血の気が引き、殺人事件のあった夜とほとんど変わらないような恐怖の表情が浮かんだ。

最初、ナイトリーは無言だった。やがて身を乗りだして、呼び鈴の紐を引いた。使用人が三人の背後、ドアの入り口に現れると、ようやく口を開いた。「すぐに村に人を遣《や》ってくれ――トムがいいかもしれない。誰であれ、すぐに出発できて全速力で行ける者を」ナイトリーの視線はブランドンから離れなかった。「すぐにチャーチル氏をここに呼んできてくれ……巡査たちも引き連れてくるよう伝えるんだ」

　誰ひとり書斎を出ようとはしなかった。誰ひとり何を言えばいいのかわからなかった。数秒間の恐ろしい沈黙のあと、ナイトリーは椅子を示した。「きみも坐りたまえ。私は立っていられる気分ではない」

「ありがとうございます」ブランドン大佐はいつもどおり礼儀正しく言った。（しかし、人は礼儀正しい殺人者になれるものなのだろうか？　人を殺すこと以上に無礼なことは何なのか？　ジュリエットにはわからなかった。）「申し出るのが今日まで遅れたことをお許しください、ナイトリーさん。すぐにでもお話しすべきでした」

「ええ、そうですね」ナイトリーは答えた。「少なくとも、いまは物事の秩序を正すことができます」

　年若いほうのダーシー氏が部屋を横切って移動し、ジュリエットもそれに続いた。彼女は部屋の隅に立ち、できるだけ小さくなって、若い娘が聞くべきことや聞くべきでないことを誰かから指摘されないようにした。ジョナサン・ダーシーはその場から追いだされない確信があるようで、書斎の真ん中近くにとどまった。ではなぜ彼は移動したのか？　それからジュリエットは、ふたりがもはやドアを塞いでいないことに気づいた。それは彼なりのささやかな配慮で、ブランドン大佐に対して、彼がいまも信頼に足る人物であり、逃亡を阻止するために誰かが見張る必要はないことを示したものだった。ジュリエットには、殺人はあらゆる信頼を破壊するものに思えた――が、自白にはなんらかの価値があるはずだ。いずれにしても、ブランドンは逃げようとはしなかった。

フランク・チャーチルはありえないほど早く到着した。「実は、すでにこちらに向かっていたのですよ」彼は説明しながら、使用人に急いで帽子を手渡した。「トムが道なかばで私を見つけましてね。ブランドン大佐、では、あなただったのですね？」

「はい」ブランドン大佐はごく簡潔に答えた。「罪を認め、運命を受け入れます」

全員が視線を交わした。チャーチルが沈黙を破った。「では、何があったのかを教えてください」

＊

「最初にお話ししたことを、覚えておられると思いますが」ブランドン大佐が言った。

ジョナサンはよく覚えており、その記憶から疑問が頭に浮かんだ。しかし明らかに、いまは彼が話すべきときではなかった。

ジョナサンからは大佐の横顔が見えたが、そこにはめずらしい感情が浮かんでいた――ジョナサンがその感情を正しく解釈しているとしたら、彼が見ているのは怒りでも恥でもなく、やさしさのようなもので、ブランドンが話しつづけるにつれて、それはさらに深まっていった。

「私のイライザは、ずいぶん昔に亡くなりました。ジョージ・ウィッカムが彼女の人生で果たした役割のことは、ずいぶんまえから知っていました。以前は、怒りからではなく、ウィッカムが娘の存在を知りたがるのではないかと期待して、彼を捜したこともありました。ウィッカムがドンウェルアビーにやってくるまでは、それはすべてもう遠い昔のことのように思っていました。彼の正体がわかったとき、怒りが蘇ってきました、まるで――まるでイライザが昨日死んだばかりであるかのように。私は過去を掘り返しても、なんの得にもならないと自分に言い聞かせました。私の新しい花嫁をそんなことに巻き込むわけにはいかないと」

ブランドンはひと呼吸置いた。おそらく気力を振り絞っているのだろう。「それでも、結局、私はあの男の娘が願ったことに立ち戻りました。もし父親と一緒に暮らせるようになれば、彼女とその子どもの人生は、大幅に良くなるかもしれない。だから、ウィッカムにその件について話すことを決めたのです。ただその目的のためだけに」

「深夜にですか？」フランク・チャーチルが詰問した。「展示室で？」

ブランドン大佐は答に窮して頭を垂れた。「いまとなっては自分でもわかりません。もし日中に会っていれば、こんなことは起こりえなかったでしょう」

「では、何が起こったのです？」チャーチル氏はナイトリー氏のインク壺に再びペンを浸し、告白の内容を綴りつづけた。

「会って」ブランドンは言った。「話しました。あの男はイライザのことをほとんど覚えてもいませんでした――あの男を愛し、あの男の子どもを産み、あの男に見捨てられたために命を落とした女性のことを！そのことを、ウィッカムは取るに足らないことのように忘れていました。私がイライザの娘のことを――彼の娘のことを――伝えると、あの男は、その子は誰の子でもおかしくないと言って、さもイライザの身持ちが悪かったかのように仄めかしました。そのとき、頭に血がのぼったのです。私は軽率な行動を取り、大きな過ちを犯しました。報いを受けるのは当然です」

部屋にいる全員が視線を交わした。殺人罪の罰は死だ。ブランドン大佐はいま、自分自身に絞首台行きを宣告したのだ。

＊

〝こんなことが起こるはずないわ〟マリアンは思った。

〝そんなはずない〟

体が熱くなり、取り乱し、正気を失いかけた。マリアンは二年前にウィロビーに別れを告げられて以来、これほど理性的な自分と切り離されたことはなかった。そんなはずはないとわかっていても、正しいことばで強く願いさえすれば、何もかも全部なかったことにできるのではないかと思わずにはいられなかった。どうしてかつて魔術が信じられていたのか、理解できる気がした――痛みと恐怖が強くなりすぎると、人がどんなふうにことばと思考に力を与え、世界全体をつくり直すことさえできると信じ込んでしまえるのかを。

〝でもね、わたしたちは魔女を信じていないのよ〟マリアンの空想のなかで、姉のエリナーが言った。いまここに姉がいてくれたら、その冷静な理性が歓迎されただろうに。マリアンの頭は働かなかったし、その上、もっとも荒々しく道徳心の低い自分を押しのけるよう励ましてくれた、人生で唯ひとりの人と――おそらく永遠に――引き離されてしまったのだ。

「あの人は話すべきじゃなかったのに」マリアンは部屋で坐り、涙に濡れたリネンのハンカチーフを紅潮した顔に当てながらつぶやいた。「先にわたしに言ってくれさえすれば――あの人を止められたのに、わたしなら止められたのに――」

実際には、ブランドン大佐の自白の知らせが、ドンウェルアビー中に広まっているだろう。使用人たちはマリアンの部屋に来るべき時間になっても、まったく近づく気配がなかった。ほかの滞在客たちはどう反応するのだろう？　ブランドンのために立ちあがる人はいないのか？　しかし、みずから犯行を自白している殺人犯を、どうして弁護しようとするだろうか？

「ジョージ・ウィッカム、地獄に堕ちなさい」彼女はつぶやいた――遅きに失したが。ウィッカム氏の来世での運命は、すでにほぼ決まっているだろう。しかしながら、もし何か懸念があっても、神が自分の声を聞いてくれ、確定してくれますようにとマリアンは願った。

じきに、彼女の愛する夫も死ぬことになる。

〝そんなことはさせない〟マリアンは思った。〝どうにかしてみせる。こんなことは一切起きなかったようにしてみせるわ〟

＊

マリアンが見抜いていたように、噂はものすごい速さでドンウェルアビー中に広まっていた。このような知らせが、全員に発表されることはほとんどないが、この件のように衝撃的な情報は、自然と耳にはいるようになる。

「ブランドン大佐が？」アンはどさりと腰をおろした。

「ありえないわ」

「ぼくもとても信じられないし、そもそも犯人がぼくたちのなかにいるとは思えなかった」ウェントワース大佐のほうがその知らせをうまく受け止めていた。

「それでも、あの人は陸軍大佐で、実戦を経験している。ぼく自身知りすぎていることが恐ろしいが――最初に他人の命を奪うことは、たとえそれが国王の敵の命であっても難しいが――回数を重ねるごとにその行為はたやすくなる。おそらく、ブランドンにとっては、たやすくなりすぎたのだろう」

「でも、あの人にできるはずが――」アンははっと我に返った。「奥さまのところに行こうかしら？　いえ――まだね――早すぎる。でも、今夜は奥さまと一緒にいるわ、あなたが賛成してくれるなら」

「善良な心を持つきみなら、そう言うだろうと思ったよ」

ファニーとエドマンドのバートラム夫妻は、揃ってその知らせを聞いた。信仰心と互いへの新たな信頼のはないわ。ふたりはほかの人々よりも希望を持っていた。

「ブランドン夫人のために祈らなければならない」エドマンドは言った。「あの人はひどく打ちのめされているにちがいない。夫婦だからといって、あの人まで罰しようとする者もいるかもしれないが、それはキリスト教の精神に反する。そうだ、すぐに彼女のために祈ろう」

「ブランドン大佐のためにも祈りましょう」ファニーの淡い色の瞳がこれほど落ち着いていることはめったになかった。「あの方は、これまで以上に神の愛と赦しを必要としているわ」

信仰には慈悲が必要なことを、これからもつねに夫に思いださせなければならないのだろうか？　ファニーは気にしないことにした。エドマンドがいまのように快く受け入れてくれるのであれば、それでいい。エドマンドはしっかりとうなずき、腕を差しだした。

「礼拝堂に行こう。今夜、もしブランドン夫人が望むのなら、ともに祈ってもいいし。ブランドン夫人が気をたしかに持って祈りを捧げられるようになるまでは、あの人のためにぼくたちが祈ろう」

「まあ！」エマは言った。「ほんとうに。わたしにはとても信じられないわ」

ナイトリーはうなずいた。彼は自分のデスクのまえに坐っていた。被害者に対してよりも、殺人犯に対する悲しみのほうが大きかった。「ぼくも信じられない。ブランドンはとてもそんなタイプには見えなかった——

——」

「他人の家で、人を殺すなんて！」エマは両手をあげた。「とんでもない無礼だわ！　想像できる？」

夫が答えるのにしばらく時間がかかった。「自分の家でこっそり殺したら、卑劣さが減るのかい？」

「それでも神の戒律に背く非道な行為であることに変わり

わりはないわ」エマは言い張った。「でも、少なくとも、ほかの人を恐怖や疑念に巻き込むことはない。そのほうが悪いことではなくて？」

「ほんの少しだけね」ナイトリーは妻を見た。「本気で言ってるわけじゃないだろう」

「ええ、ちがうわ」エマ・ナイトリーの厳粛な部分を見たことがある人はほとんどいないが、いまはそれが表れていた。「そんなことは取るに足りないことよ。こういうときには、取るに足りないことに固執したくなるの。それなら理解できるから。殺人は理解できないもの」

ジョナサン・ダーシーはその知らせを最初に聞いた者のひとりだが、まだ受け入れられずにいた。ブランドン大佐の自白は詳細で、自分が絞首刑になることを承知のうえで行なわれていた。それは真実を語っているという証拠にはならないのか？　たしかに彼の動機は筋が通っている。ジョナサンとジュリエット・ティルニーがじっくりと検討した動機でもあった。

とはいえ、ジョナサンは矛盾点が気になり、ほかの人々は納得しているのに、疑念を払うことができなかった。

〝チャーチルさんは、ブランドン大佐とウィッカム氏のつながりを知らなかった――殺人事件直後に大佐が自分で申告するまでは。

でも、もし罪を隠そうとしたなら、なぜつながりを打ち明けたりしたのだろう？〟

＊

「わたしはもっと感情を揺さぶられるべきね」エリザベスは言った。彼女とダーシーは一緒に図書室に坐っていた。ほかには誰もいなかった。ドンウェルアビーのほかの滞在客と居住者は、その知らせについて考えるために静かな場所を求めていた。「ウィッカムがどんな人間だったにしろ、リディアの夫であり、スザンナの父親だった。あの子の――あの子の顔立ちに、あの人の面影が見えることもあった。以前は、似ていることを否定しようとしていたけれど。いまは、あの人の顔に、ほんの一瞬でも、あの子の面影を垣間見ることはもうないんだと思うと残念に思うわ」

ダーシーの『サー・チャールズ・グランディソン』（サミュエル・リチャードソンの小説）は膝の上に置かれたままになっていた。「ぼくは自分で思っていた以上に揺さぶられているようだ」彼は吐露した。「ウィッカムが死んでからというもの、あの男のことを考えるとき、長いこと忘れていたあいつを――少年時代の遊び相手だったあいつを思いだしているんだ。後年の才気と魅力にあふれた面を持ちながら、まだ気立ての良さが失われていない時期もあった。ジョージ・ウィッカムがまるでちがう人間に、はるかに善良な人間に育つ可能性を宿していた時期が。あの男の変節がぼくの責任だとは思っていないが、それでもどんなに物事が変化していただろうと考えずにはいられないんだ。もし彼の性格が少しでも善くなっていたら、ぼくたちみんなにとって――スザンナにとってさえ――すべてが変わっていたかもしれない」

　夫のことばはエリザベスを驚かせた――その内容だけでなく、より重要なことに、その性質において。スザンナが亡くなってから、夫が彼女にここまで胸の裡をさらけだしたことはなかった。彼に対して同じものを返すときがきた。

　〝あなたは心を開くようにとわたしに言ったわね、メアリー〟エリザベスは心のなかで妹に話しかけた。〝ようやく、あなたの助言を少し受け入れることにするわ。いつかこのことを話すとき、びっくりしすぎて倒れてしまったりしないといいけど〟

「ずっと思っていたの――」エリザベスの声が詰まっ

た。彼女は勇気を奮い起こし、また話しはじめた。

「ずっと思い込んでいたの。あなたは、わたしほどスザンナの死を悼んでいないんじゃないかって」

夫の、非難の込められた傷心の表情を見たとき、エリザベスはこの話をするのではなかったと後悔しそうになった。「どうしてそんなふうに思えたんだ？」

「全然泣かなかったでしょう」彼女は言った。「落ち込むこともなかった。以前と同じように振る舞っていた。どうやってうまく対処できたのか、わからなかったの。いまでもわからないわ」

「以前と同じように振る舞うしかなかった。ペムバリーはぼくを必要としていた。家族のために――あなたのために、ぼくは強くあらねばならなかった。そうでなければ、ぼくたちは完全に壊れてしまうと思ったんだ」

涙がエリザベスの眼をチクチクと刺激した。「たしかにあなたには強くいて欲しかった。でも同じくらい、わたしを慰めても欲しかった。まるでひとりぼっちで苦しんでいるような気がしたわ。誰もわたしの気持ちを、ほんとうには理解してくれないように思えた。子どもたちでさえも」

「あなたはひとりぼっちではなかった」ダーシーの手が妻の手を包み込んだ。「もしあなたをひとりにしてしまっていたなら、許してほしい」

「あなたを誤解していたなら、許してちょうだい」

ほかに誰もいないとはいえ、ふたりは公共の場にいた。だから感情を大きく揺さぶられていても、ダーシー夫妻が互いを抱きしめたいという気持ちに屈するには数秒かかった。エリザベスは夫の肩に頭を預け、彼の香りを吸い込んだ。そして八カ月ぶりに胸のこわばりが緩みだすのを感じていた。

「ぼくはあの子を行かせるべきではなかった」ダーシーの声はエリザベスが聞いたこともないほど震えていた。「あなたの言うとおりだった――ぼくは出立《しゅったつ》を禁スザンナを受け入れられなかったかもしれないから。あの子を亡くしてほんとうにつらい思いをしたが、あの子と暮らした日々を、一日たりとも、なければよかったと思ったことはない」

嗚咽がこみあげ、エリザベスの喉を締めつけた。「わたしもよ。たった一日ですら」

ダーシー夫妻の胸の裡を明かすのはこれくらいにして、ふたりをそっとしておくことにしよう。夫と妻のあいだの距離がようやく埋まったことは充分にわかった。ダーシー夫妻のあいだに生じる誤解は、これが最後ではないだろうが——完全に平和な関係を築くにはふたりの気質はちがいすぎた——あれほどまでに心が離れてしまうことは、もう二度とないだろう。

*

ジョナサンはついに覚悟を決めた。フランク・チャ

じるべきだった。ウィッカムに訴えてやる、地獄に堕ちろとでも言えば——」

「ちがう、ちがうわ」彼女は夫の頬に、額に口づけをした。「お医者さまは旅ができると言ったのよ。あなたはウィッカムの気がすんで、一刻も早くあの子を帰すようにしたかっただけ。何が起こるかなんてあなたには知りようもなかった。わたしたちの誰ひとりわからなかったのよ」

「しかし、ぼくは行かせた。ぼくが行かせたから、スザンナは死んだ」

エリザベスは頭を振った。「スザンナは発疹チフスで亡くなった。それだけ。罪悪感を抱く必要がなくたって、とてもつらいことだわ」

ダーシーはやさしく妻を見つめた。「あなたに娘を授けられたらとよく思っていた。それからこう考えるようになった——たぶん、これでよかったのかもしれない。もしぼくたち自身の娘がいたら、あんなに早く、

ーチルに疑問を投げかけなければならない。おそらく何かしら答が——ほかの皆にはわかるけれどジョナサンにはわからない、人間の明らかな本質的要素のなかに——あるのだろう。

しかしながら、ジョナサンが居場所を探しあてたとき、チャーチル氏は屋敷のまえで巡査たちと話をしているところだった。ドンウェルアビーのまえに護送馬車が停まっていた。鉄格子をはめた馬車が囚人を監獄に、それから死へと輸送するのを待っている——衝撃的で不可解な光景だった。

「チャーチルさん？」ジョナサンは切りだした。「少しお話をしてもよろしいですか？」

「いまは時間がなくてね」フランク・チャーチルはジョナサンの背後の玄関を見つめた。ほかの人々が屋敷から出てきはじめていた。

ブランドン大佐はナイトリー氏の隣りに立っていた。ナイトリー氏は、主人役としてこの上なく奇妙な役目を負って、大佐に付き添っていた。ブランドンは青ざめた顔をしていたが、巡査たちが手錠を持って近づいてきたときにも、たじろぐことはなかった。

「それは必要ですか？」ナイトリーが、手錠を示しながら言った。「この人が逃げだそうとしたり、これ以上暴力を振るったりするとは思えません」

チャーチル氏は巡査たちにうしろにさがるように合図した。「思えませんね。ほかにどんな面があろうと、ブランドン大佐は紳士であり、紳士として扱われます」

「ありがとうございます」ブランドンは頭をさげ、馬車に向かって歩きだした——が、玄関から声がして足を止めた。

「待って！」ジュリエット・ティルニーが慌てて玄関前の階段を降りてきた。「お許しください、チャーチルさま、ですが、まだブランドン大佐にお尋ねしていない質問がひとつあるんです」

「ほかに何がある?」チャーチル氏は苛立つというより困惑しているように見えた。「どんな質問をしてないというんだね?」

　チャーチル氏には、自白後に何を訊きそびれたのかがわからないのだろう。ジョナサンにはわかっていた。そしてティルニー嬢には――またしても、彼が見ていたことが見えていたのである。彼女はジョナサンの眼を通して世界を見る方法を習得したのか? それとも、いまやジョナサンが彼女の眼を通して世界を見られるようになったのか?

「たったひとつだけです」ジョナサンは言った。「しかし、重要なことです」

　彼は質問の内容を明かすのは、ティルニー嬢に任せた。「チャーチルさま、ブランドン大佐に犯罪に使った凶器をお尋ねしなければなりません」

「くそっ、そんなことくらい知っているさ――きみたちふたりのおかげで――」フランク・チャーチルが女性もいるところで〝くそっ〟と言うとは、よほど不意を突かれたにちがいない。

「ええ、あなたはご存じですし、ぼくたちも知っています」ジョナサンは言った。「問題は、ブランドン大佐がご存じかどうかです。もし大佐がほんとうに犯人なら、知っているはずです」

　チャーチル氏は、どうせわかりきった答が返ってくるだけだといわんばかりに棒読みで言った。「よろしい。ブランドン大佐、ウィッカム氏を襲うときに使った凶器はなんですか?」

「その――」ブランドンの眼が不安げに見開かれた。「鎚矛です、武器庫の――ご自分でそうおっしゃった」

　フランク・チャーチルは仰天した。ジョナサンはティルニー嬢と視線を交わした。なぜ大佐は犯してもない罪を自白したのか?

　その瞬間、屋敷のなかから、叫び声が聞こえた。

「だめ！　待って――止めて！」

　マリアン・ブランドンが玄関のドアから飛びだしてきた。モブキャップもかぶらず、髪は束髪がほどけて半ば垂れていて、頬は涙に濡れて赤くなっていた。ナイトリーがまえに出て、彼女が夫に飛びつくまえに捕まえた。「ブランドン夫人、おつらいのはわかりますが――正義は為《な》されねばなりません」

「ええ、そう、そのとおり」彼女は食いさがった。

「マリアン」ブランドンは妻に向かってゆっくりと首を振った。「頼む、やめてくれ」

「そうはいかないわ。正義は為されなければならない。主人が監獄に送られたら、正義は為されません。この人は無実なんです！」

　ブランドンはより大きな声でまた言った。「マリアン」彼女は夫のほうを見なかった。しかしながら、ほかの人々は皆――玄関に姿を現して、あるいは窓から――見ていた。バートラム夫妻でさえ、ちょうど礼拝堂から戻ってきて、その一部始終を目撃した。

　フランク・チャーチルはブランドン夫人を射抜くように見つめた。「ご主人の有罪を疑う理由はありますが、ご主人自身は何もおっしゃっていません。ご主人は罪を告白しているからです」

「嘘をついているのよ」マリアンは言った。「わたしを守ろうとしてるんです。だってわた――わたし――」

　ジョナサンは一歩さがった。その可能性を考えたことはあったが、真剣にではなかった。それでもいま、すべてを理解した。まるで殺人の場面を目撃していたかのようにはっきりと。

「わたしがやったの」マリアンは最後まで言い切った。「わたしがウィッカムさんを殺しました」

「ばかげてる」ブランドンの声は、それまでジョナサンが聞いたこともないほど鋭かった。「まだほんの娘なのですよ。こんなことを信じたりしませんよね、チャーチルさん」

「何を信じたらいいのかわかりません」そう言って、チャーチルはブランドン夫妻をかわるがわる見つめた。

そのときティルニー嬢が言った。「ブランドン夫人に、ウィッカムさんを殺すときに何を使ったか訊いてみてください。大佐は知りませんが、もし夫人が犯人なら——知っているはずです」

マリアンは再びまえに出て、巡査たちに手首を差しだした。「展示室にあった胸像です。ネルソン卿の、だったと思います——暗くてよくわからなかったけれど」

ジョナサンとティルニーは恐ろしい事実を悟り、眼を合わせた。自分が正しかったと知って、ジョナサンがこれほど悲しい気持ちになることもめずらしかった。

25

屋敷の客間というのは、当然ながら、さまざまな社会的交流の場として使われるが、殺人の告白の場となることはめったにない。しかしながら、その日、ドンウェルアビーの客間はその用途に使われていた。

マリアンは、滞在客全員がまわりに集まっていることはわかっていたが——バートラム氏は信じられないという表情でこちらを見つめていて、ウェントワース夫人はこれ以上ないほどの思いやりを醸しだしている——そんなことはどうでもよかった。誰ひとり重要ではなかった。マリアンの人生は終わったのだ。彼女の尊重する感受性の祭壇に捧げられて。いまほど、もっと冷静な人間であったらと願ったことはなかった。しかし、過ぎてしまったことは仕方がない。夫がマリアンの罪のために死ぬことにはならない。マリアンがまた何かに関心を持てるとしたら、それだけだった。

ジュリエット・ティルニーは親切にもマリアンの手を取り、長椅子のほうに導いた。ジュリエットがそのまま立ち去ることなく、マリアンの横に腰をおろしたときに初めて、マリアンは自分が彼女の指を握りしめていることに気づいた。その小さな触れ合いは助けとなり、マリアンは感謝した。心を落ち着かせる唯一の方法は、夫の顔を見つめることしかなかったが、いまは安らぎよりも苦痛のほうが勝《まさ》りそうだった。

ナイトリー氏はマリアンの向かい側の椅子に坐った。客間を見まわしてから、彼は切りだした。「おそらく――あまり人が多くないほうが、ご婦人には気分が安らぐのではないかと――」

ほかの人々が立ち去りはじめて、マリアンは慌てて言った。「いいえ、どうか、お嫌でなければ、残ってください。わたしはずっと真実を隠しつづけていました。みなさんはわたしのせいで疑いをかけられ、それに耐えてこられました。みなさんにはすべてを聞く権利があります」

ここに残ってほしいという強い願いが、彼らに通じたのだろうか？　おそらくそうだろう、誰ひとり立ち去らなかったのだから。マリアンはこんなにも多くの人々のまえで、こんなにも私的で恥ずかしい話をするのは好まなかったが、人生の終わりが近づくにつれ、自分にできる償いはしようと決意していた。

「ブランドン夫人」ナイトリー氏が言った。「この恐ろしい出来事が起こった経緯を教えてください」

マリアンのことばはゆっくりと、やがて、春が来て凍った滝が融けだすように勢いよくあふれ出てきた。

「ジョージ・ウィッカムとは、あの人がドンウェルアビーにやってくるまで一度も会ったことがありませんでした。主人も同じです。でも、ここにいるみなさんがご存じのように、主人とあの人のあいだには実際にはつながりがありました。ウィッカムは主人が昔愛した女性に対して、情け容赦のないことをしていたんです。主人はウィッカムさんと話し合いをしたがっていました。主人はあの人に伝えられたらと思ったんです――あの人には知るべきことがあることを」

非常に静かな声で、ブランドンは言った。「みなさん、子どものことはご存じだ」

マリアンは少なくとも、そのことは口に出さなくてもいいのだ。それだけでも小さな慰めを得られた。

「わたしは主人にウィッカムと話をするのはやめてほしいと頼みました。ダーシーご夫妻のお話をうかがって、あの人が眼のまえの娘の命すらほとんど気にかけなかったらしいと知りました――夢にもいるとは思わなかったもうひとりの娘のことを聞いて、あの人がどんな気持ちになれるというのでしょう？　そしてわたしの良き主人はわかってくれました。ほかの誰でもなくわたしのために、ブランドン大佐は、ウィッカムに過去のつながりを一切伝えなかったんです」

マリアンは眼の端で、ダーシー夫妻が互いに顔を見合わせる様子をとらえた。きっと亡くなった少女のことを思いだしているのだろう。率直にこの話をしてくれたことで、自分たち自身を責めないでほしいとマリアンは願った。少なくとも、そのおかげで、ブランドンは苦痛を上塗りするだけの会話をせずにすんだのだ。

とはいえ、彼女が軽率で卑劣な行為でもたらした苦痛に比べれば、たいしたことではないのだが――

「でも、その、わたしは主人がそういう対立に巻き込まれるんじゃないかと心配だったから、ウィッカムさんを注意深く観察していて、それをウィッカムさんが誤解したんです。あの人は、わたしの気を惹こうとしはじめました。はっきり言えば、口説いてきたんです。わたしはすぐに無礼を非難すべきでしたが、最初は――最初は信じられなかったんです。たとえウィッカムのような人であっても、まさかあんな下品な振る舞いをするなんて。やっとはねのけたら、あの人はそれをただの戯《たわむ》れにすぎないと思い込みました。どんな正直な男性が女性の拒絶を誘いと受け取るというんでしょう。でも、ウィッカムはそう思ったのです」

この数日、マリアンはドンウェルアビーの最初の数夜のことを、何度思い返したことだろう——ウィッカムが彼女に眼を留めた最初の瞬間を？　想像のなかのマリアンは、あのときとはちがう、ものすごく冷たい対応を取って、あの男のほうを見ることさえ拒否していた。もしそうしていたら、まちがいなくウィッカムはまだ生きていただろう——そしてマリアンは殺人犯にはならなかっただろう。

ついに、最後の最悪のくだりを話すときが来た。

「あの夜は——あの夜、わたしは眼が覚めてしまって、もう眠ることができませんでした。まえに、少し散歩をしてから寝台に戻るとまた眠れることが何度かありました。だから肩掛けを羽織って、廊下をちょっと散歩してみました。階段を降りて展示室のほうに歩いていくと、ウィッカムさんの声が聞こえたんです。話している相手は、主人ではありませんでした。ウィッカムさんはバートラム夫人と一緒でした」マリアンはファニーに謝罪を込めた視線を送った。あのとき耳にした最悪の内容は、墓場まで持っていくつもりだった。マリアンがこの日つくと決めた唯一の嘘は、ファニーのためであって、自分のためではなかった。「バートラム夫人はまったく無実です。ただ、盗んだものを返してほしいとウィッカムに頼み込んでいました。たぶんアメジストの指輪のことだと思います。会話が全部はっきり聞こえたわけではありません。ウィッカムは冷酷にも、拒否しました。彼女はあまりに脅えていて、直接立ち向かうことはできませんでした」

「バートラム夫人、この部分は事実ですか？」フランク・チャーチルが問いただした。

ファニーは真っ青になっていた。マリアンは彼女が気を失ってしまうのではないかと心配した。マリアン自身も気を失いそうだった。世界が暗闇に包まれて遠ざかってくれれば、どれほどありがたいことだろう――

「わたしが代わりに証言しますわ」思いがけず、アン・ウェントワースがまえに進み出た。「というより、そのあとのことを証言できると言ったほうがいいかしら。わたしはあの夜、廊下からすすり泣きが聞こえて眼が覚めました。助けになれるかもしれないと思って部屋を出ると、ひどく狼狽《うろたえ》たバートラム夫人がいました。彼女は苦悩の理由は打ち明けませんでしたが、わたしがひとしきり慰めたあと、ご自分の寝室に戻られました」

「はい」ファニーはなんとかつけ加えた。「そのとおりです」

「さらに申しあげなければならないことがあります」アンは言った。「ブランドン大佐が連れていかれるまえに、お伝えするつもりだったことです。その、わたしは大佐が無実だと知っていました。ブランドン大佐にはウィッカムさんを殺す機会はありませんでした。大佐が部屋にいなかったときは、わたしと話をしていたんですから」

皆がウェントワース夫人を見つめた。とりわけウェントワース大佐はまじまじと見た。彼は言った。「なんだって？」

「あの夜、わたしたちはみんな落ち着いていられなかったんです」アンは言った。「バートラム夫人を寝室に送ったあとすぐに、ブランドン大佐とばったり出くわしました。わたしたちはその状況の奇妙さを紛らわそうとして、いくつかことばを交わしました――そこから長話になり、軍隊の生活について、その代償と恩恵の両面について、話し込んでしまったんです」アンは夫を見て微笑んだ。ウェントワース大佐のやさしい表情は、つい最近、この話題についてふたりで会話がなされたことを示唆していた。

〝少なくとも、ひと組の夫婦は親密さを取り戻したんだわ〟マリアンは思った。その会話は、夫婦を永遠に引き裂くような亀裂を埋め合わせたのだろうか？

チャーチル氏はさらに質問したい様子だったが、注意を戻すべき相手に――マリアン自身に戻した。「では、続けてください」

マリアンは話をやめたくてしかたがなかった。しかし、夫を救うためには話すしかない。「わたしは階段の吹き抜けの陰に隠れました。誰も見たくなかったし、誰にも見られたくなかった。主人が眼を覚まして、わたしがいないことに気づくまえに、部屋に戻りたかったんです。それから階段で足音が聞こえて、ウィッカムとバートラム夫人がふたりとも行ってしまったんだと思いました。それで陰から出たとたん、当のウィッカムとぶつかりそうになりました。彼は――彼はわたしが不適切な目的で自分を探しにきたのだと思い込みました。わたしはそうじゃないと言って――手を払いのけて、あの男から遠ざかろうとしました。そうやっているうちに、展示室にはいり込んでしまって――」

マリアンの声は震えはじめていた。彼女は涙を隠そうとはしなかった。「わたしはウィッカムに言いました。あなたがほんとうはどんな人間なのかを知っているって。イライザの破滅にどんなふうに関わったのかを知っているって。そしたら彼は――あの男は笑ったんです。イライザのことを、汚らわしいことばで呼びました――とても口にはできないようなことばで――」

〝安っぽい淫売娘というのは最高だよ。淫売とはどういうものか、きみは知っているかい、いとしい人？　教えてあげようか？〟

「それから、ウィッカムが最初から主人が何者なのか知っていたことに気づきました。イライザはあの男に自分の過去を話していたんですね。彼女が心から愛していた人のことを。ここで最初に紹介されたとき、ウィッカムは主人の名前を聞いてすぐにピンときた。こんなふうにふたりが出会うなんて、よくできた冗談だと思った。それで——それで、わたしに言い寄るのは遊戯のようなものだと考えた——」

〝ぼくは彼の女のひとりを手に入れ、そしていま、きみはもうひとりを捧げに来てくれた、そうだろう?〟

「もう耐えられませんでした」マリアンは言った。「完全に正気を失いました。手近にあったものを——ネルソン卿の胸像を——つかんで、思い切り振りおろしました。正直言って、あの人を傷つけたいと思いましたが、まさか死んでしまうとは思ってもいませんでした。でも、あの人が倒れたとき、蠟燭の光をかざすと、眼から生気が失われていくのがわかりました。わたしの父も、亡くなるときそんなふうでした。体のなかの霊魂が……消えてしまう。魂がなくなるとわかるものなんです。そのとき、ウィッカムさんを殺してしまったのだとわかりました。

怖くてたまらなくなりました。彼のハンカチーフを取って、胸像をきれいに拭いて、台座に戻しました。蠟燭の火が消えて、暗闇のなか階上《うえ》に駆けあがって、何事もなかったように振る舞おうとしました」それからマリアンはブランドンを見た。見ずにはいられなかった。あの夜、彼は眼を覚まして、マリアンがいないので探しに出かけた——が、寝室に戻ってマリアンが寝台にいるのを見つけたときにはほとんど何も言わず、殺人事件が発覚したあとも何も言わなかった。ふたりのあいだで口にされない問いが——炎のように熱く——燃えあがるのを感じることはあったが、どちらも何も言わなかった。はっきりとではないが、口に出されかけた会話が一度だけあった。夫はマリアンの自白を理解した——彼女はそう確信していた——が、それを認めることばはひと言もなかった。そのわずかな根拠

に基づいて、彼女は嘘をつかずに言うことができた。わたし

「主人には自分の罪を打ち明けませんでした。わたしはこの犯罪が侵入者の仕業、見つかることのない人の仕業だと考えられるように祈りました――でも、ほかの人が法的に訴えられた場合には、名乗り出なければならないことはずっとわかっていました。そうでなければ、わたしは二番目の死の責任まで負うことになっていたでしょう。最初の死よりも卑劣な形で。まさか主人がわたしを守ろうとして自白するとは思いもしませんでしたが、自白しました。だからこうして話すことにしたんです」

長い沈黙が流れたあと、チャーチルが言った。「では、移植ごての件は?」

マリアンは眼をぬぐった。「次の日、ハンカチーフを埋めに行きました。庭師のひとりに見つかりそうになって――走って逃げなければなりませんでした。そのとき移植ごてを持ってきてしまったんです。置くと

ところを見られてしまいそうだったので。もし見られたら、絶対に訊かれたくない質問をされることになったでしょう。それから、チャーチルさんが部屋を捜索するとおっしゃって、あれを処分しなければならなかった。許してちょうだい、ミス・ティルニー――あなたの部屋に置いたのは、あなたなら犯人と思われるはずがないとわかっていたからなの。あなたを危険にさらすような真似は絶対にするつもりはなかった。それはわたしの不滅の魂にかけて、完全なる真実だと誓うわ」

＊

ブランドン大佐は自分の心が砕かれることはもう二度とないと思っていた。とんでもない誤りだった。

チャーチルは巡査たちと話すために客間を出ていき、ほかの人々は、ブランドンが妻と最後のひとときをふ

たりきりで過ごせるようにと立ち去った。彼は妻の隣りに坐り、彼女の手を握った。

彼は最初から真相に気づいていた。あの夜、寝台に戻って、マリアンが上掛けのなかに潜り込み、身を震わせ、何も話せずにいるのを見つけたとき、ブランドンはそれが何なのかを知るまえから、恐ろしい何かが起こったにちがいないと確信していた。それからずっと、彼とマリアンは真実をことばにすることなく、うやむやにしつづけた――ある程度の正直さを保ちながら、何も知らないと主張できるように。ブランドンはその真実が彼にも世間全体にも、永遠に知られずにすむという希望を抱いて耐えてきた。あの若者たちの会話を聞いたとき、彼がもっとも恐れていたことが――あるいは、そのときはもっとも恐ろしいと思っていたことが――現実のものとなった。すると、さらに暗い未来が、彼と妻の両方のまえに立ちはだかったのだった。

〝なぜ私に任せてくれなかったのか？　もし私に話してくれてさえいれば、あなたを守ったのに。ウィッカムは、私が愛したもうひとりの女性を傷つけることはできなかっただろうに〟ブランドンは思いを募らせたが口には出さなかった。それではまるで諫《いさ》めるように聞こえてしまうだろう。いまマリアンに必要なのはそんなことばではない。彼は妻の魂の善良さを知っており、彼女がどれほど深く後悔しているか理解していた。だから、こう言うだけにとどめた。「あなたは自分の命と引き換えに、私の命を救ってくれた。その代償は私にはとても払えないものだ」

マリアンは一度しゃくりあげた。彼女の顔は恥辱で赤らんでいた。「この代償を払わなければならないのはわたしだもの。ほかの誰でもないし、ましてやあなたじゃないわ。わたしはこの地球上でかつて愛したほかの誰よりも、あなたのことを愛してきたんだもの」

そんな愛情を込めた告白をされたら、ブランドン大佐の心は打ち砕かれるはずだった。ところが、彼はただ困惑しただけだった。「まだ結婚したばかりだから――」

「わたしがあなたを愛してもいないのに結婚したって、ほんとうに信じていたの？」

ブランドンは信じていた。いまも信じている。「私のことを好きだろうとは思う」彼は静かに言った。「かなり好きかもしれない。それはずっと見てきた。だが、私の長所が、若い女性の愛情を惹きつけるようなものではないことはよくわかっている。私はそういう男ではないし、できないことも――あなたには――」

「つまり、あなたはウィロビーみたいじゃないと言いたいの？」マリアンはかつて結婚寸前までいった男の名をいともたやすく口にした。大佐はまさか彼女がこれほどたやすく口にできるとは思ってもいなかった。「そうね、ずっとすばらしいもの。わたしはもう、あの人のことはなんとも思ってないの。あなたとは比べものにならないわ」

「しかし――」絶対に口にすまいと決めていた真実が、口を突いて出た。「あの男は手紙を寄越した」

「ウィロビーは結果や正しさを顧みずに、やりたいことをする人よ。わたしもあなたも、よく知っているでしょう？」

ブランドンはまだ困惑したまま妻を見つめていた。

苦悶のなかにありながらも、マリアンはゆがんだ笑みを浮かべてみせた。「昔からずっと、恋愛小説のヒーローみたいな人と結婚するのを夢見ていたわ。ウィロビーは情熱的な物腰で、美しい馬に乗っていて、颯爽とした服装で、その役柄にぴったりに見えた――でも、あの人はほんとうに深い感情は持ち合わせていなかった。物語のヒーローは、別の女性のほうがお金を持っているからという理由だけで、女性を見捨てたりしないわ。でもあなたは、クリストファー」――マリアンがブランドンの洗礼名を口にしたのは二回しかなく、一回目は祭壇のまえでのことだった——「あなたは行方知れずの恋人を求めて、あちこちを捜しまわった。その人が打ちのめされ、困窮しているのを見つけたときも、見捨てなかった。悲劇的な最期を迎えるまで看病しつづけた。その人の子どもを成人するまで育ててあげた。そしてその子どもの名誉を守るため、決闘も辞さなかった。それが、恋愛小説随一のヒーローの行動じゃないというなら、ほかの何なら当てはまるの？　わたしがウィロビーにあると思い込んでいた資質は、ほんとうはあなたのなかにあったの。わたしはずっと、あなたのような男性を夢見てきたのよ。やっとお互いを見つけたのに、わたしはすべて失くしてしまった。すべてを、愚かさと軽率さのせいで——」

涙で何も言えなくなったマリアンを、ブランドンは腕に抱きしめた。あふれんばかりの喜びをもたらしたはずの妻のことばも、悲しみを増やしただけだった——妻が彼のもとから、この世から、永遠に失われるこの日には。

*

ジョナサン・ダーシーは、そうであるべき事件と実際の事件を一致させることができなかった。

最初から、主催者のナイトリー夫妻と招待客のなかに犯人がいるはずだということはわかっていた。ジュリエット・ティルニーの説明から、女性が犯行を行なうことも可能だと納得してはいた。それでも道理に則って考えれば、若く美しいブランドン夫人——身長はジョナサンの肩にも届かない——がウィッカム氏を殺したという結論を導きだすことは難しかった。

女性は男性よりも穏やかな気質であるとされ、そうではない証拠がたくさんあっても、誰もがそう主張した。また、女性は——少なくとも良家の婦人は——そ

のような恐ろしい行為とは無縁とされていた。だから
ジョナサンは、マリアン・ブランドンがブロンズの胸像をつかんで、ウィッカムに致命傷を与える瞬間を思い描こうとしても、うまくいかなかったのである。

　ドンウェルアビーに滞在する人々は誰もが動揺していた。何が適切で、何が期待されているかについて考えることなく、ただ屋敷のあちこちで坐ったり立っていたりした。ジョナサン自身は玄関広間に立ち、すぐ外にある護送馬車のことを考えていた。その馬車はじきにブランドン夫人を乗せることになる。

「つらいですよね?」ティルニー嬢が隣りに現れた。彼女が近づいてきたことに気づかなかったとは、よほどうわの空だったにちがいない。「わたしたちは真実を知らしめたいと思っていたでしょう? でも、真実を知って、どうしようもなくみじめな気持ちになるとは思っていませんでした」

「ぼくたちは正義を求めていました」ジョナサンは言った。「これは正義なのでしょうか?」

「そんなふうには思えません」彼女は答え、ジョナサンもそのとおりだと思った。

＊

　ジュリエットがジョナサン・ダーシーと話しはじめたとたん、チャーチル氏が現われた。ジュリエットがそれまで見たこともないほど重々しい雰囲気をまとっていた。彼はブランドン夫妻がふたりきりで待つ客間にはいっていった。ジュリエットはほとんど何も考えずに、反射的にそのあとを追った。ジョナサンも同じことをした。ジュリエットが歩いていくのを見て、ナイトリー夫妻とダーシー氏は視線を交わし、そのあとに続いた。フランク・チャーチルが振り返って彼らを見たとき、ジュリエットは追い返されるだろうと思ったが、彼は呼びかけた。「みなさん! この屋敷にい

らっしゃるみなさん！　決断がくだされました。これはみなさんにも聞いていただくべきでしょう」

やがて全員がまた客間に集まった。ブランドン夫人はさらに悲痛なほど青ざめて、苦渋に満ちた夫の隣りに坐っていた。

チャーチル氏が話しはじめた。「ブランドン夫人の告白を聞いて、私の心は決まりました。しかし、その判決に基づいて行動するまえに、ナイトリー氏とダーシー氏と話し合っておきたいと考えました。偶然にも、おふたりとも、私と完全に同意見でした。みなさんもブランドン夫人の話を直接お聞きになっていますから、さほど驚かれることはないでしょう。私は、この屋敷で犯罪行為はなされていないと判断しました」

ジュリエットは不意を突かれた。ほかの何人かは――少なくとも、バートラム夫妻とウェントワース大佐は――同じように驚いている様子が見てとれた。しかし、ダーシー夫人を含む数人は、ジュリエット自身にはわからなかったことを理解したかのように、ただうなずいていた。

マリアンにもわからなかったようだ。「でも――でも、わたしはあの人を殺しました。みなさん知っているでしょう？」

「あなたは自分の身を守ったのです」ナイトリー氏は言った。「法律はそれを認めています」

救済が眼のまえに迫っていても、マリアンはナイトリー氏のことばを簡単には受け入れられないようだった。「ウィッカムさんはわたしを殺そうとしたわけではありません。邪悪な人でしたが、そういうつもりではなかったはずです」

チャーチル氏は咳払いをした。「ええ。あまり――その――理解されてないことではありますが、女性がそういう立場に――その、あなたのように、しつこくせがまれ――それも力ずくでですね――そのような窮地に陥った場合には、死を脅かされた場合と同様に、自分の身を守る権利があるのです。あなたは手の届く唯一の手段を用いて、それを実行したのですよ」そんなことを言わねばならず、彼の頬は赤くなっていたし、この部屋のなかで慎み深さを徹底的に踏みにじられたのは、チャーチル氏だけではなかった。とはいえジュリエットは、自分たちを侮辱したのは、そんな行動を取ったウィッカム氏であり、それを説明したチャーチル氏ではないのだと思った。チャーチル氏は続けた。「ここにいらっしゃるみなさんのほとんどは、ウィッカムさんと面識があり、なかには長きにわたるお知り合いもいます。ウィッカム氏がそうした卑劣な行動を犯せるはずはないとお考えの方はいますか？」

「実際に、彼はそういう行動ができる人物でした、サー」ダーシー氏が言った。「彼が若い女性を困らせようとしたのは、これが初めてではありません。別の女性が、自分の命を守る場合と同じくらい激しく、名誉を守るために抵抗しなければならなかったとしても、

まったく驚くことではありません」

マリアンの眼は見開かれた。「じゃあ――じゃあ、これでおわりということですか？　証拠隠滅罪であなたを罰するべきですが」

「本来なら」チャーチル氏は答えた。「しかしながら、あのような状況では、あなたが怖くなったことを責めることはできませんし、結局、それ以上の被害は発生しませんでした。ウィッカム氏は、正当防衛のためにマリアン・ブランドンが取った合法的行為によって死亡しました。これにて捜査を終了します」

＊

客間にいた人々が集まってきた。たったいま聞いた話について、皆それぞれ意見を持っていた。きわめて重大な点――ブランドン夫人の話が真実であり、したがって彼女の行動は合法である――については全員が

一致していたが、心の裡の思いはそれぞれだった。

エドマンド・バートラムは、ブランドン夫人が赦しを得られるように祈り、さらにウィッカム氏に傷つけられたほかの人々のためにも祈った。まちがいなく、その数は多すぎて全員の名前を挙げることはできないだろうとエドマンドは思った。ファニー・バートラムもその両者のために祈った。また、心のなかの小さな罪深い部分で、チャーチル氏に指輪を返してほしいと頼むには、まだ早すぎて無作法だろうかと考えていた。

アン・ウェントワースは、夫以外の男性と深夜に会話していたことを知られて——罪のない会話であり、相手の男性の無実を完全に証明するうえで重要な役割を果たしたとはいえ——いささか恥ずかしく感じていた。それでも、真実を語ってよかったと考えた。少なくとも彼女が真実を語ったのは、関係者全員にほかに考えるべきことがたくさんあったときのことだった。

ウェントワース大佐は、ウィッカム氏の死亡によって自分の負債が帳消しになるのかどうかを知りたくてたまらず、近いうちに弁護士に相談しようと決意した——が、今日ではない。今日はもう充分多くのことに対峙していた。

ナイトリー夫妻も、法律上のその点の解釈に関心があり、ようやく最後に客間を出たとき、エマは夫に尋ねた。ナイトリー氏は答えた。「ウィッカム氏の相続人の問題は、さらに複雑になった。それがこの件にどう影響するのかわからない。近いうちにもっと詳しく学ぶ必要がある」

「わたし、ひとつだけ、もう学んだことがあるの」エマは言った。「永遠にそれを肝に銘じるつもりですわ」

「なんのことだい？」

「ハウスパーティは、価値以上にトラブルのほうが多くて、今後はもう二度と、絶対に開くことはないということ」

ナイトリーは笑みを浮かべた。「その点に関しては、完全に意見が一致したね」

ジョナサンはこの件について、ほかの人よりも複雑な感情を抱いていた。子どもの頃にジョージ叔父さんに抱いていたやさしい気持ちは、少年時代の思い出のかけらにすぎず、トランクのなかの木箱にしまい込んだ兵隊の人形のようなものだった。とはいえ、ときおりそのオモチャの兵隊を取り出しては眺めているように、彼はいま、叔父との数少ない良き思い出に浸っていた。まだお茶の時間でもないのに、叔父がジョナサンにこっそりケーキをつまみ食いさせてくれたこと。霧の朝に一緒に馬に乗り、霜でパリパリと音を立てる芝の上を駆けたこと。赤ん坊のスザンナを差しだして、従兄であるジョナサンに自慢げに見せたこと。少なくともその瞬間には、叔父はほんものの父親としての誇りを持っていた。

〝あの人の人格には、善良な人間になれたかもしれない面もあった〟ジョナサンは思った。〝もしウィッカム氏がそうありたいと望んでいれば〟

一方、ジョナサンにはほかの思い出もあった。ウィッカムがリディア叔母さんに怒鳴り散らし、叔母さんが泣いてしまったこと。スザンナの葬儀で、なんの感情も見せなかった冷たい態度。ドンウェルアビーにやってきたときの、滞在者全員に――ジョナサンにさえ――向けたあざ笑うような態度。ウィッカムがそんな男にならざるを得なかったことだけでなく、ウィッカム自身がそんな男になりたがっていたことも、受け入れるのは難しかった。

ジョナサンはそのことを両親と話し合いたいと思った。両親の気持ちは、ジョナサン自身の気持ち以上に大きく揺れていることだろう。振り返って両親を見ると、しかしながら、ふたりは手を繋いで歩きながら、互いに互いの眼をのぞき込んでいた――スザンナが死んでから、ついぞ見られることのなかった様子で。そこには喜びがあり、互いへの理解もあり、夫婦の砦《とりで》が築かれていた。その砦は日々の困難に崩されることはないだろう――たとえ今日のような困難の日であっても。つまり、そこには以前と同じものがあった。

ジョナサンにとっても、両親の夫婦の絆は砦であり、その瞬間、彼はまた安全な場所に戻ってこられたように思えた。

〝でも、父上と母上はすべてを知っているわけではない〟ジョナサンは心のなかでつぶやいた。

両親は、スザンナの三人の従兄のうちの誰かが、幼いスザンナが伯父のダーシーを〝パパ〟と呼んでいることをウィッカムに洩らし、それが意図せぬ引き金となり、彼女の死につながる一連の出来事が始まってしまったことを知っていた。

しかし、その従兄とはジョナサン自身であることは知らなかった。

罪悪感が、再びジョナサンを耐えがたいほど押さえつけた。その真実に初めて気づいた日以来、ずっとそうだったように。もし両親に打ち明けたら、理解してもらえるだろうか？　それともジョナサンを責めるだろうか？　両親はジョナサンの責任ではないと考えるだろうと思うこともあれば、両親がジョナサンをペムバリーから追いだし、勘当して、もう愛さなくなるだろうと思うこともあった。

真実は、おそらくその両極端のあいだにあるのだろう。いずれ自分でその答を見つめなければならないとジョナサンにはわかっていた。永遠にこのことを両親に隠しておくわけにはいかない。

しかし、彼は八カ月間黙ってきたし、もうしばらくは黙っているつもりだった。両親がようやくお互いにそれなりの喜びを再発見した今日という日に、それを告げるのは残酷だろう。ほかのことは後回しにしてもかまわないはずだ。

マリアン・ブランドンは絞首台から逃れられたことに喜びを感じることができなかった。足下にウィッカムの死体が横たわる恐ろしい記憶に襲われて、どんな歓喜も奪われる日々が、これからも長く続くことだろう。とはいえ、もはや死の恐怖に囚われることはなく、その代わりに疲労に襲われた。ブランドン大佐はマリアンが階段を昇るのを助けながら、ふたりが共有する寝台に向かった。

「真っ昼間に眠るのは無作法かしら?」マリアンは殺人事件以来ほとんど眠っておらず、蓄積した疲労が、一歩ごとに重くのしかかっていた。

「状況を考えれば」ブランドンは言った。「主催者ご夫妻も理解してくれるだろう」

妻を寝台に寝かせると、上掛けをかけてやってから、隣りに身を横たえた。ブランドンは妻の体に腕をまわし、もし眠っている最中に怖い夢を見ても、妻が彼の存在を感じられるようにした。抱きしめられていることがわかるように。もう安全だとわかるように。

エピローグ

ウィッカム氏の死亡に関する治安判事の見解に、異議を唱える者はいなかった。おしゃべり好きな村の人々は、ウィッカムが〝淑女に対して破廉恥な振る舞いをした〟という噂に充分な恐怖と興奮を覚え、ドンウェルアビーの招待客に対する疑念を手放した。そのおかげで、その後のハイベリー訪問は愉しいものとなった。しかしながら、そうした機会はごくわずかしかなかった。フランク・チャーチルが滞在客一行に帰宅の許可を与えたとたん、この不運なホームパーティを終わらせるときだと全員の意見がまとまったからだった。

ジュリエットは並はずれた経験をしたと感じていた。人間性について、これほどまでに深い学びが得られるとは想像もしていなかった。さらに、彼女はジョナサン・ダーシーと知り合いになった。それは女主人が意図したのとはかなりちがう形ではあったが、より意義深い形でもあった。それだけでも、この訪問は、多くの苦労に見合う価値があった。

しかしながら、滞在客の多くは、彼女が愉しみを大きく奪われたと考えているようだった。

「若い女性が世の中を見られるチャンスなんてめったにないのよ」エマ・ナイトリーはジュリエットの荷造りを手伝いながら、カリカリして言った。「最初の機会がこんなふうに台無しにされるなんて、ほんとうに不公平だわ」

「台無しにはなっていません」ジュリエットは主張した。「正直に言えば、怖くないときは、すべてがとても興味深かったです」

ジュリエットはそれを口に出して認めるべきだったのか？　おそらくそうではないだろう。エマの心得た表情は、ジュリエットの真意を理解していることを示唆していた……が、誰もがそうだとはかぎらない。

エマはただ言った。「いつかぜひまた来てほしいわ。それとも冬のあいだロンドンで過ごすのもいいかもしれないわね。ロンドンには何度か行ったことがあるの？」

「一度もありません」ジュリエットは考えただけで、顔を輝かせずにはいられなかった。ロンドン！　あらゆる夢の頂点であり、無限に湧き出るインスピレーションの源だ。ロンドンでは、若い娘にどんなことが起こるかわからない。とはいえ、殺人事件の捜査をこなせたならば、都会のどんな恐怖だろうと、ジュリエットが克服できないものはないはずだ。

あの娘《こ》は恐るべき女性になる見込みがある」

「じゃあ、あなたからも招待してくださる?」エマは夫ならそうすると知っていた。得意になれるときにはいつだって、意気揚々とせずにはいられないだけなのだ。

　ナイトリーはそのことをわかっていたので、笑みを浮かべた。「そうしよう。ただし、また主人役を務めるまえに——ロンドンで長期間過ごすまえには必ず——まずはこの屋敷で心地良さと静けさを、家族水入らずで味わってからにしたい。何日間も。何週間も。いや、何カ月間もかな」

　彼はそこでエマが反対するだろうと思っていた。しかし、彼女は疲れたような笑みを浮かべた。「わたし、お父さまに似てきたのかもしれないわ、だって……まるで天国みたいに聞こえるんだもの」

*

「もう次の招待をしたのかい」その後まもなく、エマがその話を伝えると、ナイトリーはため息をついた。

「もしぼくが、社交や活気に対するきみの欲求が底なしだということを、まだ知らなかったとしたら、まちがいなく今回で思い知らされただろうね」

　エマは椅子にもたれた。ドンウェルアビーの客人が絶対に眼にすることのない姿勢で。「わたしたちがあの娘《こ》に対する義務を果たしたとは言わせませんわ」

「状況を考えたら、ぼくたちはかなりうまくやったと思うよ」ナイトリーはいっとき考えた。「とはいえ、ミス・ティルニーはすばらしい問題解決能力を示した。実際のところ、若い女性が持つべき以上の能力だったわけだが、おかげで良い結果がもたらされた。彼女のことを、もっとよく知ってみてもいいだろう。実際、

＊

　ファニー・バートラムはもう少し慎重になって、兄の手紙に返信するのを待つべきだったのかもしれない。ナイトリー夫妻の人格に疑念を抱いていたわけではないし、夫妻が彼女の手紙を盗み見るような卑劣な振舞いをすると思ったわけでもない――それにナイトリー家の使用人も誠実で感じのいい人たちに見えた――が、これほど細心の注意を要する、これほど危険なこととなると、ファニーは恐れずにはいられなかった。
　とはいえ、彼女は自分があまりにも怖がりすぎることも理解しはじめていた。それは一種の不信心であり、主の摂理に対する信頼の欠如でもある。ファニーは祈りと服従以外でも、信仰を持って生きる必要があった。真の信仰ならばもたらすはずの勇気を、見いだす必要があった。

エドマンドが最初の区間の郵便馬車を手配しているあいだ、彼女は部屋の小さなテーブルでインクと紙を手に取った。

最愛のウィリアム――
　あなたの手紙にはとても驚きました。あなたも驚くはずだとわかっていたことでしょう。あなたはわたしに理解を求めました。正直言って、理解はしていないけれど、

　ファニーはふたりの男性がどのように性的交渉を行なうのかさえ理解しておらず、理解したいとも思っていなかった。

　でも、どんなことがあっても、わたしの愛はいつもあなたとともにあります。
お兄さまは手紙に書くことで、わたしに大きな信頼

を示してくれました。どうか安心してください。その信頼が悪く受け取られることはありませんでした。わたしがこの件を話した唯一の相手はエドマンドですが、彼はいまでもあなたを義兄《あに》として歓迎しています。もう二度と、わたしの口からこの件を聞く人はいませんし、手紙は破棄されました。

もうひとり――エリザベス・ダーシーも知っており、この手紙が経験した数週間の旅の話は、ウィリアムのような不屈の精神の持ち主にさえ不安を抱かせずにはいられないものだ。すべての経緯を伝えることは、ウィリアムを安心させるのではなく警戒させるだけだろうとファニーは考えた。いつになるかわからないが、次に会えたときに、ウィッカム氏の悪意と最期について、すべて話して聞かせよう。その頃には、ウィリアムは自分が安全であるとわかっているはずだ。

もちろん、それはつまり、エリザベス・ダーシーを信頼するということだった。とはいえファニーは、ダーシー夫人のすばらしいドレスや辛辣な機知の奥には、心やさしい女性がいると学んでいた。神の摂理を信頼するということは、人を信頼することにもつながるようだった。怖がって尻込みするのをやめ、明るいところで向き合ってみれば、世間はなんとちがって見えることか。

セントヘレナ島周辺での任務のため、イングランドには当分帰ってこられないことはわかっています。けれども、いつであれ、次にあなたが訪問するときには、わが家はあなたを歓迎し、わたしたちの心はあなたに開かれています。そしてあなたはわたしにとって以前と変わらず大切な人であり――ほんとうにかけがえのない人なのです。

心からの愛を込めて

あなたの妹、ファニーより

彼女が手紙に木屑を撒いてインクを乾かしていると、エドマンドが部屋に戻ってきた。「今夜まで出発できそうもないんだ。ぼくたちが乗れそうな次の馬車は、夜まで待たなければならなくて。ダーシー夫妻が旅の最初の目的地まで乗せてくれると言っているんだが、そうするとかなり遠回りさせてしまうことになる」

ファニーは夜に旅するのが嫌いだった。乗り物のなかで眠ることができないのだ。エドマンドはそれを知っていた。しかしながら、彼女がダーシー家の人々に迷惑をかけることを、もっと嫌がることもわかっていた。ファニーは彼を見あげて微笑んだ。「それなら、手紙を投函する時間があるわね」

「もちろんだ」エドマンドは誰に宛てて手紙を書いたのかとは尋ねなかったが、きっとわかっていたにちがいない。彼の温かな笑顔は、安堵と約束を伝えていた。

「さて、いいほうの知らせだ。チャーチルさんが事件の証拠品を返すために訪ねてきてね――ひとつはきみのものだよ」そう言って、彼はアメジストの指輪を差しだした。

「まあ！」ファニーは自分の眼がとても信じられなかった。「でも、訊かれたりしなかったの？　何と引き換えに――なぜウィッカムさんがこれを――」

「訊かれなかったよ」エドマンドはやさしく言った。「ブランドン夫人とウェントワース夫人の両方がきみの話を裏づけてくれたから、それ以上は知る必要がなかった。きみの秘密は無事だよ、ファニー。きみの指輪もね」

手を差しだしたとき、ファニーの眼にうれし涙があふれた。エドマンドはその指輪を彼女の指にすっとはめた。四年前に、別の指輪をはめたときのように。

＊

ハートフィールドは壊れたままなので、ウェントワース夫妻にはまだ戻る家がなかった。しかしながら、夫妻はロンドンに短い滞在をするのが妥当だという意見で一致した。ウィッカム氏の遺産の最終処分は、夫妻の財産に非常に大きな影響を与えることになるだろうし、ウェントワース大佐は慎重を期して法廷になるべく近い場所にいるべきだと考えた。それは夏の都会の不快さに耐えなければならないということだったが。

「それに」ドンウェルアビーでの最後の朝に、アン・ウェントワースは理由を説明した。「ロンドンの喧騒だって、ここ数日の出来事と比べたらなんてことないわ」

それを聞いて、ウェントワース大佐はクスクスと笑った。すでに彼は、以前よりもすぐに笑顔になり、よく笑うようになっていた。ウィッカム氏に負わせられた彼のプライドの傷が、ようやく癒えはじめていた。

「それと比べたら、あの街が静寂のオアシスに思えるだろう！」

内心では、アンはそうは思わなかった。彼女は都会がまったく好きではなく、しかも大きければ大きいほど好きではなかった。当然ながら、ロンドンは最大の都会だ。とはいえ、滞在はほんの数週間にすぎない。ほぼどんなことでも、短い期間ならきっと耐えられるだろう。それに、ロンドンはあらゆる面で大きな変化をもたらすだろう。変化は夫婦のどちらにとっても必要なものだとアンは考えていた。

「ところで」艦長はつけ加えた。「ロンドンにいるあいだに、海軍本部に行けるんじゃないかと思う」

アンは望むべくもないと諦めていたが、それでも尋ねた。「別の船に申請するの？」

夫の笑顔がどれほど恋しかったことか！「アイ、借金問題がどうなろうとも。ふたりを乗せるのに充分なスペースがある最初の船に。アンティグア島行きだろうと、アントワープ行きだろうと、喜望峰を回る船

て、そこがわたしの家よ」

「あなたが一緒にいてくれるなら、世界中のどこだって、そこがわたしの家よ」

＊

マリアンは鏡を見つめていた。メイドが彼女の髪をまとめあげ、それからレースのキャップをかぶせる。まさに結婚してからほぼ毎朝繰り返してきたことだったが、それでもあらゆる瞬間が現実とは思えなかった。これはほんとうにいま起こっていることなのだろうか？　それとも、独房で縮こまって、死刑宣告を待つあいだに見ている夢なのか？

ウィッカムに対するマリアンの攻撃は正当であるということで、皆の意見は一致したようだった。マリアンはあのときどれほど恐ろしかったか、そして同時にどれほど怒っていたかを思いだした。恐怖と同じくらい激怒に駆られた行為であっても、やはりそれは正当防衛なのだろうか？　階上《うえ》に皆がいるなかで、ウィッカムはほんとうにそのような暴挙に出ようとしていたのか？　マリアンが叫び声をあげると思っていたのではないのか？

しかし、彼女は叫んではいなかった。ウィッカムは彼女が叫ぶはずはないと知っていた。そしてもし最悪の事態が起こったとしても——そのあとで、マリアンが勇気を出して誰かに打ち明けたとしても、その相手は、なぜ悲鳴をあげなかったのかと尋ねたことだろう。悲鳴をあげなかったのなら共犯だと思われただろう。暴行されたのではなく、誘惑されたのだと。そんなことに耐えられたとはマリアンには考えられなかった。

〝それでもわたしは罰を受けているわ〟マリアンは思った。ウィッカムの死体の記憶は絶対に彼女の頭から消えることはないだろう。マリアンが感じた罪悪感や後悔、恐怖は、彼女のなかに癒えることのない傷を残した。〝それが充分な罰なのかどうかは、いつの日か、神が決めてくださるでしょう〟

メイドが部屋を出たのと同時に、ブランドン大佐が部屋に戻ってきた。夫は毎朝しているように、彼女に微笑みかけたが、そこにはいままでとは異なる質の愛情が込められていた。ふたりのあいだの距離は永遠に縮められた。夫婦それぞれが互いの愛を深く理解し、その愛のためならどれほどの犠牲を払う覚悟があるかを知った。多くの夫婦には耐えられないような試練だったが、そのおかげでふたりの絆はより強固なものになったとマリアンは思った

ウィロビーなら同じような状況でどう対処しただろう？　マリアンは想像もつかなかった。そもそも、想像したいとも思っていないことに気づいた。どうでもいいことだった。

ブランドン大佐が彼女の肩に手を置いた。マリアンは彼の手に手を添えた。「出発の準備はできたかい、マリアン？」

「あと少し。出発前に、話をしておかなければならない人がいるの」

「デボンシャーにうかがう？」ジュリエット・ティルニーの驚きは当然だった。たった三日前にジュリエットの部屋に証拠の品を隠したマリアンが、いまは自宅に遊びにきてくれと誘っているのだから。まちがいなく、招待を断るには充分な理由だ。

それでもマリアンは続けた。「わたしはここ数日の行動を恥じているの。もしあなたが、これ以上は関係を持ちたくないと思うなら、あなたの意志を尊重します。でも、ウィッカムさんの騒動が起こるまえは、わたしたちは友人になりかけていた。もっと好ましい状況で、あなたをよく知る機会がほしいと思ったの。それに、わたしの母や姉夫婦にあなたを紹介したいわ。来ていただけないかしら？」

「わたし――」ティルニー嬢は懸命にことばを探しているようだった。「ナイトリーご夫妻から、もう次の招待を受けたところなんです」

「すぐに？」

「いいえ、ロンドンの社交シーズンに。とっても愉しみなの！　両親の付き添いなしで家を出たことがなかったのに、こんなにもたくさんのご招待を受けて……」

「わたしの招待は、大歓迎とはいかないわね」ティルニー嬢は否定するように首を振ったが、マリアンは最後まで続けた。「でも、あなたをきちんとおもてなしする機会をいつかいただけるなら歓迎するわ。わたしの行ないを償う機会をいただけるなら、もし償いが可能なのだとして。せめて考えるだけでもしてみてくださらないかしら？」

マリアンは拒絶されるだろうと身構えた。そうされても当然だった。しかし、ティルニー嬢はゆっくりとうなずいた。「デボンシャーを見てみたいと思います」

＊

「ティルニー家の令嬢をペムバリーに招待して、滞在してもらうべきね」エリザベス・ダーシーは朝食室で夫と珈琲を飲みながら、一時的にふたりきりになったときに言った。「あの娘さんとジョナサンは、なかなかいい出会いをしたようだもの」

ダーシーはジュリエット・ティルニーに対する判断をまだ保留していた。彼女がこそこそ嗅ぎまわっていたことは、当初はナイトリー夫妻に必ず伝えるつもりでいたが、警察の捜索後に彼女に疑いの眼が向けられたので思いとどまったのだった。彼女の重荷を増やすのは気が引けたからだ。結果として、ジョナサンがあの娘と行なった捜査は――無分別ではあったが――成果をあげ、無実の男を絞首刑から救った。そのため、いまはティルニー嬢に反対はしていなかった。しかしながら、ダーシーの完全な賛成を得るには、たんに反対しないというだけでは不充分だ。息子を魅了した娘について、もっとよく理解するのは、家族全員にとって有益だろう。「では、そうするとしよう」

エリザベスは笑みを完全には抑え切れていなかった。ダーシーは、分別のある妻がすでに息子が祭壇のまえに立つ姿を想像しているとは思っていなかったが、それでも彼女は、ある種の希望を抱いているようだった。妻の望みが実現するのか、消えていくのか、時間が教えてくれるだろうと彼は思った。

実際、次のことばで、妻は賢明にも話題を変えた。

「でも、しばらくは待たなければならないわね。ウィッカムの財産に関してすべての問題が処理されるまでは」

ダーシーは眉根を寄せた。「ぼくたちがその状況を心配する必要はもうないはずだ」

「でも、ウィッカムの遺産に相続人がいなかったら、それを管理できるのが、妻側の親族であるわたしたちだけになる可能性もあるわ」

「忘れたのかい、わが善良なる奥方——ウィッカムには生存する相続人がいることがわかっただろう。ブランドン大佐の被後見人の女性とその子どもだ」

「それが認められるの？　その若い女性はウィッカムに認知されていないし、それに——」

「それに、その女性は、彼が限嗣相続する資産を相続することはできない」ダーシーは言った。「ぼくの知るかぎり、そういう資産は存在しない。しかし、非嫡《ひちゃく》出子《しゅつし》の相続人は、ほかの種類の遺産は相続できる。貸付金も含めて。ぼくたちとしては、その若い女性が他人を騙して得たものを欲しがる人ではないことを願うしかない」

「どちらにしても、ウィッカムの債務者または相続人が利益を得ることになるのね」エリザベスは微笑まずにいられないようだった。「このハウスパーティが――無作法に中断されてしまったわけだけど――最終的には害よりも利益をもたらしたかもしれないと言ったら、あなたはわたしのことを無情だと思うかしら？」

「実際に害がなされたことを忘れたりしなければ、そうとも言えるかもしれない」ダーシーは言った。それだけでも充分に非難が込められていた。

「わたしはウィッカムが死んだことを悔やんではいないけれど、喜んでもいないわ」彼女は言った。「ウィッカムはスザンナとの最後のつながりだった――それにリディアとも。たぶん、わたしの若かりし頃の愚かさとも。人はそういう愚かさをつねに思いだして、同じことをさらに悲惨な形で繰り返さないようにしないといけないものよね。でも、わたしはまた茶化したことを言ってしまったわ」エリザベスの表情はとてもやさしくなった。「フィッツウィリアム、気づいてた？その娘さん、ベスは、スザンナの異母姉になるのよ」

たしかにその事実は認識していたが、妻のいわんとすることがダーシーの心に沁み渡ったのはその瞬間が初めてだった。もしブランドン大佐の被後見人に会ったら、その女性の顔や態度や笑顔に、スザンナの面影を見いだせるかもしれない。彼らが失った少女をほんの少しでも彷彿とさせるものを垣間見られるなら、ダーシーは労を惜しまないだろう。

「いつか、その娘さんと話をさせてほしいとお願いしたいわね」エリザベスは言った。「もし知りたいと思ってくれるなら、スザンナがどんなふうに生きてきたのか、聞いてもらえないかと思って。きっとブランドン大佐が場を設けてくれると思うの。大佐がここでの不愉快な出来事を思いだすことに耐えられるのであれば」

「ここで起こったことから喜びは得られない」ダーシーは答えた。「でもそれは、まえに進むことに喜びを見いだせないという意味ではないさ」

ダーシーは妻の前腕にさっと触れた。結婚して二十年以上経っても、そんな触れ合いには、いまでも夫婦の双方をぞくりとさせる力があった。「それについては、まちがいない」ふたりは互いに安らぎと満足を覚えるひとときを味わった。そんな結婚生活のシンプルな調和を、彼らは長すぎる期間、みずから奪っていたのだった。「では、朝食が終わったら、出発しよう——ところで、息子はどこにいる？」

エリザベスの笑顔はとてもいたずらっぽく見えただろう。「きっと、お別れを言わなければならない人がいるのよ」

＊

ジョナサンは図書室にいて、ティルニー嬢が誰にも付き添われずに、膝の上に本を置いてひとりで坐っているところを見つけた。「お邪魔でしたか？」彼は尋ねた。

返事の代わりに笑顔が返ってきた。「邪魔をしてくれて、うれしいです。読書は愉しいけれど——別のことを考えているのに読書をしているふりをするのは——どういうわけか疲れますから」

長椅子の彼女の隣りに坐るのはやりすぎだろう。ジョナサンは向かい側の椅子が適切だろうと考えて、そこに腰をおろした。「では、どんなことを考えていたのですか？」

「デボンシャーのことを。ブランドン夫妻が家に招待してくれたんです。ただ、殺人犯を訪問したいと言ったら、両親になんて言われるだろうと思って」ティルニー嬢は頭を振った。「両親にほんとうの事情をなんとか理解してもらって、行けるようにしたいです」

ジョナサンが彼女の立場なら、それほどすんなりとは受け入れなかっただろう。ブランドン夫人の行為は、犯罪とはいかなくても、少なくとも礼儀に反していた。とはいえ、礼儀作法には殺人について定められたものはほとんどない。「いつ訪問する予定ですか?」

「もうすぐだと思います。え込みながらつけ加えた。「両親が恋しいんですが、新しい場所で初めての経験をしてみたら、もっと多くの経験をしてみたいと思うようになったんです。さすがにここまで波乱万丈にはならないでしょうし!」

「きっと、あなたなら今回よりも愉しい訪問ができますよ」ジョナサンは彼女にペムバリーに来てほしいと思ったが、その招待をするのはジョナサンではなかった。もしかしたら両親を説得できるかもしれない。それに母親はあまり説得しなくてもすみそうだという気がした。「ぼくたちはまもなく出発します。お別れを言いたかったので」

「まあ!」ティルニー嬢の気落ちした表情を見て、ジョナサンの心は喜びを感じたが、なぜそうなのかは自分でもわからなかった。「決まり文句のようですが、あなたとお知り合いになれてほんとうに愉しかったです。わたしたちが一緒に始めた冒険には、さらなる続きが必要だと思いませんか?」

「ええ、たしかに」ジョナサンは答えた。「それにあなたと冒険ができたこと、とてもうれしく思っています」

そのとき彼女の顔に浮かんだ輝きを見たとき、ジョナサンは気づいた――自分のことばは、社交の場の礼儀作法には従っていないが、まさに正しいことを言ったようだ、と。

＊

ウィッカムの債務者たちのすべての希望は、ウィッカムには相続人――ブランドン大佐の被後見人ベスとその幼い息子――がいると明らかになったことで、大きく揺らいだ。ブランドンは、悪辣な詐欺で巻きあげられた負債の返済を迫ることを考えると、ひどく苦悩した。その苦悩は、その債務者のなかに友人とみなす人々ができたいま、よりいっそう深くなった。とはいえ、ベスは子どものいる未婚の若い女性である。ブランドンからたっぷりと生活費は渡されていても、ベスが赤ん坊の幸福を最大限に確保する必要を感じるのは当然のことだった。ドンウェルアビーでの出来事を彼女に話したとき、大佐ははっきりと告げた――この決断はベスが、ベスだけがくだせるものであり、子どものために全財産を相続することを選んでも、大佐もほかの人間も、彼女を非難することはない、と。

これは、まだ母親としての不安や責任になじんでいない、子どもを産んだばかりの女性にとっては、大変な難問だった。何日もかけて、彼女はどうすべきか考えた。しかし結局、ベスの良心がすべての資金を回収することを許さなかった。「お父さまは悪い人だったようです」彼女はブランドンに言った。「だからといって、わたしまで悪人になる義務はありませんわ。わたしを知ろうともしなかった親が遺したもののために」最後のことばを言いながら、ベスは赤ん坊を見おろした。どんな感情が欠けていればわが子を捨てられるのか、彼女には理解できなかった。

こうして、ジョンとイザベラのナイトリー夫妻、ウェントワース夫妻、そしてウィッカムの投資詐欺の被害者であることを証明できるほかの人々は、失ったはずの資産のほぼ全額を取り戻した。しかし、ベスと息子はそれでも利益を得られた。この計画から盗んだ金額とは別に、ウィッカムが出所不明の大金を持っていたことが明らかになったからだ。債務者が特定できなかったため、その資金はウィッカムの娘が相続し、ベスと子どもには、ブランドンだけに扶養されるよりもずっと余裕のある暮らしが約束された。

ウェントワース夫妻はもう海に出る必要はなかった

が、それでもふたりの望みは変わらず、初秋にウェントワース大佐を艦長とするマンティコア号で出航した。そんなわけで修復を終えたハートフィールドには、ジョンとイザベラのナイトリー一家がいつでも滞在できるようになった。同時に、ジョン・ナイトリー夫妻はロンドンの自宅を永遠に維持できることも確定した。

ドンウェルアビーのハウスパーティは多くの面で気詰まりなものだったが、それを経験した人々は、その場にいたほかの人々との強いつながりを感じた。困難をともにした経験ほど、友情を築くのに確かな根拠となるものもないということなのだろう。いずれにせよ、そのパーティに参加した家族は、その後何年にもわたり、互いに頻繁に連絡を取り合い、数多くの手紙や訪問のやりとりを通じて、絆を深めていった。

この一行のなかで、直接連絡を取り合うことができなかったのは、ジョナサン・ダーシーとジュリエット・ティルニーのふたりだけだった。ドンウェルアビーでふたりが手紙を交換したのは、あくまで真実のためだった。未婚の男女が手紙でやりとりすることは、どんな状況であっても、著しく不適切な行為である。そんなわけで、このハウスパーティの関係者である友人や家族が、暗黙の了解のもと、さまざまな招待や訪問を通じて、ジョナサンとジュリエットの縁が再びつながるよう取り計らってくれたのは、ふたりにとって非常に幸運なことだった。

謝辞

この本の執筆はほんとうに愉しいものでした。まずはすばらしい編集者、アンナ・カウフマンに感謝しなければなりません。彼女は当初からこの物語の可能性を見抜いてくれました。そんな彼女の編集手腕により、この本ははるかに良いものになりました。彼女がいなければ、こうはならなかったでしょう。編集チームのほかのメンバー——ケイラ・オーヴァビー、マーサ・シュウォルツ、ジュリー・アーテル、アニー・ロック、ズレイマ・ユーガルディ、そしてララ・ヒンチバーガー——この作品に全力を尽くしてくれました。心から感謝しています。

また、ほぼ毎日のようにわたしをわたし自身から救ってくれる、アシスタントのサラ・シンプソン・ワイス、元エージェントのダイアナ・フォックス、カヴァーデザイナーのペリー・デ・ラ・ヴェガ、そしてエージェントのローラ・レナート、ならびにアンドレア・ブラウン社の彼女のチームにも、ありがとう。

これまでどおり、わたしを支えてくれる両親、親戚、友人たちにも深く感謝しています。この物語の一部を初めて人に話したのは、ニューオーリンズの作家グループ、〈プードンク〉の会合の席でした。そのときの仲間の熱狂的な反応が、長年頭のなかでこねくりまわしていたこのアイデアを採用する後押しとなり、ついには白昼夢を小説に変える手助けをしてくれました。

特別な感謝を、キンバリー・ヴァンダーホーストに捧げます。彼女はジョナサン・ダーシーというキャラクターを中心に、徹底かつ繊細な真実の眼で作品を読んでくれました。彼女の洞察力と明晰さのおかげで、この本はより良いものになりました。残る欠点はすべてわたしの責任です。

数年前、わたしは知り合いのジェイナイト（ジェイン・オースティンの愛好家）数人と一緒に、ゲームや当時の食べ物——シラバブ（ミルクと葡萄酒と砂糖を混ぜた飲み物）は思っていたよりかなりアルコールの量が多かった——などを用意して、ジェイン・オースティンパーティを開きました。わたしの社交の輪の端っこにいた男友達も、ジェインのファンであることが判明しました。彼はパーティに出席しただけでなく、当時の音楽を練習してきて一曲披露してくれました。まさしくジェインや彼女の登場人物たちが、ゆうべに愉しんだであろうエンターテインメントでした。その男性はいまのわたしの夫です。ポールは、わたしの執筆活動を全面的にサポートしてくれていますが、『『高慢と偏見』殺人事件』の場合は、もうひとりのオースティン愛好家として、性格描写やプロットの疑問の解決にも力を貸してくれました。そうしたすべてにありがとう、あなた。

最後に、わたしが最大の恩義を感じているのは、もちろん、ジェイン・オースティンその人です。彼女の登場人物たちがこの物語のなかでしていることを、ジェインはどう思うでしょうか？　わたしには想像もつきません。でも、わたしがどれほど深く彼女の作品と登場人物を愛しているのかについては、ジェインに——願わくば、この本の読者の方々にも——わかってもらえるとうれしいです。それらは長年にわたってわたしに尽きることのない喜びを与えてくれましたし、これからもずっと与えつづけてくれることでしょう。ジェイン、わたしの人生に、そしてほかの多くの人々の人生に、たくさんの喜びを与えてくれて、ほんとうにありがとう。

訳者あとがき

時は一八二〇年六月。摂政時代末期のイングランド。

『高慢と偏見』のエリザベスは、ダーシーと結婚して二十二年が経った。三人の息子に恵まれ、ペムバリーの女主人として暮らしている。『ノーサンガー・アビー』のキャサリンは、聖職者ヘンリー・ティルニーの妻、一男二女の母親のほかに、匿名の女流作家という顔を持っている。『エマ』のエマは、ナイトリーと結婚して十六年。極度に心配症な実父の死後は、ドンウェルアビーに腰を落ち着け、夫と娘と息子と暮らしている。縁結びに対しては、節度ある距離を保っている。(興味がないとは言っていない。)『説得』のアンは、五年前にウェントワース大佐と結婚後、英国海軍艦長の妻として、世界の海を旅した経験を誇りに思っている。夫妻には愛娘がひとりいる。『マンスフィールド・パーク』のファニーは、最愛の従兄エドマンドと結婚して四年になる。信仰心の篤《あつ》さと臆病な性格は相変わらずだ。『分別と多感』のマリアンは、年の離れたブランドン陸軍大佐と結婚したばかり、新婚ほやほやの十九歳である。

二〇〇年以上前の作家でありながら、現在も多くの読者の心を摑んで離さないジェイン・オースティン。その六作品の魅力的な登場人物たちが、（著者の計らいという名の）偶然の導きによって、ドンウェルアビーに大集合。ナイトリー夫妻が主催するハウスパーティで初めて顔を合わせた。ところが、初日の正餐会の最中に、かのジョージ・ウィッカムが、無作法にもドンウェルアビーに乗り込んでくる。どうやら、ウィッカムとつながりがあるのは、親戚のダーシー一家だけではないようで、パーティは一気に不穏な雰囲気に包まれる。そして翌日の深夜、その招かれざる客人が、屋敷内で何者かに殺害された。ハウスパーティに参加していたキャサリン・ティルニーの長女ジュリエットと、エリザベス・ダーシーの長男ジョナサンは、ウィッカム氏殺人事件の真相に強い興味を抱く。そこでふたりは、厳しい礼儀作法と世間の眼をかいくぐりながら、協力して捜査を進めるのだが——。

ジェイン・オースティンには、『高慢と偏見、そして殺人』（P.D.ジェイムズ著／羽田詩津子訳）や『高慢と偏見とゾンビ』（ジェイン・オースティン&セス・グレアム＝スミス著／安原和見訳）など、有名無名問わず、多くのファンフィクションがある。今回、新たにその輪に加わった『『高慢と偏見』殺人事件』——〝ジェイン・オースティンとアガサ・クリスティのマッシュアップ〟——を執筆したのは、『ロスト・スターズ』や『ブラッドライン』といったスター・ウォーズ作品でも知られる、ヤングアダルト作家のクローディア・グレイだ。

インタビューによれば、彼女の執筆の動機となったのは、『高慢と偏見、そして殺人』を読んだときに、被害者と容疑者が自分の期待とちがっていたことだったという。これは、作品の世界観や登場人物たちがすでに読者に熟知されている二次創作作品ならではの感想であり、とても興味深い。（普通の推理小説を読んでいて、被害者と容疑者の選定に不服を抱く読者がどこにいるだろうか？）とはいえ著者は、味わった大きな失望を、身勝手にも尊敬する作家のせいにするのではなく、〝ウィッカム氏を殺すべきだと考える小説家がいるなら、わたしが自分で殺してしまおうと思った〟そうだ。かくして、ジェイン・オースティンの作品のヒロインとヒーローが総出演する、異色のミステリ作品が生まれることとなった。

『高慢と偏見』殺人事件』では、オースティンの原作のラストでめでたく結ばれた夫婦たちが、それぞれの問題を抱えながら、ドンウェルアビーにやってくる。著者は、各夫婦にとって、いずれは火種となりそうな問題を、実にうまく掬いあげている。オースティン作品随一の悪党、ジョージ・ウィッカムを殺した犯人は誰なのか？――その手がかりは、事件現場だけでなく、ジェイン・オースティンが構築し、著者が受け継いだ人間関係の綾のなかにも隠されている。本格ミステリとは一風異なる流れで、事件の謎が解きほぐされていく過程を、ジェイン・オースティンファンにも、ミステリファンにも愉しんでいただければうれしく思う。

また、本作品のオリジナルキャラクターである、ジュリエット・ティルニーとジョナサン・ダーシーの人物造形は、この作品の大きな魅力のひとつだ。彼らは摂政時代と現代のそれぞれの価値観の橋渡し的な役割を果たしている。ジュリエットとジョナサンが覚える紳士階級《ジェントリ》への違和感は、読者の違和感とも重なる部分があるだろう。過去と現在というふたつの時代の〝常識〟のちがいを、彼らの目線を通じて体験してみてほしい。
この若いふたりは、両親たちのように一冊の本のなかで結婚に至るわけではないが、信頼できる捜査パートナーとしての関係を着々と築いている。シリーズ第二作、*The Late Mrs. Willoughby*（2023）では、本作でもちらりと登場する『分別と多感』のジョン・ウィロビーの新妻が毒殺された事件を、第三作、*The Perils of Lady Catherine de Bourgh*（2024）では、フィッツウィリアム・ダーシーの叔母、キャサリン・ド・バーグ令夫人が脅迫された事件を解決する。さらに、二〇二五年発売予定の第四作、*The Rushworth Family Plot*（2025）では、エドマンド・バートラムの姉マリアの元夫ラッシワース氏の殺人事件を捜査予定だそうだ。捜査だけでなく、ふたりの恋の進展も気になるところであり、ぜひ日本の読者のみなさまにも続篇をお届けできるよう願っている。

なお、本文中の聖書の引用文は、すべて新共同訳を使わせていただいた。

本書を翻訳するにあたり、ジェイン・オースティン原作の翻訳家のみなさま――阿部知二氏、大島一彦氏、中野浩司氏、廣野由美子氏（五十音順）――ならびに、映画『プライドと偏見』（二〇〇五年字幕版）、『ＥＭＭＡ　エマ』（二〇二〇年字幕版）、『いつか晴れた日に』（一九九五年字幕版）、『説きふせられて』（二〇〇七年字幕版）、ＢＢＣドラマ『エマ　～恋するキューピット～』（二〇〇九年字幕版）の各字幕翻訳家のみなさまによる、すばらしい翻訳および詳細な時代背景知識から、多くのことを学ばせていただいた。この場を借りて、諸先輩がたの偉業に敬意を表するとともに、深く御礼を申しあげたい。
また、翻訳期間中には私的な事情のため、早川書房の三井珠嬉氏、校閲課のかたがたに、通常以上に多大なご配慮とお力添えを賜った。心からの感謝を。

二〇二四年十二月

HAYAKAWA POCKET MYSTERY BOOKS No. 2012

不《ふ》二《じ》淑《よし》子《こ》
英米文学翻訳者
訳書
『名探偵の密室』クリス・マクジョージ
『災厄の馬』グレッグ・ブキャナン
『かくて彼女はヘレンとなった』キャロライン・B・クーニー
『円周率の日に先生は死んだ』ヘザー・ヤング
『ボストン図書館の推理作家』サラーリ・ジェンティル
(以上早川書房刊) 他多数

この本の型は、縦18.4センチ、横10.6センチのポケット・ブック判です。

〔『高慢《こうまん》と偏見《へんけん》』殺人事件《さつじんじけん》〕

2025年2月10日印刷　　2025年2月15日発行

著　者　クローディア・グレイ
訳　者　不二淑子
発行者　早川浩
印刷所　星野精版印刷株式会社
表紙印刷　株式会社文化カラー印刷
製本所　株式会社明光社

発行所　株式会社　早川書房
東京都千代田区神田多町2-2
電話　03-3252-3111
振替　00160-3-47799
https://www.hayakawa-online.co.jp

(乱丁・落丁本は小社制作部宛お送り下さい
送料小社負担にてお取りかえいたします)

ISBN978-4-15-002012-5 C0297
Printed and bound in Japan